广东盛誉投资集团有限公司
北京盛品国际影视传媒有限公司 策划

南洋漂流記

韩大伟 林育生 著

暨南大学出版社
JINAN UNIVERSITY PRESS
中国·广州

图书在版编目（CIP）数据

南洋漂流记／韩大伟，林育生著．—广州：暨南大学出版社，2014.11
ISBN 978-7-5668-1045-8

Ⅰ.①南…　Ⅱ.①韩…　②林…　Ⅲ.①长篇小说—中国—当代　Ⅳ.①I247.5

中国版本图书馆CIP数据核字（2014）第116554号

南洋漂流记
著　　者　韩大伟　林育生

出 版 人　徐义雄
策划编辑　胡艳晴
责任编辑　高　洵
责任校对　郭海珊
美术设计　庄奎龙　顾吉胜
插画绘制　刘根泽　郑　阳
封面题字　潘治光

出版发行　暨南大学出版社（广州暨南大学　邮编：510630）
网　　址　http：//www.jnupress.com　http：//press.jnu.edu.cn
电　　话　总编室（8620）85221601
　　　　　营销部（8620）85225284　85228291　85228292（邮购）
排　　版　广州良弓广告有限公司
印　　刷　深圳市新联美术印刷有限公司
开　　本　787mm×1092mm　1/16
印　　张　24
字　　数　440千
版　　次　2014年11月第1版
印　　次　2014年11月第1次
定　　价　49.80元

序言

面对汗牛充栋的文学经典，如何为读者提供新鲜的阅读体验，对后来的写作者是个巨大的挑战。韩大伟、林育生的长篇小说《南洋漂流记》以多彩多姿的异国风情、曲折生动的故事情节、个性张扬的人物形象、浪漫传奇的异域爱情、鲜为人知的奇闻逸事，为我们展示了一个内涵丰富又意趣丛生的文本。

《南洋漂流记》用超现实主义的笔触，浓墨重彩地塑造了一个刚勇顽强，敢爱敢恨，浑身洋溢着纯粹而理想化男人气息的主人公形象，他在半个世纪的历史风云里演绎了一场死里逃生、荡涤世俗心灵的喋血传奇，建构了一个海外赤子冒死归国的心灵轨迹，最终呈现给读者的是爱国思乡之人的精神质地。主人公张扬的个性，凸显了时代和政治风云对人物命运的塑造，悲壮而细腻地展现了中国十年内乱对历史、对人性命运的改写。

小说行文生动鲜活、紧张曲折，悬念迭出。作品以浪漫雄奇的故事情节、极具神秘感的叙事笔调，融知识性与趣味性于一体，全景式地展现了天涯游子与雇佣兵的神秘生活，读之令人爱不释手。喋血厮杀的氛围中升腾着战士的尊严与豪迈，情场、商场、战场的多线并进，亲情与爱情、战乱与战争、贪婪与博爱的缠绕纠葛，使得故事情节跌宕起伏，一波三折。特别是主人公与格桑、妙香、艾丽、梅玲、舒雅等几个女子刻骨铭心的生死之爱，写得真挚浪漫，诠释了爱的真谛。虽然形式充满奇幻色彩，但其背后的内在表达却是真诚而明晰的。

作为跨多国着笔的文学作品，小说内容大多取材于海外生活，但爱国主义、英雄主义、理想主义精神仍时时闪现其中。更为可贵的是，这种精神的表达摒弃了空洞的说教，而是在叙述过程中自然而然地表露，从而产生了令人信服的力量。

陈东捷

2014 年 10 月 10 日

（陈东捷，《十月》杂志常务副主编）

目　录

少小流浪汉

20 世纪 60 年代末一个秋末冬初的傍晚。

辽西一座城市的火车站停车场。

萧瑟凛冽的寒风卷起漫天的粉煤灰，猛烈地抽打在我的脸上和身上。

原本就饥肠辘辘的我，加上没有棉衣御寒，早已冻得瑟瑟发抖。

趁着列车阴影的遮挡，我偷偷爬上了即将启动的火车，躲避在空旷敞篷货车的一角，唯恐被调车员发现。

火车开动后，呼啸的风包裹着我的身体，这冰霜般的风冻得我的骨节都凉飕飕的。我连连打着喷嚏，牙齿也战栗不止，只好用唯一的家当——一床破棉被裹在身上，但还是抵挡不住刺骨的寒风。

此时我唯一的动力，就是心中升起的一个信念：我期待着快点到达南方，到了南方我就不会冷了。

这是我乞讨生活的第一百天，也是我告别家乡的日子。

乞讨的头一两天还是可以应付的，但仅仅三天以后我就饥肠辘辘、衣带渐宽了。孤独、沮丧、忧愁骤然袭来。一周后，我整个人变得蓬头垢面、肮脏不堪。

流浪汉的常用交通工具就是搭免费车，而且通常是搭乘铁路货车。

然而，免费搭车并不愉快。要躲过铁路警察、列车员的检查，即使偷偷上了车，车上也是脏兮兮的。风刮起的煤渣一个劲地往嘴里、耳朵里、鼻孔里钻，油污很快就会将身体里的每个毛孔都塞满了。

我记得，这一年的春节刚过，就有人给我送来了爸爸妈妈“畏罪自杀”的死亡证明。这一年，姐姐被送到辽西农村去插队落户，被公社的一个造反派头头强奸后也服毒自杀了。

没有了亲人，我从此便彻头彻尾地成了一只孤狼，没有经济来源，没有任何亲戚可以投奔。我只好变卖了家私以求度日，最后家里的东西全都卖光了，我每天只能靠在街头乞讨为生。

车到河南郑州时我下了车，一时饥渴难耐，又没有钱，怎么办?

不知不觉我辗转来到了医院门口。

“哥们，线上（卖血）的吗?”一个血头迎上来问。尽管我开始没有明白他说的话，但还是点了点头。

卖血对于初入乞丐阵营的人来说，是生活来源的救急和自我开采。对于乞丐油子来说，只是偶尔的生活补充。如钱花大了，手头紧了，就会毫不犹豫地去卖血。

饥肠辘辘的我稀里糊涂地随着血头走进医院，卖了 200 CC 的血，得到了 30 元钱。这就是我人生的第一次自我开采。

如果说生活就是大海，那么在外流浪漂泊的人就是没有舵手的小船。它的航程绝对不会是风平浪静的，到处都充满了风浪、漩涡等危险。

在站前的一个小饭店门前，我一直犹豫徘徊，本想进去讨些残羹剩饭，却看见里面有三个与我一样装束的乞丐在里面吃饭，便没进去。

谁知，他们吃至半途就打了起来。一个乞丐大骂另外两个兄弟："日你们两个老娘，你们白吃白喝我的。"

另外两个乞丐体内的无名之火立刻升腾起来，把请客的乞丐暴打了一顿。打完后，两个乞丐就要走，却被请客的乞丐叫住："你们别走，我有话说。"

这时，请客的乞丐小宝说出了事情的原委。原来今天是他母亲的三周年祭日，他心中难过，又联想到自己孑然一人，郁闷无以排解，遂设下酒宴，故意惹哥们儿动怒，让自己发泄一下内心的苦闷。

两个乞丐走后，叫小宝的乞丐伏在桌子上失声痛哭。

小宝的遭遇引起了我的同情。同样的年龄，同样的失母之痛，同样的天涯沦落，让我再也按捺不住，上去劝解了小宝一番。随后，我又拿出卖血的钱为他付了账。

小宝见我和他经历和遭遇相同，不免同病相怜，又见我如此仗义，便向我倾诉了自己的一切。

小宝的家在石家庄。由于爸爸的出身是小业主，他不属于根正苗红的"红五类"子女，所以学校的红卫兵组织都不接纳小宝。为了早日立功当上红卫兵，小宝"大义灭亲"，向红卫兵检举了爸爸当过国民党士兵的往事。

小宝如愿地当上了红卫兵，爸爸却被造反派打得遍体鳞伤。后来爸爸实在忍受不住折磨，爬上大烟囱，一头栽下来摔成了肉饼。因为对爸爸心怀愧疚，小宝觉得自己没脸再在家待下去，于是跑出来当了乞丐。

由于我们投缘，我也向小宝介绍了自己的身世。

自打我呱呱坠地，爸爸就给我起了个小名叫斌斌，希望我长大后成为一个文武双全的人。但是，一场史无前例的政治运动彻底扭曲了我的生活、毁灭了我的家庭。

爸爸在"反右"运动时被定为右派，在"文革"运动一开始就从政府机关里被强制安排当了挖煤工人。妈妈因为是清朝皇室的后裔，也被当成牛鬼蛇神划成了群众专政的对象，整天戴着纸糊的高帽子挂牌游斗。

因为学校停课，姐姐和我只得待在家里。最初，我和姐姐还有机会见到出来扫马路的妈妈和背粪桶掏旱厕的爸爸。后来，市里成立了革命委员会，爸爸妈妈不但没有被放松监管，反而被双双投进了监狱。从那以后我就再也没有见过爸爸妈妈的身影。

我在学校时的同桌叫舒雅，聪明伶俐，长得又漂亮，我们从小在一起玩耍，经常一起玩捉迷藏、捉坏蛋等游戏。可以说，我俩是两小无猜，青梅竹马。每当我吹起笛子时，舒雅总是坐在石阶上，用两只小手托着下巴听得如痴如醉。她露出的微笑，就像初春风中摇曳着的盛开的桃花。偶尔，我也会在舒雅面前练练腿脚，卖弄几下我的武功，来博得舒雅的喝彩和掌声。

在我的记忆中，除了爸妈和姐姐，只有舒雅是我的知己，给过我真正的关爱和帮助。她就像我人生的航标，为我失航的心灵指引着方向。

在我流落街头时，只有她为我伸出救援之手。她经常从家里偷地瓜或玉米面窝窝头给我吃。因而，我每天最盼望的就是偷偷藏在离她家不远的大树后面，等待着舒雅的出现。这使得我暂时忘却了孤独、沮丧和忧愁。

但好景不长。一天，舒雅哭着对我说，她要随父母去南方，那是一个很远的地方……临行前一天，舒雅竟偷着送给我一条羊毛织成的灰围脖，还偷偷塞给我5元钱。这条围脖从此成了我唯一御寒的衣物、我的思念、我和舒雅的信物。

她临行的那天，我偷偷躲在火车站的一角，看见她们全家上了火车，我的眼泪再也抑制不住了！当火车慢慢开动时，我再也控制不住自己，拼命地跟着行驶的火车奔跑，跑了很远，很远……

从那以后，在我的记忆中，舒雅成了我唯一的亲人，是我感情的唯一寄托。

现在，我爸爸、妈妈和姐姐都死了，只剩下了我这个孤苦伶仃的孤儿，也没有了任何家产，除了爸爸在临死之前给我捎回来的一双棉手套。

手套戴破了以后，我才发现里面藏有一张纸条。上面写道：

斌斌吾儿，我们可能再也没有机缘相见了。但是你要记住：爸爸妈妈不是坏人，我们对得起国家，对得起父母，只是委屈你和你姐姐了。爸爸妈妈没有什么可以留给你的财产。但是，有一样能够证明爸爸妈妈政治生命的东西，我把它藏在了烈士陵园西北角最粗壮的松树干两米高处的一个树洞里。你现在千万不要动它。你还小，不懂得时事的艰辛和斗争的复杂。如果将来不搞阶级斗争了，你也长大了，你再把它打开交给共产党组织。只有那时候才能完全洗刷爸爸妈妈身上的冤屈，也才能让你重见天日，纠正对你的一切不良的政治影响。这就是爸爸留给你的最后的礼物。我们期盼你成长为一个文武双全，对国家、对社会有用的人。

切记：看后一定将纸条销毁。我们永远爱你。

爸爸妈妈

这就是爸爸妈妈留给我的全部财产。

于是，我离开了家乡，向着大雁南飞的方向一路沿街乞讨。因为饥寒交迫，我蓬头垢面、肮脏不堪。

那时候，我只知道越向南走越暖和，去那里就可以见到我的舒雅。

我住过别人家的屋檐下，住过水泥管道，住过破庙，住过农民的猪圈牲口棚，有时候甚至住在坟地。

越谈越投机，于是小宝把我当成了莫逆之交的知心哥们。小宝知道我也是无家可归的流浪之人。晚上，他将我领到了他们的乞丐领地——“拉兹部落”，实际上那是街区的一个花园。

黑暗中小宝叫了一声："有新爷们来了！"于是，四面八方说不清的手在我身上乱摸，有的摸头，有的摸脸。我受到了乱哄哄的却是最热烈的欢迎。

我发现花园里人满为患，一个个横躺竖卧，似乎很陶然。

小宝说："今天晚了，你随便找个地方放死倒（睡觉）吧。"说完，他便消失在一个阴暗的角落里。

第二天，日上三竿，有一乞丐吆喝起来："开饭了。"

我睁开眼睛，看见乞丐们也一个个爬起来，打着哈欠，伸着懒腰，揉揉惺忪的睡眼，开始朝四面游荡开去。

我正不知道自己该去何处，小宝跑过来，拿来了一个烧饼、一个地瓜让我吃。

这时小宝问我："你以后有什么打算？"

我说："不知道。"

小宝就给我介绍说："我们这个'拉兹部落'也是有规矩的，你如果不知晓就会大祸临头。乞丐王国的老爷子由最有威信的人担任，大爷们、小爷们都是由老爷子任命的亲信，可以教徒带子认'干儿'。

姐们的排行除年龄外，还按照水色而论，年长者叫老嬷嬷。哥们则是平等的，没有高低之分。

这里的分工也十分明确。比如小罗锅是在火车站跪点的（长期在一个地方乞讨），线黄瓜是专门在双条（铁路干线）上干双夹活儿的（扒钱），杨瘸子和毛小五是在单条（公共汽车）上干双夹的，马磕巴是负责卖巧的（销售赃物），黄毛是专门挑线的（卖血）……

你如果要想在一个地方行乞，就必须先获得当地的丐帮弟子的身份。郑州现在由号称'七兄弟'的丐首把持，其下的乞丐都有自己的地盘，平时绝不会越雷池一步。外来乞丐必须先拜地头儿向他报到，不然就会遭受皮肉之苦。

丐帮的门户数不胜数，你新到一地，一定要留神。另外，丐帮的行话（黑话）必须学会。不然，你就没法在这儿混。"

小宝的一席话，让我目瞪口呆。

下午四点，乞丐们又聚在一起，三五成群地交头接耳，打牌下棋，嘻嘻哈哈。还有一伙自称"晒太阳协会"的乞丐在晒太阳。该"协会"的活动也就是在晒太阳时吹牛皮，一周一次。因为冬天对乞丐来说是劫难日，只有晒太阳才是他们的欢乐。夏天他们崇拜月亮，冬天他们崇拜太阳。

我发现乞丐也崇尚文身。杨瘸子的胳膊上刺了幅梅花图和"梅花党"几个字；毛小五的手臂上刺着一条小龙，边上刺了两个字——"成龙"；还有的乞丐身上刺着观音、罗汉、宝剑。不过他们的文身往往只在文身比赛时才会亮出来。

小宝为了让我更多地了解乞丐生活，晚上又带我去了一个地方。

这个地方是乞丐自发成立的一个“兄弟会”帮派组织。十几个人正在给一个 14 岁的兄弟举行入帮仪式。

我俩躲在一个黑暗的角落里观察着这个仪式。只见他们将这个少年拧胳膊、扳大腿，用一块毛巾堵住了少年的嘴，两个牛仔拿着弹簧刀朝少年的胳膊划去。

肉裂十字、鲜血溢出。一人用人民币纸币接着血，一人用打火机点燃后将纸币移至少年手上，令其用食指与中指夹住，任凭火舌舔着少年的手指。

这时，一名牛仔领诵起誓：“如果我不守帮规，我的肉体将像这纸币一样被烧毁!”

誓毕，入帮的少年被众人簇拥着见老爷子去了。

我万万没想到，这乞丐部落竟然又是帮中有帮、派中有派。看来，只靠一个人单打独斗是很难生存下去的。

丐帮小帮主

乞丐又是一个松散的联邦，各霸一方，占山为王。

河南的乞丐自称“万年穷”。行内的正宗是“死捻子”，就是普通的叫花子，其中又细分为韩门、齐门和郭门三个支系。

“死捻子”内又分为“花搭子”、“武搭子”和“叫街”三类。“花搭子”是通过卖艺，如唱数来宝、砸牛胯骨、打竹板等乞讨；“武搭子”是苦讨；“叫街”的是残疾的乞丐。乞丐中的“活捻子”就是小偷，“死捻子”看不起他们，因而互不来往。

为了暂时栖身，我只好听从小宝的意见，在他教我怎样办之后，我们便带了礼物去拜访丐首。

这个丐帮老大是河南新乡人，是郑州丐帮帮会“七兄弟”的成员之一。他 12 岁出来讨饭，跟师傅练过拳脚，会几套武功，尤其善于乞丐拳。他到过广州、上海，见过大世面，并且有 20 多年的流浪生涯的经验。

在一次两伙乞丐斗殴时，他出面劝说：“都是兄弟，别打了。”他当场捡块砖，一运气用两个手指就将其捏碎了。于是，在场的乞丐一起跪下，拜他为这一带的老大。

我们一见面，就产生了这样一番对话：

“你打哪来的?”

“我后边来的。”

“咋跑郑州来了?”

“我混不下去，拣不着了，求爷们高抬贵手收下我。”说着我马上递烟给老大点上，并奉上一把钱。

老大又说：“瞧你小子倒乖顺，行啊，好生待着我，千万别出差错。”

就这样，拜见仪式就算完了。

小宝说：“好了，你现在就算是他的人了。走完门槛，今后你就可以在这地方吃饭了。”

然而，我靠什么手段吃饭呢？跪点的已经把地盘划分殆尽，靠行窃我还没学会本事。小宝见我迟疑，就毫不犹豫地说：“这样吧，我的一个干爹会唱莲花落。你先跟他几天，在道上混熟了以后再说吧。”

就这样，我开始跟上了小宝的干爹“李像章”。

为什么他取了这么个奇怪的名字呢？我一见他就明白了。原来他的身上挂满了领袖的像章，还有军功章、红卫兵章、造反派章和各种旅游纪念章，此外还有共产党的党徽，一走起路来就叮叮咚咚作响。

“李像章”原名叫李云山。由于他家三代都是贫农，从爷爷辈就开始当乞丐，曾经是“万年穷”乞丐帮会的成员，爸爸也从小就开始讨饭。所以，穷光蛋成了优点，成了彻底的无产者，李云山不仅被吸收入了党，而且在生产队当上了队长。不久，他还成了当地“贫下中农最高法院”的院长，掌握了生杀大权。

但是，人民公社吃大锅饭，生产搞不上去，社员分配极差，一年才挣几盒烟钱，他自己也觉得吃亏，干脆撂了挑子，当了讨饭队长，出来当了盲流。结果，他乞讨的时间比党龄还长。尽管多次被遣送，但他却不归故里，甚至在被遣送的农场当过党支部召集人。

因为他是当今最彻底的无产阶级先进代表，不仅当地民政、收容所会对他高看一眼，即使是在乞丐眼里，他的头上也比一般乞丐多了一个神圣不可侵犯的光环。

“李像章”的拿手戏是动口不动手。他专门走街串巷，举逢喜庆吉日、男婚女嫁、生子祝寿、出殡治丧、盖屋架梁时就前往乞讨。

他手持一个竹板，边打边唱“乞丐歌”：“好心有好报，坏心鬼不饶。劝你行善事，可怜我穷老。求钱不要多，只要给五毛。你若给我钱，保你活到老。”

每逢有办喜事的，他就唱贺喜歌：“喜鹊落枝喳喳叫，凤凰成双哈哈笑。主人喜庆天地亮，听我三贺把喜道。一贺夫妻和睦好，恩恩爱爱两活宝。二贺夫妻会发财，芝麻开花节节高。三贺来年生贵子，早早就把龙蛋抱。”

有贺生日的就唱生日歌：“福如东海长流水，寿比南山不老松。四世同堂全家乐，百岁过后更年轻。”

因为人们都好散财图乐，所以这时候要钱比平时更便利。

若是主人给了好酒好饭和“福禄钱”，他就唱赏心小曲。当然也有主人不买账的，任凭你怎么唱，就是不肯给钱。于是，他就开始唱骂人歌：“竹板打，响叮当，眼前来到王家庄。王家庄，真叫坏，只顾自己来发财。好话说尽不疼人，有钱买孝去出殡。”

骂人歌一开唱，就一发不可收。远近数百里，莫不畏之如虎。客人被骂走了，主人也被骂得名声扫地。这时候，主人再出来圆场，往往要出比平时施舍多出数倍的钱才能平息。所以，这样的事情往往并不经常发生。主人即使再不愿意出钱，也会赶快拿钱把乞丐打发走。

“李像章”乞讨的成功经验，让他成了家乡致富的典范。他的家里很快盖了新房，不久他的儿子也出来乞讨了。

这样一来，村里的人都出来了，开始跟他学唱乞讨歌。于是他们村成了红极一时的“乞讨村”，同时也是全公社的富裕村。

自从我跟了“李像章”后，衣食无忧，也算有了个安顿的地方。乞丐由于居无定所，车站自然成为流浪汉最多的地方。郑州车站上小偷出没，流氓成群，异乡流浪汉往往被打得死去活来。

乞丐中有的专门敲有钱乞丐的竹杠。他们自己不乞讨，专门“吃二馍”。由于他们多是中年人，体格健壮，结伙行事，行动之前先分工，有挑衅的、主攻的、副攻的、助攻的，发现了乞丐大户就抢。拒不出钱的，必遭打无疑。

有个在东北时外号叫“夜游神”的，刚刚来到此地，就被几个“吃二馍”的乞丐暴打了一顿。于是，他买了把菜刀藏在身上，准备谁欺负他时就拿出来拼命。这天，“吃二馍”的又召集了十几个人，群起而攻之，殴打“夜游神”。正好被我遇见，我拉来几个丐帮兄弟上手帮助“夜游神”，打退了众人。“夜游神”因为寡不敌众，还是被砍断了一条腿。

在他落难之际，我求丐帮老大给他安排了一个师父，认了干爹。

这位师父是个神偷，收他做了徒弟，给他安了假腿，然后教他练功。所谓练功，就是在火炉子上煮沸一盆水，扔下两个铜钱，然后练习伸手下去把铜钱捞出来。“夜游神”的手指不知被烫去了多少层皮，终于练就了“两夹”以及“瞄（侦查）”、“推（故意拥挤）”、“顶（用膝盖使绊子）”、“荫（遮住人们视线）”、“溜（逃跑）”五大奇功。这样，他很快就成了丐帮偷界中的一颗明星。

乞丐们也有固定节日。元旦是乞丐的“哥们节”，要吃自助餐，在一起拜年团圆。而春节则是乞丐的“酗酒节”，每个人要喝白、红、啤三种酒，醉了吐，吐完再喝。这个时候，思乡、念家、悲哀、忧愁、迷茫等情绪一涌而出。

空虚是一种没有生气的生活，是一种连乞丐们都难以忍受的生活。这就是无聊、无味，是精神的呆滞。所以，酗酒节往往会有许多乞丐出来闹事。

乞丐膺服的只是武功。人为地制造残废，也是控制部落的办法。当首领发现有的乞丐企图逃走，就会将其胳膊扭断或者脚髁踢伤，伤而不死，因伤致残。

我虽然流落成了乞丐，但还没有泯灭良心。我看不惯以强欺弱、以大欺小、弱肉强食的行为，经常对弱势的乞丐伸以援助之手。

一天，火车站上有一个壮汉对两个女童拳打脚踢。女童痛苦地痉挛，壮汉却仍然狂叫着：“出去要，不去老子还打你。”边说边下着狠手。

两个女童喊道：“救命呀！他根本不是我们的爸爸。”

那个汉子咆哮着：“再说不是，我打死你们！”

一个卖艺的女乞丐闻声跑了过来，大声高喊：“住手！”

“你少管闲事。”说完汉子就推了女乞丐一个趔趄。

我认识这个女乞丐，她颇有姿色，乞讨前原是个教师。她是为了寻找自己丢失的女儿才当乞丐的。女儿在5岁那年被人拐跑了，她像疯了一样，工作也不要了，寻遍了全国，也没有找到她的女儿。所以，她见了女童被毒打，出于母性就出来保护。

丐帮里都知道，乞讨的小孩中只有一半是和自己父母一起出来的，而另一半小孩则是丐帮的“工具”，是被大人们租来做专职乞丐的。乞讨的孩子每天早晨7点出工，晚上10点回来。无论是寒冬还是夏日，都要遭受呵斥、辱骂甚至殴打。每天上千次的下跪使膝盖都结了厚厚的老茧。

只见那个女乞丐一把抱住了两个女童，却激怒了那个汉子。他一把揪住女乞丐的衣领，举手就打女乞丐的耳光。女乞丐被逼急了，于是，一把抓住了汉子的裆部：“你不放手，我就要你的命。”

汉子痛得松了手，却引来了另外两个大汉。他们上来就对女乞丐大打出手，并且喊道：“让你管闲事！”

女乞丐虽然被打，却反问道：“如果她们是你的亲女儿，你会下得了这样的狠手吗？只有抢来的、拐来的才会下这样的狠手。”

流浪汉们恼羞成怒，将女乞丐打得抱头躲避。上衣被撕碎，乳房都露了出来，但流浪汉们还是不肯收手。女乞丐发了疯一样地用头撞，用牙咬，但是无济于事，两个流浪汉乘机在她身上乱摸乱捏。

我早已愤怒得不能自已，立刻发出急救信号，招来了附近的众乞丐。他们向这几个外来乞丐发起了进攻，顷刻间就将两个流浪汉打趴在地。结果，又招来他们一直旁观的5个流浪汉围攻了过来。

这时候，当地丐帮看见我们被外来的乞丐欺负，都一拥而上。现场立刻陷入一片混战，直到将这伙流浪汉打得跪地求饶才罢手。

就此一役，我的勇敢和仗义出了名，也成就了我当地丐帮的小帮主地位。

乞讨的生活，不但磨炼了我的意志，而且使我过早地成熟。由于我行侠仗义，常常在乞丐中帮穷济困、扶助弱小，也赢得了中原一带所有丐帮的拥戴。

少林寺护法

乞丐把国庆节当成“旅游节”。

这不仅是为了欢乐，更是因为季节的变化，需要挪窝。

届时，乞丐纷纷拿出自己的拿手好戏：翻跟头、打旋子、耍棍棒、玩魔术、练气功、头裂岩、吞钢球、吃宝剑、剑刺喉。口技不错的，学杜鹃啼归、黄鹂鸣啭、雄鸡高唱、云雀欢歌、羊叫驴嘶、鸭鸣鹅奏、狗吠猫叫、奔马行车、风吼雷鸣，学什么像什么。街头一站，口技一演，就财钱滚滚。

可是，这时候往往也是丐帮的多事之秋。乞丐们为了争地盘、争老大，难免有血腥的事情发生。

所以，这并非我所期望的生活。我左思右想，如果不离开这里，不改变一下环境，就永远改变不了我的生活。于是我暗暗做好了走出去的准备。

乞丐的生日就是“洗澡节”，乞丐们最爱自己的生日了。这天无论再脏，也要洗个干干净净的澡，因为这不仅是表现对自己的爱，也是对父母的尊重、对神的尊重。同时“洗”同“喜”是谐音，乞丐把两者连在一起，盼望“洗澡节”给自己带来好运。

生日这天，我按例先用热水蒸发出汗，就等于蒸发了自己的罪过；然后用温水洗，暖却自己的心灵；最后才是用凉水，使头脑清醒，以求重获新生。

过完生日，我就神秘地消失了。

我所到之地到处张贴着《告革命群众书》，提示人们要“防奸、防特、防坏人”，对身份不明的人一定要交到群众专政指挥部，一律不得留容。

因为到处都有“纠察队”在巡逻，简直没有我的容身之地，于是我来到了河南嵩山少林寺。

少林寺寺院宏大，从山门到千佛殿，共七进院落。山门的正门坐落在两米高的砖台上，左右配以硬山式侧门和八字墙，整体配置高低相衬，十分气派。门额上有清康熙帝亲笔所题的“少林寺”三个大字。

我一进山门，便见弥勒佛被供于佛龛之中，大腹便便，笑口常开，故人称其为“大肚佛”、“皆大欢喜佛”。神龛后面立有护院神韦驮的木雕像。过了山门甬道，两旁碑石如林，故称“碑林”。碑林西侧锤谱堂里面有泥塑和木雕群像。过碑林后便是天王殿，三间重檐歇山顶殿堂，外面有两大金刚，内里则是四大天王像，威武雄壮。

天王殿后有大雄宝殿。殿内供奉着释迦牟尼、阿弥陀佛、药师佛的神像，屏墙后面悬塑观音像，两侧有十八罗汉侍立。大雄宝殿之后，又有藏经阁，这是寺僧藏经说法的场所。殿前甬道有明万历年间铸造的一口大铁钟。藏经阁的东南面是禅房，是僧人参禅打坐的地方，对面的西禅房则是负责接待宾客的堂室。

过了法堂便是方丈室，达摩亭在方丈室后，东配殿位于达摩亭西侧。

千佛殿是寺内现存最大的殿宇。少林寺西面不远处就是塔林。这些古塔共计 230 余座，它们造型典雅，石雕艺术精湛，是古塔建筑群世界之最。

少林寺保存有珍贵的碑碣石刻，还有武则天撰文的《大唐天后御制诗书碑》等各种各样的文物。

因为文化大革命要扫除一切旧文化、旧习俗和旧风尚，寺内众僧大都已被遣散，佛文化也被当成了革命的对象。

这时候，只有方丈和几个无家可归的僧侣在照看着寺院。我的突然到来，最初使方丈有些为难，但在听了我的遭遇以后，方丈毅然收留了我。

方丈不仅收留了我，而且还对我疼爱有加。开始教我事佛诵经，修炼心境，见我慢慢地少了浮躁和世俗之气，又开始教我学习功夫。

我就是从这时候起，真正学习到了少林运气宗法、童子功法、气功内劲一指禅功法、罗汉拳、螳螂拳、少林棍法、达摩内功修炼法等少林寺的武功真传。

由于我身无牵挂，一心习武，故功夫大有长进。方丈见我悟性极高，因而对我格外器重，陆续又将擒拿、点穴、连手短打、易筋内功、铜钟功、精功 72 绝技等功夫秘籍传授给我。

外面的世界越来越不太平，政治斗争此起彼伏。方丈让我加紧修炼佛家经典，并告诫我要时时有平常心，事事要宽容忍耐，万万不可动邪念、开杀戒。

突然有一天，一批红卫兵打着“大无畏战斗队”的旗帜，一边唱着“造反有理”歌，一边闯进了寺院。

“马克思主义的道理，千头万绪，归根结底就是一句话——造反有理，造反有理”的歌声刚刚结束，红卫兵的头头就把方丈叫到寺前，手持红色语录本说道：“伟大领袖教导我们：‘凡是反对的东西你不打，他就不倒。这就和扫地一样，扫帚不到，灰尘照例不会自己跑掉。’我们是响应伟大领袖的号召，到这里来破‘四旧’的。我现在代表‘大无畏革命造反队’向你宣布，我们要采取革命行动，砸烂这里的佛像和一切‘牛鬼蛇神’的雕塑、碑林。你听明白了没有?”

方丈据理力争，不让他们动这里的一草一木。然而骚动的红卫兵却把方丈捆了起来，说是阻挡了他们的“革命行动”。所以，他们要先革了方丈的命。红卫兵找来了镐头锄把，还有大锤钎子，就要开始他们捣毁文物的“革命行动”。

眼看红卫兵就要动手，少林寺劫难在即，我再也忍不住了。事不容迟，于是我从大殿里飞身出来，大喊一声：“住手!”

被惊动了的红卫兵一看我只身一人，竟然胆敢出来阻止小将们的革命行动，十几个人立即将我团团围住。他们高喊着："你一个跳梁小丑，不过是一只小小的苍蝇嗡嗡叫。就凭你，怎么能够阻止我们红卫兵小将的革命行动？谁反对我们破'四旧'，谁就是反对无产阶级文化大革命，反对无产阶级文化大革命就是反对我们伟大的领袖，就是我们革命的绊脚石，必须接受我们革命小将的严厉审判。"

说着，几个红卫兵跃跃欲试，上来就要抓我。

我厉声说道："别看你们人多势众，但是我并不怕你们。如果你们就此罢手，不动寺庙和文物，我立即放你们安全下山。如果你们非要动手毁坏少林寺，那可就别怪我对你们不客气了。"

在那个"火红的年代"，哪个敢惹红卫兵？他们看见我一个毛孩子竟敢口出狂言，丝毫不把他们放在眼里，于是一齐将我团团围住，有几个大个子冲我挥舞着手中的锹镐，直奔而来。

我不等他们近身，一个扫堂腿把前面的两个人扫倒，然后几个连环掌加上旋风腿，将后面冲上来的人连踢带打撂倒了一片。于是后面的几个红卫兵就再也不敢上前了。

我上前揪住那个红卫兵头头的脑袋，厉声问："你发誓，还毁不毁我少林寺了？"说完，我让小头头站了起来。

那个红卫兵头头量我不敢把他怎么着，于是振振有词地回答道："革命无罪，造反有理。宁可向前一步死，绝不退后半步生。我们要用生命和鲜血捍卫他老人家的革命路线，海枯石烂心不变。"

我严厉地说："我在佛祖面前警告你们现在马上下山，永远不要做对不起老祖宗的事情。听见没有？"

红卫兵头头号叫着："革命造反派的战友们，他这个跳梁小丑，竟敢反对我们的革命行动，谁反对我们破'四旧'，谁就是反动派。我们红卫兵与他势不两立。我们不打倒他誓不罢休。战友们一起上，把他捆起来！"

我气愤地一脚踢正他下腹的裆处，痛得他一下捂住下体，双脚跳着喊叫着，然后我用力抓住他的手臂，只听"咔嚓"一声，红卫兵头头的胳膊瞬间被我扭断。我大吼道："你们睁开眼睛看好喽，如果你们再不走，这就是毁坏少林寺古文物的下场。"

我刚刚说完，他们面面相觑，然后一个个连滚带爬，下了山去。

我转身解救出了方丈。等方丈出来一看，便知道我闯下了大祸。红卫兵下山后一定会再来少林寺要人。于是方丈连忙让我马上走，并且走得越快越远越好。方丈又为我给武当山的方丈修书一封，让我带上。

于是，我不得不辞别方丈，收拾了行李，离开少林寺。

我又重新开始了乞讨的生活，辗转来到了武当山，又在山上的寺院住了一阵子。平时和住寺师兄们学了些武当太极、武当正宗三十六功等拳脚功夫。

有一天，师兄下山回来时说是在山下看见了“红总司”的通缉令，上面有个画像是在通缉我。为了安全起见，师兄劝我还是赶紧逃走。于是，我又连夜继续南下。

当我到了湖南武陵源张家界时，一个终身单身、靠采药为生的张药师收留了我。我跟随师父登峰攀岩遍尝百草，深得张药师的真传。我不仅熟知各种动物的习性，掌握了如何与大型危险动物打交道，熟悉各种山货野果、野菜蘑菇的种类，而且对各种草药的习性和用法都了如指掌。这对于我以后的野外流浪生活、危急时候的自救与救人有极大的帮助。

张药师知道我是迟早要走的人，这里是留不住我的。于是他给我写了一封信给云南西双版纳总佛寺住持大法师。他建议我躲到云南西双版纳去生活一段时间，在国内政治形势始终不稳定的情况下，我在那里安身会比较安全，因为那里离大城市比较偏远，寺庙还没有遭到破坏。我同意了。

我像一只孤狼，开始了继续流浪的生涯。在此期间，我因没有去处，还曾经在麻风村与麻风病人共同生活了一段时间。

我这一生还要感谢两个师父。一个是姓周的盲人师父，他教会了我吹笛子。第二个师父姓马，是靠射击游戏为生的摊主。他靠两支气枪摆摊让游客射击气球，每天挣点糊口的钱。他教会了我射击的要领，让我没事就练射击。结果是我后来成了百发百中的神枪手。

我的名字虽然叫斌斌，但是，我从此走上了一条与爸爸的夙愿完全相反的路，一条浪迹天涯、背井离乡、四海漂泊、喋血南洋的“不归路”。

版纳入佛门

流浪的路上，到处都是乱哄哄的景象。工厂停工，学校停课。

领袖的最新指示下来了——“革命大串联好得很”，于是全国陷入了更大的混乱之中。各地的红卫兵纷纷乘车或者徒步“长征”去北京，希望得到领袖的接见。

同时，各地造反派的文争武斗也在不断升级。许多兵营的枪械被抢，到处是不绝于耳的枪炮声和厮杀声。

一天，我来到一个广场，远远就看见一伙造反派在批斗一个女人。女人的头上戴着一个纸糊的高帽子，脸上涂满了黑墨汁。就在这时，枪声四起，另一伙造反派持枪从外围杀了过来，他们高喊着口号：“革命造反派的战友们，为我们的革命战友报仇啊！”

顿时，广场上枪声大作。我一看不好，赶忙溜出了广场。

在这以后，我尽量避开大城市，特别是造反派经常活动的地方。从湖南至昆明一路上我走走停停，又经历了三个月的时间。

我的乞丐生涯对我的流浪生活帮助不小。每到一地，我会首先拜访丐帮的丐首，比如湖北的“箩筐会”、湖南的“红黑会”、江西的“边钱会”、贵州的“孝义会”等，这成了例行的公事。

一天，我到了湖北以后，照例去丐帮“拜码头”。我进门的时候正赶上乞丐拜师，于是我就在一旁等候。

只见举行仪式的香堂中挂有神像，师父站在供桌旁，下站文武先生。

行拜师礼的时候，徒弟开始拈香、磕头，先拜祖师爷范丹，再拜师父。

师父先将一根木棍横于地下，徒弟跪在棍上，师父问：

“江湖很苦，你能吃苦不变心？”

“能！”

师父将木棍拿起，先让徒弟看一下供桌上摆的竹筒、锥子、刀子、旗子和一盆冷水等，然后让徒弟再次跪在木棍上。

这时由文先生向其宣读帮规、武先生教其乞讨技巧，讲解刑具。

最后，师父问：“竹筒是干什么的？”

“挖眼的。”

“水是做什么的？”

“去红（指杀身放血）的。”

“旗是做什么的？”

“行令的。”

对答完毕，向师父行叩头礼，即被收为徒弟。拜师入帮仪式之后，有人报上了我的来意，并将我领到了丐首的面前。

丐首坐在太师椅上，我上去先鞠了一躬说道：“众位相府，清褡子！”

丐首以礼相待回应道：“相府请坐，请坐！”

我把备好的礼物送上说：“这些‘飞虎子’（纸币），请大伙笑纳！”

“有钱花！请用茶。”

我刚落座，又有一轮新的问答：

“相府从哪来？”

“称不起相府，经师晚，离师昌，不过是个‘小跑’（即跑江湖年浅，自谦之词）罢了！”

“吃谁家的饭？”

“我在河南师从‘理情行’家，抱‘李像章’人的瓢把子。”

他们知道来者是自己兄弟，自然就一切好说了。

我在湖北小住几日后，又开始了新的南行之路。我辗转来到了云南的昆明，然后再去西双版纳。

从昆明到西双版纳还有很长一段路，在找不到丐帮又乞讨不到食物的时候，我就采野果吃野菜，结果又走了一个月。

靠近西双版纳时，我发现傣族佛教建筑随处可见，几乎每个村寨都有佛寺，有的佛寺旁还建有佛塔。佛寺、佛塔成了傣族群众生活的中心场地，成了当地人心目中的圣殿。

当我一身疲惫并带着满身泥土进入西双版纳的时候，已经是傣族的农历三月，正赶上傣族村寨的集市。

令我惊奇的是，在那片片椰林、芭蕉林和竹林掩映的集市上，有许多漂亮的打扮得十分鲜艳秀丽的傣族姑娘。不像内地，不管男人女人都是一身单调的灰蓝黑装束。

但是，我更奇怪的是，这里的姑娘不卖别的，只是专门把清一色的黄焖鸡摆到寨子的街头上卖。这眼前的美景、美色、美味，真是让我眼界大开。

我正在饥肠辘辘之际，这些香飘诱人的黄焖鸡更勾起了我强烈的食欲。这些排成一列的秀色可餐的傣族姑娘让我驻足，我实在是走不动半步了。于是，我在一位最漂亮的傣族姑娘的摊位边停留了下来。

经过仔细观察我发现，眼前这位姑娘很像我的好同学舒雅，有着一样红润的脸蛋、窈窕的身材，而且身着彩蝶般的服饰。当发现我在注视她的时候，她那因为羞涩而低垂闪亮的眼睛中，透出了一种我从未见过的天然的美丽和白玉般的纯洁。这种美丽和纯洁，容不得人有半点的亵渎和非分的念想。那份极其原始而宁静的安详，让人真真切切地体会到了一种青春美丽。

我看见在她的身边还站立着几个年轻的傣族小伙子和小和尚。我深知自己一身的狼狈相，便有些胆怯地问道："你这鸡是卖的吗?"

听见我的问话，在旁边站立的几个小伙子带着些许敌意地嘲笑起我来。那姑娘也不向我看上一眼，低声答道："不卖。"

我一时感觉很蹊跷。再仔细地向摊子上摆着的盆里看去，姑娘装在盆里的清炖鸡，上面放着香茅草、姜、蒜、葱等佐料，摆在小盆里飘散着阵阵诱人的香味。再看那整只鸡，不仅鲜嫩，而且看上去是那样令人有食欲。再加上姑娘那鹤立鸡群、独领风骚的模样，也难怪吸引那么多小伙子啦。

我以为是这漂亮姑娘性格孤傲，又或许是本地人欺生。再一想，她或许担心我是个流浪汉，怕我吃鸡不给钱。于是，我就把钱掏了出来说："你卖我买，我又不是不给你钱。"

姑娘听后，干脆不再理睬我，把头转向了一边。这时候，围观的几个小伙子和小和尚哈哈地笑出了声，卖鸡的姑娘的脸顿时红了起来，白皙的脸上飘出一片晚霞，更是惹人喜爱。

我本内心胆怯，却故意大声说："我又不偷不抢，你做买卖还挑人不成?不管怎么说，今天你这鸡我是买定了。你不卖给我，我就不走了。"

因为我觉得当众受到了冷遇，实在没面子。于是，我准备软磨硬泡来找回自己的面子。我看见摊子底下露出一个小凳腿，就掀开布帘顺手去摸了出来。然后，一屁股坐在了小板凳上面。

谁曾想，这一举动让小姑娘更加生气了。她一把夺过凳子，又重新藏在了摊子底下。不过她的脸羞得更红了。

这时，围在边上的几个小伙子更来了兴致，起哄地喊道："卖给他吧，卖给他吧。反正你又不想给我们吃，卖谁不是卖呀?看他这个样子也怪可怜的。"说完，他们又发出一阵坏意的笑声。

姑娘在尴尬中突然改变了主意。她转而笑着对我说："好吧，你既然不懂我们这里的规矩，我也就不怪你。这个鸡就卖给你了。"

意外之余我问道："好哇，真的谢谢你，你这鸡卖多少钱?"

姑娘说："等你吃完了再算吧。"

我终于觉得在众人面前找回了面子，于是站在那里抓住鸡腿撕下来一大块肉，狼吞虎咽地吃起来。

我实在是饿极了，顷刻间就把整只鸡吃掉了。吃完了鸡，我对姑娘说："谢谢你！你的鸡做得真香真好吃。我从来就没吃过这么好吃的鸡。你这鸡多少钱?"姑娘说："不贵，十块钱。"

我顿时惊讶地张大了嘴巴，那时候工厂的一个学徒工每个月的工资才十八块钱，这只鸡等于半个多月的工资呀！我半天才说出话来问："怎么这么贵?

这不是要的天价吗？”

姑娘说：“我这可不是一般的鸡，在我们这里都懂得这个价。怎么？你是没钱想赖账不成？”

我翻遍了全身口袋，掏出所有的钱，也仅有五块钱。我不得不小心翼翼地说：“我身上就只有这么多钱了，你看怎么办吧。”

姑娘说：“那么好吧，我也不难为你就收你个半价，五元钱让你买个教训。我知道你是初来乍到，不懂我们这里的习俗，以后做事先打听明白，免得再吃亏。”

我感谢姑娘没有太绝情。在一旁小伙子们的嘲笑声中，我灰溜溜地走了。

后来，我才知道傣族的这个习俗。原来这个季节，正是傣族姑娘选郎、傣族小伙子求婚的季节，也正是青年男女谈情说爱的时候。姑娘们把黄焖鸡摆在寨子的街头上坐下来，是在静静地等候爱情的降临。山寨里若有小伙子看上了某一个卖黄焖鸡的姑娘，就会前来真诚地蹲在姑娘的面前，竭尽全力来赞美姑娘的黄焖鸡，并试探着询问这黄焖鸡是否已经有人预定了。若姑娘看不上眼前的小伙子，便会借口说已经有人预定了，但还是可以卖给小伙子，意思是要小伙子出钱把黄焖鸡买走。而实际上，此时小伙子便会知趣地离开。小伙子如果硬要把鸡给吃了，不仅得不到姑娘的一丝柔情，而且还可能要加倍付鸡钱。若是姑娘看上了眼前的小伙子，便会微笑着说：“我的黄焖鸡做得并不好，却是我自己亲手做的，要把它送给我最喜欢的人。”唯有这个时候，姑娘才会从自己的摊子里把那个藏着的小木凳拿出来，让小伙子坐下来继续交谈。到了一定程度，姑娘会说：“这里人多，咱们到后面的竹林里去吧。”这时，姑娘和小伙子便会双双进入竹林开始自己的恋爱过程。

打这以后，我便再也不敢随意打扰这里卖黄焖鸡的傣族姑娘了。这是后话。

吃完了鸡，我又有了精神，边走边打听总佛寺在哪里。

原来，总佛寺就在曼听街的曼听公园内。我找到了公园，沿着林荫道拾阶而上，首先见到一座风格独特的白塔。塔有八个棱面，塔身设计精巧，与常见的塔绝不雷同，的确是我见过的最独具风格的一座塔。

公园最里面是西双版纳总佛寺。这里是西双版纳自治州的佛教圣地，也是自治州佛门最高权威的所在地。寺内有很多和尚，进了寺门，我就见到几个小和尚正在打扫卫生，整理花木。

细看总佛寺的建筑，以重檐多坡面平瓦为主。佛寺呈方形，坐西朝东，屋顶坡面由三层相叠而成，中堂较高，交错起落。屋顶正脊排列各种瓦饰，那些瓦饰呈火焰状，戗脊首端大多竖有凤的形象，风格独特。

各佛寺佛殿内部由佛座、僧座和经书台三部分组成。佛座上塑的是释迦牟尼坐像，佛祖的耳朵奇特，又大又宽，身材瘦削，眉清目秀，双手扶膝，充满着一种神秘的气氛。大厅里香火缭绕，厅的四周是释迦牟尼从出生到涅槃的油画故事。

排列整齐的书柜里陈列着世界各国的佛经经典，以及世界各国领导人和佛界首领来寺朝拜送的圣品和合影留念等。

我找到本寺领班，交上张药师的信。没过一会儿，总佛寺住持海亮法师就接待了我。我向他介绍了张药师的一些情况，于是，他就收留了我。

经过三年多的风风雨雨、漂泊流浪的生活，我再一次得以在舒适安静的屋子里面睡觉，再一次端起碗来认真地吃上一顿正餐。这是我少年时代的回忆中感觉最幸福、最惬意的一件事情。

第二天，住持为我进行了剃度，穿上了僧服。多年衣不遮体的少年之身，再一次被温暖了；我早已经冷漠的心，也再一次被融化。从此，我便在寺庙里开始学习文化知识、做佛事、做杂役。

按照傣族的宗教习俗，当地男孩从小就要被送进佛寺当和尚，其实就是在佛寺里学习文化知识，相当于汉族儿童入学，并不等于真正意义上的出家。只有在年满 17 岁之后，师父才会为决意出家的男孩“开戒点”，这时才算得上是正式的比丘。

傣族是一个崇尚知识的民族，只有进过佛寺的男孩子才会被认为是有知识的人。傣族少女尤其仰慕有文化的男子，所以进入佛寺，在当地是很体面的一件事。傣族有自己的语言文字。傣族人不仅能歌善舞，而且创造了灿烂的文化，尤以傣历、傣医药和叙事长诗最为出名。

我自从进到寺庙里，才真正感觉有了一个安稳的家。在这里，我系统地学习了《八大人觉经》、《四十二章经》、《佛遗教经》、《大般涅槃经》、《六度集经》、《百喻经》、《法句集经》、《贤愚因缘经》、《阿含经》、《仁王护国般若波罗蜜多经》、《金刚般若波罗蜜经》、《般若波罗蜜多心经》、《妙法莲华经》、《观世音菩萨普门品》、《大方广佛华严经》等佛家经典。许多经文是以英文或其他语种撰写的，因为大佛寺常年有外籍僧侣在此护法和交流佛法，所以我与中外的僧侣经常在一起交流，我的语言天赋也充分地体现出来了。我很快掌握了英语和东南亚许多国家的语言。再加上我无牵无挂，六根清净，专事佛学，所以我的功课大为长进，许多佛经我都能倒背如流，我成了寺庙里年轻僧侣中的佼佼者，深受住持的宠爱。这为我的佛学深造奠定了坚实的基础。

情缘小卜哨

同寺里的格龙是一个很帅气的傣族小伙子，比我小三岁。他看见我每天练功，就非缠着要跟我学武不可。我也非常希望能够有一个要好的朋友，于是我答应了教他武术，条件是他得教我学傣语。

我们俩相处得很愉快，我又跟他了解了不少傣族的习俗与规矩。比如傣族忌讳外人骑马、赶牛、挑担和蓬乱着头发进入寨子；进入傣家竹楼，要把鞋脱在门外，而且在屋内走路要轻；不能坐在火塘上方或跨过火塘，不能进入主人内室，不能坐门槛等。难怪我刚刚流浪进寨的时候，傣族年轻人都那么不待见我呢。

傣族是一个很有意思的民族。小卜冒（男孩子）很早就被送进佛寺当和尚，学文化，但他们学写的文字是傣文。而小卜哨（女孩子）却进学校，学汉语。这就出现了一个很奇特的现象：傣族男孩子会写傣文而不会写汉字；而女孩子会写汉字却不会写傣文。所以，格龙只会傣文不会汉语。

在傣族，少男少女从小就开始谈恋爱。在西双版纳，不论是凉爽的榕树下、竹楼旁、芭蕉林、槟榔树下，还是篝火熊熊的纺线场、砍柴的山上、赶集的路上，都是傣家青年谈情说爱、择偶的好去处。如逢热闹的节日，青年们便会不失时机地为自己挑选意中人，或与恋人幽会。特别是在看露天电影时，更是傣族年轻人谈情说爱的好机会。

那时，镇上还有驻军。只要是周六晚上，驻军营地几乎都会放映电影。电影上映时，镇里一下就会从四面八方涌来许多人。

来看电影的傣家小卜哨都打扮得花枝招展。她们似乎不是来看电影，而是来比美的。傣家小卜冒们手里则拿着一只电筒，身上披着一床绛红毯子。他们到电影场上更多的是为了来会自己心仪的姑娘的。

在小卜哨聚集的地方，小卜冒们会大胆地迎上去，揿亮手中的电筒，直接往小卜哨的脸庞上照射。如果小卜冒照见了自己心仪的小卜哨，就会把电筒光锁定在她的脸上。然后把电筒光调转来往自己的脸上照一下，以此向小卜哨表明自己的身份。小卜哨对电筒光不躲闪时，小卜冒就会勇敢从容地抖开身上的红披毯裹着意中人离开电影场，寻找一个相对僻静的角落进行亲密的接触与交流了。

倘若初次接触后找不到共同语言，小卜哨就会毅然挣脱小卜冒的红披毯，重新回到电影场的小姐妹当中，等待另一个小卜冒。

每次在露天电影场江畔的一棵棵棕榈树、凤尾竹下或橡胶林间，随处可见一对对情侣拥裹在一张张红披毯中，在轻轻地呢喃细语。

我暗想，倘若自己也是一个傣族小伙子，舒雅就是那美丽的姑娘，那该是多么好呀！

你可别以为和尚就一律是六根清净。到了西双版纳你就会知道了，这里有“小和尚谈恋爱”的风俗习惯。傣族的小和尚也称花和尚，生活并无严格限制，可以谈情说爱，也可以随时还俗。格龙就经常身穿僧服在大街上玩耍游荡，也经常约傣族小姑娘轧马路谈情说爱，还经常在放露天电影时去找心仪的姑娘。

一天，格龙邀请我到他家去玩。在去的路上格龙说他除了爸爸妈妈外还有一个姐姐，名字叫格桑，仅比我小几个月。我们来到格龙家的竹楼时，格龙为我介绍了他的爸爸妈妈。

当格龙喊出他的姐姐要为我介绍时，我们彼此一下子都惊呆了。我一眼认出来，她就是那天在寨子街上卖黄焖鸡的漂亮姑娘。她也一下子认出了我，有些不好意思起来。格龙看出来我们两个都有些反常，就问：“怎么啦？难道你们以前认识？”

格桑说：“不认识，但也许曾经在哪见过。”

我不愿意暴露出那天在街头出现的丑态，也迎合着说：“我们好像不认识。”

我仔细端详格桑，越看她越觉得像舒雅。她和舒雅一样花容月貌，婀娜多姿。也许是她崇拜自然而又爱美的天性，在她脸上看不到任何化妆的痕迹。她保养得很好的一头秀发像一挂靓丽的瀑布。

格龙看见我欣赏格桑的那副陶醉的眼神，就骄傲地对我说：“我姐姐格桑的美貌可是在全村寨出了名的。你看见她的一头秀发了吗？她保养得那么好，其中的奥秘是我母亲传给她的。那是用发酵的淘米水和天然花草配制的洗发水和护发素。我姐姐只要在家，晚上的时候就够热闹的啦！每当夜幕降临，附近村寨的小伙子就会带着琴瑟来到我们家的竹楼边唱情歌。”

也许是我被眼前的美人美景和美好的爱情故事吸引，这天晚上，我便偷偷来到了格龙家，藏在了竹楼附近的竹林里。

就在月光笼罩着椰林，微风吹动着凤尾竹的时候，我听见人的脚步声。接着琴声响起，一阵前奏过去，一个小伙子就唱起了情歌：

在我们美丽的大山谷里，开了一朵美丽的格桑花，它一生只开那么一次。在我们明镜般的大坝子上，有一个美丽的姑娘，她一生只笑那么一次。人们不知道那格桑花啥时候开，人们不知道那姑娘啥时候笑。不是格桑花不开呀，是美丽的春天还没有来到；不是姑娘不会笑啊，是心爱的人没有回来。

小伙子唱了半天，也不见楼上有回应，就知趣地走了。

一会儿，又来了一个小伙子，也唱了一首情歌，见楼上没有动静，也走了。

经过连续几天的观察，我感到奇怪的是，不管多少小伙子前来调情、唱情歌，格桑从来都不回应。

时间一长，我也学会了当地傣族青年的情歌对唱。有一天，我终于把我喜欢格桑的心里话告诉了格龙。我还特意邀请他陪着我，晚上到他家的竹楼下唱情歌。

晚上，我邀好格龙来到了他家的竹楼外，我学着傣族青年小伙子的样子唱起了情歌《不必这样躲闪》：

是我来得太早了，还是太阳落得太慢？
为什么篝火没有燃起，她的纺车也没有看见？
姑娘啊，你家的柴虽然多，我已一根一根数遍。
你家大篱笆虽宽，我已环绕了九转。
周围的青草被我踏平，入睡的小鸟被我吵醒。
人们在笑我发疯啊，有谁能理解我的心情。
就算你讨厌我吧，也不必这样躲闪。
有缘就喝杯美酒，没缘就唱支悲歌。

由于我的歌唱得美妙动听，加上我唱得动情，竟然意外地、成功地打动了格桑的芳心，她稍有迟疑，却出乎意料地与我对唱起情歌来。

格桑唱道："孔雀尾巴好看眼睛小，哥哥你爱我哪般把我找？"

我马上接着对唱道："黄莺小巧会唱歌，妹妹灵巧我爱着。"

"温泉流急了水会冷，三言两语就相好情难长。温泉好洗澡，但当不得茶。好游串的人怎能把家当？"

"竹子高大心中空，用来做梁不中用。自夸的人本事小，嘴说千里身子不会动。"

最后，我们竟自然而然地合在一起唱了起来："一只鞋子不能穿，有米无水下锅难。哥是米，妹是水，定做出香喷喷好米饭。"

情歌唱罢，我却一时急得憋红了脸，竟不知道下一步应该怎么办才好了。我回头找格龙求救，这时候他却像幽灵一样不知躲到什么地方去了。

按理说傣族青年男女用歌声表达爱慕之情，一唱一答，十分委婉巧妙，纯朴动听。若姑娘愿意，会以顿挫的纺车节奏回应，甚至放下纺车与小伙子一起到大青树下尽情地倾吐爱慕之情。

可是，我是个外族，没想到会真的打动了格桑的芳心。我这个童男子还真被吓了一跳。我一时无计可施，只好偷偷地溜走了。

第二天上午，我以去格龙家玩为由，偷偷地观察着格桑的表情。我看见格桑那美丽的脸庞上略带着几分忧伤。她虽然与我微笑着表示友好的欢迎，但是难免流露出一点点惆怅。看得出来她还不知道昨天晚上在竹楼外与她对唱的人是我。所以，我斗胆地向她问好，故意找事和她搭话。

这时，我惊奇地发现格桑正在摆弄她缝制的“花包”。花包是傣族姑娘用花布条精心拼缝的，里面裹着棉籽、谷壳一类的东西，四周和中心分别缀着五彩花穗。每逢节日期间，在寨边广场或河滩草坪上，盛装的男女相距二三十米，分排两边，姑娘扔花包给小伙接。细心的姑娘通常不会轻易抛扔，而是专投意中人，并且往往扔得又高又远。小伙子如果也看上了这姑娘，就佯装接不住，愉快地认输，从自己的筒帕里掏出花手帕或银手镯，作为处罚赠送给姑娘。然后两人一起离开大伙，到树林或小溪边互诉衷肠，或约定好时间地点，让小伙按期“串姑娘”。

格桑摆弄花包的举动，正说明她已经被昨天的情歌打动了芳心。我决定，今天晚上继续我的情歌对唱。一旦时机成熟，我一定站出来与格桑坦诚相见，表达我对她的爱恋。

回到寺院，我激动不已的心在加快跳动，莫名的骚动使我坐卧不宁，似乎有一种难以抑制的青春激情在萌动。我的脑海里不断涌现出如水如烟的舒雅，她的笑容不断地出现在我的眼前。奇怪的是，一会儿却又变成了格桑。她一会儿藏在寨子周围那一大片的竹林里，一会儿闪现在舞台上。她穿着最漂亮的筒裙，头发上插着娇艳的鲜花，唱着轻柔缠绵的歌，跳起了欢快的嘎秧舞。她那如水般清澈的眼睛，遮住了世俗和邪恶；她柔软纤细的腰身，像金黄的稻谷，遮住了我为之湿润的眼眶。她已经成了我心里永远定格的一幅画。

好不容易熬到了晚上，当月亮再一次从凤尾竹后面升起来的时候，我又来到了格桑家的竹楼旁。透过竹窗，我又窥视到了格桑那小卜哨的神韵。我马上唱起了情歌：

阿妹的月亮挂天上，
等着阿哥把芦笙吹响。
夜色染黑长长头发，
清风吹动我心爱的衣裳。
阿哥啊你可过了河塘？
抬头看这月色朗朗，
抬头看这月色朗朗，
阿哥你莫走错地方。
竹楼旁边有凤凰花香，
还有阿妹的银镯叮当。
芦笙吹乱心思怎么讲？
月影在波光中荡漾。
心儿飞出凤尾竹旁，
心儿就快（要）飞到天上。
啊喂啊喂啰外啰外。

我唱完之后，又拿出竹笛，吹了一首《村前的一片凤尾竹》。

我的笛声刚落，还没来得及再唱情歌，突然间在周边围拢来许多抬着纺车的少女，围坐在格桑家竹楼前的空地上。有的还带了两条竹凳，抱着柴火，在寨场中间点燃了篝火。然后，少女们坐在凳上开始纺纱，把另一只凳子藏于长筒裙下，以纺线为名吸引小伙子。一场“串姑娘”歌会开场了。

见到篝火的火光，寨里的小伙子一个个披上毯子，带上手电筒、竹笛或玎琴纷纷赶来了。他们来到纺场后便打开手电筒，到处照射，寻找着自己中意的“花朵”。我突然发现格龙也在其中。少女们在他手电筒刺眼亮光的照耀下，用手半遮半掩，忸忸怩怩地让他照来照去。

格龙本来就是一个帅小伙，按照傣族习俗，如小伙子看中某个姑娘以后，便会主动来到她的纺车前吹竹笛和打玎琴，向少女倾诉爱慕之情，对着少女的耳朵进行挑逗。如姑娘对来者无意，任其挑逗也绝不让坐，遭到冷遇的小伙子便会知趣地离开。姑娘若对小伙子有意，便会抽出竹凳，让小伙子坐下，停住纺车，与之热情交谈，逗乐嬉戏。秋去冬来的夜晚，村寨中间的那些纺线空地，不知成全了多少男女，使多少有情人终成眷属。

而这时的格龙用手电筒照遍了所有的姑娘，却没有在任何一个姑娘面前停留下来，并且不时地拿眼睛向我所躲藏的方向张望着。

眼看一个个小伙子展开披在肩上的毯子，把一个个姑娘拥入怀抱中。每一对情人裹在一起，脸挨着脸身贴着身，在爱情中饱尝着甜蜜。我突然明白了，这一整天格龙都在躲着我，回避我，原来今天晚上这些都是他设计好的。就是为了打乱我与他姐姐格桑对歌相会的计划。

我恨恨地骂了一声："好你个格龙，等明天见面我绝饶不了你。我会收拾得你服服帖帖、老老实实，让你俯首帖耳。"

第二天见到格龙的时候，我佯装什么都不知道。在格龙让我教他功夫的时候，我借机狠狠地打了他几拳，并且摔得他躺在地上半天都起不来。而格龙虽然也明明知道我是在报复，却也不敢声张。

醉人的初吻

进入了青春期躁动不安的我，陷入了对格桑的思念而不能自拔。一会儿看不到她的身影，我就坐卧不宁，精神恍惚得不能自已，什么事情也做不下去。我只盼望夜晚早点到来。

按照傣族的规矩，小伙子无论多么喜欢一个姑娘，都不会直接进入姑娘家的楼上，而只会在姑娘家的竹楼下吹竹笛和打玎琴，用委婉的乐声倾诉爱慕之情，召唤姑娘下楼幽会。

我也知道，傣族许多痴心的小伙子，在倾心的姑娘不予理睬的情况下仍然不会灰心，持之以恒地在楼下吹竹笛、弹舌头，有的还会用竹竿或木棍去顶撞姑娘床下的楼板，表达不见姑娘不离去的决心。这样一来，原先不愿下楼的姑娘，也往往会被小伙子顽强坚韧的精神感动，于是重新梳妆打扮走下楼来。也有的姑娘被逗弄得无可奈何，只好下楼照个面，打个招呼，委婉地拒绝小伙子幽会的请求。若是有情意的男女，在楼下相见以后会越谈越亲近，渐渐坠入情网。两人若感到情投意合，便同披一条毯子坐在楼下，不知不觉地到天明，真有点“无情之人嫌夜长，有情之人怕夜短”的感觉。

所以，我要忍耐，要坚持，无论多大的困难，也绝不能放弃。

黄昏终于来临。我决定再去格桑家的竹楼前吹笛子、唱情歌。我知道，我的歌声已经深深打动了格桑。

有了前天晚上的亲身体验，我觉得有信心收获格桑的爱情。晚上我又如期而至，而格桑好像也是心神不定。她一直不停地向外张望，像是在期待着什么。

我今天没有再吹笛子，而是换成了傣族人的民族乐器葫芦丝。我再次吹起悠扬而富有情调的《村前的一片凤尾竹》。

葫芦丝那悠扬圆润的声音伴随着美妙的旋律一响起，格桑马上打开了半掩着的窗户，露出了原本若隐若现的苗条身影。伴随着我一首又一首的乐曲声，格桑在竹楼上配合着我的曲调翩翩起舞。顿时，她变成了一只可爱的孔雀，好像正在宁静的澜沧江边觅食梳妆。

她那灵活机敏的眼神、柔韧起伏的身躯、一连串迷人的动作流露出无限优美的韵律，我一下子就陶醉了。

难怪有人说，看原汁原味的傣族文化不能不看看那里的小卜哨。格桑就具有一种与生俱来的灵性和美感，有着一种与生俱来的在现代生活中很难找到的东西：美丽而不失张扬，矜持而不失热情。傣族少女所独有的那种原始的自然美的个性和灵感，在格桑身上都得到了最充分的展现。

在乐曲中，我和格桑的心灵得到了融合，彼此之间有着一种默契。这是无须用语言表述，我们之间也能体会到的一种和谐与共振。

我的葫芦丝刚停，格桑就马上跑下了竹楼，她用急切的眼神寻觅着我的身影。我不失时机地从隐藏处现出身来，站在了她的身旁。

格桑发现是我后，先是惊异得张大了嘴巴，半天没有合上，然后，突然拉起了我的手，让我与她一起上了竹楼。

按照傣族习俗，姑娘若对小伙子有意，会在父母进入卧室之后，邀请小伙子登楼，或者在火塘边倾心交谈。于是，我便在格桑的牵引下，在夜幕中来到了她的竹楼上。

走近格桑，我仔细观察她的装扮：淡淡的苹果绿衣裙恰到好处地装饰着她那婀娜的身材，秀气的五官未施任何粉黛，一副傣家银腰带和晃悠悠的银耳环，更衬托了她的妩媚可爱。

我真感谢西双版纳这个好地方，感谢这热带丛林那些美的山水、美的风情，养育了格桑这个形神和谐，聪慧沉静，温柔多情，像水一样纯真、嫦娥一样美丽的姑娘。尤其是，她像极了我思念的舒雅。

格桑请我和她并排坐在一起。不一会儿，躁动不安的我大胆试探着用左手拉住了格桑的右手，并用右手搂住了格桑那纤细的腰肢。

对于我过分的举动，格桑并没有表现出丝毫的拒绝。我似乎听到了格桑激动的心跳，也体会到了她对我表现出的那种无比的热忱。

我们之间的每一次对视，我都发现她那热辣辣的眼神中带有一种强烈的渴望，明亮而深邃的眸子中写着一种深深的爱意。

我们头挨着头，相互倾诉着相遇以来的历程，渐渐地我们两个都坠入了爱河。

我的手又不老实地伸向了她的身体，摸向了她那高高隆起又富有弹性的乳房。顷刻间，我就像触了电一样，激动得手在颤抖，心跳在加快，血直往头上涌。这是我人生第一次与少女的身体直接接触，我感到既神圣又神秘。而格桑的呼吸也顿时急促起来。她一把把我抱住，猛烈地在我脸上、颈上吻了起来。

我们两人都激动得不能自制，不约而同地大声喘息，呼吸也在加快。我急忙用双手扶着格桑的头开始寻找她的香唇，格桑先是迟疑了片刻，接着就不顾一切地和我亲吻了起来。

这是我神圣的初吻，唤醒了我青春的梦寐。

此时此刻无比惬意的感觉，似乎让我捕捉到了人世间最美好的瞬间，找到了人世间最神秘的爱情密码，顿悟了为什么人们要追求爱情，也似乎破译了我近来所有的躁动不安。原来，爱情是这样的美好，是这样的让人心醉神迷。

就在我沉醉于夜深人静，虫鸣花香，美女在侧，飘飘欲仙的时刻，一件意外的事情发生了。竹楼外突然有人敲起了铜盆，高喊："捉贼呀！楼上有贼。"

顿时，竹楼外涌现出来许多火把和男人。他们一起涌到格桑的竹楼前将竹楼团团围住。只听格龙一声高喊："上，他就在楼上。"于是楼下的人们便一拥而上冲上了楼梯。

我知道又是格龙在搞鬼。

格桑也明显感觉有人从中作梗，在为难我。她担心我会吃亏，情急之下，就让我从窗口赶紧逃走。我正在犹豫中，格桑急忙在我的额头上亲吻一下，示意我快快离开。我也在格桑的脸颊上亲了一口，随口说声："我爱你。"然后一个鱼跃跳出了窗口。

一个青年上来用火把捅向我的面部。我一脚踢掉火把，只轻轻一推就把他推倒。我从容地逃离了竹楼，回到了寺院。

大师兄看见我回来，急忙问我："你干什么去了？刚才派出所民警来找过你，说你是个来历不明的人。要你回来后，叫寺院把你交到派出所去。"

听见这个消息后，我明显感觉到是格龙把我的底细告发到了派出所，又纠集村民抓我。他的意思很明显，就是要将我赶出西双版纳，让我远离他姐姐格桑。由此看来，我在此地已经不能待下去了。

我求大师兄给住持捎个话，感谢住持收留了我，并请他保重，就此离开了寺院，直奔中缅边境方向而去。

这几天正赶上阴雨连绵。我时而在蜿蜒、泥泞的山路中颠簸，时而在荒野和山林中艰难穿行。不知道走了多少天，才从景洪来到了云南与缅甸边界的勐海县打洛镇。

打洛，傣语意为"多民族混杂聚居的渡口"，这里居住着傣、哈尼、布朗等民族。打洛镇地处一个群山环抱的丘陵地带，打洛江畔，江水自然形成了一个天然浴场。

傣女浴江便成了打洛必不可少的一景。每当夕阳西下、华灯初上之时，江岸上的宾馆酒楼霓虹闪烁，在江中投下五彩缤纷的倒影。此时的打洛江中就会出现头裹花裙浸水浴身的傣女，江上波光动荡不停，人影绰约如梦如幻，似临神界仙境，那迷人的景致使远方来客流连忘返。

我顾不上欣赏这里的美人美景，只顾沿着流沙河而行。

流沙河果然名不虚传。这里滚滚的泥沙卷翻起浊浪奔腾而下，像一匹脱缰之马咆哮着。由于河床坡度陡增，水势汹涌澎湃，飞湍而下，忽被石壁紧锁，两壁间距狭窄处激流飞迸，谷内巨石崛起，落差愈益增大，致使水波左冲右突。激流腾空，水花飞泻，数里深谷一片喧嚣，如雷贯耳。沿江而下，由于激流强烈下切，河道深邃，巨石横亘江心，崖泉飞瀑比比皆是。

我几次要过流沙河却发现没有路，也没有桥，只有一条护溜索。这是两岸唯一的过河工具。过河时我学着别人的样子，先把绳索盘成两个圈，一个套在屁股下，一个套在腰上，再把绳索挂到滑轮下的两个钩子上，双脚用力一蹬岸边的石块，我就从高处如离弦的箭一般射向对岸。胆子小的人，没等上绳索，早就吓得魂飞魄散了。

这里正是雨季，连绵阴雨难得晴朗。这里还有“十里不同天”之称，一路行来忽晴忽雨，忽雾忽霰，只见云雾低垂亲吻着层层山峦。亚热带的气候，显得闷热而潮湿。

我过了河，途经一片片山林，看见林子边悬挂着“广阔天地练红心，扎根农村干革命”的红色标语。这些知识青年当年植下的橡胶树，已覆盖了一座又一座山峦。

我穿过连绵不断的山林后，突然遇到了几个身材矮小的村民，看见了一片在半山建起的村寨。我的出现以及与他们的突然相遇令我们双方都非常惊讶。他们警惕地打量了我一阵子之后，才放心地走过来向我询问。

当他们知道我是一个四处游走的小和尚时，顿时消除了警惕和敌意，不但领我进入了他们的山寨，而且热情地招待了我。

我的突然到来，引起了这个藏在深山密林的小山寨的巨大轰动。全村落的人都聚集到了部落首领家。

原来，这个极其封闭的小山寨还从来没有外人进入过。我是到他们这个“小人国”造访和他们山寨破例允许进入的第一个贵宾。

我了解到他们是阿克人。他们人数较少，还不能构成一个民族部落，至今还在过着刀耕火种的生活。阿克人身材矮小，成人在1.55米左右，没有自己的文字，主要靠种苞谷、狩猎和打鱼为生，在食不果腹的生存状况下维持着原始生活。

我在阿克人山寨住了几日，便辞别了部落首领，下了山，继续向边境方向进发。

途中遇一小镇，是傣族、哈尼族、哈瓦族和布依族等部落村民的商品交易市场。因为这里远离城市和村镇，因此仍保持着原始社会物物交换的方式。人民币在这里还没有被当地人普遍接受。

市场交易的几乎全都是妇女，她们牵猪赶羊、挑着苞谷来这里换取生活必需品。

宝塔节闯祸

当我到达了中缅边界时，看到三五成群的缅甸人民军官兵持枪边走边聊天，我顿时心里有些紧张。我找到一个小和尚询问后才知道，这里的缅人过境很方便，军人也随时在边界线附近走动。但是我发现这里的出入境管理很严格，边界线盘查得也很严。于是，我离开了这里。

经过打听，瑞丽和缅甸边界线很长，并且非常容易越境，于是我开始向瑞丽的方向出发。

我一路来到德宏州西南部的瑞丽。瑞丽江在其境内缓缓流过，瑞丽因此而得名。瑞丽江为这片土地带来了山青林幽的秀丽风光。山坡上耸立着大红的攀枝花，平坝里到处是高大的仙人掌、浓绿的柚子树、宽大的芭蕉和婀娜的凤尾竹。一幢幢傣家小竹楼就掩映在凤尾竹林深处，形成一个个错落的村寨。寨子四周流水潺潺，林木遍野，风光如诗如画。

就在我欣赏这怡人的风光时，我突然发现路边涌出三五成群的傣家小卜哨。她们头戴成串的塑料花，身穿粉红色短上衣，外面还笼了件不扣扣子的小西装，下身着彩色筒裙。她们打扮得真可谓花枝招展，沿着公路边走边说笑着什么。

从畹町到遮放是平坝地段，公路两边这种打扮的小卜哨越来越多，而且我还看到路的另外一边往往是一群傣家小伙子。我不禁观察起路边人群的举动来。

这时，一辆车子从路的对面开过来。就在车子路过两边姑娘和小伙的一瞬间，姑娘们发出“喔？喂！”的一片喊叫声。隔着公路和汽车迅速抛出了一个个物体，小伙子们则拼着命地跳起来接在手中。啊，原来是在丢包！

原来，这里的傣族青年男女在谈恋爱时有丢包的习俗。而这实实在在的现实生活写照，不是发生在凤尾竹林里，却是发生在公路两边。傣族是完全的婚姻自主，恋爱自由，从十五六岁开始，姑娘们都会出去丢包。

当然，不像舞台上所表演的那样，丢一次包就会订下终身，其实傣族青年男女都把丢包当成了一种交际的形式，丢多了当然就是有意思了。至于为什么要隔着公路、隔着汽车丢，这大概是现代丢包的一种创新吧。我猜想那是为了防止丢的时候尴尬，丢过去万一对方不接招也不难为情吧。

我这才发现，这里傣乡青年这种原始的爱情游戏竟和其他地方都不一样。当地的傣族居民，至今仍沿袭着悠悠岁月里沉淀下来的古朴生活方式。这里的傣族女孩子在16岁前无须干活，她们每天只要读书、唱歌、跳舞，真正过着诗意般的人生。然而在成人后，她们则需要承担家务农活，地位十分低下，仿佛一脚从云端踏回到了地面。

一路上，因为我身穿僧服，与当地的小和尚毫无二致，所以没有人特别注意我，也没有人认为我是外地人。

在傣族的传统意识中，男人需要出家一段时间。哪怕只有几天，才算得上是有文化的上等人。而奘房（即寺庙）不过是他们暂时的学校。奘房附近必有大青树，大青树下也不乏美丽动人的傣家小卜哨。傣族的小和尚是可以串卜哨（谈恋爱）的。

走进瑞丽，我随时能够看到这样一番景象：披红挂绿的小卜冒，在喜气洋洋的家人和一大帮花枝招展的小卜哨的簇拥下，敲锣打鼓地去奘房剃度。这样既可以抬高身份又不需要斩断情丝，是鱼与熊掌可以兼得的美事。当然，这在瑞丽旖旎的风光和轻松愉悦的民风中，是一件再自然不过的小事了。

瑞丽有风光秀丽的瑞丽江、神奇美丽的莫里亚热带雨林；有秀丽迷人的田园美景、神秘多彩的异域风光；也有古榕垂须，金塔映日，胶林滴翠，绿竹婆娑。千般奇景和万种风情，使瑞丽如彩霞般绚丽多姿，似仙境般秀美明净。

榕树在瑞丽是一道独特的风景线。无论在山坝间、村寨里还是在道路旁都有种植，要么独树成林，要么相连成片。人们视榕树为神树，只种不砍。其中，德宏榕树在所有树种中占的比重最大。

瑞丽与缅甸相邻，有条中缅友谊街。铺子里卖的多是来自缅甸的木制品和宝石。随着时间的推移，里面的商品多数换成了“国内制造”，即便是宝石，也是从缅甸购进玉石矿，在瑞丽进行加工的。在缅甸年产 2 万吨的翡翠毛料中，约有一大半正是通过瑞丽这条“翡翠之路”进入中国的。

虽说友谊街之南才是缅甸，可犬牙交错的边界却很常见。许多寨子都是你中有我、我中有你。瑞丽屯洪寨边的一个农民家院里，就立着中缅边界上的 84 号双立界碑，他的家就横跨在国境线上。

我来到这里，原本是为了躲避国内“红总司”的通缉。我也有过回家的念头，朝思暮想我唯一挂念的舒雅，她是我胜似亲人的人。每当孤独的情绪难以排解，我就会给舒雅写封信，尽管不知寄往何处。

国内和国际势态仍然令人担忧。珍宝岛一带的中苏边境上，紧张气氛大有一触即发的趋势，被战争的阴影笼罩着。这时候我回去显然不合时宜。

在这里，两国的边民来往虽然需要通行证，但对于瑞丽边民来说，他们本来就一个寨子的乡亲，甚至本来就生活在一座竹楼上，边境线哪里拦得住“这边”和“那边”呢？所以，我在这里经常游弋于国境线的两边，风声一紧，我马上可以逃出国境，随时到缅甸领略异国情调。

进入缅甸这个国家时，满大街穿着裙子的男人和脸上涂抹得白花花的女人就已经够让我“惊艳”的了。更让我诧异的是，这个国家吸烟的只有女人，很少有男人吸烟。

这里槟榔的吃法也显得非常讲究：在一片树叶上，用水稀释过的石灰在表面刷上一层，接着撒上几颗槟榔粒，再从不同的罐子里放上各种香料，一颗“缅甸槟榔”就做好了。缅甸人用牙签把袋口封住装在兜里，吃的时候随时可以拿出。

这天黄昏时分，我进入了蒲甘。蒲甘坐落在伊洛瓦底河中游左岸，市区保留着缅甸各个历史时期建造的众多佛塔、佛寺，是缅甸最重要也是最大的佛教圣地。

蒲甘王朝历代君王历经240年之久，建造有1.3万多座佛塔，也有的说建了444万多座，使蒲甘享有“四百万宝塔之城”的称号。这里的佛塔有的洁白素雅，有的金光闪闪。塔内的佛像千姿百态，形象各异。佛塔内的浮雕壁画更是技艺精湛，独具匠心。这些佛塔使蒲甘成为与柬埔寨的吴哥窟、印尼的婆罗浮屠齐名的东南亚三大奇迹之一。

我来到这里以后，正赶上曼德勒省蒲甘的僧侣们在等待“缅甸宝塔节”的开始。我还听说，蒲甘附近的波巴山是全国朝圣者的圣地。

我已经一整天没吃东西了。就在我饥饿难耐的时候，我看见一个缅甸少女正在出售一种缅甸传统的甜点，这是一种用江米加入各种果料做成的点心。于是我便迫不及待地上前化缘。

小姑娘看是个小和尚在向她化缘，开始还犹豫了一下，稍加思索后就送给了我一块甜点。我拿起甜点，便不顾一切地大口吞了起来。

我的举动马上引起了周围僧侣和民众的强烈愤怒，他们立即把我团团围住，大声谴责我的举动。同时，踢翻了少女的甜点篮子，连推带搡要强行拉走她，似乎要对她进行制裁。

看见那个少女吓得面无血色，腿在发抖，我突然想起佛门的忠告：按照缅甸僧侣修行的规定，僧侣要在午后一直到第二天早上禁食。所以，中午过后给僧侣吃东西是大逆不道的，甚至是罪恶。

原来，是我身着僧侣服饰，竟然在佛教圣地，并且是在“宝塔节”庆典之前，违犯了缅甸佛教“过午不食”的清规戒律，玷污了佛祖，由此引起了僧侣们的愤怒。

事情由我而起，可那无辜的少女却在遭受人们的殴打。情急之下我用力拨开众僧侣，从众人的手中救出那个少女就往外闯。

众人发现我和少女要逃跑，就出手拦住了我们出逃的路。我一时兴起，运用我的太极推手，暗暗发力，使得围堵我们的人群跌跌撞撞。我们在左躲右闪中闯出一条路来。我拉起少女便匆忙逃出了人群。

我们在前面奔跑，人群在后面追赶。我施展轻功，虽然带着这位少女，却仍然快如飞、轻如燕，转眼之间人群就被我甩得无影无踪。

我们一直逃到了郊外，眼看紧追不舍的人们被远远地抛在后面，不见了踪影，才在一片山林里停住了脚步。

这时候我再看那位少女，由于惊吓和一路狂奔，她的身体紧缩成了一团。她深知自己惹了大祸，竟不住地颤抖和抽搐着。我真的没想到，我的一时疏忽会给这位少女惹来这么大的祸患。

后来我才知道，缅甸社会的人分成五等——和尚、男人、女人、尼姑和人妖。女人和尼姑都是下等公民，而人妖的地位更是低下。

缅甸男人在家是典型的“三等”公民：等天亮、等吃饭、等睡觉。他们每天躲在竹屋的阴凉下悠闲地品茶、聊天、看孩子，或者每年用几个月时间去各处参拜寺院。非但如此，一天结束后，洗澡也是男人优先，女人在后。在农村水稻田里干活的是清一色的妇女，许多繁重的体力活也归妇女做。在缅甸，和尚与军人处于社会最高阶级。女人的地位如此低下，何况这位少女又犯了对佛不敬之罪，其害怕与恐惧也就不言而喻了。

我抱着歉疚的心情，想安慰安慰这位少女。可是无论我怎样劝说，她还是颤抖个不停。我实在没别的办法，就用左手将少女搂在怀中，用右手安抚着她的身体。少女的颤抖才得以平复，渐渐地平静下来。

这时我突然产生了一种内疚感，感受到了一种内心的谴责，有一种乘人之危、不道德的感觉。于是，我便抽出手，停止了安抚。

少女感觉突然失去了我的保护，马上又紧张害怕起来，颤抖得比之前更加厉害，甚至缩成了一团。我不得不再次搂住她弱小的身体，抚摸着、安慰着，使之慢慢再度恢复了平静。

这样又过了十多分钟，少女的紧张情绪才完全放松，不再颤抖。但是，她却彻底地失去了最后支撑的能力，一下子瘫软在了我的怀里。

我这时仔细观察着怀中躺着的这位少女。她身穿筒裙（也称罗衣或纱笼），实际上是将一整块棉布围在腰上，向左折过去再绕回中间掖入腰间的。上衣是一件鲜艳无领的短衣。在她细嫩的颈部套着几个黄铜环，手臂、脚和腿上也都戴着这种饰物。在她优美的鹅蛋形的脸上，涂抹着一种香木粉，是用一种叫香楝树的树皮磨成的粉。在缅甸，很多地方的集市上都出售这种淡黄色的闻名遐迩的香粉。与其他女人不同的是，这位少女在脸上还绘出了一种兰花的图案，看上去别有韵味。

缅甸人管小姑娘叫“小猫”。一般情况下，未婚的“小猫”会把这种化妆品涂满脸，结过婚的妇女则只涂脸的两颊，不涂鼻梁。中年妇女涂脸的上半部，寡妇只涂脸的一半。而“老猫”则可以随心所欲，可涂可不涂。

“小猫”一直不睁眼睛也不和我说话，我只好默默地等着她从过度的惊吓中慢慢回过神来。

这时，我再向曼德勒省蒲甘的佛寺圣地望去，只见一团火光冲天而起，照亮了半个天空。原来这是众僧侣在傍晚时分燃烧佛教祭品。许多佛塔下面已经开始举行各种佛教仪式，每个寺院里都有堆积如山的供品，还有蜂拥而至、从各地前来过节的民众，空中还有戏剧歌舞表演的声音不断传来。

这时我再俯首看怀里的少女，竟发现“小猫”已经睁开了眼睛，正用恐惧、祈求的眼神看着我！她试图起身，然而又无力地瘫软在我的怀里。转而，在恍惚中似乎又想起了什么，慢慢地用羞涩的眼神望着我。

此时的她，身体没有变化，仍然保持着小鸟依人的姿势。可是我感觉到，她之所以这样保持着矜持，虽然是受惊吓后需要恢复一下情绪，但是，我看出她潜意识里有一种安逸与满足的感觉，甚至说她已经陶醉在这样浪漫的诗情画意中了。

我的心里马上泛起了一种难于言表的骚动。刚才的一切发生得那么突然，使我没有来得及思考什么，可是这时，我的头脑冷静下来之后，才想起我们这样萍水相逢的孤男寡女在荒郊野外抱在一起，这只是一种偶然，还是偶然之中另有一种天意的安排？

回忆与舒雅在一起的日子，我们有着童年两小无猜的纯真和青梅竹马的友谊，但是命运却注定要我们分离；与格桑的相遇相知，却注定不能相爱相伴；而在眼前，与这位异国少女奇异的相会，又将会是什么结果呢？

对于青春期的烦恼，我懵懵懂懂却不得其解。

此时的我甚至有些感谢上苍给了我这样一个机会，为孤独的我在异国他乡安排了这样一次邂逅。

我将“小猫”向上抱得更紧，贪婪地盯住她那一双明亮而清澈的眸子。“小猫”被我看得不好意思起来，慢慢垂下了自己的眼睛，但还是没有脱离我怀抱的意思，反而显得很安逸、很享受。

但是，我还是在她这一腼腆而又多情的动作中，读懂了她的心思和看似不经意间传递出来的信号。我下意识地吻向她娇嫩而又鲜红的嘴唇。“小猫”立刻幸福地闭上双眼，迎合着我送上了她的香舌，滑润的舌尖在我的口腔中来回地摆动，她那青春少女的炙热气息将我的激情一下子点燃了，我兴奋得不能自已。

我不间断的狂吻也调动了她的全部热情，她的呼吸急促起来，扭动的腰身伴随着她轻柔的呻吟声让我更加动情。她的手也随之在我身体上滑动着，刺激着我的每一根神经。

这时佛寺的烟火成了我们的礼花，节日的歌舞表演以及美妙的歌声成了我们青春洗礼的庆典。尽管我们还不能用语言沟通，但是爱是没有国界的，表达爱的方式是整个人类共同创造和共同拥有的。随着我们的动作越来越激烈、摆动的幅度越来越大，我的灰色围脖滑落了下来……突然，我的脑海中浮现出了舒雅的微笑，我一下子从这甜蜜的醉意中惊醒过来，停止了所做的一切。

我试图和她说话，但她一句也听不懂。我又改用傣语对她说，她突然羞涩而兴奋地点点头。尽管她没有完全听明白我表达的意思，但是大概意思都能够明白。并且令我意外的是，她竟然还能说上几句傣语。

通过交谈，我慢慢地听明白了她的话。原来她叫妙香，她的家是在中缅边界的一个农村，也是国际缉毒的“黑三角”地区。由于家境贫苦，为了在“缅甸宝塔节”期间挣点钱，才做了一篮子甜点拿到蒲甘来卖。没想到还没有卖到钱，刚刚到了蒲甘就闯出了这样的大祸。

她哭泣着、微微颤抖地对我说：“我已经不能再回家去了。做出这样大逆不道的事情，我回去了会因此丢掉性命。我求求你了，任由你把我带到天涯海角，我愿意一生一世陪伴在你的身边侍奉你。”

在性命攸关的事情面前，刚开始我还在犹豫，因为我的处境、我的生活、我的未来都是一片迷茫。我又能用什么来保证素不相识又无依无靠的异国少女得以安身立命呢？

妙香似乎读懂了我的犹豫和迟疑，她把我抱得更紧，显得更紧张害怕起来，渐渐地有些泣不成声，眼泪不住地滴到我的身上，同时也流进了我的心里。

在孤立无助的少女遇难的时候，只有我在她的身边。虽然我也是年少无知，又初出国门，就摊上了这样的事，但是，我毕竟是个男子汉，何况事情又是因我而起，我能够撒手不管吗？我应该逃避吗？

我知道即使我跑掉也不会有人认出我，就像我小时候打坏了人家的玻璃窗，因为害怕而偷偷跑掉一样。这样的念头刚刚一冒头，我就心里一颤，好像受到了良心的谴责。我似乎看到舒雅在用犀利的眼神注视着我，告诉我做人要磊落，作为一个男子汉，在困难面前不能退缩，要敢于担当，更不能辜负女孩子的期望。

有了舒雅的昭示，我挺了挺胸，也有了底气，坚定地对妙香说：“你放心，只要有我在，就一定会保证你的安全。”

第二天早上，我就带着妙香离开了蒲甘。

鸡场斗狼记

我和妙香来到了她的一个远房亲戚家里。

她的亲戚家条件还不错，听说了我们的遭遇以后，主动筹资为我们买了一座名为鸡冠山的荒山，让我和妙香留在这里搞起了养殖场。于是，慌不择路的我和妙香就决定在此安营扎寨。

真可谓“有心栽花花不开，无心插柳柳成荫”。在国内原本幸福的家被生生拆散，家破人亡，而浪迹天涯的我，却与一个萍水相逢的缅甸女人，在患难之中不经意间经营起了一个家。

这是我步入社会后的第一个家，是在我毫无准备的情况下临时组建的家。但是，它却承载了我全部的爱，是属于我和妙香遮风避雨的殿堂，是我们逃离风险的港湾，是幸福与安乐的世外桃源。

尽管妙香和我没有成为夫妻，也没有睡在一张床上，但是，她却是我所拥有的第一个女人，第一个生活伴侣。是妙香使我成了一个男人，实现了从少年到成年的转变。

回忆这段日子，也是我前一段人生中最幸福、最惬意、最无烦无忧的时期，也是我终生怀念的生活。

我们首先对养殖场进行了“清场”。我请了几个当地村民，用了一个星期的工夫，将山上所有的食肉动物，如狐狸、獾、黄鼠狼等轰赶干净。然后在养殖场边缘种植了一圈密集的蒺藜墙。我又买来了两只羊、一头种公牛和两百只鸡鸭，开始了养殖生涯。

天有不测风云。有一天深夜，鸡场几十只种鸡莫名地被动物咬死了。养殖场虽然也养有两条猎犬，但是，整个晚上一点动静都没有。

翌日，我请帮工扎卡一起，拿上猎枪开始搜山。鸡冠山并不算大，但树木繁茂，山洞众多。我们搜了方圆七八里，果然在一条山谷里找到了一个狼窝。窝里还有两只小狗一般大小的狼崽子，扎卡把这两只小狼崽带了回来。

几天后，我的种公牛被咬死。早上我到牛栏一看，倒在地上的种公牛肛门的肉已被狼挖出来吃掉，牛肠子被拖出体外几尺长，屎尿泻了一地，惨不忍睹。

据当地的猎人推断，狼是一下子跃上公牛背，用它锋利的爪子，直抠公牛的肛门。虽然公牛力大无穷，但是受到这样的袭击，有再大的力气也无用武之地。

养鸡场周围是用密密麻麻的山刺做成的围墙，一般情况下狼是钻不进去的。那家伙到底是怎么钻进去的呢？

经过仔细观察我才发现，原来是这狡猾的窃贼，用咬断的芭蕉叶铺在刺墙上面，然后从这上面跳入鸡场，对公牛进行了袭击。这畜生的智商之高实在令人难以置信。

于是，扎卡在养鸡场四周下了诱饵和铁夹，三天后，一只狼终于让铁夹夹住前脚被擒住了。扎卡将这只狼连着铁夹吊在养鸡场门口的那株老松树上，要活活饿死它。

一连两个夜里，狼都发出一声声撕心裂肺、让人毛骨悚然的号叫声，声音悲凉凄切，让人浑身起鸡皮疙瘩。就这样，狼一直哀号了两日两夜，声音才渐渐弱下去。

我不忍心这样残酷地对待一个生灵，尽管它危害到了我们的利益。我心软了，我请求扎卡放了那只狼。扎卡开始不肯，在我的一再要求下才勉强同意了。但是，他在放狼之前，还是戳瞎了狼的一只眼睛，才放走它。

有一天晚上，扎卡卖牛回来。因坐车颠簸了一整天，感到有点劳累了，就想回卧室睡觉。就在他打开房门时，突然嗅到一股浓浓的腥臊味。他借着月光仔细查看，只见墙旮旯伏着一团毛茸茸的东西，就在他疑惑的时候，随着房间里跃起的一股旋风，那团毛茸茸的黑影向他猛扑了过来，扎卡的肩膀上被狠狠咬了一口，顿时鲜血淋漓。

扎卡疯狂地大喊："来人啊，狼来了！"

狼随后迅速逃了出去。扎卡忍着剧痛拿起猎抢把子弹推上膛，在后面紧紧追着。他一直追到墙边，开枪射击。混乱中，狼的一条后腿中了弹，但还是拼命蹿上围墙逃跑了。

我闻声赶来，打亮手电筒，照在扎卡身上。他的肩膀被咬豁了一个大口子，一块鲜红的肌肉翻了出来，挂在他的肩膀上，血肉模糊。我越想越怕，要不是扎卡发现得早，后果真是不堪设想。

扎卡越想越恨，发誓一定要教训教训这条恶狼。他对我说："反正这只恶狼已经瞎了眼睛，今天又伤了它一条腿，它又跛又瞎，看它怎么觅食。不出一个星期，我就会在山上找到它的尸体。"

一晃九天过去了，扎卡估摸着那条又跛又瞎的狼已饿死在山上，便扛上双管猎枪，上山找狼的尸体去了。

在一个光秃秃的山冈上，扎卡向山下望去。蓦地，发现不远处有一只狼仰面朝天地躺着，全身血迹斑斑，似乎是饿死在山上了。扎卡心满意足地走了过去，弯下腰想拾起这只"死狼"。说时迟，那时快，就在他刚伸出手的时候，狼以迅雷不及掩耳之势一跃弹跳起来，用它那只锋利的右前爪，向扎卡的面部抓去。扎卡惨叫一声，血淋淋的一块肉挂在脸上，接着咽喉就被狼紧紧咬住了。这时，人兽滚成一团，尘土飞扬。狼死也不肯松口，扎卡两只手也紧紧掐着狼脖子。渐渐地，一切都静下来了。

当我们发现扎卡和狼的尸体时，那只临死也要报仇的狼，牙齿还紧紧地咬着扎卡的喉咙。

事发后我赶到现场，发现周边一片狼藉，除了扎卡和狼的尸体外，还有许多秃鹰的头和毛。

原来这只狼被弄瞎了眼睛后，又被扎卡伤了一条腿，自然很难狩到猎物了。但是它非常聪明，用这种装死的方法来等待它的仇人，即它要猎取的最后一个猎物。

山区的秃鹰平时最喜欢啄食死去的兽肉，它们在高空盘旋着，以为是一只死兽躺在石板上。于是，就大胆地飞下来落到这只“死兽”的身边，然后伸头过去啄食这只“死兽”。这时，狼就会跃身而起一口咬住秃鹰的颈。秃鹰中了圈套拼死挣扎，利爪乱抓乱钩，但是任凭秃鹰的利爪如何撕掳它，狼至死也不松口。最后，尽管狼也被弄得伤痕累累，但终于还是猎获了这赖以为生的食物。

扎卡死了，我们的养殖场也恢复了平静，再也没有发生过牲畜被杀的事情。

我们制服了狼的事情，自然在周边地区引起了不小的轰动。不几日，妙香的亲属来到我们这里寻求帮助。原来，她的亲戚家一带接连发生离奇的事情，有史以来最恐怖的凶杀案在他们村发生了。

有一天早上，一群孩子在村边嬉闹玩耍，一个叫吉塔的孩子突然不见了踪影，焦急的父母叫来许多村民四处寻找。最后，大家在村边不远处发现了孩子染着鲜血的衣服碎片。人们四处搜寻了一夜，当太阳再次升起时，他们却找到了孩子的头和一只手。

从这以后，凶手就连续不断地前来袭击这里的孩子。没有人知道凶手是人还是野兽。无数警察奉命出动，日夜巡逻，却仍有孩子不断丧命，先后已经有五个孩子惨死。他们的尸体通常被弃置在附近的农田里，而现场留下的痕迹只有令人悲痛的鲜血，没有半点其他的线索。

在村民们走投无路的时候，妙香的亲戚请我前往。我看过现场，仔细地分析思考着可能是凶手的野生动物。豹子是典型的夜间猎食动物，它擅长无声无息地偷食动物，得手后通常先把猎物拖到树上，等到饿的时候，再回去享用。但是，在树林里没有发现任何痕迹。狼也是捕猎的高手，喜欢在夜间出动。鬣狗只会偷食，也通常在夜间进食，但它们主要的食物是腐肉，捕猎技术也十分高明。可是大家搜寻了几天，根本就没有找到鬣狗的影子。

据我分析，狼的可能性最大。因为狼喜欢新鲜的食物，每只狼每餐食物的量很少有超过十磅的。而被害的孩子大都留下大半个遗体，估计是单个的狼在行动。

村民们承认当地有很多狼，但还从没有发生过狼攻击孩子的情况。那么既然狼和人在很长时间里都能相安无事，如今怎么会“狼心大变”，攻击起孩子来了呢？这是他们百思不得其解的事情。

为了摸清情况，我跑遍了所有出事的村子。最后，我得出的推断是：狼群以前都生活在荒郊和丛林里，然而现在荒郊与丛林的地带在逐渐缩小，而且狼群很接近居民生活区和村民，这里的人口也在逐年增加。虽然人对野生动物相当尊重，狼群可以自由来往，但它们的猎物却不可避免地越来越少，它们被迫转为猎食牲口。由于村民的牲口被看得很紧，狼群始终没有机会下手。可是村里有许多孩子没有大人看管，于是这些孩子就可能成了狼袭击的目标。

村子里的人都笼罩在阴影中，人们甚至还准备了枪支以保证安全。村民们天黑后都不敢出门，他们觉得唯一安全的地方就是家里。但是，人们万万没想到的是凶手如此厉害，竟然跟着人们走进家门，有的孩子在夜里从自己的床上被掠走。

凶手越来越大胆，附近的村子接连出事，孩子接二连三遭受攻击，他们的尸体被抛在田野里，而且尸体总是只被吃了一半。

不久，村里一个四岁的女孩又神秘死亡。村民们群情激愤地来到镇里的警察局，大声责骂警察无能，开始愤怒地抗议。大家的情绪越来越激动，警察想驱散村民，可村民们怒吼着，他们把愤怒的矛头转向了警察，向他们扑了过去。

村民烧毁了一辆警用吉普车，砸了警察局的办公室，小镇陷入了一片混乱之中。

狼缘情未了

事情越来越复杂。

妙香亲戚家六岁的小女孩也未能逃脱厄运，惨遭杀害。这就更加激起了我的义愤和责任心。

我根据经验在狼群出没的地方下了“机关”，尤其是在一片森林前面，在布满了厚厚青苔的沼泽地，我接连布下了几个捕兽器。

两天后，我带人前往那里观察，果然见到一只大得像一匹小马驹的狼，全身乌黑，嘴巴半开，露出两排尖利的牙齿。狼的两眼闪着凶光，虎视眈眈地盯着我们。原来，大狼被捕兽器夹住了一条腿。

凶手终于落网了。随行的村民们情绪非常激动，手持刀棍就要冲上去杀死大狼，被我一声喝令制止住了。

我先是一步一步向野狼走过去。野狼见状，想挣脱被夹住的腿逃走，但徒劳的挣扎使它更加慌乱，然后它又恐惧地向后退，直到把捕兽器的链条都扯直了才停住。

我越走越近，发现它竟是一头母狼——乳房胀满了乳汁。这时的它对我充满了敌意，流露出凶狠的目光。此时此刻我一切都清楚了，母狼为了给小狼提供充足的食物，保证幼狼的生存及安全，才向小孩子下了手。

我告诫村民，狼是有记忆的，也是会报复的。我讲了扎卡的遭遇，一旦与狼结仇，就会遭到狼的疯狂报复，甚至同归于尽。我提醒说：“如果你们杀死了这只母狼，就等于杀死了一群幼狼，也就等于与狼群结了仇。闹不好，还会遭受狼群更大的报复。”于是，我要求大家都听从我的安排。

我推断出这两天母狼被困，它的幼崽可能还活着。估计狼窝离这儿也不可能太远，我决计让大家先去寻找幼狼，我留下来，在母狼旁边观察着它的动静。

我在母狼周围绕着走，大母狼吓得在原地站着，不敢再动。村民们走进了大森林，终于在林中一公里多处的一棵大云杉树下发现了狼窝。大家把三只小狼一只一只地放进粗麻布口袋里，扛上肩膀走出森林，径直向大母狼这里走来。凭着嗅觉，一直蜷伏着的大母狼突然站起身来，发出了一声尖厉的嗥叫——它分辨出了它孩子的气味。村民们放下麻布口袋，解开绳子，放出了三只幼狼。幼狼们立即冲向它们的母亲，钻到它肚子底下拼命地吃起奶来。

母狼用凶狠的眼神警惕地紧盯着我们，谁稍一动弹，它便发出吓人的呜噜声——为了保护它的幼崽，它对我们的敌意陡然增加了几倍。

我决定给大母狼弄点吃的来，不让它饿死。我让人们回村拿来一只活鸡，走近扔给大母狼。母狼先是嗅了嗅，认定是活鸡，终于一口咬住鸡脖子，低下头大吃了起来。

天渐渐黑了，我担心有人想报复，会对母狼下手，于是我就让大家都回去，我一个人留下来，并嘱咐村民明天来的时候再带一只活鸡过来。妙香舍不得我一个人在这里冒险，坚决留下来陪伴我。为了预防不测，我们留下了一把枪。

拂晓时分，我在朦朦胧胧的睡意中被妙香的一声惊叫吵醒。我突然感觉到手被什么毛乎乎的东西蹭着，定睛一看，果然是三只绒毛球一般的幼狼正嗅着我的手。

我有戒心地朝大母狼看去，只见它十分焦躁不安。我温柔和善地抚弄着幼狼，希望以此赢得大母狼的信任。我也让妙香伸手摸着幼狼。我们一边继续和幼狼玩耍，一边观察着大母狼的表情。但大母狼并未表现出友好的神情来，仍然焦躁不安地注视着我们和它的孩子们。

几天过去了，我不断重复着我的一贯动作：喂活鸡，和幼狼一起玩耍。慢慢地，大母狼清楚了幼狼的处境是安全的，它的敌意也渐渐地减退了。每当幼狼来到我和妙香身边时，大母狼不再有任何躁动不安的情绪，甚至它的尾巴会微微摇摆着，我认为这是它情绪慢慢放松的迹象。

我一看时机已经成熟，终于开始了对大母狼的解救行动。我慢慢地向大母狼靠近，进入链条涉及的范围了！母狼没动，我继续向它靠近，母狼仍旧没动。三只小狼在我的身边欢快地跳跃着。我一边用手在幼狼身上抚摸着，一边慢慢向母狼靠近，渐渐来到了母狼的身前，它仍然没动。我的大手又移到了母狼的伤腿上，它退缩了一下，但没有发怒。

我的手接触到了捕兽器，毅然一按开关，捕兽器“啪”的一声弹开了，母狼立刻脱离了困境。它随后发出一阵呜咽声，瘸着伤腿跳来跳去，它依然没有流露出伤害我的意思。这时，三只幼狼也围着我欢跳嬉戏，好不快活。在远处观望的妙香情不自禁地来到我的身边，激动地依偎在我的身上。

母狼脱离了险境以后，就要带着它的三个孩子回森林了。临走前，大母狼一步一步地向我走来。咦？这是怎么回事?！我把妙香掩护在身后，在原地站着一动也不动。

母狼走到我跟前停住了。它用嘴嗅着我的手臂，又舔我的手指头，眼里温顺得没有一丝敌意。过了一会儿，母狼带着在它周围奔蹿不停的三只幼狼，准备向森林走去。刚走一会儿，大母狼又折回了头，恋恋不舍地围着我和妙香转。许久，它才领着三只幼狼依依不舍地离去。

从此，村子里恢复了往日的太平，再也没有发生孩子被吃的事情。但是，我的“狼缘”却未了，而且是愈来愈深。

有一天，我和管家开车去买鸡。下午，汽车在一沙丘处突然抛锚。

这时，突然出现了八只饿狼把汽车团团围住。管家掏出冲锋枪，就要用冲锋枪打。我一下拦住他说：“千万不能打！如果一下子打不到，我们就全完了。狼会把车胎咬坏，然后招来更多的狼。”

我命令管家把活鸡一只只扔下去。狼群吃饱了，便一起钻进树林消失了。奇怪的是，不一会儿，消失的狼群又出现了。只见每只狼叼着一根大树枝，分别放在汽车轮子下面，接着狼开始扒轮子下面的沙，又垫上一些树枝。

我惊呆了！这完全是人类的救援行动，怎么会发生在狼群的身上？

我在万分激动中将车重新启动了。车轮的旋转带动起沙土飞扬，车身向前艰难地行进着。

更令我惊奇的是，狼又把车轮抛到后面的树枝叼到前面的轮子下面。它们又开始“打眼”，扒沙。当汽车渐渐爬上山丘，已经进入安全地区后，狼才不再叼树枝了。

然后，狼群便逐渐消失在树林中。

一场人和狼的争斗变成了和解与互助，我和管家感动得不知道怎么办才好。

一年后，我突然想起来母狼和它的幼崽，不知道它们过得怎么样了。于是，我找到了当年与母狼和幼狼分手的地方，在山崖上学了几声狼嗥，几秒钟后远山传来了回声。接着，我又接连叫了几声。

一会儿，从一公里远的山脊上，传来了一声真的狼嗥。又等了片刻，果真看见一个暗色的身形自远处慢慢向我移近。它穿越草地时，我一眼就认出它正是那头黑色的母狼，我激动不已。

母狼在离我几步远的地方停住了，蓬松的尾巴轻微地摇摆着。过了一会儿，母狼转身要走了。它几步一回头，好像暗示有事情要我帮助。我明白了它的意思，于是我跟着母狼出发了。

我跟着母狼走了好几公里，终于来到了一片高山草地。啊，那里的森林里有一大群狼！有七只大狼和四只快成年的小狼，原来我来到了狼的领地。

但狼群对我这位新来者并没有表现出敌意，反而像迎接老朋友一样显得十分友好。它们依次嗅着我的体味，好像是在一一识别我的气味。我知道了老母狼的用意，它是让狼群来跟我认亲的。经过了这个环节后，我就成了这一代狼群的朋友，再也不会受到狼群的伤害了。

要走了，我开始向狼群告别。狼群知道了我要离去，开始齐声嗥叫，声音有高有低，参差不齐，仿佛一场原生态的狼群大合唱，既悲壮又庄严。号叫声在山林间阵阵回荡，久久才平息。

我告别了狼群。走过草地的时候，我扭头看见母狼一直在注视着我。我再次向狼群挥了挥手，母狼立即又发出一声凄厉的长嗥，划破了山林间刚刚的寂静。我此时的感觉真有些依依不舍，竟有了与朋友分手时的失落感和惆怅感，不禁热泪盈眶。

我回到鸡场以后，把我与母狼的相遇、母狼领我找到狼群、如何告别狼群的事情和妙香说了一遍。妙香也觉得真是不可思议，但是她知道狼是有灵性的，也是知道感恩、记仇的动物。我们放心的是总算与狼群成了朋友，今后就不会再发生和狼争斗的事情了。

但狼患虽平，祸患又起。我养的鸡已经发展到了三千只，鸡场效益开始大增。突然有一天，鸡瘟不期而至，一夜之间三千只鸡全部死亡。我和妙香一夜之间两手空空，成了穷光蛋。

我和妙香不好意思再拖累亲戚，只好另辟蹊径，再寻找新的生活之路。

赌场当保镖

我和妙香两人一路向北。

为了安全起见，我又穿起袈裟，恢复了僧侣的形象。

缅甸是佛教之国，崇拜乌鸦，并奉之为神；喻佛塔为民族魂；缅甸人历来非常尊敬僧侣，黄色的袈裟是人们心目中庄严、崇高、圣洁、不可侵犯的象征。因此，我在缅甸乘船坐车，人们都要起立为我让座以示尊敬。

我和妙香冒雨走到了一座山峰旁，我们看见在半山腰上横卧着释迦牟尼的塑像，佛像大约有15米长，右手支地托起头部，笑容可掬地面对着群山。

这时，奇异的“佛光”出现了。

山峦上出现了神奇瑰丽的云海日晕景观，云海中的一种独特的东西吸引了我们的目光。仔细一看，竟然是一个人的影子，当那影子逐渐清晰起来时，影子外面还有一圈七彩的光环。光圈中央像是一个佛的影子，虚明如镜，外围呈现出红、橙、黄、绿、青、蓝、紫互相交织的七色光环。整个光圈由远及近，由大变小。这佛光持续了将近一个小时才渐渐散去。真是佛光显灵，刚刚还是阴暗的天空顿时豁然晴朗，阳光明媚。远方的天际上层次分明地显现出白云和碧蓝色的天空，组合成了一幅极其优美的图画。

来到佛祖面前时，我便双膝跪拜。妙香看了，也在释迦牟尼像前跪下，虔诚地双手举过头顶，然后俯首参拜起来。拜过佛祖，我们便下山来。

山川被笼罩在苍茫的云海之下，天地合一，地人合一。近处的榕树、远方的胶林，夹在中间的是阡陌分割的稻田。牛羊、人群、鲜花、水面，组成了一幅绚丽多彩的画，我们仿佛置身于仙境和虚幻的冥想之中。

我们来到一个小镇的街道上。天色已晚，我和妙香早已饥肠辘辘。我们行至一处八角亭，虽然已近夜晚，但是沿街的叫卖声、敲打声仍不绝于耳。

诱人的烧烤、阵阵的香味，将我们的视觉、味觉和食欲全都调动了起来。几个烧烤摊上的妇女操纵着烤炉，燃烧的木头噼啪作响，鸡鸭鱼肉被串成串，在阵阵烟雾中被反复翻转。我不敢造次，让妙香去买了竹筒饭、鸡串和鱼串，然后我们走到没人的地方吃了起来。

小镇上出现了许多不同肤色的游客，他们在当地的首饰店买些缅玉和工艺美术品后，开始向一所房子里面涌去。

妙香问我那里是做什么的，我看见那个房子外面张贴着大幅广告，便凑上去观看。这时，从房子里面出来了几个身材窈窕、异常漂亮的女人。原来，这里是人妖的表演场所。

人妖是泰国和缅甸的一种职业化的民俗文化。有些男性从小开始服用激素，逐渐改变男性特征，使男性生殖器脱落，外表更趋于女性化。人妖通常都身材苗条、长相漂亮，且能歌善舞。他们装扮成女人，甚至比女人还要漂亮。

他们通过唱歌和舞蹈，也通过与游客互动等精彩表演给游人带来刺激和欢乐。

人妖的精彩表演有很多种形式。他们不但善于表演美洲歌舞、朝鲜腰鼓舞、日本扇舞、中国宫廷舞、泰国民族舞、巴西桑巴舞，而且对中国歌曲也演唱得惟妙惟肖。人妖的收入不菲，但是，他们的寿命往往都不长。

妙香听说是人妖表演，便拉着我赶快离开了这里。

这天上午，我和妙香路过克钦族的居住区。克钦族本来是一个跨居缅甸、中国、印度三国边区的民族，他们的祖先是中国青藏高原的羌族系。古代缅王阿朗悉都出巡当地时受到景颇人民载歌载舞的欢迎，缅王当时给他们赐名“克钦”，意为能歌善舞的民族。

当我和妙香进入村寨以后，就被首领邀请到了他家里。在交谈中，当首领得知我是中国人时，表现出异常的热情。这个首领不仅在当地有一片庄园，而且还有几家珠宝店，经营着缅甸玉器，那个人妖表演厅也是他开的。

克钦族人果然豪爽开朗，他们待客如宾，但也疾恶如仇。客人来访时，必置酒款待；但如受欺侮，也必兵刃相见。

这里的克钦族人的生活习俗还保留着早期社会的形态，虽然有一部分克钦族人改信基督教和佛教，但多数人仍信仰原始宗教，认为万物有灵，信神不信鬼，为了驱恶鬼、崇善鬼，就举行经常性的宗教活动和祭典。“木脑众歌节”就是克钦族的祭典盛会。

首领还领我们参观了他新开的一个赌场，并在言语中流露出希望我留下来帮助他经营这个赌场的意思。因为在过境的游客和边民中，经常有中国人光顾这个赌场。

我带着妙香到处游走，正发愁没有一个安身立命之地，不由得暗自高兴有这样一个机会。为了不露声色，我故意推托说需要再仔细考虑考虑，没有马上答应他。首领担心我不答应或者再变卦，为了留住我和妙香，特意为我们安排了一所较好的房间住下。

晚上快要睡觉的时候，我问妙香到底怎么办，我们过去是在两个房间各睡各的，还从来没有过肉体的接触。如今被当成真的夫妻，只能共处一室了。

妙香表示这件事情完全由我来决定，反正她早就认定自己是我的人了。但是，我还是坚持各睡各的。

第二天，我答应了首领的请求，留下来在赌场当上了主管。但是，我还是要求首领给我们准备了两个房间。

从此我彻底脱掉了袈裟，和妙香一起留在了赌场。我的日常起居都交由妙香来照顾，表面上看我们仍然是夫妻。

赌场上，无数红黄蓝绿的彩色小灯闪烁在昏暗的大厅里，角子机、牌桌、番摊、色宝、牌九，应有尽有，空气中到处涌动着诱惑与刺激。

由于天天在赌场里转，我对各种赌博的玩法也渐渐熟悉了，也掌握了规律，特别是对21点的玩法，我练就了一手过硬本领。通过无数次的观察，我发现，赌21点庄家赢的概率是52%，玩家赢的概率是48%。庄家的优势在于赌资无限，而玩家的优势是随时进出。以连续输或者连续赢6次为界限，玩家每输一把，下一把赢的概率就增加；反过来，如果赢一把，下一把输的概率也就增加一点。所以，连续输6把或者连续赢6把的概率极小。如果连续输6把，说明你这一天的赌运已尽，应该早早收兵。

但是输也有底，赢也有头。抓住了这个规律，我就到其他的赌场玩了几次。我每次只拿出350美元，第一次下注5美元，输了的话下一次下10美元，以此递增。只要是原始赌注的5倍，一旦赢回来就鸣金收兵，输了也就就此罢手。

如此几个月下来，我的胜率大大超过了预计的75%。

从此，我开始了规范赌博之旅。我给自己规定了一个时限：在2个小时之内，赢不过一万，输不过一千，过了时限就打住，收手不玩了。

对于进入赌场的人来说，这是一个严峻的考验。我坚持这个底线永远不变，这不仅锤炼了我的性格，也增强了我的自我约束能力。

很快我就熟悉了各种赌场的玩法，也熟知了其中的奥秘。不久，我竟然成了远近闻名的赢家。首领知道后大为欣赏，竟然将我提升为赌场经理，把赌场的一切都交由我来打理。

血刃泰赌王

缅甸从每年三月份开始，就会出现各种节日的“预热”，所有的佛塔敞开大门。月圆之夜在仰光大金塔举行盛大的庆祝活动，全国到处都是欢乐的人群。

四月又是缅甸的新年，泼水节一般延续三四天。五月节是纪念佛祖的节日，最动人的场面是由虔诚的妇女顶着水罐，朝象征佛祖顿悟的菩提树洒下净水。六月是“纳雍”月，寺庙的僧侣们会举行公开的、场面壮观的诵经比赛。七月在乡间会举行隆重的“太子会”，将小孩装扮成“太子”，并送他们进入佛门修行。八月民间有纪念鬼神的节日，纪念活动由各种各样的演出和缅甸人喜欢的大型集市组成。所以说，这几个月也正是各国游客最多，自然也是赌场生意最好的时候。

一天，赌场的大户室来了一个赌客，他选择了轮盘赌中压红压黑的赌法。但是，他提出了一个要求，把百分比非常小的绿色取消掉，这样就变成了压红压黑各 50% 的游戏。

赌场的主管不能做主，就来请示我。我觉得对这样的大客户，应该满足他的要求，所以就毫不犹豫地答应了他。

这个赌客将所带的 10 万美元全部换成一个筹码，孤注一掷地全压在了黑色上面。

于是，游戏开始，庄家开始抛掷骰子了。就在庄家挥手禁止玩家再动筹码前的一瞬间，赌客迅速将赌筹从黑区换到了红区。这种做法在赌场是允许的。只见那骰子在不同的数字方格不停地飞跳，最后终于静止在了红色格内，赌客毫无悬念地赢了。

赌场上的输和赢都是不足为奇的，但出人意料的是，赌客马上提出就此罢手，不玩了，并且将筹码全部兑换了现金。更令人意外的是，他竟然提出要求让我们派车送他回宾馆。

这是我万万没有料到的。因为开设赌场，不怕赢不怕输，就怕没有人来。还有就是讨厌那些赢了钱就走的人。不过，我还是当机立断，派车送人。

事情过后，我担心此举给赌场惹了大祸，老板知道后一定会大发雷霆。我轻易放走了一个大客户，而且让他赢了个盆满钵满。

没想到，事后首领不但没有责怪我，而且还对我大加赞赏，因为我协助赌客完成了一次传奇性的赌博，从而为赌场创造了一次很好的公关效应。我们赌场的知名度一下子提高到远近皆知，而这是用几个 10 万美元也买不来的。

果然，我们的赌场名声大噪，赌客越来越多，给首领带来了无穷无尽的财富。被巨大的利润驱使，首领又在曼德勒开了一家大赌场，又派我去那里当经理。

曼德勒位于缅甸中部，是缅甸的第二大城市。当年释迦牟尼宣扬佛法路过此山，曾经预言2 400年后这里会出现一个繁华的大城市。果然，在敏东国王的统治下，仅仅利用30年时间便将其建设成了一个繁华的城市。这里的赌场众多，成了赌徒们的豪赌天堂，许多大毒枭都在这里豪赌。这里也有赌石的，同时这里也是世界上最大的宝石集散地。

曼德勒最大的赌场叫“双龙会所”，这家赌场倚仗有军方背景，门前天天有四个士兵持枪把守，生意相当红火。其他赌场则冷冷清清，生意不好，原因之一就是双龙会所经常对其他赌场进行骚扰。

我们的赌场自开张以后，双龙会所也经常派人前来捣乱。为了报复，我准备前往双龙会所寻找机会。

一天，我带了500万美元来到双龙会所。在赌台上，我开始了押庄押闲。百家乐的玩法简单，下注快，也不需要懂得规则，只要玩家在庄家、闲家与和三个点上任意一点下注即可。押庄押闲都是一赔一，押一百赢了给两百。如果押庄赢，赌场要扣5%的抽头。押和赢是一赔八。每局八副扑克，洗牌机洗后放在发牌箱里，发到2/3时把剩余的牌扔掉，重新装牌，防止有人记牌。

开牌后，我把钱押在闲家上，一连五个长闲，我赢了20万元；随之是几个输局，然后我又陆续地赢。

赌场规定，这台赌桌储备的筹码是30万元，当天输光了就封台。我使这台赌桌封了台后，又转向了下一个赌桌。

赢赢输输基本上是略有盈余，然后峰回路转我又一连赢了五个长闲。刚过长闲现在又是长庄，我连押四个长闲都输了。不到半个小时，500万美元几乎都扔进去了。

于是，我孤注一掷把所有的钱全部押在闲家上了。没有人相信五个长闲后会出现五个长庄，除非太阳从西边出来。这时技术总监出来了，他经过我的允许后，替换了发牌的荷官。

我要了牌后，一看是张方块8。而总监在发牌箱里轻轻取出一张牌后，慢慢地放在手里，然后，他巡视了一下众人，在大家的注视下突然手掌出现一个震动，随后把牌反转过来。结果，他的牌加在一起是9，无疑是庄家赢。

此时，我早看出了名堂，于是，大喝一声：“别动！”

我飞速过去，将总监的手抓住，在他的西装口袋里划出一条缝，七八张牌立刻露了出来。这时候，赌场上的人们大喊：“赌场出老千了。”

一般的赌场最怕出老千，若是真的被人抓住出老千，大多数赌场会关闭，恢复不过元气来。

总监出老千的行为被我当场抓住后，赌场不仅赔了我全部的本金，还将我所赢的钱加倍付给了我。但是，曼德勒赌场出老千的事情不胫而走，闹得整个曼德勒市人人皆知。就此，双龙会所的生意急转直下。

没过多久，我们家赌场的生意越来越好，但惹事闹事的也越来越多。妙香时时刻刻担心着我的安全，生怕出什么差错。

一天，几个缅甸军人陪同几个泰国的年轻纨绔子弟进入了赌场，他们似乎是在做一笔大生意。在赌场上，那个被尊为“赌王”又被称为“豪哥”的纨绔子弟，一看就是赌场豪赌的常客。据说，他到赌场去赌，常常是大胜而归。

一次，他到美国的拉斯维加斯大赌场，赌场竟然提前为他准备了免费的总统套房。而他进了赌场不到十分钟就赢了5 000多万美元，当他走出赌场的时候，赌场的工作人员都站立起来为他鼓掌，并且夹道欢送。这成了赌界的一段佳话。

所以，豪哥到了我们赌场后显得十分狂妄，没有把任何人放在眼里。他熟知赌场的大厅是给普通人玩的，最低赌资每注只需20元，网上投注最低每注100元，而只有贵宾室，每注最低1万元才与他的身份相当。所以，他们径直来到了贵宾室。进来以后，他让随从打开手提箱，将1 000万美元现金摆在了赌桌上。我立刻让主管去换成赌筹，却被豪哥制止了。他说：“不要换，我就要用现金玩，这样才有兴致。那些筹码没有现金来得刺激。”

我知道，他这是在将我们赌场的军。因为玩家用美元，我们也必须用美元。否则，就证明这个赌场没有经济实力。所以，我马上让会计去银行提出了5 000万美元。

赌场既是天堂也是地狱，玩家没有常胜将军。所谓的赢，就是在不输的时候走人，止亏的最佳办法就是在赢点出局。

豪哥开始在玩压黑压红时赢了一个大注，赢了20多万美元，于是就起了野心，越赌筹码越大，结果点子背，输了500多万美元。看看手头的钱不够，他将身边人的钱全部押了上去，结果又全部输了。

我见他输得如此惨，就马上让主管白送给他50万美元。谁知道，这天他走了霉运，结果又输了。

输了钱的豪哥一脸的晦气，一时找不到发泄的去处。恰好，这时候妙香来为我送饭，他竟然对妙香动起了邪念。

他先是在言语上挑逗，让我给他找一个像妙香这样漂亮的缅甸少女陪陪他。见我没有答应，他就肆无忌惮地一把将妙香搂进了怀里。

妙香不从，他竟然一把撕坏了妙香的上衣，然后又去撕妙香的裙子。

我看见他这样无礼的行为，上前一把将他推了个跟头，接着一个猛虎掏心，打得他半天没缓过气来。他的随从和几个缅甸军人一拥而上，拔出枪来要和我动手。

首领恰恰在这时赶到了，见此情景，连连向对方赔礼道歉，并且答应设宴赔罪，又答应把他输的钱退还给他，才算暂时把事态平息。豪哥临走时说了句："你小子等着，老子回头再跟你算账。"

妙香顿时吓得面无血色。她担心地告诉我，在缅甸得罪了军界以及他们的客人就惹大祸上身了。她劝我趁他们还没有回来，赶紧离开这里。为了妙香的安全，我决计马上离开。我和妙香回去匆忙收拾了一下行李，就赶紧逃离了克钦族的村寨。

我把妙香安顿在一个安全的地方后，告诉妙香有事情要出去一趟，并且告诫她："不管发生什么事情都不要离开这里，一定等我回来，更不要自己一个人出去。"妙香知道我出去就意味着危险，靠过来贴在我的胸前，然后又为我祈祷了一番。

趁着夜色，我偷偷摸到了那伙泰国人的驻地。他们原来是住在小镇的一个军营里。我躲过军营大门的守卫，来到了军营的后院，翻越过墙头，开始一个个查看哪个是豪哥的住处。

当我摸到一个比较宽敞豪华的房间外面时，听见里面传出了豪哥和女人翻滚在一起做爱发出的声音。我用事先准备好的飞刀将门插拨开，看外面没人，便偷偷潜入了室内。我的轻功是在少林寺练就的，一切做得悄然无声。

豪哥住在军营，自以为是安全的，又觉得有那么多的随从和拿枪军人的保护，所以没把任何危险放在眼里。他认为即使有人进来也不会是外人，因而对当前的任何响动丝毫都不去理会。

那个缅甸少女最先看见我拿着刀子进来，瞬间脸色煞白，一把将被子蒙住了脸。豪哥这才转过头看见了我。我一把飞刀甩过去，一道白光带着风正中豪哥的脑门。没等他倒下，我的第二把刀又飞了出去，带着仇恨的飞刀正中他的心脏。

我上前搜索屋子里的各个角落，发现有两个皮箱，便毫不犹豫地拎在手中。我担心那个少女通风报信，就用床单将她捆了起来，又用毛巾堵住了她的嘴，这才悄悄溜出了房门。

我来到了阴暗处，用绳子拴好两只皮箱，先将绳头扔过墙那边，随后翻墙过去，又在那边将皮箱拉了过去。这一切我做得无声无息，就像一只夜行的猫，来无影去无踪，转眼就消失在了只有弯月和繁星闪耀的夜幕中。

在那一片细碎波光的江水中，闪烁着金色佛塔的倒影，这时的人们早就都沉浸在睡梦中了。

我杀了豪哥那个恶棍以后，马上返回到安顿妙香的地方。妙香正担心着我的安全，一直都没有睡，看见我回来马上扑在我的怀里。我赶紧放下皮箱，打开一检查，我和妙香顿时惊愕得嘴都合不拢：一只箱子里装的是满满一箱的美元，而另一只箱子里装的则是四把崭新的美式手枪和三百发子弹。

我马上让妙香把这些东西装进两个布袋，迅速把皮箱埋在地下。完成这些以后，我拉起妙香一刻不停地离开了此地。

掸邦躲追杀

我和妙香逃经一个小镇时，发现再不能沿着往北的方向走了，因为往北都是克钦邦的属地。

我买了一辆摩托车，带着妙香连夜逃往掸邦所在的东南方向。之所以要去掸邦，一个原因是缅甸的掸族和傣族是一个民族，掸族也自称“傣族”。傣族和掸族本是一家，与我国的傣族语言相通。掸族多信奉小乘佛教，掸邦境内佛寺、佛塔的建筑形式、佛教节日及佛事活动都和我国傣族相似。

还有一个原因是，历史上著名的南渡矿场就有旅缅的中国人参与创建，第二次世界大战前该矿场的工人有半数以上是中国人。云南每年往掸邦谋生的季节工人有七八万人之多。1942 年日本侵占缅甸后，“中国远征军”进入缅甸，转战于缅北掸邦一带抗击日本侵略军。战后“中国远征军”返国，其中一部分人便留在掸邦一带专事买卖。

在掸邦境内有华侨七八万人，他们大多数在当地从事商业和建筑业。由于长期受中国文化的影响，掸族很多生活习惯乃至服饰都与汉族相似。掸傣关系极为密切，双方结亲者甚多，他们跨国界而居，隔界河相望，通婚互市，走亲串戚。

为了防止路上遭遇不测，我把手枪装满了子弹。掸邦东邻老挝，东南接泰国，南部和西部与缅甸的其他省、邦相接，从北向南与中国云南省的瑞丽、畹町、潞西、耿马、沧源、西盟、孟连、勐海等县市接壤。

掸邦高原为一广大山区，我们一路都沿着起伏连绵的山地和深谷陡坡行走。南卡江以北的佤区几无平地，道路多沿山脊而行，而进入景栋地区后则有许多河谷。沿河谷有许多盆地，地形平坦，人口集中。这里除种植稻谷外，还种植玉米、花生、豆类、芝麻、葵花籽、小麦、洋芋、烟草、棉花、甘蔗、鸦片、桐油、茶叶、水果、蔬菜等。掸邦还是硬木和被称为“树木之王”、“缅甸之宝”的柚木的产区。

来到景栋后，我和妙香花钱租了一座荒山，就在此居住下来。我们租用的荒山占地 40 亩，半山腰有一栋房子，有一条小路与山下相通。在平房的对面，我们修葺好一排猪舍，想利用这里的山地种玉米，再用玉米来喂猪。

头一年，我们两人不辞辛苦地劳作，种的玉米获得大丰收，并且一次性地出栏了 50 头大肥猪，再加上田地里土豆、黄豆、红薯和其他杂粮的丰收，我们决定来年扩大规模，增加投资，就一次性买了 100 头小猪。

那是个春天的早上，我忽然发现土豆地如同被犁翻过了一样，形成了一道道一尺多深的小沟，还没有成熟的小土豆滚得到处都是，大土豆的残渣上还留下了野猪牙齿的切痕，再一看地上的脚蹄印，如同小牛犊一般，我推断这是头至少 300 公斤重的大家伙。

第二天，我发现地里又被拱得乱七八糟，野猪专挑大的土豆吃。我顺着野猪的蹄印和在灌木丛蹿动的痕迹，找到了野猪的来路——它是从左边花溪沟上来的。花溪沟灌木茂盛，荆棘纵横，是野猪藏身的好地方。于是，我在路口处埋下五个铁夹子，把铁夹子的一头用铁链固定在一棵松树根部。

下一天一早，我就赶到了埋铁夹子的地方，一看，不禁惊呆了：碗口粗的松树被野猪用牙齿咬断，两副铁夹子上血迹斑斑，齿口处残留着厚厚的两片野猪腿皮。原来是野猪被夹住后恼羞成怒，活生生地把那棵松树给咬断了。

用铁夹子抓不住野猪，我就干脆蹲坑守夜。我带上守场的两条狗“大狼”和“小虎”去到了那里。月亮很早就升上来了，把夜间渲染得美丽而明亮。一会儿，一个庞大的身躯出现了。那野猪就像一头半大的黄牛，两颗长长的獠牙和竖直油亮的毛发在月光下闪着寒幽幽的光。它左闻闻右嗅嗅，轻而易举地躲开了那几副下好的铁夹子。

看见野猪出现，两只狗发出低声的吠鸣，等野猪进了土豆地的正中央，我放开两条狗，它们如离弦的利箭般冲到了野猪面前。野猪吓蒙了，转身就逃。“大狼”性恶，顺口咬住了野猪的屁股，哪知道野猪的屁股毛长皮厚，又油又滑，“大狼”失却了重心滚在地上，还没爬起来，那野猪对准“大狼”一甩头，将“大狼”撂飞到三丈开外，重重地摔在岩石上。“大狼”发出一声声惨厉的怪叫，腹下被野猪的獠牙豁出一道三十多厘米的大口子，脑袋又被撞在岩石上，惨死了。一旁的“小虎”则吓得浑身发抖。野猪并不恋战，乘机旋风般地消失了。

连续几天，我带着两支双管连发猎枪在地里蹲守。就像从空气中嗅到了危险似的，那野猪和我玩起了游击战，一时间消失得无影无踪。我下毒药、挖陷阱，使用一切办法却拿它没辙，我被折腾得几乎筋疲力尽，却仍无计可施。

一天早上，妙香急匆匆地把我叫醒说：“我们刚买的那头良种母猪不见了。”

我立刻飞跑到猪圈一看，圈壁有猪踢蹬踩的痕迹，母猪一定是发情从圈里跑出去了。

意想不到的是，过了三天，那头母猪却回家了，站在猪栏面前“咧咧”直叫唤，想冲进圈内去吃猪食。为了避免母猪以后又跑出去，我把母猪关进了一个两米高的牛圈里。

半夜的狗吠声将我惊醒。我拨开窗帘一看，那头野猪竟站在牛舍上头，还发出亲昵的“咂咂”声，好像在和下面的母猪交流着。

我忽然明白了：原来是野猪把我家的母猪霸占了好几天！母猪回来了，公野猪也就跟着来了。

这时，意外的一幕出现了，野猪终于禁不住下面母猪的召唤，纵身一跃跳进了牛舍。我再到牛舍去看，只见野猪和母猪亲热地碰着头，母猪走到哪儿，野猪都如影相随。

见了我和妙香，野猪开始还有一些野性，随后却像母猪一样“咧咧”地乞食，就像是被喂养了很久一样。

过了半年，母猪产下了一窝黄底黑花的小猪仔，一共15只。这些小猪是纯种的第一代杂交品种，为我和妙香带来了一笔不小的财富。

一天，妙香告诉我说，家里的庄稼又让野猪群给扒倒了不少。以前的事情是一头野猪所为，现在发展成为一群野猪，以后她自己一个人都不敢上山了。

听了这个消息以后，我悄悄做好了准备。我先在山上砍了一些木桩堆在一起，观察着野猪群出没的路线。然后，我每天扛一袋苞米，在野猪经常出没的路上，撒一些苞米做陷阱的诱饵。

很快，一头野猪吃了第一口。

第二天，我在同一地点又多加了一些苞米，并在几尺远的地方竖一块木桩。虽然吓退了野猪，但是没多久野猪又跑回来吃了起来。

此后，我要做的只是每天在食物周围多竖起几块木桩，直到在陷阱周围完成了包围圈为止。

就在野猪群进去吃苞米的时候，我把最后的一个木桩竖好，野猪群便被困在山上的围栏里了。七只野猪成了我的又一笔财富。

为了让妙香有更多的事做，我还为她买下了一个珠宝店，为她日后的生活留下了足够的资本。

缅军武教头

一天，缅甸掸邦人民军的一则招募武术教官的启示吸引了我，因为在缅甸，军人与和尚是上等人，所以我就抱着试试看的念头去报了名。

我绝不是心血来潮，而是一个大丈夫的情怀使然。一个从孩童成长为男子汉的人，却有国不能回，有家不能归。空怀报国之志，却只能漂泊在异国他乡养鸡养猪，这使我的心中总是沉淀着一种压抑的情绪。

回来后，我把报名的事告诉了妙香，征求她的意见。妙香非常理解我的处境和我当时的心情。和妙香在一起的日子里，我几乎天天都提到祖国和家乡，也总是对舒雅念念不忘。妙香知道我的理想绝非饲养员，我的奋斗疆场也绝不是眼下的这个小山头，何况我的心也早有所属。

妙香也非常感激我为她所做的一切。她知道虽然暂时能够留住我的身体，却留不住我的心。所以，她真诚地支持我所做的决定。

临走前，我奉劝妙香有机会嫁一个本分的人，因为以现有的财富已足够她支撑一个富裕的家。但是，妙香只是一味地摇头，轻轻地说："我等你。"

在面试的时候，面试官让我与几个士兵对打，以我的武学我很轻松地就把他们几个打倒在地。于是，我很轻易地就被录取了。从此，我告别妙香，搬入了军营。

掸邦军是当地最活跃的民族武装。缅军教官的职责就是训练现役军人，教授他们射击、擒拿、格斗等。这些都属于我的强项，我的武功应付这些训练早已是绰绰有余。所以，我每天过得挺滋润，并且在我手下训练出来的军人个个都身手不凡，所以我在教官中的地位也如日中天。

有一天，军部接到指令，掸邦司令官萨姆要前来视察，要求我们准备实战对打表演。我被点名作为参战的主打人员。

司令官萨姆如期而至。在对打实战中，我与手持刀枪剑棍的几对"敌手"过招，他们一个个都被我打得丢盔弃甲。我的功夫又得到了司令官的赏识，当即被调到司令官的身边当了贴身保镖。

不久，我接到萨姆的秘密指令，让我到泰国暗杀一名哥伦比亚的大毒枭。这个大毒枭掌握着世界上1/5的可卡因毒品，在哥伦比亚有大片的古柯树。可卡因就是用从古柯树叶子中提炼出来制作而成的。

当时，世界上有三大可卡因生产国：秘鲁第一，玻利维亚第二，哥伦比亚第三。这个哥伦比亚的大毒枭与萨姆有过节，萨姆与这个大毒枭原先有个契约：萨姆拿一批毒品与大毒枭交换一批先进武器，准备用来武装部队，并且已经定好了交换价格和成交日期。但交易日期过了许久也不见对方有任何动静。于是萨姆命令情报部门侦查了解，原来这个大毒枭又把这笔军火生意交给了克钦邦，原因是他们之间的成交价格比与萨姆谈的便宜了两成。

听了这个消息以后，萨姆气得几天没睡好觉。最近他又听说大毒枭到了泰国，于是，便令我只身前往执行暗杀任务。临行前，萨姆交给了我大笔经费、大毒枭的资料、手枪和狙击步枪，我就上了路。

这次执行杀人的任务，我的心紧张得直打鼓，无法平静下来。

飞机在泰国廊曼国际机场降落后，我叫了辆出租车径直进入了首都曼谷。住进酒店后，我决定放松一下心情，打算一边游玩以舒缓紧张情绪，一边等候情报，尽快熟悉曼谷的风土人情、城市建筑、道路交通等各种状况，以做好应急准备，伺机下手，完成暗杀任务。

整个曼谷以湄南河纵贯南北一分为二，最后汇入泰国湾。曼谷以大皇宫为中心向外扩散，第一圈是寺庙和官方建筑，第二圈是商业圈，第三圈是住宅区，最外面是贫民区，王宫和佛寺大多建在湄南河圈。湄南河沿岸地区是泰国的政治中心，也是旅游景点密集区。

第二天，因为没有接到任务，我径直去了大皇宫和玉佛寺。

大皇宫紧邻湄南河，是在曼谷中心仿照故都大城的旧皇宫建造的，是历代王宫中保存最完美、规模最大、最有民族特色的一座。曼谷王朝从拉玛一世到拉玛八世，均居于大皇宫内。大皇宫内汇集了泰国建筑、绘画、雕刻和装潢艺术的精粹，其风格具有鲜明的暹罗建筑艺术特点，被称为“泰国艺术大全”。

大皇宫内有四座宏伟的建筑，分别是节基宫、律实宫、阿玛林宫和玉佛寺。大皇宫景色极为迷人，和玉佛寺同为曼谷的标志，是旅游泰国必到之地。

走进大皇宫庭院，映入眼帘的是如茵的大片草地和姿态各异的古树，草坪周围栽有菩提树等热带树木。大皇宫的佛塔式尖顶直插云霄，鱼鳞状的玻璃瓦在阳光照射下灿烂辉煌。走进第二道门，一座雄伟而瑰丽的三层建筑物展现在眼前，这是大皇宫里规模最大的主殿——节基宫。

玉佛寺是泰国王族供奉玉佛像和举行宗教仪式的场所。寺内有玉佛殿、先王殿、佛骨殿、藏经阁、钟楼和金塔。玉佛殿里四周墙壁全是壁画，连高大的穹顶都是，整个殿堂内就是一个壁画世界。

玉佛殿大殿正中的神龛里供奉着被泰国视为国宝的玉佛像。每当泰国内阁更迭之际，新政府的全体阁员都要在玉佛寺向国王宣誓就职。每年五月农耕节时，国王还要在这里举行宗教仪式，祈祷丰收。寺内四周有长约一公里的壁画长廊，上面绘有一些精美的彩色连环画。玉佛寺内的几块大瓷屏风上彩绘着中国古典小说《三国演义》里的故事。

这些建筑都是用黄金和宝石镶嵌的，金碧辉煌，光彩夺目。有意思的是，玉佛按照四季不同，要由国王亲自给换衣服。大皇宫中有三座塔，一座是舍利塔，由 18 克金镶嵌，存放有释迦牟尼的舍利子；一座是藏经阁，由红、蓝宝石装饰；还有一座是天皇殿。

泰国绝大多数人信仰佛教，所以到处是和尚。全国竟有 4 万个寺庙，小孩子生下来就要到庙里做功德。我所到的寺庙小动物都很多。当地人不吃狗肉，不杀生。但是，这里的和尚不吃素，也不动锅灶而只去化缘。

泰国的和尚有 217 条戒律，其中“一生不碰女色”尤其严格。和尚一天只在中午吃一顿饭，下午就只喝水，不吃东西。泰国的男人多半选择当兵、当和尚或者做人妖，所以显得男少女多。

第三天，由于还没有接到情报，我又去游览了龙虎寺，这是泰国的名寺之一。有名的四面佛，世界上各地的人都来朝拜。四面佛是三大天神之一，传说他用八只手创造了天地，并且有求必应。四面佛的第一面是求平安，第二面是求事业，第三面是求婚姻，第四面是求财。据说要求四面佛开光，要由 108 位高僧诵经 49 天，然后开光点眼才能请来护身。我请了炷高香，祭拜了平安佛。

下午，我仍然无事可做，就坐着游船，沿江一边在湄南河看水上人家，一边游览河边的风景。我看见一些沿江的房子，屋外面摆了许多水缸。我觉得很奇怪，为什么在水边的人家还需要这么多水缸，是接雨水用的吗？导游介绍说，泰国人家的水缸数量代表这家娶的老婆数量，一个水缸代表一个老婆。我数了数，最多的一个人家有九个水缸，也就是说，这家有九个老婆！这么穷苦的人家怎么能养得起这么多老婆？导游还说，泰国男人可以娶好几个老婆，一般有三四个老婆是很正常的事，但在法律上只承认一个老婆，可是又允许非婚生的孩子跟父亲姓，并且有继承权。

湄南河的水上人家，大都是普通百姓。沿着河边，都是些建在水边的高脚木屋，没什么家具，几乎每家都备有吊床。吊床不为浪漫而设计，而是因为湄南河经常发洪水，有时睡到半夜，床就漂起来了。穷人家也没什么值钱的东西，水淹上来，就爬上吊床接着睡。

晚上，情报部门的消息终于来了。大毒枭住在湄南河西岸风景秀丽的半岛酒店，并且包下了酒店的最高层——第 39 层的整层楼。因为顶楼的景色尤其优美，又相对安全；同时，交通方便，靠近达信大桥，可以很便利地去往曼谷主要的商业区和廊曼国际机场。

我也特意入住了这家酒店，要求前台服务小姐给我安排在了第 38 层。我还侦查好了第 39 层总统套房的方位。晚上六点，我一看时间尚早，为了养足精神，吃完饭便倒在床上睡了一觉。

凌晨三点，正是人们睡意最浓的时候，我悄然起身，藏好了无声手枪，腿上插了一把匕首，乘电梯来到了第 39 层。

电梯门一开，立刻有两个警卫将我拦住，盘问我找谁。我谎称走错了楼层，回身又进了电梯。回到了第 38 层，我又从步行楼梯上了第 39 层。当我悄悄走到第 39 层楼梯口时，发现这里也有警卫，于是就又退了回来。

回到房间，我拿出了攀崖的绳索和铁钩，来到了步行楼梯的窗口，用瑞士军刀卸下窗锁探出身来。将绳索扔上楼顶后，用力拉了拉，确认挂牢了以后，就钻出窗户抓紧绳索攀上了楼顶。

我摸准大毒枭住的房间以后，照例挂牢绳索顺绳下到大毒枭的房间。我找到卫生间的位置，先用玻璃刀划出四框，然后用强力胶在划好的封闭玻璃上贴好胶，暗暗用力，玻璃随即裂开，声音几乎不被人听见。

我摸进卧室后，仔细观察这里的动静。当我确认大毒枭在熟睡之后，便悄无声息地摸到他跟前。我一手捂住大毒枭的嘴，一手抓住他的头猛力一扭，只听咔嚓一声，大毒枭的颈椎立即被我扭断。

我将大毒枭的头转了个 360 度，使他还在睡梦中就见了上帝。我没费一枪一弹，无声无息地完成了暗杀任务。

手上又一次沾染了鲜血，我感觉心速加快，血压增高，一种罪恶感向我袭来，好像千万只眼睛在盯着我。但转念一想，我杀的是罪大恶极的大毒枭，我这是在为民除害，心里才略感安慰。

我顺原路退回，从步行楼梯下楼直接回到房间。我用洗涤剂反复洗搓着双手，还是觉得没有洗干净。随后，我收拾了行李，到大堂办理退房手续，马上赶到了廊曼国际机场。

当时我曾经想过，正好利用眼前这个机会脱逃，取道离开缅军，飞回国内。但是，根据世界各大媒体的报道，中国又刚刚发生国家领导人的叛逃坠机事件，国内正在开展所谓的“批林批孔”运动，还有报道把矛头又指向了国家的总理。在国际上，中国与苏联、美国的关系也是剑拔弩张，回国自然不是好时机。于是，我放弃了逃脱的打算。

由于做特工的职业要求，我没有马上直飞缅甸，而是转道飞往老挝金边，然后才转回了缅甸。

暗杀的成功，自然使司令官萨姆对我褒奖有加，他奖励了我 5 万元美金，从此后对我更加刮目相看了。

就在我离开泰国的第二天，世界上各大新闻报刊上就报道了哥伦比亚大毒枭丧命泰国的消息。

毒三角逃亡

过了不久，司令官萨姆又交给我一个重要任务：到中缅边界押送一批毒品过境。

国际上的“金三角”是指位于东南亚泰国、缅甸和老挝三国边境地区的一个三角形地带。这一地区因盛产鸦片等毒品，是世界上主要的毒品产地而闻名于世。

长期以来，这里一直活动着多股反政府武装和其他毒品武装，故又被称为“冒险家的乐园”。掸邦地区活动着数十支少数民族武装，为了获得维持武装斗争所需的经费，一些民族武装组织甚至强迫村民种植鸦片、生产毒品，以毒养军、以军护毒成了这些处于贫困山区的民族武装沿袭了几十年的传统。

“金三角”的范围包括缅甸北部的掸邦，克钦邦，泰国的清莱府、清迈府北部，老挝的琅南塔省、丰沙里、乌多姆塞省及琅勃拉邦省西部，共有大小村镇3 000多个，总面积为20万平方公里。虽然三国历届政府都曾开展过禁毒工作，但均未能有效地阻止这一地区罂粟种植业的发展。

由于“金三角”地区大部分是在海拔千米以上的崇山峻岭，气候炎热，雨量充沛，土壤肥沃，因此极适宜罂粟的生长。再加上这里丛林密布，道路崎岖，交通闭塞，三国政府鞭长莫及，为种植罂粟提供了地理、经济、政治等各方面得天独厚的条件。

缅甸是“金三角”地区罂粟种植面积最大、产量最多的国家。每年经“金三角”地区贩运的海洛因占世界总量的大多数，而该地区海洛因的年生产总量能满足全球海洛因两年的消费需要。

这次，萨姆要我押送的毒品是重达三百公斤的海洛因，押运任务十分危险。因为每次偷运毒品，都很可能遭遇中国边防武警的抓捕。萨姆的几个心腹高手都是因为押送毒品而丧命黄泉或被中国警方抓获的。

萨姆对中国的毒品市场早就垂涎三尺。毒品只要进入中国，就可以获得丰厚的利润。在“金三角”，每公斤海洛因2 000美元，约合人民币2万～3万元，但在云南可以卖到4万～6万元，运到了北京、上海则能够卖到20万元，要是在香港可卖到50万港币，而在美国则能卖到80万～150万美元。这样丰厚的利润，足以让萨姆疯狂了。

萨姆他们每隔10天或者半个月就会贩一次毒，每次不交易太多，就交易200～300公斤，一年下来就有数亿元不义之财进账。

我听说，这些毒品被销售到中国以后，还要被掺入各种杂质，常见都是果粟粉，1公斤海洛因竟可以掺5公斤以上的果粟粉。许多人把吸毒当作时尚，甚至把没有尝过毒品的人视为异类。

我们的押送队伍一行十人，配备一台卡车，每人都配备了美式武器。我身背一支7.62mm×51mm的美制雷明顿M40A3狙击步枪，开始走上了一条古老的被称为“蜀身毒道”的路线。这是从中国四川成都经云南的大理、保山、德宏进入缅甸，再通往印度的重要交通线。

中国的历史上曾经有三条丝绸之路通往世界各地。一条是陆地上的，从唐代的西安到欧洲；第二条是从海上的北部湾出发；第三条是茶马古道，是在滇、川、藏大三角的丛林草莽中、横断山脉的高山峡谷里，绵延盘旋着的一条神秘的古道。

在这条古商道上，中国商人与掸国（今缅甸）或身毒（即印度）的商人进行货物交换，用丝绸或邛竹杖换回金、贝、玉石、琥珀、琉璃制品等。同时，这条古道也是贩毒集团经常用来运送毒品的要道。

萨姆知道我是中国人，怕我有二心，便专门指派一个叫扎波的心腹作为领队。因此扎波还有一个重要的任务，就是时时监督我的一举一动。他接到司令官萨姆的秘密指令，一旦发现我的行为反常，就随时可以将我解决掉。对此，我心里十分明白。

萨姆每次向中国境内贩毒，都是从茶马古道北上，然后进入中国的云南境内。在我们接近云南边界的时候，就把运毒车辆改换成了马帮，与其他的马帮混在一起，进入了一条崎岖陡峭的山路，这就是沿澜沧江江岸上一条一米来宽的茶马古道。

山路有时是陡峭的石梯，有时需要穿越森林，有时是狭窄的沟壑，而且是马踩踏出来的。马帮正是为了适应这种极其艰难的旅途运输而产生的。

长途贩运的马帮，老大叫“大锅头”，二把手叫“二锅头”，再下边叫管事。每五匹骡马为一把，五把为一小帮，小帮设一个小锅头管理。一个马帮少则几十匹骡马，多则成百上千，四匹骡马就有一个赶马人。

我身背狙击步枪，走在贩毒队伍的中间位置。

这天，我们的队伍来到一个原始森林，这是一块很少有人问津的处女地。树林里到处长满了地衣和苔藓，一不小心就会滑到。树林中到处隐藏着毒蛇、蠓虫，还有半米长的蜈蚣、巴掌大的蝎子，令人不得不时时提防。

一个缅兵在巡查时，忽见从森林里蹿出一只洗脸盆大小的蜘蛛，叼着一只山鸡，飞快地朝山坡爬去，眨眼间便无影无踪。于是，缅兵在巨型蛛出没的地域进行地毯式地搜寻，结果又发现了一头猝死的野猪。

缅兵检查了死亡的野猪后说：“这头野猪是中了巨型王蛛的毒。”扎波要求我们注意安全，小心防范。这天晚上，我们就在森林里扎营休息。

第二天清晨，我们刚要开始赶路，突然，我们发现前方十几米远的地方，一只洗脸盆大小的巨型红背蜘蛛，正死死咬住一只肥大的黄鼬。

一个缅兵无法抑制内心的兴奋，蹑手蹑脚地向巨型蛛靠拢。缅兵打算脱下身上的长袖布衫，双手撑开，想以迅雷不及掩耳之势用布衫扣住巨型蛛。然而，当他走到巨型红背蛛跟前时，红背蛛放下口中的猎物，突然用后腿拼命揉搓腹部，随后向缅兵射出许多绒毛。缅兵的双眼开始剧烈疼痛，就像有一条烧红的钢钎，在一寸一寸地往里扎，穿过眼睛，直刺大脑。

原来，这种巨型毒蛛在遭遇危险时会拼命揉搓腹部，就能在瞬间释放出数千根绒毛，攻击 10 米之内的任何事物。这是一种神经毒液，对接触到的人和动物，不仅会损伤其皮肤系统、呼吸系统，而且轻者致盲，重者必死无疑。

这个缅兵眼前一片漆黑，拼着最后一丝气力向同伴发出呼救的声音。大家发现后去拉他，却怎么也拉不起来。仔细一看，才发现他已经死了！

扎波气坏了，再找却看不见巨蛛的影子了。扎波命令全体士兵马上搜寻，立刻射杀巨蛛，为他的兄弟报仇。搜着搜着，巨型红背蛛果然出现在一树丛后。见到有人包围过来，它就虎视眈眈地朝缅兵扑来。还没等巨蛛发威，一个叫莫里的士兵持枪在惊慌失措中扣动了扳机。巨蛛尽管威猛，但毕竟不敌枪弹，挣扎了几下，便倒地毙命。

看着阴森恐怖的红背毒蜘蛛暴死于地，大家才从恐慌中回过神来。经过对死蛛进行现场检测发现，这是一只雌性巨蛛！

消灭了巨蛛后，我们才又开始前行。晚上，队伍扎营休息了。

第二天早晨起来时，大家发现打死巨蛛的莫里躺在那儿还没有动静。大家以为他贪睡，因此没去惊动。可帐篷收拾完了，莫里还躺在那儿。众人急忙过来查看，结果发现莫里已经死了。

大家检查他的全身，发现在他的右脚掌心有两排奇怪的牙痕。令大家不解的是，巨蛛已亡，不会再来伤人，可莫里脚上怎会出现咬痕呢？又一想，结果更是令人恐惧：这说明了巨蛛是在有意地报复莫里，也就是说附近还有巨型毒蛛在活动。

扎波一时惶恐起来，急不可待地对大家说：“赶快撤离这里！莫里是被毒蜘蛛咬死的！是被巨蛛报复死的！”众人一听惊慌失措，立即抬起莫里，扛着帐篷撤下山去。

到了山下，扎波让大家为莫里制作了一口棺材，准备第二天再安葬他。

第二天，就在扎波打开棺盖准备向莫里作最后告别的时候，棺材里突然又跳出一只巨型蜘蛛。众人吓得四散逃跑，巨蛛却轻松一跃，攀上树顶，瞬间离去。大家再一看棺材里的莫里，脸上千疮百孔，腹腔也被撕裂，惨状让人不忍直视。

原来，莫里枪杀的是一只雌蛛，而这只复仇的蜘蛛是只雄性，也就是说，它是雌蛛的丈夫。从它刚才没有伤害众人的行为分析，它的目标只是盯住了莫里。

众人再仔细查看，在棺材底部发现了一个大洞，巨型毒蛛就是从这里钻进棺材啃尸毁容的。这只巨蛛在雌蛛丧命在莫里的枪口下后，复仇的欲望与日俱增，所以这些天里，它一直神出鬼没地跟踪着莫里。那天夜里，它偷偷潜伏到帐篷外面，等人们熟睡后，游荡进去准确无误地跳到莫里身边，在莫里的脚上咬了一口，然后立即悄然离去。等到人们做好棺材，置入莫里的尸体后，它又从棺材底部打洞而入，在棺材里蚕食莫里。这是动物界里多么惊人的报复行为呀!

安葬了莫里以后，扎波一刻也不敢耽搁，马上指挥队伍出发了。我们的队伍时而北行，时而西行，有时凭我的感觉竟是又回到了原处。这表明扎波一伙的狡猾，做事非常谨慎。

在一天黄昏的时候，我们终于来到了缅甸掸邦的果敢地区。首府设在果敢老街上，地处缅北萨尔温江东岸，距离中国的边界只有 30 公里。

大街上有许多是中国人，在这里傣语和缅语通用。在商店、饭馆都是缅、中文字混用，但明显以中文为主。这里四面环山，风光旖旎，美景如画，周边巨大的原始森林充满了神秘和浪漫色彩。

街上到处是赌场，我还看到有一些大庙、睡洞、卧佛和大水塘土司德政碑等。这里地处北“金三角”的腹地，是罂粟花盛开和毒品泛滥之地。从云南来缅甸主要通过两个边境口岸，一是云南省镇康县的南伞（镇）口岸，出口岸不足 8 公里就可以到达特区政府的首府老街；二是耿马傣族佤族自治县的孟定清水河口岸，从出口岸到特区首府老街有 34 公里路程。另外，还可以从泰国和缅甸南部的其他主要城市经大其力、景栋、小勐拉进入这里。

这里离中国的瑞丽、西双版纳的直线距离也不足 300 公里，还有公路可直达缅甸的腊戌、曼德勒等地，交通非常方便。这里是玩家的乐园、探险家的风水宝地、旅游爱好者的天堂，也是冒险者的家园。

扎波定于明天过境，所以大家晚上没事都出去各自活动。我一个人在街上游荡，看见了许多中国人。由于我的特殊身份和担负着绝密的使命，所以我不敢贸然与人接触。

在果敢居住的果敢族，原来是明朝汉族的后裔。“果”是九的意思，“敢”是家的意思，合起来即是九户人家，当时来到了这里。至今，果敢人还得不到缅甸国的承认，没有国籍，没有身份证，他们依然讲汉语。

由于“文革”的影响，许多知识青年到缅甸加入了缅甸共产党，当时的口号是要“把毛泽东思想的伟大红旗插到世界各地”。这些知青中的一部分人为了“缅甸人民的幸福”和在缅甸实现“英特纳雄耐尔”贡献了自己的青春和宝贵的生命。一部分人玩起了失踪，不知到哪个国家去了；只有一小部分人在枪林弹雨中保全了生命，打出了一片天地。他们在缅共中有一定的地位，掌握了一定数量的枪杆子，但这部分人后来与缅共决裂，在缅甸境内与中国边界一侧各自占山为王，成了军阀。

我看到一家大赌场，赌场外面持枪的缅兵就有50多人，几乎是动用了一个连的兵力。看来，这是一家很有背景的赌场。

我进了赌场，在看大看小的赌盘面前下了个大注。结果手气来了，一会儿工夫就赢了很多钱。随着人们的兴奋叫嚷，许多人都蜂拥到我的台前跟着我押。我押大他们就押大，我押小他们就押小。然后，我又玩起了21点，这个是我的拿手好戏。我赢多输少，渐渐引起了越来越多赌客的兴致。几个衣衫不整的缅兵还大呼小叫地围了过来。

这时，一个额头上有疤的缅军叫骂着那几个缅军，看起来是个头头，让他们不要闹事，吆喝他们早点回去睡觉，因为第二天还有重要任务。我玩够了，钱也赢了不少，看了一下手表，时间不早了，便收起筹码换回了钱，回去睡觉了。

第二天一早，我们的队伍出发开往目的地，到了萨尔温江一个叫大坝渡的地方，我们在江边准备开始交货。正在与对方大毒枭交手的时候，突然江面上出现了两只快艇，直接向我们的方向奔来。有人喊：“不好！中国武警来了！”

我迅速把狙击步枪端起来，瞄准了快艇。在狙击步枪的瞄准镜对准快艇上一个中国武警的时候，我突然一愣：这个面孔怎么这么熟悉？再仔细一看那人额头上的疤痕，我恍然大悟，原来是我昨晚在赌场见过的大声叫骂的缅军头目。唯一不同的是，他身上的缅军军装换成了中国武警的军服。

我一切都明白了，这一切原来还是一场试探，是司令官萨姆对我的考验。原来我还有些顾虑，认为不能在冲突中用我的枪射杀我自己的同胞，不能把枪口对着生育了我的土地。现在我不用再犹豫了，心情顿时放松了许多。

要说起狙击战，那是最神奇、最具有挑战性的较量。而狙击手，则是战场深处的幽灵，是悄无声息的杀手，往往“于万军之中取上将首级”。刺杀、破坏、狙敌、制造心理恐慌等，已经不是什么夸张的事情了。一个出色的狙击手在战争中的作用甚至可以抵得上一个炮兵团。在这一点上我也是比较自信的。

因为路途遥远，为了减轻负重，我这次没有携带测距仪。狙击步枪瞄准镜虽带有测距功能，而实际战斗中最实用的往往还是我经常使用的跳眼法测距：伸出胳膊、竖起大拇指，与眼睛保持同等高度；以大拇指的一侧为基准线，先用一只眼睛观察；对准目标的位置后，再用另一只眼睛观察；记住观察的物体；然后估算出目标与那个物体之间的横向距离；再乘以十，这就是到目标的距离。

我先是用跳眼法进行了测量：距离 800 米，风向偏东风，风力 4 级，风速 8 米/秒。然后，我将十字瞄准线牢牢套住了驶近的快艇，调整好狙击目标的弹着点位置，扣动扳机的手逐渐发力。只听“砰”的一声，子弹射出了枪膛，带着风声扑向目标。瞄准镜里我见到一股猩红的血喷射出来，疤瘌头的脑袋被掀去了一半，血喷洒得快艇上到处都是。紧接着我又开了一枪，子弹直击另一个人，即驾驶员的头颅，打得他面目全非。失去了控制的快艇顿时在江面上乱冲乱撞起来。

在瞄准镜中，我看到每颗旋转的弹头准确地钻入目标，弹头在那充血的头部穿过的一瞬间，鲜红的血液急剧地喷射出来，在阳光下形成一种美丽而诡异的血雾，让人产生一种亢奋的感觉。

这时，另一艘快艇上的人开始用冲锋枪向这里扫射。我迅速转移到一棵粗壮的树后，向那艘快艇上的武装人员还击。由于快艇正对着我们的方向驶来，我有意向坐前面的人的胸部射击，威力巨大的狙击步枪子弹穿越了两个人的身体，使他们当场毙命。快艇上的其他人一看不好，就像坐在荷叶上被惊吓了的青蛙一样，马上翻滚到了江里。

由于他们落入江中完全失去了还击的能力，我更掌握了狙杀的有利时机。只要江中的人一露头，我一枪点射，江面马上就会泛起了一片红色，血和脑浆顺着江水翻滚着，人也随即漂了上来。我的眼睛一直没有离开瞄准镜，我快意地寻找着水面上的下一个目标。

潜在水里的人实在憋不住气了，就浮上水面换气。可惜他们刚一露面，就没有机会再钻到水里去了，我的子弹让他们永远地沉睡在了水底，或者喂养那里的鱼虾。

仅仅几分钟的工夫，在我的枪口下便有九条性命葬身于江中。我再仔细查找，确定已没有人浮出水面的迹象，才将眼睛离开了瞄准镜。

我回头一看身边的人，发现他们都瞠目结舌地看着我，甚至有人枪都没有摘下肩来，他们被我精湛的技术吓傻了。

我佯装什么也不知道，收起了狙击步枪，和队伍里的人一起踏上了归途。我这次的壮举完全打消了司令官萨姆的疑虑。他对我更加信任，还特意给我放了一周的假作为对我的奖赏。我深知今后的日子会更加险恶，下一步我对萨姆的用途就是对付中国武警，以实施他那更大的贩毒阴谋，为他带来源源不断的财富。

久留必定等于自杀。我深知在此地待不下去了，只有走为上策。于是，我化了妆后直奔老挝边界。

我知道在我逃亡之后，萨姆一定会找人追杀我，因为他不想让人知道他走私毒品的罪恶阴谋。所以，我要尽快逃离这个是非之地。

再回国是不可能的了，在中国周边这些多民族混杂的地区，我既要躲避红卫兵的通缉，还要躲避萨姆的追杀。

与缅甸临界的老挝、柬埔寨近在咫尺，国土面积也都不大。萨姆随时都可能派他的爪牙过来寻找我的踪影，或者随时安排他的爪牙打探我的信息。为了稳妥起见，我把大部分的钱财留给了妙香，这些足够她安排一生之需了。

我只身逃到了老挝的万象，然后又改乘飞机，前往亚洲东南部印度洋上的国家——印度尼西亚。

爪哇猎标本

地球东半球的亚洲和大洋洲之间分布着许多岛屿，处于热带海洋的暖流之中。这些岛屿形成了一个有机的整体——群岛，有人把它称为马来群岛。群岛位于赤道两侧，比地球上其他任何地方都更燥热、潮湿。但是，这里却出产地球上最为丰富的水果和最为珍贵的香料。这里有巨型花卉寄生花，有“蝴蝶公主”之称的马来巨蝶，有像人一样的大猩猩，还有华丽的天堂鸟。这就是世界上岛屿最多的国家——享有“千岛之国”美称的印度尼西亚。

飞机停落在了这个国家的首都雅加达。沿途透过飞机舷窗，我就感觉到了这个国家叫“千岛之国”的由来。星罗棋布的岛屿，在湛蓝的大海里就像天空中点缀的星星那样绚丽夺目，这里不仅风景秀丽、旖旎多姿，而且岛上大都被绿荫覆盖。

这个群岛国家实际上有一万八千多个岛屿，分布在赤道的两侧。它拥有100多个民族，这里现在还是地球人类现代文明尚未开发的地区之一，既有独特的人种、社会观念和生活习惯，也有特有的气候、植被和动物。

地球上有一个主要的火山带，就是从苏门答腊岛和爪哇岛起，延伸到巴厘岛、龙目岛、松巴哇岛、佛洛勒斯岛、塞瓦底群岛、班达岛、安波那岛、巴特汗岛、马利安岛、帝多利岛、特尔纳特岛、济罗罗岛和莫罗泰岛。所以，这里是火山经常爆发的地区之一。这里是我儿时就向往的地方。但是，殊不知命运会这样捉弄人，让我以逃亡者的身份成为这里的不速之客。

在这里，我多日的劳累和紧张情绪得到了充分的放松。我入住到雅加达的Gran Mahakam酒店后，在餐厅里点了一些当地的酒菜，开始大快朵颐起来。我要了一瓶白兰地酒和印尼小吃煎香蕉、糯米团、鱼肉丸，还要了沙爹、登登、咖喱、凉拌什锦菜，以及印尼菜肴中最典型的巴东菜。印尼菜口味较重，菜肴中常加入椰浆及胡椒、丁香、豆蔻、咖喱等各种香料调味。这些我倒不介意，可以说这是我有生以来吃过的最奢侈、最可口的一顿大餐。

酒足饭饱后，我才恋恋不舍地回到了房间。我洗了一个热水澡，然后倒头便睡，直睡到第二天下午三点，我才从睡梦中醒来。

我漫步来到一条繁华的大街上，一个写着“蛇肉汉堡”的招牌吸引我走了进去。店堂内，我看见一个工人正在捕杀着手中的眼镜蛇。一条活生生的眼镜蛇被剥皮、剁头、切碎，然后由厨师烹煮，直到最后被做成精致汉堡，在餐厅出售。这种残忍与刺激，又撩拨起了我的情绪，加上我正饥肠辘辘，于是就买了一份蛇肉汉堡吃了起来。

这时候，我看见一位欧洲绅士询问店主，能否买下店内剥下的蛇皮。但是，他只挑选购买了一些他看起来有价值的蛇皮，比如圆斑蝰、原矛头蝮、银环蛇、金环蛇、尖吻蝮（五步蛇）、灰蓝扁尾海蛇、眼镜王蛇、白眉蝮、白唇竹叶青蛇等。他买好后，要求店主派人给他送到 Gran Mahakam 酒店。出于好奇，也因为那正好是我入住的酒店，我便主动和他攀谈起来。

他说他是一位英国科学家，名叫威廉，来印尼是为了搜集动植物标本的。因为印尼具有世界上最多的未知动植物，是生物界进行科学研究的宝库。

他正准备招募一名帮手，最理想的是选择一名神枪手。我正因无事可做而沮丧，一听这话不免一阵惊喜，于是主动申请做他的帮手。协议顺利达成了。第二天，我便随威廉启程去了爪哇岛。

爪哇岛是世界上最好、最有趣的岛屿之一。参差不齐的火山岩从碧波中升起，岛上到处是茂密的森林，森林里到处瀑布重叠，岛上有神秘的山脉、原始的居民、狂野的动物、有毒的植物，这里果树飘香、繁花似锦，处处吸引着我。

爪哇岛也是土地富饶、物产丰富、人口稠密的岛屿。湿润的空气以及丰富的热量，使得山上的植被长得非常旺盛，几乎会一直长到山顶，而较矮的山坡上是森林或者庄稼。动物中尤以鸟类和昆虫的种类繁多，非常美丽，而且很多是这里独有的品种。

爪哇岛的大部分地区，尤其是东部，能够找到很庄严、美丽的寺院，石像被淹没在森林中。只因这里老虎、犀牛和野牛横行无忌，所以危险时刻围绕在我们身边。

爪哇岛上大约有 45 座火山。三百年前爪哇境内的火山爆发摧毁了 40 个村庄。这里的活火山随时可能爆发，而活火山下的湖泊也潜藏着巨大的危险。多处的湖泊底部散发着甲烷和二氧化碳气体，一旦有明火引发甲烷爆炸，将会导致数平方公里内的生物窒息而死亡。我在海边捡到了一块很大的浮石，证明当地确实有过或者现在仍然存在活火山。

爪哇岛上生活着不计其数的鸟。我随时对一些奇异的鸟进行着捕猎，后来捉到了 24 种我从来看到过的鸟类。在这里我发现一个奇怪的现象：虽然爪哇岛与苏门答腊岛之间只有一条 15 英里宽的海峡相隔，而且海峡中间还有较小的岛屿，但是这些鸟类从来不会飞到对面的苏门答腊岛上去。

我们来到窝诺萨楞，这个地方盛产孔雀。但这里的孔雀和印度的不同，脖子上是条纹状的绿羽毛，鸟冠也不一样。孔雀是真正的鸟中之王，华贵而威严，堪称世界上最美丽的鸟。我在这里抓获了两只小孔雀，但是威廉不甚满意，因为尾巴都比较短，所以他让我再去捉只大的。

有一天，我看见一只超过七公尺长的孔雀正轻松而悠闲地在地上吃食。忽然，它长而沉重的羽毛向空中展开，慢慢斜升起它漂亮的尾羽。我简直被它的美丽惊呆了。它察觉了树丛中的动静，于是收起了羽毛，准备短跑助力起飞。

我不再犹豫，拉紧弓箭进行速射，孔雀马上倒在了地上。

我还在这里得到一个相当珍稀的品种——绿色的原鸡。它背上和脖子上的羽毛是青铜色的，像鳞片一样，非常美丽。它的喉咙上有一个很大的肉垂，颜色艳丽，由红、黄、蓝三色构成。

在距海边不远的茂盛的原始森林中，我们发现了50多种竹林、300多种蕨类。这里还有亚热带特有的各种名蝴蝶，简直是喜获蝶类大丰收。大到盈盘的凤尾蝶（也称皇蝶），小到微型蝶，还有地图蝶、红粉蝶、公主蝶、四尾蝶、秋时蝶、菜粉蝶、碎斑凤蝶、印度紫侠蝶、巴黎凤蝶、虎纹斑蝶、大双尾侠蝶、金裳凤蝶……千姿百态，令我拍手称奇。我还抓到了非常罕见的阿朱那凤蝶、科恩凤蝶、叉尾蝶等几个蝶种，在苏门答腊岛上我还捕获了门农凤蝶和枯叶蝶。

后来，我和威廉来到一个美丽的岛屿，土著酋长普拉很热情地接待了我们。令我感到奇怪的是，酋长是被人背着来接见我们的。一开始我还以为他的腿有残疾，后来才知道，当地土著把酋长认为是最神圣的，所以，尽力避免他的脚触地，以防触到污秽之物。

酋长的手中拿着鹦鹉毛和大蕉树枝，嘴里念着祈祷文。只见酋长把一张树皮铺在地上，让他的妻子面对我们站在上面。女人开始慢慢地旋转起来，直到把包裹身体的衣服完全解开，全身赤裸了为止，但完全没有任何挑逗的意思。

我有些惊异，不知道这是什么意思，但又不好发问。威廉告诉我，这是土著人接待最高贵客人的礼仪。

随后，酋长和我们一起用餐。他准备了一场盛宴招待我们，有生鱼片、烤鱼、面包果、椰子和山芋。而酋长的妻子是不能跟我们一起用餐的。

深知土著礼仪的威廉，也为酋长准备了礼物：两块手帕、一条黑纱巾、几颗钉子、几粒珠子。酋长还为我们带来了一些作为交换的东西——一头公猪和一些热带水果。

其中特别有意思的是一种叫诺丽果的在当地很有名的水果。诺丽果又称四季果、萝莉果，在西方叫乳酪果。其果、叶、花、枝、根、树皮都有用途，被南太平洋的土著们视为上帝恩赐的珍宝。诺丽果可以入菜，种子可以烤着吃，树根和树皮还可以制作黄色的染料。这种果树也是理想的防风植物，还为胡椒树或者咖啡灌木做树荫树。当地人在不舒服的时候，还会直接榨取其汁液加水后服用。

按照当地的习俗，在东西交换完成之后，首先要在神庙将其敬献给自己的神祇，然后双方才能带着这些东西回去。

晚上，酋长又特意为我们举行了土著歌舞表演。我们也为村民们准备了些小礼物。然后，大家分享着财产和女人。这里的女人们毫无顾忌地用最勾引人的眸子诱惑着我们。最后，水手们各自分享着所需要的财产与快乐，疯狂闹到了深夜。

在考察过程中发生过很多很有趣的事，在本土风俗上，就有一件最有趣的事。那时我们刚刚到了一个新岛屿，老酋长 90 岁了，住在海湾里，已经走不动路。他派了两个少女给我们送来了一头猪和两只鹅。两天过去了，我们由于忙着采集动植物标本，没有及时去还礼。这时候，老酋长等不及了，居然就派少女前来打探，问我们什么时候去回礼。威廉也觉得很失礼、很尴尬，于是我们马上就准备好回礼，前去拜访老酋长。

威廉不愧为举世闻名的科学家，我不仅跟他学到了异常丰富的动植物知识，开阔了眼界，而且还学会了许多常人所不知道的与动植物打交道、近距离接触的本领。不夸张地说，我几乎也成了半个科学家。

一晃大半年时间过去了，我帮助威廉完成了这里绝大多数动植物标本的采集。威廉非常高兴，甚至有些手舞足蹈。我也非常满足，威廉给了我一笔丰厚的报酬不说，更重要的是，通过与威廉的共同生活，我已经熟练掌握了英语，这为我以后跟世界各国人打交道奠定了基础。

完成了标本收集的任务后，我又帮助威廉雇到船只，他就要返回英国了。

临出发前，为了祈求吉祥，我们准备了丰盛的祭品去拜谒了土著的神庙。神庙里浓密的树荫遮天蔽日，这里是黑暗与光明的交界处。神庙的石刻上有这样一些文字："神庙是我们神圣与辉煌的宝地，是群岛居民的骄傲。神庙是大地的瑰宝，是献给神灵的礼物。"

就在我们拜谒神庙回来以后，我突然发现我们的行李被盗了，里面装有威廉的护照和钱。这可非同小可，钱没了倒是问题不大，但是护照丢了是万万不行的。

被逼无奈，威廉找来了酋长。酋长下令让偷东西的人主动交出来，但是无人回应。酋长开始派人去搜，终于抓住了盗贼。酋长下令将盗贼施以鞭刑，之后便杀了盗贼，送到了神庙的祭台前，作为祭祀品。我们这才得以离开这个岛屿。

在临别前，威廉一再感谢我出色的狩猎技能，感谢我帮助他顺利完成了标本采集。他还答应今后与我保持密切联系，一旦还有机会，他还是希望我能与他合作。并且他还发出邀请，说如果我能够到英国的话，欢迎我到他家去做客。

几天后，我们在雅加达分了手。

千岛国水手

我一时闲着无事，于是就又到一艘叫“章鱼号”的船上做了水手。船长约翰·迪是新西兰籍人，所以我们的货船经常漂泊在太平洋上。

长期的航海生活，由于营养不良和吃不到新鲜水果和蔬菜，海员们开始患上初期坏血病。特别是无聊的寂寞，使船员们的脾气变得都很暴躁。我的嘴里也开始溃疡，牙龈出血，变黑，分泌黏液，口腔发臭，淋巴也肿了起来。疟疾也始终阴魂不散地跟随着人们。船上装淡水的水桶里就经常有蚊虫滋生，水手们常因感染了病菌而死于痢疾。

于是，我运用在西双版纳大佛寺修行时学到的经文，开始不断持诵《大悲咒》，又在船上备有几只装大悲水的塑料桶。我除了用《大悲咒》为人治病以外，还使用了许多消病咒语，如呼、鲁、西、里、嗡、资、哇、那、轰、啪、掩等。在持咒之前，我要先焚香并三拜观音菩萨，然后诵祈祷文：“唯愿观音大士慈悲，赐我大悲神水，用以治疗我们船员兄弟的疾病，以期日后修习佛法早日开智慧救度众生。”随后跪在地上用双手托杯并念咒语49遍，而每念一遍需向杯内的水吹一口气。满49遍后，我将杯举至头顶，重复念一遍祈祷文后三拜观音菩萨称谢，此后让得病船员将水服下。神奇的是，许多船员喝了这些加持过的水后很快就转危为安并在不久后痊愈。更神奇的是，这些大悲水可以保持很久不坏。

我建议船长要求水手们每周换两次衣服，经常用海水洗浴身体，用木柴生火和用烟熏烤船板，再往船身的木板上喷洒醋来消毒。

后来，我弄到一些高锰酸钾。用高锰酸钾来消毒和净化淡水，30分钟后，淡水即可以喝或者用来做饭。这样，船员们的生活环境改善许多，死亡的人数也少了许多。高锰酸钾还有很多用途，在野外没有火源的情况下，用1∶2的糖和高锰酸钾混合，夹在两块木板中就可以研磨生火了。

每次航行到达一地，船员们就不顾一切地冲上岸去找女人。他们疯狂地发泄着被禁锢了多日的性欲。所以，多数的船员都感染了性病，有的甚至患上了梅毒和淋病。

一次，我们的船在马希亚半岛经过，海岸上的悬崖边站着几个土著。一名武士打扮的土著手持长矛，愤怒地向我们大声吼叫着。随后，又冲我们撅起了屁股，对我们表示蔑视和嘲弄。随后，几只独木舟出现在我们的周围。独木舟上的土著有的光着身子，有的披着斗篷，开始向我们投掷长矛。

独木舟离我们越来越近，船长看到他们马上要对我们下手了，于是下令开枪自卫。我们打死了一个在独木舟上正在向我们投掷长矛的武士，其他的土著被吓坏了，另外几只独木舟也开始撤退。

我们上岸以后，发现土著们都用紧张的眼神观察着我们，尤其看见我们手持武器时，他们害怕得要命。

酋长终于出现了。他知道了我们到来的消息，也知道我们手里有武器，因此态度友好了许多。他给我们介绍了岛上的情况。原来这个岛屿与其他的岛屿之间经常发生争斗，所以对不速之客尤其戒备。

这是一个食人族。被杀死的敌人常常被土著们吃掉，但他们不吃被我们枪杀的土著，他们只吃敌人的尸体。他们在吃人之前，先是割下一撮敌人的头发，剜下尸体的眼睛敬献给酋长。因为他们认为眼睛是人身体最精华、最具神力的地方，只能首先敬献给酋长享用。酋长拿起人的眼珠，假装往嘴里一送，然后交到祭司的手里再送往祭台，这是表示人的灵魂随着眼睛已经进入了酋长的体内。

尸体在祭祀了神庙以后，就可以食用了。我在土著们吃饭的锅里面就发现了人的手臂。他们甚至很高兴地捞出一块人肉请我品尝，我拒绝了，随后我就觉得胃里一阵恶心。

酋长知道我们只是路过，并没有什么敌意之后，对我们完全放心了。他不仅为我们举办了舞会，款待了我们食物，还赠送给我们年轻的女人。于是，本就被性饥渴煎熬了许久的水手们，展开了淫荡无比的云雨画卷。

第二天，酋长和土著们拿出了许多商品与我们交换。水手们用玻璃、陶瓷、铁钉、手帕等，换回了土著的鱼、鸡、鸭、龙虾、山芋、热带水果、马赫（发酵的面包果）、马普（当地的栗子）和鹦鹉羽毛等。为了表示对我们的敬意，酋长还带领我们参观了他们的神庙和一场葬礼。

土著的神庙在这一带是很有名气的。神庙里面整齐地排列着一排排的人头骨，都是他们敌人的头骨。这是他们的战利品，也记载着他们光荣的战斗历程和他们自己的历史。这个神庙不仅为周边的群岛培养了大批的祭司，而且成了这一带群岛所有神庙的中心，相当于欧洲教皇的驻地，有许多祭司常驻在这座神庙里。祭司负责在神庙里与祖先和神灵对话，呼唤神力保佑人民，保佑田地和海洋丰产繁荣。神庙往往宰杀活人作为祭品放在祭坛上。

我们还受到邀请，参加了一场土著的葬礼。我看到酋长扮作吊丧的领祭人，他身穿一件精美的长袍，见人就用鲨鱼牙齿做成的武器抽打对方。首先，由 3 名少女表演了土著舞蹈，然后男人们表演了一出描绘神偷偷盗过程的短剧以纪念他们所崇拜的一个神偷。短剧中的神偷趁人们在睡梦中就卷走了他们所有的财物。之后就是悼念的队伍，他们系着红腰带，盘着假发髻，沿途收受着村民们给予的整匹整匹的树皮布料。

就在我们准备离开这个岛屿的时候，又发生了一件不愉快的事情。水手们为了寻找压舱物，搬动了神庙外边的几块石头，这引起了土著的愤怒，他们扣押了我们两名水手，并拒绝为我们的船只进行配给。

新西兰船主为了息事宁人，给土著们赔偿了一些礼物，并当众鞭挞了那两名水手，才平息了土著们的愤怒，我们这才重新开始了南行的航程。

我们的货船静静驶过马六甲海峡，海面上留下一道白色的波纹。船在太平洋上行驶了6天后，在一个无名岛以南50海里处发现了一艘菲律宾的货船，船上插着“野马”号的标旗。就在我们的船与之擦肩而过时，一件意想不到的事发生了——这艘“野马”号货船拉响了三声汽笛。

听到汽笛声，我知道这艘船出事了。我用望远镜注视着船上的动静，却没有发现甲板上有人的迹象。于是船长命令我们的船向“野马”号靠去。

借助我们抛下的绳索，我们爬上了“野马”号。大大出乎我们意料的是，船上的驾驶室里居然出现了一个虚弱的人，他一把抱住我们的水手，随后跪在甲板上祈祷起来，并发出轻轻的啜泣声。

经过检查我们发现，船舱里仅剩15名幸存者。甲板上和货舱里共发现了13具尸体，另外，听幸存者说，还有80具尸体在途中被抛入了茫茫大海。

我们登上这艘失事船的第一反应是给幸存者水和食品，但船上的人谁都没有力气站起来接受。他们一点力气都没了，有人做了个手势，表明他还活着。

一名叫扎哈拉的女人被救时，正躺在一堆已经发臭的尸体中间。再晚一分钟，她就会被当作尸体装入绿色的塑料袋里。幸好指挥搬运的米凯莱·尼奥西突然发现，在横陈的尸体当中有一只苍白的手在微微颤抖。

扎哈拉用尽最后一点力气挽救了自己。在她的手提包里，我们看到了一面镜子、一支唇膏、钱包……看起来都是些寻常的东西。不同的是，这位女士把她的全家福照片带到了船上。也许正是父母、兄弟姐妹的音容笑貌支撑着她、保护着她，才让她坚持到获救的那一刻。随后她又陷入了深度昏迷。

这些幸存者此时都已严重脱水，他们瘦骨嶙峋，目光呆滞，好似一具具行尸走肉，根本没有力气开口说话和进食。在我们的船上安稳地度过了劫后余生的第一个夜晚之后，他们才总算有力气吃点东西。也只有在这个时候，这些经历苦难的人，才开始告诉我们关于他们的悲惨经历。

原来他们是登上了一艘偷渡船，打算偷渡到马来西亚。如果不是我们“章鱼”号及时发现了这艘死亡之船，或者这一刻再迟一些到来，大海将吞噬掉船上的每一个人，而这些人也将永远葬身于太平洋底。

他们是10天前出发的，那时船上有100多人。如果顺利的话，到达马来西亚只需两天。所以他们上船的时候只随身带了一些最基本的补给品——面包、蜂蜜和一点点水。

船上竟然没有船长，也没有水手。蛇头们教这些偷渡者中最机灵的一个如何把舵保持在一个稳定的方向。船航行在太平洋上，就好像汽车行驶在欧洲的高速公路上，而这艘死亡之船上的乘客们当时的心情也如同周末出去游山玩水一样兴高采烈。

头一天大家都很兴奋，不停地打闹嬉笑。他们没有想到未来会因为这次航行而改变，而当时的他们只希望带着大把大把的钱回家。那天的海是那么的平静，微风是那么的惬意。温暖的阳光照在他们身上，使大家都忘却了恐惧。不料第二天，船的发动机开始不听使唤，而到了第三天早上，发动机完全停止了运转。

于是，在茫茫大海上，人们开始抱怨。船上的一些菲律宾人则聚在一起跑到船头向天空张开双臂，祈祷上天的垂怜。船开始漫无目的地漂流，一直向西南方向漂去。后来暴风雨来了。雨下得很大，波涛汹涌，船上的人一个接一个地倒了下去。

第五天，太平洋的海浪肆意地摇晃着船身，有五个人在饥渴中痛苦地死去。船上的其他人相信这是因为他们此前喝了海水，同样也是因为他们没有足够强壮的体格，经受不住通往自由世界道路上的重重考验才死的。

这些偷渡客每人向蛇头交纳了 1 000 美元才登上了这艘船，但是他们没有人会想到，“旅行社”交给他们的船，后来竟差点成了他们的棺材。

第六天又有六七个人相继死去，其中也包括孩子。越来越多的尸体发出阵阵恶臭，于是剩下的人不得不将他们抛入大海。一开始，死者的家人希望把亲人的尸体保存在货舱的隔间里，但最后还是屈服于大多数人的意见，屈服于求生的本能。

“我们还能怎么办?”约瑟夫不停地问：“时间好像凝固了，夜晚永远也不会过去，看着自己的末日慢慢到来，这太残忍了。这是场永远也不会醒来的梦魇。”

看着眼前的景象，听着幸存者们的叙述，我们宁愿相信这只是他们编造的故事。但我们看得出来，这些幸存者的眼泪是从心底里流淌出来的。

一个星期过去了，依然存活的人对于身边每天有人死亡早已司空见惯，也没人再去在意谁去把尸体抛到海里。虽然时不时有人祈祷几句，但大部分人只是不住地四处张望，像潜水艇里的潜望镜搜索陆地和船只一样期待着救援。但一切都是徒劳的。

每个还活着的人都经受着各种摧残，濒临死亡。死人的臭味让他们难以忍受，但到后来他们甚至没有力气把尸体抬起来丢到海里去了，大家也想不起来还有多少人活着。没人希望从沉睡中醒来，因为醒来意味着有可能看到自己和妻子和儿女的尸体横躺在甲板上，意味着他们可能不得不将其抛尸大海，而且再也不可能在墓地凭吊亲人。

如果说痛苦有不同等级之分的话，阿扎尔遭受的是最深的那一种。他亲手将家人的尸体抛入海中，然后在没有淡水也没有食物的情况下坚持了十天。如今在他看来，生命是无价的，同样也是一文不值的。

一起幸存下来的吉姆也有这样的感受。这个干瘦的男孩和父亲一起上了船，但老人家没能撑到获救的那一刻。当他的尸体开始在货舱里腐烂时，吉姆亲手把父亲抛向了大海。他永远也不会原谅自己。“只要再多坚持几天，我们两个都能活下来的。”吉姆啜泣着说。

夜晚能见度低，海潮汹涌，加大了我们救援的难度。在这海上坟场里要分辨出死人和活人并不容易，而要屏住呼吸不让自己倒下同样不容易。

我们搜索了整个船只，将各处死亡的或者还有一口气的人都找到了，并分别进行了安排。对遇难者的遗物，我们也一一进行了清理。

第二天，我们的船在附近海域又发现了一只木筏。船长约翰·迪发现木筏时根本没想到上面会有幸存者。但我们在木筏上发现了奄奄一息的阿弗里扎尔，他是在另外一条快要沉没的失事船上发现了漂浮在海上的木筏后，跳入大海用力游过去的。更幸运的是，他在木筏上找到一瓶白水，附近水面上还有一些成熟后掉落在海里的椰子。

这些幸存者被我们这艘货船运到马来西亚的一家医院接受救治。巧合的是，阿弗里扎尔同室的病友里扎尔·沙赫普特拉是第一名获救的印尼人。20岁的里扎尔在海上漂浮了九天后，被南非“德班桥号”货轮上的海员救起。

我还在一个叫阿弗里的人写的最后一篇日记里发现了这样一段文字：“我们的船失事已经第八天了，我看着六条鲨鱼背鳍向我划过来，海洋是属于它们的，但我一点也不害怕，因为我从没伤害过他们。”

我们把幸存者送到了马来西亚的一所医院后，又开始了新的航程。

我们的船经常行驶在苏门答腊岛、南太平洋一带岛屿之间。这里的岛屿上生活着大量的猕猴，我们的船只在过往的时候，经常可以看见猕猴在岸边和树间跳跃嬉戏。

一天，船正行驶在一片风平浪静的海域上，突然遇到了像洪水一样湍急的一股洋流。这股洋流使我们的船撞上了珊瑚礁石，我们的船搁浅了。由于这里离海岸很远，船长下令往船外泵水，但还是不能使船脱离礁石区。船长又命令扔下压舱物，又倒掉了淡水，甚至扔掉了七杆枪，才使船移出了珊瑚礁石的危险区。

但船底被撞出了一个洞，船长命令水手用羊毛和粪便掺和在一起堵住了漏洞。由于船长的长期驾船经验，才避免了一场更加严重的事故发生。

就在我们刚刚摆脱一场海难后，在一片海域上，我又发现水上有一个漂浮物。一个人的手在水面上向我们的船摇曳着，发出了求救的信号。我立刻通知船长疾驶到出事地点。结果，打捞上来一位戴着救生圈的非常漂亮性感的西方女人。她几乎是全身赤裸，躺在甲板上奄奄一息。但是，她那丰满发达、发育良好、分布均匀的肌肉，整体曲线明显、圆润丰盈的体态，令所有船员的眼睛都直勾勾地盯着她不放。船员们甚至掩饰不住欲望，像发情的猛狮，对毫无防护能力的猎物蠢蠢欲动。

船长为了防止船员们动粗，把自己的衣服脱下，盖在了女人的身上，并马上让船员把女人抱进了他的卧室。他又驱散了围观的船员，让他们回到了各自的岗位上。船又继续行驶起来。

晚上，几个欲火燃烧、事先预谋好了的船员，故意将船长灌得酩酊大醉。然后偷了船长卧室的钥匙，闯进去轮奸了这个西方女人。女人撕心裂肺的嘶叫声惊动了全体的船员，他们纷纷涌向了船长的卧室，于是引来了更多的船员参与了强奸的暴行。

女人的身体被船员们咬得遍体鳞伤。本来就奄奄一息的女人，已经被折磨得昏死了几次。

我实在是看不下去了。这样下去，这个女人的结果就是死亡。怜悯之心油然而生，于是我就上来劝阻。可是兽性大发的船员们已经彻底丧失了理智，甚至像恶狼般残忍。我刚刚将几个陆续扑上去的水手拉了下去，更多的水手又扑了上来。急红了眼的水手们哪里能放过到了手的尤物，他们愤怒地挥动拳头向我打来。我一边招架，一边继续将扑上去的水手拉下来。

气急败坏的几个水手认定了我是他们的死对头，如果不先制服我，他们就完成不了发泄兽欲的企图。于是他们联手向我扑了过来。我只用了几个闪电般的动作便将他们击倒了。然而，他们不一会儿就又重新纠集在一起，手拿刀斧棍棒出现在我的面前。一场血腥的杀戮开始了，这紧急的事态逼得我不得不重开杀戒。

我运用功夫躲闪腾挪，找准机会就痛下杀手。等我杀了四个亡命之徒之后，才算稳住了阵脚。其他水手见我功夫不凡，纷纷放下刀斧逃散而去。

船长酒醒过来后，知道了事情的经过，在对我敬畏的同时也产生了抱怨之意，因为船上一下子少了几个水手，忙不过来。同时他也流露出了怕我生事，要赶我走的意思，但又害怕我的功夫，不敢直言。

我也知道，我在这条船上要了四个人的性命，水手们对我都有了敌意，我也不能久留。所以，船在澳大利亚靠岸的时候，我下了船，并将那个西方女人也解救下来。

直升机放牧

原来，这个女人就是澳大利亚人。

她在和她的情人乘坐游艇出来游玩的时候遇上了洋流，船被打翻。情人和她在海上漂流了两天，最后他不得不将唯一的救生圈留给了这个女人，然后自己葬身于大海。

女人叫艾丽，家在墨尔本，在巴拉雷特有自己的别墅。于是，我们就先前往她在巴拉雷特的别墅中。

这个小镇仍然保留着维多利亚风格。我在艾丽家受到了皇帝般的接待。佣人们穿着19世纪的服装，我的饮食起居全部由人伺候着。

几天后，我和艾丽又来到了澳大利亚的墨尔本。这里是一个充满着时尚、美食、娱乐、体育、园林美景的城市。这里有别具特色的庄园美景，还有艺术馆、剧院、展览馆、音乐厅、国际艺术节或街头娱乐等。整个城市完好地保留着古典的风格，充溢着怀旧的情调。在这里，维多利亚式、哥特式的建筑比比皆是。欧洲风味的咖啡馆遍布街道，中国城、越南街、土耳其街、葡萄牙街各呈异彩。横贯全市的亚拉河水质清澈、蜿蜒多姿。

我和艾丽最喜欢的是澳大利亚的海滩，这是世界上最美丽的海滩之一，尤其是大堡礁，更是海洋世界最完美、最诱人的地方。大堡礁形成于1.2万年前，海平面比今天的低400米。这里不仅有红树林、草甸、热带雨林，而且有世界上最大的珊瑚礁群、最大的野生动物和海洋动物集聚地。每年，亚洲、太平洋、南极、南太平洋的各种海洋动物和鸟类都会来到这里。

在这里游泳与潜水，已经成了我和艾丽生活中的最重要的组成部分。

这里的海洋之所以迷人，是因为这里有碧蓝的海底和各种名贵的珊瑚，还有经常可见的鲸鱼、鲨鱼、海狮、企鹅和丰富多彩的南海鱼类。这里的海洋让世界各地的旅游者、冲浪者流连忘返，成了旅游者和休闲者的天堂。

我和艾丽每天流连忘返在这个美妙无比的海底世界里。这是世界上最大的生物结构地之一。我们在潜水时，经常会遇到平时闻所未闻、见所未见的肩章鲨、地毯鲨、石头鱼、马铃薯鳕鱼、蝴蝶鱼、草海龙、叶海龙等，这些珍稀鱼类尽藏于海底。

我在墨尔本的生活过得非常舒缓，衣食无忧。这里四季鲜花盛开，人们悠闲地坐在地毯般的草坪上。布谷鸟、鹦鹉、天鹅、白鹳、沙鸭、白鹈鹕、斑嘴鹈、黄嘴白鹭、杓鹬、红隼等鸟类友善地与人为伴，不停地歌唱着。

澳大利亚政府规定，为保持河畔的风景，河岸的两边不准住人、造房；市区的古典风格建筑不准拆除。因而这个历史并不悠久的国度里完好地保存着老式建筑沉淀着的难忘历史，再加上四通八达的有轨电车，以及穿行在如流的轿车中的马车，可谓现代和古典交织成了一曲动人的乐章。

澳大利亚有种独特的现象令我感到非常新奇：澳大利亚是孤立的岛国，也是经常干旱的国家，其大陆上没有猿类和猴子，没有猫类和老虎、狼、熊及鬣狗，没有鹿、羚羊、大象、马、松鼠和兔子，简言之，这里不存在其他四大洲都很常见的四足动物。

我看到与此不同且更加有趣的是：这里存在大批的有袋动物——袋鼠、袋熊、袋獾、袋鼬、像鸭的鸭嘴兽；鸟类里面却没有啄木鸟和野鸡，而这两种鸟在世界其他地方是很常见的。然而，这里生活着的筑土堆的营冢鸟、蜜雀、美冠鹦鹉和刷舌鹦鹉，则在地球其他地方也是见不到的。

在墨尔本的湖边草地上，搭起了许多帐篷，有数百人在湖边钓鱼，但与其他地方不同的是，钓友们一般会将钓到的鱼又都放回湖中，尤其是小鱼。

由于澳大利亚地广人稀，我和艾丽在长途旅行都是开着房车。房车里生活必需品一应俱全，足以应付数十天的旅途所需。

澳大利亚各个城市都设置了房车营地，只需要交很少的费用就可以连接水电，安营扎寨，生火做饭，洗澡睡觉。我们开着房车四处周游，也常常把房车停到深山密林里，享受一番只属于我们的二人世界。澳洲有丰富的自然景观资源，无论城市或是野外、天上或是水底，整个国家简直就像一个大公园，空气清新，美不胜收。

然而，天堂般的生活，也难以排遣我心底的苦闷，我决定去找一份工作。我与艾丽说了自己的想法后，艾丽开始还一再挽留，后来觉得实在留不住我，就介绍我到澳大利亚南部去管理一个牧场。

到了牧场以后我才知道，澳大利亚真不愧是“骑在牛羊背上的国家”，羊毛和牛肉的出口量都位居全球首位。

这个牧场很大，竟然有1 000头驼羊、2 000头奶牛和3 000头肉牛。走进牧场，就像走进了一幅天然的油画。一望无际的大草原上有一道道绿色围栏，成群结队的牛羊在和煦的阳光下悠然地吃草。

牧场里有高度机械化和完善的服务体系。如果牧场需要药物、草籽、机械等生产资料，只需打一个电话，厂家或销售商就会送到。他们要卖多余的牧草时，打个电话就有公司带着大型农机来收割、压扁、打捆后拉走。

澳大利亚的牧场地广人稀，这里是用两架直升机来放牧的。所以，我必须学会开直升机。经过短暂的培训，我很快学会并能熟练驾驶直升机了。我除了负责管理以外，一有时间就开始“空中牧牛”的生活。

每天早晨，我和一位当地驾驶员驾着飞机，把牛群赶到几公里外水草丰美的山坡上放养。对小股牛群四散奔逃的，我们就驾驶着直升机俯冲过去，使离队的牛“归队”。天黑之前，再赶着牛群回圈过夜。

从空中左冲右旋地驾机真是有趣极了。驱赶着几千只牛羊，让它们在无边的牧场上沿着自己既定的路线前行时，那种牛羊奔腾、黄尘满天的壮观场面，真的过瘾极了！我感到每天都过得很充实、很惬意。

艾丽的病完全康复了，为了答谢我这个救命恩人，她经常过来看望我。她为我的行侠仗义所打动，也为我典型的东方白马王子的魅力所深深吸引。

艾丽一来，我就放下手头所有的工作。她毫不掩饰对我的热情与爱慕，每次一见面，都与我长时间拥抱与亲吻。她那具有英格兰贵族血统的做派，总是显得与众不同，雍容华贵而不落俗套，言行举止中透露出一种修养和气质。

我尤其欣赏艾丽那欧洲美女的身段。苗条却不瘦弱，颀长的身材不失曲线美和丰腴美。她不仅身材高挑、脖颈细长、腰围较小、腿部直长、胸围丰满，而且保持肩、臀、腿的圆润。她的眼睛大而有神、明亮生动，极富西欧女性的魅力，在举手投足中无不体现出女性的婀娜多姿、生机活力、仪态万方。

一有机会，我们就一起去悉尼或者堪培拉游玩。堪培拉的莫伦格鲁河穿城而过，城中格里芬湖的湖心岛建有一座存放了 53 只大钟的钟楼，定时奏出悦耳的钟声。更夺人眼球的是高达 137 米的“库克船长纪念喷泉”，高大的白玉水柱直冲青天，水珠如烟似雾，极富诗情画意。

湖的两侧是国会大厦、外国使馆街、国家美术馆、战争纪念馆和国家图书馆等建筑群。在夕阳的照射下，这些建筑的宏伟身影毫无保留地映射在格里芬湖的湖面上。堪培拉虽然作为一国之都，但祥和而宁静，全然不是一片繁华的景象。

我尤其喜欢悉尼。悉尼的美首先归功于它那伸入城中的两条海湾。城东是浩瀚的太平洋，在城中蜿蜒穿行长达 20 余公里，不仅给城中的居民送来了荡漾的碧波和清新的空气，而且造就了数十处可人的海湾和细软的沙滩。沙滩上情侣如鸳鸯戏水，海湾里游艇似鸥鸟翔集。

宏伟威严的悉尼港湾铁桥如一把巨大的弯弓，直指苍穹；而那纤巧秀丽的悉尼歌剧院则如几叶白帆，鼓风待发。两组建筑，一水之隔，铁黑与雪白的对比、壮美与精巧的映衬，是那么的强烈。

我还非常喜欢去闻名于世的悉尼歌剧院，经常去观看那里举办的世界各地的文艺演出和音乐会。

澳大利亚留给我印象最为深刻的，还是菲利普岛上的企鹅。那天，我和艾丽从墨尔本出发 135 公里，就抵达了菲利普岛自然公园。傍晚时分，我在游客中心看到了用中文写着“欢迎”和“估计企鹅会来的时间：6 点 35 分”的告示牌，在西化的澳洲能看到中文，我感觉十分亲切。

我们到此的最大期待，显然是等候观看从海中归返的企鹅队伍壮烈游行的一幕。菲利普岛上的企鹅是世界上 17 种企鹅当中体积最小的企鹅，人们称它们为“小蓝企鹅”、“神仙企鹅”。

7 时 10 分，随着人群一阵喧哗，一群企鹅已悄悄地出现在海边。随着上岸的企鹅越来越多，它们在相隔不远的沙滩上分成三个队伍，两只并排，也很有耐心地等候那些还未上岸的同伴。

过了半个小时，企鹅队伍终于摇摆着身体，一步一步艰辛地从海滩走进了沙丘中的洞穴。我和艾丽走到通道上，在围栏旁观看了企鹅寻找洞穴的经过，我发现在企鹅集体归队的大游行队伍中，少不了扶老携幼、携妻带子的企鹅。这群可爱的企鹅像它们的祖先那样相互依偎着回家。这种精神使我非常震撼，接着就是一种感动。

就在这时，一股强烈的思乡之情涌上我的心头。我突然心头一酸，百感交集。这些小企鹅，尽管经历了惊涛骇浪和千难万险也要回家，可是，我却是长期漂泊，有家难归。我想回家的欲望，不知为什么在此时此刻异常坚定。于是，我看着艾丽，有些激动不已。稍微平息后，我用不容置疑的口吻对艾丽说：“我想家！我一定要回家！”

看见我激动的面孔，艾丽不知道应该怎么安慰我才好。

梦断归国路

艾丽知道了我的身世后，非常同情我的遭遇，快速给我办理了身份证和澳大利亚的护照，为我在银行开户并存了一笔足够我花费的钱。

在等待回国的时间里，艾丽总是千方百计地讨我欢心，想尽一切办法让我高兴。令我特别难忘的是，她驾驶小型潜艇带我到海洋生物最丰富的海底去游览。

在潜艇里，碧蓝的海底一览无余。艾丽向我展示了一种新命名的粉红色长手鱼，它们的奇特之处是可以利用鳍行走于海床之上。

艾丽说："粉红色长手鱼身长只有 4 英寸，是一种非常罕见的鱼类。迄今只发现过 4 条。科学家将这种鱼类认定为一个独特物种。世界上 14 种已知的长手鱼都是在澳大利亚东南沿岸的浅水域被发现的。对它们的生物学特征和行为习性，我们知之甚少。这种红色长手鱼，现已被澳大利亚列为易受攻击的物种。因为它们的数量很少，不经常在野外被发现所以长手鱼的产卵数量低于绝大多数其他鱼类，生存面临着巨大考验。"

我问道："既然它们那么罕见，为什么不采取保护措施呢？"

艾丽说："迄今为止，人们只在澳大利亚东南部水域发现过长手鱼的踪影。这种鱼类在大约 5 000 万年前可能遍布世界各地，地中海便曾发现这种怪鱼的化石。其典型特征为生有黄鳍，此外还长有略带紫色的斑点。由于它们的数量很少，过着与世隔绝的生活，所以很少被人们发现。我们今天能看到它们已经是很幸运了。"

我和艾丽正在追着给一只海豚拍照，这时一条鲨鱼游了过来。艾丽突然问我："你不想知道海洋中的魔王是谁吗？"

我不假思索便胸有成竹地说："海洋里的魔王自然当属鲨鱼了。当它追逐鱼群时，能一下子吞掉几十条小鱼，就连海豚，甚至鲸鱼这类海洋中的庞然大物也难以逃生。"

艾丽的嘴一撇说："海洋里有 350 多种鲨鱼呢。你知道是哪一种更厉害吗？"

我摇头表示不知道。

艾丽又炫耀地说："你看看前面这种体型很小的鲨鱼，虽然它身长只有 40 厘米，但牙齿很厉害。这种小鲨鱼极其凶猛，可以向体重达七八百公斤的大鲨鱼发动进攻，直到它咬破大鲨鱼的皮肤，进入大鲨鱼的体内致其死亡。"

我惊讶地说："这真没想到，这小家伙竟然这么厉害！"

艾丽对我说："这会儿，你知道海洋中最凶猛的动物是什么了吧？"

我刚想说是这种小鲨鱼，艾丽却调皮地抢先说："你一定想说是这个小鲨鱼，可是你错了。鲨鱼并不是深水中唯一凶猛的杀手。"

我问道："那什么是最凶猛的呢？"

"比鲨鱼还厉害的是梭鱼。你没想到吧？"艾丽随手指向一条大梭鱼。顺着艾丽的手，我看到一条瘦骨嶙峋、个子很大的鱼，只见它长约 3 米，牙齿很多，个个都像刀刃一样锋利。

我疑惑地问："这鱼真的有那么厉害吗？"

艾丽说："梭鱼的厉害劲儿，全凭它一口尖利的牙齿。你看它牙齿中那些长长的犬齿，是用来咬住猎物的；还有像匕首一般锋利的牙齿，是梭鱼用来将猎物撕成碎片，以便吞下肚子的。"

我一时来了兴趣，让潜艇向梭鱼的方向驶了过去，并对艾丽说："我倒要看看它有多厉害。"

艾丽说："你不必游过去，梭鱼会袭击任何闪闪发光的东西。你在梭鱼面前把首饰或者闪闪发光的物件拿出来，它就会奔你而来了。"

果然，潜艇的反光立刻吸引几条大梭鱼游了过来，它们一个个张开了凶恶的大嘴，当发现潜艇并不是它们能够对付的猎物后，才不得不罢手离去。

艾丽又说："鲨鱼中有一种特别臭名昭著的鲨，不仅捕食头足类动物和鱼类、海豚和海豹，而且还会吃人，所以我叫它噬人鲨。但是，海洋里这种凶神恶煞的大鲨鱼，却不得不屈服于一种叫比目鱼的小鱼。"

我又好奇地问："是吗？"

"这种令鲨鱼望而生畏的是红海比目鱼。它们身上长满了像豹子一样的斑点，是比目鱼家族的一种，也叫豹鳎。它能分泌一种乳白色的毒液，这种毒液只需一小滴，就能使大鲨鱼暂时瘫痪。它身体扁平，悠闲地躺在海底，用它身上那砂岩一样的颜色和黑点隐藏起来，有谁会料到它竟然是鲨鱼的克星呢？当一条大鲨鱼游近一条被围住的比目鱼时，它张大长满利齿的大嘴，一口咬住战利品。谁知，鲨鱼却痉挛般地闪到了一边，双眼紧闭，下巴张得很大，像冻僵了似的，再也合不拢了。紧接着，这条鲨鱼就会疯狂地摇摆着头，在水中痛苦地跳跃着。它转着圈，不顾一切地四处狂奔，直到合上嘴巴才安静下来。原来，鲨鱼被豹鳎分泌的乳白色毒液麻痹了，张着的大嘴无法闭上。够刺激吧？"艾丽得意地说。

"这么说，你见过这种比目鱼了。"

艾丽对我说："我们这一带还没有发现过这种比目鱼，但我在红海见过，并且抓到过。经过解剖我发现，豹鳎共有 240 个毒腺，这些毒腺分布在它的背鳍和臀鳍基部，每个腺体都有一个小开口，乳状的毒液就是从这里分泌出来的。一旦受到威胁，豹鳎能在敌人咬它之前迅速分泌出致命的毒液来。这种乳状毒液四处散发，形成 10 多厘米厚的防护圈，环绕于身体周围，毒液的效果可以维持 28 个小时以上。这种毒液即使被稀释 5 000 倍，也足以使软体动物、海胆、海星和小鱼在几分钟内死亡。所以，尽管鲨鱼凶猛无比，但对这种红海豹鳎也只能望而却步了。”

我顺口称赞起艾丽来，说：“你还行，对海洋知识懂得还真不少呢!”

听到我的夸奖，艾丽又向我卖弄起来：“那当然了。我还知道，在海洋里虽然有许多弱小的鱼，但是由于身体具备某些特殊的器官，也常常能以小胜大，使一些大鱼甘拜下风呢，你信不信?”

我真是有点佩服起艾丽来了，便好奇地问：“那你说说看，让我也长长见识。”

艾丽真是万事通，立刻开动潜艇向另一边驶去。她指着一条鱼说：“你看，那种鱼叫七鳃鳗，它吸盘状的嘴里长满了角质齿，使它能吸附在大鱼身上，将大鱼的皮肤咬个洞，然后吸大鱼的血，同时分泌出一种防止血液凝固的物质。大鱼由于失血过多，一会儿就会死去。不信你仔细看!”

果然，我看见几条七鳃鳗在和一条大鱼搏斗。艾丽又指着另一群鱼对我说：“你再看这个，是与七鳃鳗同类的盲鳗，它们的嘴周围长有三四对触须。”这时，只见一群盲鳗在和大鳕鱼的搏斗中，有的将大鱼的肚皮咬了个洞，有的从大鱼鳃孔直接钻入大鱼肚内。不一会儿工夫，大鱼就死了。随后，在死去的大鱼肚子内竟游出了上百条盲鳗。

我不仅惊叹起大自然的鬼斧神工，感慨地说：“真是一物降一物，各有各的本事啊。”

艾丽又指着一条游动的小鱼说：“你看，这种小鱼叫电鳐，身体虽小，却能把处在它形成的电场中的大鱼击伤。这才叫道高一尺魔高一丈呢!”

随着大鳕鱼的死亡，我突然看见一群头上长着两只尖角的鱼迅速奔到这里，仿佛它们的嗅觉特别灵敏，能闻到几千米以外的血腥味。

这时艾丽又卖起了关子说：“你看吧，好戏接着开始上演了。”

我知道艾丽又发现了新情况，带着疑惑，我关注地向前看着。这些小鱼在几条大鱼的进攻面前，不但不知道避让，而且仍然显得稳稳当当，不乱不惧，似乎甘愿做大鱼们的牺牲品。

我说：“大鱼吃小鱼，小鱼吃虾米。这有什么好戏看的?”

艾丽说：“你接着看下去。好戏还在后面呢!”

果然。过了一会儿，当小鱼被大鱼吞食后，转眼之间便从大鱼的肚子里钻了出来。原来它们用又硬又尖的双角钻破了大鱼腹，而那几条大鱼却在疼痛之中慢慢死去，反过来成了这些小鱼的食物。

艾丽意味深长地跟我说：“斌斌，你知道我为什么会跟你说这些话吗?”

我不解其意地说：“不知道。”

艾丽说：“你单枪匹马地一个人闯世界，看起来十分弱小。但是，弱小并不意味着不强大，小人物创造历史的现象屡见不鲜。我相信，你的坚强和意志会帮助你战胜一切艰难险阻，你一定有在任何残酷条件下生存下去的勇气和智慧的。”

我的心头不禁一热，由衷地感动起来，艾丽今天的举动原来不是一次简单的消遣，而是意味深长啊。

艾丽看出来我有些激动，便马上善解人意地转换了话题，又神秘地对我说：“你知道鱼是怎么繁殖后代的吗?”

我不屑一顾地说：“那还用问？当然是雌雄交配的嘛!”

艾丽说：“一般地来讲是这样。但是，有些鱼是变性鱼，这你就不懂了吧?”

我突然又来了兴致，说：“你别卖关子了，快说说看!”

艾丽说：“你看那珊瑚礁上的鱼，那是红鱼旨鱼和大鱼旨鱼，其他的还有鹦嘴鱼、隆头鱼，都能由雌变雄。而海鳝、海葵鱼可以由雄变雌。鳝鱼还身兼雄雌两性，黄鳝产了一次卵以后就变成雄性了。有意思吧?”

我诙谐地说：“我们两个要是都能变性就更好了。我们互换一下角色，看看是什么滋味。”

艾丽大笑着说：“你要是身兼两性岂不更好？牡蛎也是身兼两性，今年是雄性，明年是雌性，一年一换，年年更换。这对你来说岂不是更好?”

这时，她突然又指向一条蓝条石斑鱼说：“你快看，这种鱼一天中就可以反复变性至少五次。你要是变成它，岂不是更快活?”

艾丽深情而又幽默的话语，终于使我又开怀地笑了起来。

归期终于临近了，我告别艾丽，登上了去香港的飞机。

香港这块中国的土地，在 1842 年成了英国的殖民地。它与广东省隔深圳河相望，濒临中国南海，是繁华的国际大都市，也是仅次于伦敦和纽约的全球第三大金融中心。香港实行资本主义制度，是全球最安全、富裕、繁荣的地区之一，也是国际和亚太区重要的金融、航运枢纽和最具竞争力的城市之一，有“东方之珠”、“美食天堂”和“购物天堂”等美誉。

我先在香港维多利亚海边的太平山附近找了一家宾馆住了下来，为的是一边打探国内的情况，一边伺机办理回国的手续。在这期间闲来无事，我就经常到赛马场去赌赛马。

香港的赛马场很有名，一周赛两次。港人对赛马十分着迷，光赛马每年就会投入几百个亿。赛马是慈善机构组织起来的，他们用此盈利来建医院、学校，还有海洋公园。

在每天买到的《大公报》上，我最想看到的就是国内新闻，但每当看了以后，我都没有得到一丝慰藉，反而增添了许多的烦恼。中国仍然处在一个疯狂的时代。阶级斗争在天天讲、月月讲、年年讲，毫无安定平息的迹象。在这样的政治背景下，我再回国就等于作茧自缚，自投罗网。回国梦简直就是天方夜谭、空中泡影。

在心灰意冷之下，我茫然不知所措，失望的情绪达到了极点，真的想找人打上一架。于是，我又转到澳门的赌场去泄愤。

我进入了一家米色和黄色相间、形似一艘巨轮的豪华赌场，但进了雕花门廊之后，就没有那么容易寻路。大楼里巷道密布，阶梯交错，房厅多而小，且前后有门，岔路、出口甚多，路口又没有明显的标志，就像走迷宫一样，转来转去头就转晕了。

赌场里的客人很多，穿过老虎机厅，前面便是摆着十多张赌桌的公众赌厅。人还没有进去，便见里面烟雾弥漫，赌客们的脸在袅袅烟雾后面晃动。在骰子游戏隔壁的赌桌上，一群人正在玩轮盘。我不喜欢在人多的赌桌上赌博，因为人一多就显得杂乱无章，我的情绪容易受到干扰，别人的情绪常常会影响到我的思路。所以，我常常选择在没有人的赌台上，和庄家一对一地赌 21 点。

赌场上发牌的小姐长得很漂亮，可以说是秀色可餐。黑色的直发，秀气的瓜子脸，一身黑色的连身短裙洋装，将丰满匀称的身段完全凸现了出来，深 V 的开口让胸前的那一对丰乳呼之欲出。所以，我就有意坐在了她的赌桌前面。

因我有在赌场混的经历，所以非常了解发牌小姐的心理。她非常希望赌客能够赢钱，赢更多的钱。因为除了工资以外，她面前的赌客赢得越多，她得到的小费就会越多。

赌 21 点是我的拿手好戏，向来输少赢多。所以，我每把都是以几何级数往上加赌码。我面前的赌筹越来越高，发牌小姐的笑容也越来越甜蜜，而一旦我输掉一把牌，发牌小姐竟然用发牌的手打自己的另一只手来表示遗憾。等我一赢，她就又马上高兴得表示祝贺。

一连串的赢钱，激起了我的兴致，小姐兴奋的脸也红润得越发可爱。

这时，一个打扮入时的女郎靠近我的身边，她用眼神传递着挑逗、嗔怒、多情、温柔的情感，传播着比语言更为细腻而含蓄的信息，这就更加刺激了我的情绪。女郎看见我对她回馈的微笑，便以为我也是轻佻之人，对她产生了好感，就觉得有机可乘。于是，她不断地摩擦我的肢体，借机替我下注。开始时我毫不戒备，反正是赢的钱，任随她去下，但是我很快就发现不对头，我的大部分筹码一会儿工夫就被输掉了。

我在缅甸做保镖时训练出来的警觉使我发现了端倪。我随之注意观察，发现她是在借我麻痹之际乘机偷码，并随手藏在了她的裙子里。我虽然不反对一些人一时控制不住自己的情绪替我下一两次注，因为赌场也只是娱乐场所罢了，但是我不能容忍有人趁我不备干偷鸡摸狗的事情。特别是这种摩登女郎，以漂亮美丽的外表为掩护，却干着窃鼠偷狗之事。我一气之下，将女郎扭送到了赌场的警司处。女郎还想抵赖，我当即要求翻查场内的录影带，她才屈服认错，归还了我的筹码。我也就没再为难她，放她走了。

扫兴之后，我又辗转来到赌场，坐到一个赌台前。我突然被眼前发牌荷官的手法吸引住了，她的动作太娴熟了，简直就是一个表演艺术家在表演舞蹈。于是，我就仔细观看起来。

慢慢地我看出来了门道，于是我也开始下注。我知道赌场上的牌一般是没有问题的，因为大家可以验牌，无发牌靴，桌子也没问题。我一边下注一边观察荷官的手，发现荷官经常在发2张牌，而且发得十分巧妙。

当荷官再次洗牌的时候，我就彻底明白了，她的牌洗得太好了！荷官使用的完美洗牌手法，首先平分一副牌，每副牌将洗两次，一张压一张。这样洗两次之后，从A到K全部都是四张相连。荷官将JQKA与2～10分开，然后把花放在一面，数字放在另一面，使用同样的手法洗八副牌。这样左边的牌全部都是花，右面的牌全部都是数字。这样赌客怎么搅都一样。荷官再洗一次牌，所有的牌都是一个花一个数字。赌客再卡牌，基本上剩余的牌就全部都是花字相连了。这样发出的牌都是两个字两个花。

荷官知道所有花牌的位置，再通过发2张的手法（就是只发牌下的另一张）来控制，因此荷官很容易控制输赢。

我知道我的好运跟着来了，因为荷官知道的牌我也同样知道。我分析的结果一点不差，我只几手便赢了90多万美元。就在我兴奋无比的时候，一种不祥之兆瞬间袭来。因为在赌场一味地赢钱并不是好事，我发现我周围的人越来越多，看我的眼神也越来越怪异。我感觉有大祸临头，脑门上立刻冒出了一层冷汗。我马上收起赌注，准备收手不玩了。

就在我离开赌台的一瞬间，几个警司迅速向我包抄过来。没等我走开，他们就将我团团围住，然后把我带到了警司室。

我还不知道是怎么回事，那个漂亮女郎又出现了。她指责我抽老千，偷了牌。于是，警司开始搜身，果然在我腰身后搜出一张扑克牌。我马上明白了，很显然是有人在陷害我，趁我集中精力看牌的时候，偷偷将纸牌藏在了我身上。我一下联想到了那个女郎，一定是她串通了赌场上的人在栽赃我。

我知道自己已经深陷虎狼之窝，这里的人都是有利害关系的，他们什么事情都可以干得出来。在这种情况下，解释辩解都是无济于事的，所以我首先要做的，就是尽快脱身，否则轻则财产归零，重则性命难保。

面对警司的盘问，我申诉说要求查看录影带。我一边查看录像，一边寻找脱身的时机。不一会儿，机会终于来了。一位常常光顾赌场的贵妇人丢了钱包，气势汹汹地一脚踢开门闯进了警司室。

看来这个贵妇人的来头不小，警司们一直点头哈腰不敢怠慢，所以一直围在我身边的五个警司不得不抽出三人前去处理。

屋里仅剩下两个警司了。我借故要喝水，乘一个警司给我递水的机会，一个迎面掌将他击昏。另一个警司扑上来的时候，我借力打力，腿扫手别使他身体射了出去，一头撞在墙上昏了过去。

我迅速扒下一个警司的衣服穿上，反锁了警司室的大门，再看看左右没人监视，赌场像往常一样没有任何的异常，就大摇大摆地走出了赌场。

迷失三岔河

经过乔装打扮后，我快速奔向机场，买了票并登上了马上要起飞至缅甸的飞机。

飞机在仰光降落后，我找到一台出租车，驱车直奔妙香的珠宝店。

我一路上浏览着仰光的市容，仰光是缅甸联邦的首都和最大城市，素有“和平城”的美称。在无数镀金或白石的佛塔中，最驰名于世的是大金塔，它位于市北圣山，居全城的最高点。

仰光像一个巨大的公园，到处是植物、花草和佛塔。裸露左肩、穿红色袈裟的僧人赤脚在街上走着。街上有殖民地时代留下的英国建筑的暗红色屋顶，有印度教寺庙镶着各种神灵雕像覆盖着青苔的顶、现代文明发明的四方盒子的顶，有佛塔、教堂，还有鸽子在天空嬉戏。

仰光的出租车大多锈迹斑斑，许多汽车都是老爷车、吉普车和由英国设计、印度生产的老式公共汽车。

妙香的珠宝店开在仰光河和勃生堂溪的交汇处。这里是仰光的主要商业区。沿途有许多露天浴室，只是用一墙与街道隔开，一群妇女裹着裙子，露出丰满的肩，正在用木桶往身上哗啦浇水，响亮地笑着。洗罢，她们一个个走到墙外面来拧干头发上的水。在这里，不时会遇见一队僧侣赤脚走过，每个人腋下夹着一把棕红色的油纸伞。

有个卖纺织品的商店，铺面的后面是作坊，作坊后面就是村庄，即村庄躲在街道的后面。作坊车间外面支着两口大锅，雾气腾腾，两个裸露着上身的男子正在染布，狗在车间里像工头一样溜达。

我很顺利地找到了珠宝店。但是，在珠宝店外面见到的一幕却是我没有想到的。尽管几年未见，我还是一眼就认出了妙香。自从开了珠宝店以后，妙香再也不用日晒雨淋，所以显得白皙了许多，出落得越发闭月羞花、楚楚动人。可是，我眼前的妙香和以前已是判若两人。现在的她怀里还抱着一个孩子。

远远望去，妙香丰满笔直的双腿，高耸的胸膛微微起伏波动着，臀部的圆形轮廓明显而突出，浑身散发出一股少妇迷人的魅力。

正当我为之惊叹不已、望而却步之时，只见一个男人走近了妙香，亲了亲她的脸颊，亲昵地说了些什么，然后接过孩子，放在了婴儿车上推着走了。

我此时的心情既复杂又兴奋，既纠结又释怀……心里像打翻了五味瓶，甜、酸、苦、辣、咸五味杂陈。

我不知不觉地竟然走到了珠宝店的门前，妙香无意识地抬起头，突然发现了我。她后退了一步，惊呆了！

正在我不知所措，急欲转身离开的那一刻，妙香似乎从梦境中醒来，她猛地跑了过来，下意识地喊出：“斌，是你吗？”妙香再也抑制不住激动的泪水，一下子扑在了我的怀里。

妙香抽搐着、抖动着身体对我说：“斌，是你吗？我以为这一生再也见不到你了，我想你都快要想疯了！你跑哪里去了？”

我一动没动，一时不知所措。

妙香已激动得泣不成声，再次问道：“斌，是你吗？这几年你是怎么过来的？”

听到这熟悉的声音，我定了定神，慢慢转过身，却故意板着脸说：“看你急得，怎么不让我休息一下？真是有了老公和孩子，就不会心痛一下别人啦？”

妙香这才不好意思地放开我，却紧紧地拉着我的手，带我进了珠宝店后面的房间里。她的手一直没有松开，似乎怕这一松手我又会跑掉。

进门后，我看到她那熟悉的目光中带着晶莹的泪花，我们就这样默默地对视了许久。

我心乱如麻，不知所措。妙香的脸色绯红，泪水再一次成串地流了下来。她问道：“斌，真的是你吗？你还活着！”我下意识地点点头。

“刚才你都看见了？你不是那么绝情一定要我出嫁吗？这回你如愿了？我真恨不能咬你一口！”话音刚落，妙香用力地拉近我，真的狠狠地在我肩头上咬了一口。我疼得掀开衣服一看，皮肤上已经咬出了一排深深的牙印。

我知道这是她对我爱恨交加的感情的真实流露，是对我绝情、不肯接纳她作为妻子的一种善意的报复。

她看见了自己的“杰作”，已经吓得“妈呀”一声喊叫了起来，马上给我揉着伤口，焦急而关切地问道：“疼吗？”

我装作没有一丝痛苦，既不呻吟，也没有一点反常的表现，却反而让妙香更加心痛地哭了起来。妙香的哭使我产生了一种冲动，一股成熟雄健的阳刚之气立刻透遍我的全身。

我意味深长地说：“你别哭了啊！我一点也不疼。”停顿片刻后，我说：“妙香，我跟你说过很多次，希望你找个合适的男人一起生活。我是迟早要回国的，所以我不是你可以依靠终身的男人。今天，我又出现在你的眼前，是因为一直担心你过得不好，从今以后我就可以放心了。”

妙香说：“不，我的一切都是你给的。自从你救了我的那时候起，我就不打算容纳别的男人了。可是……”妙香欲言又止。

我立刻明白了妙香的意思。她是按照我的意愿成了家，找到了男人，并且生了孩子。但是，她见到我总觉得对不起我，想要解释什么。

我阻止了她，说：“可是什么？你不要再说了。我知道，你是义无反顾地爱着我，是我不允许，也不能接受你这样的爱。我是个亡命天涯的人，时时受到敌人的追杀。我不能，也不要因为我而连累了你。”

妙香说：“我对你的爱永远也没有尽头。每当想你的时候，我的泪水就会夺眶而出。”

此时，我的心底也在流泪，却强装笑脸说：“我们的爱一直是纯洁无私的，今后你就把它当作是纯粹的兄妹之间的爱吧。”

妙香说：“你不仅给了我兄长般的爱、父亲般的爱，而且远远超出了兄长和父亲给我的爱。你对我的爱，又是那样的纯粹和无私，是那样的神圣而令人感动。但我不能想象的是，离开了你的爱的我还会走多远，又会走多久。”

我说：“妙香，我知道你爱我胜过爱一切。你今天找到了爱的归宿，有一个体贴你的男人，也已经生了孩子，家庭幸福美满，这都是我所盼望和期待的，这一切都是你应该得到的安全和幸福。我说过，我们注定不能在一起生活。我是中国人，我的根在那里，我唯一的亲人舒雅还在中国，我一定要回到中国去。”

虽然我对妙香嫁人有些舍不得，甚至对她的丈夫有些嫉妒，但是平心而论，以我目前的处境，我不能有半点的怜悯和遐想。我是一粒挣扎在湍急河床中的泥沙，是一个在高处表演走钢丝的杂耍，时刻都危险缠身。我不能因为儿女情长而断送了我和妙香的性命。所以，眼前的一切都是最好的结果，是妙香最佳的结局。何况，我的心里一直装着舒雅。

我不想再打扰妙香平静的幸福生活，于是，我没有流露出半点的犹豫和彷徨，毅然地告别了妙香。

我出发到了中缅边界，准备偷渡回内地。

在中缅边界线上，我进入了一片广阔的原始森林。这是一个封闭的世界，一片一眼望不到边的原始森林。一切都是绿油油、死沉沉的，到处散发着腐殖质的恶臭。这里根本不存在路，也没有一块干燥的土地，到处是没足的烂泥及淤积了几百万年的枯枝腐叶。

沿途常常是及膝的泥浆，经常有鳄鱼活动。如果没有枪和足够的子弹，那就只能爬树。但是，这充其量只能苟延残喘几个小时或者十几个小时，最多坚持几天罢了。那些成群结队、狰狞可怕的鳄鱼会很有秩序地在树下围成一圈，仰着头紧盯着猎物，一动不动地耐心等待这个美妙无比的大餐，一直等到这个鲜美绝伦的猎物从树上掉下来为止。

除了有鳄鱼活动以外，还有一种极其可怕的东西就是水蛭，在稀泥里一拱一拱的。只要被它咬上一口，半条腿都会发麻，咬上两口，整条腿就不听使唤了，只能在泥水里爬行。之后的情景不用说就让人觉得毛骨悚然了。

当地有一种出名的水蛭，那些家伙大批滋生于路边的树叶和杂草中。当人经过的时候，它们就会尽可能地伸长身体，一旦接触到行人的衣物和身体就会立刻粘在行人的身体上不动。然后慢慢地蠕动到行人的脚上、腿上，或者身体的其他部位，再美美地吸上一顿鲜血。

在艰辛的旅途中，我最开始被刺破皮肤是几乎感觉不到疼痛的，但是到了晚上通常会发现身上有半打水蛭甚至一打水蛭。它们绝大多数是在腿上，有时候是在身上，还有一只竟从我的颈侧吸了一肚子血，我感叹幸好没有被咬在颈静脉上。

许多森林水蛭都很小，有一些还长有美丽而明亮的黄色条纹。它们有可能依附于其他动物身上，并且养成了一听到路人脚步声或者落叶沙沙声就伸长身体的异常习惯。

我带的食物是足够了，并且原始森林里还有许多野果。我还发现了一个红蚂蚁窝挂在树上，将它摘了下来，看到里面好多白胖胖的蛹，用火烧来吃，又香又有营养。如果口渴没有水喝，我就只好求助于囊叶植物了。这种囊叶植物山顶上到处都是，但是储存在囊叶中的水混着很多虫子和别的讨厌的东西。渴极了时，我对着这个天然水壶牛饮一通，就把口干舌燥抛到了九霄云外。

我不知道去云南的路，只能按照指北针的方向，一味地往东南方向不断摸索。已经风餐露宿走了七个日夜，走烂了两双鞋，我不知道已经走到哪里，也不知道还要走多久。

山上除了浓密的植被以外，还有腐烂的树叶和粗糙的木头上覆盖着的没过膝盖的苔藓。也不知道翻越了多少座高山，只知攀上眼前的一座峰顶就足足耗掉了我异常艰苦的四小时。走着走着，忽然听见几声象吼，我急忙爬上一棵古树，只见有人正把一群象往山下猛赶，很快赶到了一片广场上，而这群象的后面忽然又出现十几只野象。

原来，人们饲养的象群正在山上吃草，突遇野象群。因为担心野象和驯养象群打架，情急之中，驯象员赶紧把驯养象群赶下了山。看到这里，我不禁心头一热。终于，我从阴暗、潮湿的森林里走了出来，踏入了中国的云南西双版纳境内。这真是一件令我激动不已的事！

我数了数，这个野象群有 16 头象，我看到领头野象的蹄印就有小盆一般大。最大一头大象高 3 米多，是头母象，其他的高 2.5 米至 2.7 米。我早听说过，西双版纳有野象 140 多头，共分为 11 群，最大的也许就是这群了。

我一直等到野象群离开，方从树上下来。因为我知道，野象遇见人有时也会追，所以千万不要和野象直接碰面。

我装成游客，进入了广场，这才发现原来我进入了三岔河原始森林公园。

我在公园的简介中了解到：这里是一个神秘的地带，也是西双版纳最富有代表性的热带雨林。占地一千平方公里，仍保持着七万多年前的古貌，被称为“动物王国”、“植物王国”、“药材王国”。三岔河原始森林公园的广场上正在进行驯象表演，有七头大象在几个驯象员的指导下表演荡秋千、大象跨人、大象按摩等节目。

我向身边的游客打探消息，尤其是看上去像东北游客的，我便有意凑上去问讯。我了解到，国内又在开展反击“右倾翻案风”运动，刚趋于稳定的政治形势再度陷入混乱。在国内，不但任何招待所、宾馆都需要介绍信才能入住，而且经常会在半夜查宿，坐车也不安全。看来，我的处境并不比在国外安全。

我历经了千辛万苦，费了九牛二虎之力才回了国，却不能回家，这使我沮丧得要命。寻找舒雅的奢望似乎也已成泡影。虽然进入到了国内，我却不敢贸然行事，所以，我只有顺原路回去。

那种绝望的心情，使我几乎要发疯。

我简直有些绝望了，又累又气馁。我对着原始森林大喊：“舒雅呀舒雅，你在哪里?”

等心情渐渐趋于平静之后，我又偷偷溜回到森林里。

阳光洒在稀疏的树叶间，将山林照耀得五彩缤纷。黄昏时分，山林中被太阳蒸发的水汽还没有消散，太阳就开始忙着落山了。山峰的阴影很快压在了树梢上。阴影越来越浓，渐渐和夜色合为一体。过了一会儿，眼前的景色又被月亮染成了银灰色。

晚上，我只能栖身在三岔河的木桥上，以躲避和预防森林里的猛兽袭击。

因为没有入境记录，又不能坐飞机出境，我只好重新规划，硬着头皮再行偷渡出境。

筹备了充足的食品和鞋子，我又开始了返回缅甸的路。

野象施救手

返程的路仍然异常难走，不是树木和野藤缠绕，就是杂草荆棘丛生。万年原始森林，不变的风貌，没有遭到任何人为的破坏，偶尔只能看到野象破坏山林的痕迹。在罕无人迹的荒野里生存，一切食物要靠自己去找。不管是蛇、鼠、蚂蚁、蚂蚱和各种昆虫，还是其他属于维生素类的野草、树皮、树叶等，都是我最好的食物。

为了抓到蛇，我先捉了一只蛤蟆。用匕首在蛤蟆的两个嘴角处划开口子，两手分别提住刀口处的皮轻轻往两边撕，蛤蟆皮就被剥开了，蛤蟆所有的肌肉、骨架和毛细血管都暴露了出来。这个样子的蛤蟆最适合诱捕蛇了，蛇一咬住蛤蟆，我便乘机捉住蛇的尾巴，就势一抡，蛇就成了一条绳子，也就成了我的盘中餐、腹中肉了。

森林里实在是密不透风，闷热难耐。在一棵茂密的大叶榕树下，我汗流浃背地坐下来歇息。这树是一种吸水性非常强的树，水吸上去后叶子来不及蒸发出去，便汇聚在一起顺树叶流下来，仿佛形成了一个小瀑布。在树下我突然发现一个奇观——亿万只蚂蚁排列到百步之远，队伍非常壮观，并且排列有序。根据我的经验，这是大雨将至的信号。

随着轰隆隆低沉的雷鸣声，我正在寻找避雨的地点，忽闻山下的森林里又传来巨大的群体响声，我断定又是象群的动静。因为公象都是独往独来的，不会出现这样的轰鸣效果，看来象群是在朝山上的方向前进。我不敢爬到树的高处，害怕雷电从高处劈下来，只好骑在树丫上。

大雨倾盆而下，湿滑的路使象群行走得异常缓慢。一头母象为了照顾小象，不停地用鼻子助推小象的屁股。小象看来是刚出生，只有 30 多公斤重，走起路来踉踉跄跄，不时跌倒再爬起。大象繁殖力很低，野象的寿命都在 50 ~70岁之间。公象为 13 ~14 岁成年，母象 12 岁成年。一头母象一生只生 12 胎，三年一胎，怀孕期约两年。所以，这只小象的生存也是异常艰辛的。

这时象群已经消失在森林深处，可怜这对母子象仍在慢慢地行进着。突然，小象滑进了一个不大不小的树洞里面，正好卡住，怎么挣扎也出不来。母象无计可施，只有围着树洞团团转。

一个多小时过去了，大雨仍然没有停歇的意思，小象的身体大半淹在水里。母象求助地嘶吼着，但是声音早被雷雨声吞没。

小象的处境十分危险，如果不施以援手，小象必死无疑。

这时候，我悄悄下树，一边试探着一点点接近小象，一边观察着母象的反应。我称呼小象为“公主”，母象好像理解了我的好意，并没有做出异常的举动。在它的眼神中，我读懂了它的祈求、它的期盼。

于是，我大着胆子下到树洞，托起小象推出了树洞。小象“公主”站立起来，回望着我，爬出树洞以后，才跟随母象步履蹒跚地向山上走去。我随之释然，感到一阵欣慰。

我这次遭遇的不仅是大雨滂沱，而且是强台风，不时有成片的树木被台风刮倒或刮断。我不得不时时提防着不被掉落的树枝和树干砸到，又要提防雷电。

天渐渐黑了，除了闪电能够帮助我认清一下位置与周围的环境以外，我简直就是一个无助的瞎子。所以我只能在黑暗中等待，虽然有雨衣避雨，我仍浑身大汗淋漓。突然一阵巨大的轰鸣声如翻江倒海，我只觉得自己的身体在翻滚中迅速下滑，如从山巅跌至谷底，五脏六腑也被悬了起来，几次严重的撞击之后，我便失去了记忆。

当我被巨浪拍岸的声音惊醒时，发现已经是第二天的白天了。暴雨停了，但天空仍然是阴云密布。我发现我被抛在了湍急河谷的一块凸起的山石上。

原来，这是由山体滑坡形成的一个独岛，我的位置离最近的河岸距离也有五米。我这才想起昨晚的情形，一定是遇到了泥石流和山体滑坡。侥幸的是我还活着，没有被掩埋在泥石流下面。

我打算站起来，但是手脚却怎么也不听使唤，再往下看，更是吃惊不小。汹涌的激流不断冲刷着我所在的位置，身体下面的沙土急剧地被涌浪冲刷带走，独岛的面积正在迅速变小。

如果不马上离开孤岛，最后的岩块也将被河水吞噬。要是在平时，凭我的水性是不会有丝毫惧怕的。可是现在，我的伤不止一处，下了水等于是送死。我寻找着我的行李，想用绳索搭住对岸的树。但是，行李早已无影无踪，除了身上的佩刀和指南针外，我几乎是一无所有。

此时此刻，我实在无计可施，只有读秒倒计时，等待最后被河水冲走的那一刻，等待着死神的降临。在这荒无人烟的原始森林里，如果幻想等人救援，那真是天方夜谭了。但是，天无绝人之路，意想不到的事情发生了。

昨天的象群像救兵一样又出现在森林的一线，原来它们是每天例行来河边饮水的。大象的食量大，一天要吃 170 公斤左右的食物，它们每天的活动范围在 40 公里左右，而在早晨和晚间，野象都会到河边喝水。

突然，昨天的母象和小象也出现在我的视野里。我兴奋得忘记了疼痛，好像遇见了久别的亲人，高喊着并挥舞着手臂。令人匪夷所思的是，母象似乎也理解了我的危险处境。它将岸边泥石流切割过的地方、已经悬出根系的大树用鼻子卷倒，让树干顺势倒向了我的独岛方向。虽然树冠离我还有一米多的距离，但是已经大大缩短了我逃命的距离。

我一下想起，原来野象也是有记忆的。据一个故事说：泰国的驯象员抓住一头野象，在驯化时打了野象，当时这头象有四五岁，而二十年后大象把驯象员踩死了。印度还有个影片叫《神象》，讲的是大象有报恩记忆和复仇记忆的事儿。猎人把母象打死了，抚养了小象。小象变成了大象后，既要报仇，又要报恩，心情十分矛盾。于是它就破坏山林和农舍，人们纷纷谴责猎人，猎人出来阻止，发怒的神象终于把猎人踩死了。

我渐渐明白了，母象这是在向我报恩呢。我昨天在树洞里救出了小象，而今天母象就又救了我。天下之大，真是无奇不有，善有善报，巧的是就让我遇上了。眼看孤岛就要被淹没，为了抓紧时间自救，我不再犹豫，屏住一口气，竭尽全力一跃跳向下面的树冠，死死抓住了树冠上的一根树枝。

在激流的冲刷下我的身体几乎全部悬浮起来，已经与河水平行了。我抗拒不了洪流巨无霸般的力量，甚至绝望地想要撒手。

恶浪时而把我拍在水下，时而把我抛向水面。树干在水流的冲刷下也在渐渐向河的下游发生着位移。在梦幻中，我感觉死神正在向我招手。这时候分分秒秒都会发生变故，树枝一断，巨浪随时会将我卷走。我运足气力，意沉丹田，拼命抓住更粗的树枝，终于慢慢爬到了树干上，回到了对岸。

我上岸后回望这一段生死之路时，不禁又吓出一身冷汗。我刚刚离开的孤岛此刻已经不见了踪影，完全被浑浊翻滚的浪花取代。

我长长地出了一口气，立刻又瘫倒在岸边。

我又昏了过去。

解救携毒女

疼痛折磨得我再次醒来时，我暗自庆幸自己还活在人间。

我再观看四周，象群早没了踪影，再仔细检查一下身体，左臂脱臼、右腿小腿骨劈裂。这一切几乎就像发生在梦境中。

空气湿热得要命，似乎都能挤出水来。从昨天晚上到现在，下了整整一夜的滂沱大雨，地上泥泞不堪。古木参天，密密匝匝地排立在沟谷两旁，简直是遮天蔽日。深深的沟谷异常阴森。我在暴雨和泥泞中挣扎了一夜，已经是泥泞满身，肮脏不堪。这里到处是仙芽、树蕨、鱼尾葵和麒麟藤，踩上去软乎乎的，让人提心吊胆。我运用气功将左臂脱臼处接好，并找了一根粗树枝当拐杖。

这时，我方觉饥肠辘辘，想起很长时间没有吃东西了。我开始去寻找可以充饥的食物。泥石流造成的滑坡弄倒了一片树林，为我采食野果带来了极大方便。

我将采集的坚果放在一起，准备长期食用，将新鲜的果实先吃掉。

一棵倒下的见血封喉树令我一阵惊喜。这种树叶汁有黑白两种，经过加工，可制成毒箭。我小心翼翼地摘下许多叶子，磨成浆粉，以备自制弓箭涂抹在箭头上射杀猎物，一可以防身，二可以解决食物的缺乏。

在热带雨林所特有的黎明时分，空气是闷热潮湿的。没有到过这里的人也许会以为森林里是凉飕飕的，可实际上这里却闷热得使人恨不得往树干上撞，我经常是深一脚浅一脚地向前移动。在这种密不透风的原始森林里，人走过留下的气味许久不会散去，野兽会循着人的气味蜂拥而至。而且，它们往往是从后面跟上来，人一旦被它们跟上将十分麻烦。

我发现了一片竹林。竹林在热带雨林中是最好、最有用的植物，而且对于当地人来说，这是他们最有价值的财富。许多人家的竹楼就是用竹子建造的，许多路桥也是用竹子制作的，包括鸡笼、鸟笼、锥形渔网、导水管、刀鞘、水烟袋、家庭用的器皿也都是由竹子制作而成的。

而新鲜的竹笋则是我最好的食物，我挖到了许多鲜嫩的笋芽解渴充饥。最引人好奇的是兰花，90%的兰花是小得不起眼的小花。唯一的特例是纤细的塞罗金兰属，它们成串的又大又多的黄色花瓣装饰着幽暗的森林。尤其是万带兰长得异常丰富，它们长在大树较矮的枝丫上，每隔三四寸就有一朵又大又美的花朵，颜色丰富多彩，从橙黄色到红色都有，上面还点缀着深紫色的斑点。兰花的花瓣也可以食用，这些为我的生存创造了条件。

剩下来的时间，我采集了藤条，用佩刀修造了两支弓、十几支箭。又用见血封喉树的树叶与一种毒箭蛙的毒液加工制成毒箭。我还编织了背篓、草鞋，由此开始了我人生第一次原始人的生活。

原始森林里还不算寂寞，有几十只孔雀，有一米多长的巨蜴，有野兔、獾子和各种各样的鸟。只要能够采食到野果充饥，一般情况下我不会去射杀它们。

森林中最难提防的是毒蛇和杀人毒蜂。它们常常隐藏在暗处，会出其不意地向人发起攻击。但是，野蜂窝和蛇肉，是我补充营养的最好来源。

夜幕降临，天气已经转晴，原始森林沉浸在夜色之中。恰逢月圆之日，月亮特别的大，特别的圆。触景生情，我又开始想念起朝思暮想的家乡，思念着我心中的恋人舒雅。我也想到了曾经令我心动的格桑、共同经历磨难的妙香，还有我拯救过的艾丽，回忆起和她们在一起的那些生活、那些令人陶醉的情景。

突然，一阵异常的响动使我从冥想中骤然回到了现实，我警觉地四处搜索着，发现五米开外一双乒乓球大小的眼睛在注视着我，并在一步步地向我靠近。树叶发出了轻微的沙沙声。我迅速准备好弓箭，瞄准了目标。对猛兽的第一次攻击我必须首发命中，否则，来不及装第二支箭，猛兽就会发起连续的进攻。我躲在树后，等待着进攻时刻的到来。

猛兽先是一阵寂静，随后突然像离弦之箭一般瞬间向我扑来。就在与我近在咫尺的一刹那，我的箭准确地射向了它的喉咙。猛兽带箭落地的时候，首先触地的箭杆再次向猛兽喉咙的深部刺去。猛兽迅速回转身来，准备再次向我发起连续的攻击。我拔出箭囊中的几支箭紧握在手，躲在树后，伺机与猛兽展开面对面的搏斗。

这时候，我看清了，猛兽原来是只豹子。它尽管没有老虎那般雄壮，却又比猫大出几倍。这是森林中攻击力非常强的动物，它善于爬树，在茂密的森林中甚至比老虎还具有攻击力。

我的腿伤限制了我的行动，因此动作比平日迟缓得多。豹子几经腾挪，找到恰当的攻击位置，又一下子猛扑过来。我手持毒箭，迎着豹子的腹部刺去。豹子中了几箭，同时也将我扑倒在地。豹子站立起来的时候，几支箭又借用地面的反作用力，刺向了它身体的深处。箭已经没有了，我拔出佩刀，双手紧握，准备应对豹子的再次攻击。但是，攻击停止了，豹子放弃了战斗，在地上疼痛地乱跳了几下，这动作更加剧了箭头向内的冲力。最后，豹子发出痛苦的哀鸣后，骤然倒下。

见血封喉树与毒箭蛙毒液的奇妙作用，帮助我制服了豹子这样的猛兽。紧张、激烈的搏斗过后，我筋疲力尽地瘫软在草地上。

待我的心跳平静一些之后，我马上起身来到豹子的尸体旁。我只有一个想法，就是尽快剥下豹皮，将豹子身上几处毒箭伤口处的肉切割下来扔掉，防止毒液迅速扩散到全身，以影响到肉的食用。我将豹子肉生吃了几块，胃里有了食物后，我顿时觉得精神了许多。

第二天，我再次来到河边，将豹子肉洗净，并在沙滩上晾干，这些上等的食物足以让我走出原始森林。我高兴得手舞足蹈，禁不住唱起了小时候汇演获奖的歌曲“美丽的哈瓦那，那里有我的家……”

有了豹子肉，我的身体得到了新的能量，重新开始了征程。

第五天的黄昏，在感觉快接近国界线的时候，我意外地遇到一个马帮。马帮里有两个持枪的人、四名妇女和六匹马，在向着中国内陆的方向挺进。

我在他们准备扎营休息的时候，藏在了暗处，偷听着他们的谈话。那四个女人几乎不大说话，两个男人说话总是气势汹汹、咄咄逼人。根据情况分析，我认定他们是走私毒品的马帮，想通过偷越国境以贩卖毒品。

机不可失，机遇难求。我必须抓住这个机遇，解决腿伤不能快速行走的问题。于是我等待着夜晚的来临，好找准机会下手。

夜幕终于降临，他们生起了篝火，吃完了晚饭后就开始休息。一个年轻的妇女向我藏身的方向走来，在离我仅有几米的地方停下来小便。就在这时，一个男人跟了过来，迎头挡住了年轻妇女回去的路，一把将她拉至树下，恐吓地说道：“别喊，喊我就打死你。”女人不敢反抗，顺从地让男人扒光衣服摁倒在地。就在男人专心致志地发泄兽欲的时候，我持刀悄悄上去，一把割破了男人的喉咙。鲜血喷洒在女人的身上，年轻女人刚要喊叫，就被我摆手制止。

我搜出男人的手枪，将子弹顶上了膛。但是，为了保险起见，我还是采取以弓箭为武器。我偷偷接近了在篝火旁守夜的男人，趁他不留意的时候射出毒箭。这个男人顷刻便毙命了。

我先安慰好四个缅甸女人，向她们解释了我的经历，证明我不是坏人，终于取得了她们的信任。我仔细盘问了她们的身份。她们说，因为家里遭遇特大旱灾，生活异常困难，所以向大毒枭借了高利贷。结果，连本带利越滚越多。因为还不起债，毒枭就让她们用人体携带毒品越境。多亏我及时解救了她们，否则，遇到了中国的边警，她们就成了罪犯。

她们按照毒枭的要求，在进入中国边境前就已经将毒品吞进肚子里、藏在阴道或者肛门里，预计一两天就到西双版纳，那时候才能交货。

我这才知道，毒品现在仍然在她们的身体里。如果毒品在肚子里破损，随时都会导致她们死亡。所以，我下令让她们马上处理，该排泄的排泄，该掏的马上掏出来，随后我把毒品就地埋掉。

第二天，我带领她们走上了通往缅甸的路。有了武器，有了马匹，有了一切必备的物质装备，我们很快返回了缅甸境内。我把缴获的钱分发给四个妇女，自己只留了一小部分，以备应急。

我在黑市上又做了本假护照，坐飞机前往新西兰。

奥克兰疗伤

新西兰是南太平洋上一个风景如画的美丽岛国，也是世界上地热资源最丰富的国家之一。沸泉、喷气孔、沸泥塘、间歇泉、温泉不可胜数，尤其是长210公里、宽48公里的北岛是世界三大地热区之一，北岛中心的罗托鲁阿—陶波地热区就有“太平洋温泉奇境”的美誉。

飞机降落在新西兰最大城市奥克兰的机场。机场伫立在塔斯曼海与太平洋之间的细长的地峡上，两面环海，东侧是濒临太平洋的威特马塔港。奥克兰是一座包裹着神奇海洋世界的都市，周围散布的岛屿以及毛利文化，让奥克兰散发着神奇的魅力。

我来新西兰的目的是养伤。因为我早就听人们说过，没有去罗托鲁阿，就不算到过新西兰。罗托鲁阿是南太平洋知名的天然温泉胜地，在世界上也是闻名遐迩的。

一进入城郊，我就发现空气里到处弥漫着浓浓的像臭鸡蛋味道般的硫黄气味，难怪许多人都把新西兰译成了臭鸡蛋城。

我住进了提前预约的土著毛利人开设的宾馆。路边是用鹅卵石铺设的甬道和别墅花园，地下多处冒出白色蒸汽，空气中更是弥漫着一股硫黄味道。

宾馆老板仍然保留着毛利人的传统习俗。在欢迎我入住时，老板与我碰鼻尖三次，行的是“碰鼻礼”。按照其风俗，碰鼻子的时间越长，就说明礼遇越重。

热情善谈的老板看我是外国人，就主动跟我攀谈起来：一千多年以前，太平洋群岛的毛利人乘坐七条大独木舟，扬帆渡海来到这片土地上，看到天空经常飘着千姿百态的白云，遂将这块新发现的土地命名为“长白云之乡”。他们家已经在这里繁衍了几十代。

毛利人的自然硫黄温泉，堪称最有疗效的温泉泥浆浴。我在宾馆大厅看见来来往往的各种肤色的男女都在这里入住，显然是生意不错。待我安排好了房间后，就立刻去泡温泉泥浆浴。

我看到平静的湖面与溪流上弥漫着蒸汽，炫目的矽石台地显现出万花筒般的颜色。这里曾经是火山口，现在已经成了死火山。地上喷出的间歇泉，不时冒出沸腾的气泡，发出哔哔剥剥的声音。

经过在天然矿物温泉池中一泡，我才体会到为什么罗托鲁阿会被称为“太平洋温泉奇境”。经那细微滑腻的泥浆和那带有硫黄味的清澈泉水一洗，我顿时觉得心旷神怡，五体通泰。它不仅洗去了多日附着在我身上的泥浆和汗水，也使我终日紧张的神经和疲倦的躯体得到了彻底的放松。

这种澡浴无论是对皮肤还是对身体健康都相当有帮助，既可以治疗风湿病和皮肤病，也有非常好的美容效果。据说，当地还有专门采集这种泥浆制造火山泥面膜，出口到全世界呢。

连续几天的休养生息，使我的气色大为好转，恢复了以往青春潇洒、风流倜傥的样子，更不时引起了各种肤色的女人的青睐与关注。一伙自称“变色龙度假团”的日本美女是抱团来度假的。每天泡温泉时，我都能够与她们会面。不过见面时只是礼节性地点个头而已。

一天，我受到邀请，参加毛利人的传统节日。毛利人大都信奉原始的多神教，还相信灵魂不灭，尊奉祖先的精灵。每遇重大的活动，他们便照例要到河里去做祈祷，而且还要相互泼水，以此表示宗教仪式上的纯洁。

我也参与了泼水互动。“变色龙度假团”的几个日本美女显得异常兴奋，专门对我发起了攻击，尤其是一个叫小野的姑娘，泼得更是猛烈而又热情。她那白色的连衣裙领口开得很低，更加勾勒出两只丰满而白得耀眼的乳房，被水打湿之后胸口更加暴露无遗。伴随她兴奋的喊叫声，泼水仪式达到了高潮。

几个美女认为我是个单身白马王子，就故意把最漂亮的小野姑娘推至我面前。我们相互泼着水，更多却是眼睛对视着，在刻意地读着对方的眼神。

不凡的泼水仪式，意外地泼出了我与日本美女之间心灵的火花。通过彼此热辣辣的眼神，我们读懂了对方的心思，明白了互相接受对方的含义。小野在美女们又一次起哄式的推搡中，顺势倒在了我的怀中，围观的美女们顿时发出了放荡不羁的嬉笑声。

在众多美女的簇拥下，大胆的小野竟然拉起我的手向河的深处跑去。水深了，我们肩并肩扑在水里向远处游去，游到了对岸后，我们才游了回来。

当晚，小野来邀请我参加她们在酒吧举行的一个晚宴。宴席上，小野向我介绍了她的女伴尚美。然后，我们分头落座，斟上白兰地边喝边谈。小野坐在我的左边，尚美坐在了我的右边。

我好奇地问小野：“你们为什么起了个‘变色龙度假团’这样古怪的名字呢?”

小野说：“你知道变色龙的生活习性吗?”

我摇了摇头回答：“不知道。”

小野说：“那么我告诉你，雌性的变色龙80%都是不需要雄性陪伴的。对它们来说独往独来的生活才是最自由自在的生活。”

我又问：“那么你们几个美女这次抱团来度假是事先预约好的吗?”

尚美接着说：“我们几个日本女人，这是在婚前做最后一次个人自由行，准备完成一个女人在为人妇之前一次彻底的放松与潇洒。然后，我们就要告别一个女人的世界，准备规规矩矩地做全职太太了。所以，这是我们人生的重要转折，也是婚前弥足珍贵的一次性开放和性伙伴的自由选择。”

原来如此。

我仔细观察了一下小野的外貌，怎么说都算得上是一个美人。她在穿着打扮上处处显出非同一般的时尚感觉，性格也开朗大方，26 岁的年龄更让她有一种成熟的风韵。

这些日本女人很开放。我随口说道："你们日本女人真大方，谈起性来怎么就如同家常便饭一样随便呢?"

小野说道："作为女人，结婚是一个分水岭。婚前尽管很随便，但是一旦结了婚，就会规规矩矩地做全职太太了。"

我好奇地问："你们不介意跟一个陌生男人上床吗?"

小野说："我的第一次性爱体验就是和一个冲浪爱好者，见了面我们两人就去了旅馆。打这以后，他就对我爱理不理的。于是，我就产生了'自己不让人喜欢是因为没有魅力'的想法。在一次酒醉之后，我借着酒劲和一个自己并不感兴趣的男人完成了交欢。现在被我征服的男人已经有九个了，他们中有医院的医生，有在酒吧结识的上班族，甚至有在马路上偶遇的与女朋友压马路的男人。"

尚美这时也插话说："我的第一个，是我 19 岁刚走出学校在一个俱乐部里认识的，刚聊了几句我就被对方的甜言蜜语打动了，于是马上去了情人旅馆开始了'战斗'，我庆幸自己终于扔掉'处女'的头衔了。随后一次酒醉横滨街头的时候，我受到一个过路人的挑逗，就那样随着他进了情人旅馆。接下来是一位在我的餐厅吃饭的客人，再接下来我有了第四个、第五个在各种情形下相识的'他'，可能到第'N'个也都是我不爱的男人。"

小野说："我们这次出来玩耍就是要痛快淋漓地大玩一场，回去以后结婚，相夫教子，不想再留下遗憾。"

小野虽然没有直说要和我做一场露水夫妻，但是她的意思表达得再明白不过了。我虽然孤身一人，但是，遇到像她这样直接表达爱慕之情的，还是第一次。

面对小野的大胆、她的美貌，我没有勇气拒绝，但这又不合我的习惯。我一时也找不到推辞的理由，只好装作喝酒、沉默，或者笑而不语。看到我在迟疑，小野不露声色并婉转地与我碰一下杯说："我没有要你作出什么承诺，也不需要作出任何回答，现在我们只是喝酒。"

我被小野的幽默和直率逗得开怀大笑，她稍后说道："我们'变色龙度假团'姊妹的回程日期还有九天，现在开始倒计时，就让我们在有限的时间里相遇、相知、相伴而行吧。你来做我们的护花使者，也许这是我们一生中最值得纪念的日子，也是我永生不能忘却的日子。"

小野闭上眼睛，略显遗憾的、抑制不住激动的泪水，慢慢喝掉了杯中的酒。虽然她微闭双目，但是她的喘息声、哽咽的动作却没有掩饰住她的悲伤。

我想调节一下气氛，于是幽默地说："没想到，在你漂亮的外表里面却包藏着贪婪之心哪。"

小野想到不久就将离去，不免有些失落地说："此情虽短，但愿我们永不相忘。"

九天里，我陪伴小野她们的"变色龙度假团"在奥克兰伊甸山游览，我们鸟瞰市区和美丽的海湾，到奥克兰港湾边观看"美洲杯"帆船赛，到海里划皮划艇、玩帆板、冲浪，到爱歌顿牧场看精彩的剪羊毛表演。当然，最精彩的要算牧羊犬的精彩表演了。我们吃遍了新西兰有名的美食，游遍了新西兰所有的美景。

九天后，我在机场送别了"变色龙度假团"，我们知道此别已成永别，所以我给"变色龙度假团"全体合影留念。小野非常难过，与我相拥而泣，舍不得离去。

机场播音室发出登机的最后通牒，小野才被女友强行拉走。她一步一回头地走进检查通道。突然，她又向我猛跑过来，从脖子上摘下来一枚通透无瑕的玉佛雕件挂在我的脖子上，这才与我最后挥泪告别。

尽管从一开始我们就知道结果，我与小野也只是萍水相逢，逢场作戏，但是，小野离开的头几天里，我真的像丢了朋友一样难受。

孤独、郁闷、烦躁、沮丧，各种复杂的情绪笼罩着我。

海豚守护神

我真的难以发泄孤寂的情绪，甚至想找人打一架。恰在这时，我看到一则广告，是“海洋监护人”环保组织在招募志愿者，目的是阻止世界上越来越猖獗的捕杀海豚的行动。

据他们爆料，由于利益驱动，一条年幼的海豚如果给海洋馆的教练选中，就能卖到15万美元。

海豚是海洋中最聪明的动物，也是人类的朋友。美国在对越南的战争中，就曾经利用宽吻海豚在水下寻找水雷，捞回沉至海底的潜水员。经过训练的海豚还能够护卫军舰，使周围的敌人无法靠近安置水下炸药。

近几年来，海豚的智能和潜力越来越被人类挖掘出来，在某些亚洲国家，短吻海豚会被捕捉来观赏或表演。它们对淡水的适应可以减少建造海水水族箱的成本，在亚洲就最少有80个水族馆。而海豚肉也常常被当作鲸鱼肉在市场上销售。因此，北极、日本、加勒比海、秘鲁和所罗门群岛等一些地区存在大规模猎杀海豚的行为。日本人为了猎杀海豚，将海豚赶到一个海湾的死角后进行屠杀，海豚流出的鲜血染红了海水，这毫无人性的屠杀景象让人惨不忍睹。

全球共有短吻海豚7 000余条，其中90%生活在孟加拉。由于人类的疯狂猎杀，海豚处于极危状况。短吻海豚受人类的主要威胁是刺网，很多海豚都是误捕及在网中溺死。在越南及泰国盛行的炸鱼、电鱼、淘金对短吻海豚也造成了严重的危害。

为了排遣糟糕的心情，我毅然加入了保护海豚的行列。

每年10月至次年4月，是进行猎杀海豚活动的频繁期。因此，我们的船在太平洋上围绕东南亚各国不断地巡查，一旦发现有猎杀海豚的行为就出面制止，甚至在鲸鲨捕杀海豚的时候，我们也会帮海豚解围。

一次，我们在船上发现一条逆戟鲸在捕杀白腰鼠海豚，便驱船前往将逆戟鲸赶走。但是，最后还是没有成功。许多时候我们对动物界的这种猎杀行动也无能为力，我还亲眼看见了母虎鲸猎杀海豚的惊险一幕。

一头母虎鲸从水底突然向一只鼠海豚发出致命的一击，被顶出水面的鼠海豚身上出现了一道巨大的伤口，皮肉已经有一大块被咬掉。鲜血淋漓的鼠海豚在落水后拼命逃窜，其鲜血染红了沿途的海水，而母虎鲸并不急于发动第二次袭击，因为它自信第一次打击就足以致鼠海豚于死地了。

所以母虎鲸悠闲自得地尾随着重伤的鼠海豚。然而，意想不到的是，在不远处的海域，一条巨大的雄虎鲸出现了。发起攻击的母虎鲸躲在一边，而一顿猎物大餐首先由雄虎鲸来享用。可怜的鼠海豚终于没有力气前进了，身体翻转了过来。雄虎鲸下手了，它将意识处于模糊状态的鼠海豚拖入了水中，开始享用大餐。那时候，我真恨自己的力量太小，不能帮助海豚及时脱险。

我在海上游弋时，经常会遇见成群的短吻海豚。短吻海豚生活在海岸、河口及江口，是最通人性的一种海豚。主要以鱿鱼、辐鳍鱼、鱼卵、头足类及甲壳类动物为食，在浮窥及觅食时会将体内的水分喷出。它们的群族有时 6 条，有时也可多达 15 条。主要分布在由孟加拉湾至新几内亚及菲律宾的海域，在婆罗洲及马来西亚也可以见到它们的踪影。

海豚的性行为很有意思。它们有时候只是为了欢愉而不是为了繁殖，有时还发生同性恋的行为。不同种类的海豚会与其他种类的海豚发生性行为，从而导致生出不同种类的杂交海豚品种。两性邂逅将会产生强烈的性冲动，雄海豚有时甚至会对雌海豚和其他雄海豚发起性攻击。更有趣的是，海豚偶尔还会向其他动物求爱，包括人类。

在马来群岛上有三个比大不列颠岛大的海岛，其中的婆罗岛布满了原始森林，外国人很少到这里。当时我和同伴穿过村子的时候，妇女们纷纷逃避。一个小女孩看到我们时，就立刻丢掉手中的竹器惶恐地尖叫了一声，转身跳进河中逃走了。她在游泳时还不时地回头看是不是有人在追她。

河两岸栽种了水稻，偶尔出现的小茅草屋打破了单调的、长着长草的、泥泞的河岸，而且与农田后面的森林相映成趣。渐渐地，我们与当地人熟悉了。我们在帮助渔民打鱼时，经常看见短吻海豚帮助渔民将鱼群驱赶到渔网中，而渔民亦将鱼当作奖励送给它们。

短吻海豚与传统渔民互利共生的关系使我感动。我之所以担任保护海豚的志愿者，也是为了避免海豚受到更多的伤害或受到失去栖息地的威胁。我真的为海豚的命运感到忧伤，也为我力量的有限而内疚。所以，我一直想为保护海豚做点儿事。

终于，我有了这样一次机会。在离沙滩约 20 米的海面上，一条体长 3 米、重约 300 斤的受伤了的短吻海豚随着海浪一起一伏，奄奄一息。根据伤情推测，一定是曾有人猎杀海豚，海豚拼命逃走后，终因伤势过重而搁浅岸边。我和队员赶到后，随即对海豚进行了治疗，在进行消炎缝合伤口后，又用船将其拖至海上。

我守护了它三天，亲自往它嘴里送小鱼，直到它恢复体力，我又帮助它游回了深海。海豚游过一段距离以，回过头来看着我，我再次挥手与它告别后，它才恋恋不舍地向深海游去。我立刻领会了，海豚是有灵性的，也是懂感情的动物。我竟一时哽咽，一阵酸楚涌上心头。

在一次海上的遭遇战中，我们的小船与不明国籍的猎杀海豚的大吨位船发生了碰撞，也出现了激烈的枪战。我用自动步枪准确击毙了几个敌人，但是，我们的船也被手榴弹炸坏，我也不幸被手榴弹弹片击中了腹部。我们的船沉入了大海，我因为流血过多，只能拼命地保持着身体不下沉。海浪时而把我抛向浪尖，时而将我拍打在海面下。渐渐地，我感到体力不支，精神开始出现恍惚。

海上的血腥气引来了一群鲨鱼。鲨鱼的嗅觉非常灵敏，可以在 2 公里内嗅到血的味道，并只需 3 秒钟就能捕杀落水之人。

我在隐隐约约中已经察觉有人正被鲨鱼攻击，周边发出了令人毛骨悚然的叫喊声。我意识到危险正在渐渐向我逼近，迅速用手帕将腹部的伤口塞住。尽管痛得我几乎昏死过去，但是我知道这是值得的。我之所以这样做，是防止流失的血液引来更凶猛的鲨鱼。

我再向岸边望去，几公里以外的海岸是那样遥不可及，这意味着死神即将来临。这时，我只有一个念头：不能昏过去，拼死也要坚持往海岸方向游。然而，流血过多，风急浪大，终于因体力不支，我被一个大浪打入海底，顿时失去了知觉。

当恢复意识的时候，我突然发现，我的身体被意外地托起在海面上，而下面托起我的物体游速在不断加快。开始我以为是遭到鲨鱼攻击，但是很快否定了这个判断，因为托起我游动的巨大身躯并没有一点要伤害我的迹象。

正在我感到意外的时候，我体下的身躯又将我移植到它的背上，它更快速地游动起来。我终于认出它来了，原来它就是我曾经救过的短吻海豚。它发现我正处在危险之中，于是不顾鲨鱼的威胁，把我从海底救起，顶出水面，离开了鲨鱼杀戮的危险区。

我不敢相信眼前这一切是真的，当我用手抚摸海豚那光滑的皮肤时，才确信眼前所发生的一切。

我感叹这个世界的丰富多样性，也为世上动物的感恩行动感到异常兴奋。我伏在海豚背上，一边抚摸一边亲吻那只海豚光滑的身躯。

短吻海豚将我送至浅滩，因为浅滩已经使它不能再往前游了。我下来抱住海豚，亲吻着、爱抚着，表达着我深切的感激之情。

海豚受不了浅滩搁浅的痛苦，身体左右摇摆着。于是，我帮助海豚退回到深水区，目送它慢慢向深水区游走后，我也不管海豚能否听懂，不舍地高声大喊："谢谢你，短吻海豚！我爱你，多保重！"

我极度衰弱的身体已经坚持到了极限，送走海豚后，我就一头扎倒在海滩上昏死过去。

事后我才知道，是波洛村里的迪雅克人救了我。

刀挑土著王

我在波洛村醒来时，天已经黑了。

村里人知道我是为保护海豚受伤的，都把我当作贵宾来看待。六七十个人挤在我周围，我第一次像一个展览出来的奇怪动物，坐在那里接受公众的询问和目光。

我这才知道，我们的船只被撞坏，沉入了大海，人员也死伤了大半。

我只好暂时留在当地养伤。另一个原因是，我不忍心离救护我的短吻海豚太远。于是，我就被安排到附近一个迪雅克人的油棕园住了下来。

迪雅克人与马来人的血统比较接近，他们皮肤的颜色都是黄褐色或者红褐色的。他们有笔直乌黑的头发，少须或无须；鼻子非常小而且平，高颧骨。然而，迪雅克人比马来人高，比欧洲人矮，体型比例很好，只是手脚均较小。他们的道德品质要比马来人好，诚实淳朴，活跃健谈，正直磊落。

迪雅克人的妇女很少会生三四个或更多的孩子。她们通常整天在地里劳作，晚上要走好几里的崎岖山路运送大量的蔬菜和柴火。每天晚上还必须花一个多小时来用沉重的木柱舂米，这需要使上全身的劲儿。

迪雅克青年人的装束是很长的腰衣，从前后披挂下来。布料是蓝色的棉布，布片的末端是红、蓝、白色的宽条纹。头上戴的是红色带有金色花边头巾，有月形扁平铜饰，很沉的黑色珠子项链，手臂上和腿上套着一圈圈的铜镯，还有白贝壳做成的手镯。而一个小袋和细长的刀，成了他们日常装束的必备物品。

女人们从胳膊到膝盖、大脚踝都挂满着铜饰，裙子上系着深红色的精致藤环，再下面是很多铜质丝环，以及一小串银币。她们头上戴着没有顶的圆锥形的帽子。由藤条制成的环形骨架装饰着各色的珠子，构成一个很奇特但并不美观的头饰。

晚上，园主奥朗卡盛装来拜访我。他穿着一件靓丽的天鹅绒夹克，但是没有穿裤子。他搬出米酒给我喝，然后请我欣赏他们的舞蹈。八个身强力壮的青年敲打着震耳欲聋的锣，女人们尽兴地跳着舞蹈。夜深了，我的身体终于支撑不住，晕了过去，园主这才马上将我安排到茅屋休息。

在园主的照料下，我的身体恢复得很快。

迪雅克族人很讲文明。在他们的村寨里，每棵树都有自己的主人。我经常遇到的这样的事情：在一棵果树下，如果我请求一个当地居民给我摘一些水果，他们的回答往往是，我不能这样做，因为他的主人不在。至于暴力犯罪在这里几乎是闻所未闻。他们对饮食很节制，不像马来人那样，对肉食十分沉迷。

他们种植粮食，然后用剩余的粮食去交换铜锣、瓶罐，以及其他装饰品等象征财富的东西。

我天天在油棕园中漫步，或经常徜徉于海边，朝思暮想与我那知心的海豚相见。

一个月后，我终于能够驾驶渔船了。我约上一位年轻人，迫不及待地登上了一艘30英尺长的小船，向大海驶去。迪雅克人用船桨迅速而灵巧地将船向前推进，我企盼的眼神急切地不停地在海面上搜索着。

就在我们曾经海战过的区域，心爱的短吻海豚果然出现了。它像久别相逢的亲人，在我的船边翻腾跳跃，不时喷出一股水柱，那兴奋和喜悦不言而喻。

我高兴得大声喊叫着立刻跳到海里，与短吻海豚亲热地拥抱嬉戏起来。我让船上的迪雅克年轻人将准备好的小鱼扔到海豚的嘴里，让它饱餐之后，我骑到了海豚的背上游玩起来。

我一扫一个多月来布满心头的阴霾，心情像晴朗的天空一样透明清爽。一晃两个月过去了。我与短吻海豚像恋人一样不离不弃。

与短吻海豚的相约相会，成了我生活的重要组成部分，即使是刮风下雨也不能阻止我们相见。我训练短吻海豚学会了空中接救生圈，教会了它顶球。我们配合默契的游戏，引起了迪雅克人的极大兴趣。他们每天纷纷前来围观，更加相信海豚是有灵性的，甚至为海豚祈祷祝福。

好景不长。婆罗洲所居住的迪雅克人经常受到附近岛屿一个土著的骚扰。据说土著酋长家大房子的阳台上有十几个装满了干燥的人头骨的大篮子，这是土著掠夺迪雅克人的战利品，甚至里面还装有人体残骸，有眼睛、耳朵、脚趾尖。有人到过那里，到处都能闻到一股令人作呕的怪味。

酋长喜欢这些人的残骸，这些残骸是作为纪念品留下来的。

最近，他们听说迪雅克人这片海域出现了一条具有灵性的海豚，会表演、通人气，便有了独霸海豚之心。一天，他们在短吻海豚出现的海域布下了大大的一圈网，将海豚围在其中。正在他们准备起网捕获短吻海豚的时候，被迪雅克人发现了。迪雅克人割破了土著人的网，救出了海豚。

一连数日，我与迪雅克人在海上日夜守护，使得土著人没有机会下手，这更加激怒了土著人。一次，他们在捕捉海豚时，杀了两名迪雅克人，用铁索枪击中了那只海豚的头部，拉至岸边的时候海豚不幸死去。土著人便剥皮取肉，将短吻海豚当成美食享用了。

知道了这个消息后，我如五雷轰顶。我发誓，不取了土著王的性命誓不为人。我不想再牵连善良的迪雅克人，也没有透露出一点复仇的动机，只是默默告别了园主，带上一把战刀，划船出海，偷偷登上了土著人的海岛。

上岛后我发现，岛上到处都是陷阱。陷阱用树枝和树叶小心地掩盖在上面，隐藏得很好，以至我几次差点掉下去。陷阱被做成铁炉子的形状，底部比顶部宽一些，15 至 20 英尺深。如果有人掉到里面，不可能凭借自己的力量出来。陷阱底部还有尖尖的竹木桩，许多登岛者就因掉在陷阱里而死。

为了谨慎行事，我悄悄躲藏在隐蔽处等待。一直等到有当地人出来，再按照他的行走路线继续前进。土著人住在海岛上的古城里，古城有两处高高的废墟城门。

古城有着极其完美的砌砖技术，四角很尖，棱角分明，而且砌得非常精确，砖与砖之间几乎看不到缝隙。砖面上有大量的粗体投影和精致的浇铸花纹。城门的许多处还悬挂着人头骨，作为装饰品与胜利者的标志。

进入古城门后，眼前房舍上一些美丽的图案和精刻的石雕映入了我的眼帘。上面描绘的是印度女神德迦，她有八只胳膊，站在一头跪着的牛背上。她下面的一只右手抓住牛尾巴，一只左手抓住俘虏雕兹·马喜库索的头发。女神的其他三只右手分别拿着一把双钩、一柄阔剑和一根绳索；其他三只左手各拿着一串佛珠、一张弓和一面令旗。为了尽快找到土著王，我先选择岛上最繁华的地点、最富贵的房子进行侦查。为了确认土著王住的位置和确认土著王本人，我静观了三天。在人们顶礼膜拜、出入最频繁的一所大殿里，我确定了攻击的目标，只待夜晚最佳的进攻时机来临。

晚上，我偷偷潜入土著王府的房顶。土著王并没有早早入睡，而是让佣人送进来一名年轻女子，更衣后便开始了云雨之事。我趁他们欢爱之际伺机钻进室内，由于室内空旷毫无遮掩，我便迅速爬上了房梁，准备寻机下手。

哪知道，土著王的房梁上暗藏了几条印度环蛇。这是毒性最大的一种蛇，皮肤呈深灰色，所以晚上很难被人发现。我对这一招毫无防备，一下就被环蛇咬伤了。开始我还在坚持，但是渐渐觉得眼前一片恍惚，顿时失去知觉，从房梁上掉落下来。

被惊吓的土著王发觉是有人行刺。于是，他大声疾呼唤来随从，立即将我五花大绑起来。为了弄清我的身份，他们立即喂我吃了解药。土著王死里逃生后不禁大怒，几经审问我是干什么的，为什么在三更半夜偷进他的室内。尽管他们对我严刑拷打，我还是一言不发。土著王气得令手下将我吊起，又是一顿鞭挞，打昏过后泼盆凉水，接着再打。

这时，有人认出我就是那个驯化海豚的人，土著王这才明白了我此行的目的是来复仇的。这更使他狂怒不已，下令将我马上剥皮开膛，取我的心肝下酒。

我被迅速剥光了衣服，结结实实地捆在木立柱上，只待开膛问斩。

土著王依照他们的习俗，先是进行了祈祷、祭拜了天地。刽子手将刀磨得飞快，只等土著王下令开斩。

这个土著族是食人族。他们吃过被杀死的敌人，也吃过本族里被人仇杀的人，只是不吃病死的人。他们深信，吃人肉的同时也延续了这个人的灵魂，吃人是为了增加自己的灵魂。每次战斗胜利后，他们就举行全村大会，在院子里点起熊熊大火，在火堆旁跳裸体舞。人的尸体就被缚在一根棒上架在火上烤，烤熟后切成块，分给每一个人一块肉。

土著酋长和男巫得到的是人的手和脚，他们认为一个人的精华在于手和脚，这才是最好的肉。因为他们很喜欢吃人肉，仇杀的机会就很自然地多了起来，头人有时会很轻率地发动和外族的战斗。

由于杀人过多，食人族的数量很快锐减。他们90%以上是被敌人杀死的，死后被拖回来，被自己的人吃掉。

我回忆起几次死里逃生、大难不死的经历，期待有机会再脱险。但是，怎么期待也不见机会的到来。眼见酋长下达了命令，刽子手高高举起了刀向我逼来。我闭上了眼睛，守候着生命的最后时刻。

但是，却久久不见行刑。我睁开眼睛，看见巫师正在酋长耳边私语，刽子手也停到了一边等候。这时，土著起身来到我身旁。他目不转睛地凝视了我几分钟，目光中充满了无限杀机。周围出奇的宁静，土著王像个幽灵，握着我的手贪婪地看着。

我心里一惊：要知道，现在我是独自一个人和一个喜欢吃人的强者面对面站着呀！但我马上意识到必须镇定，于是我装作满不在乎的样子问："请大人，你经常吃人，那么请问，人的身体哪部分最好吃呀？"

土著王把我的手拿到鼻子前嗅了又嗅，说："喏，最好吃的当然就是这手掌了。还有，最好吃的就是你们黄种人的心和肝。"说到这里，土著王把我的手一甩说："不过你别害怕，我暂时还不打算杀你，但是我不能就这么放你走！我们现在来做一笔交易怎么样？"

我大义凛然地说："既然落在你手里，要杀要剐随你的便。"

土著王接着拿出一条噬心虫，走到我的面前说："你知道这是什么吗？这是一条噬心虫。我要是把它放进你的身体里，那就有意思极了。"

我见噬心虫有筷子那样长，看了就让人恶心。但是，我仍大义凛然地说："既然落在你的手里，你就随便吧。"

土著王说："只要这家伙钻进你的身体里，就会在你的体内吞噬你的内脏，很快就会把你咬死。"

我知道土著王已经改变了杀我的主意，预料我今天可以躲过一劫，我就不再理会他了。不出所料，不一会儿，土著人将我解下立柱，又给我戴上粗粗的铁锁链，把我押进了大牢。后来我才知道，他们留下我的命，是为了让我帮助他们驯化更多的海豚，给他们开辟一条新的发财之路。这倒使我有了时间寻找脱身和报仇的机会。

第二天，土著人开始和我谈判，他们说可以保证不杀我，条件是要求我为他们驯化海豚。我想了想，既然在低檐下，就不得不低头。于是，我暂时答应了下来，以便寻找机会逃走。

土著到底还是放心不下，每天让我戴着手铐脚镣，并随时有人监视着我。

七个月后，第一批驯化的海豚已经熟练掌握了接救生圈、顶气球等技能。土著王一高兴，就急于寻找买主，邀请了一批客商前来观看海豚表演。

我戴着手铐脚镣，为客商进行驯化海豚的表演。我事先瞄准了几个目标，等待着机会的到来。

在接近一位欧洲客商的时候，我将一个事先准备好的纸团塞在他的手中。我在事先写好的纸条中，请求他在英国帮我找到威廉，想办法前来搭救我。

那个客商明白我的处境，只是默契地向我点点头。等他与土著王达成了交易，客商走了，我的心也就放下来了。我期待着威廉的到来，我相信威廉一定会来救我。

两个月以后，威廉果然带着船只和八个持有武器的侍卫来到了土著人的城堡，他用一笔重金将我赎了出来。就在船即将出发的时候，我告诉威廉，我忘记了一件重要的事情要办，请他们在船上等我一会儿。

我带枪持刀，重新返回到土著王的住所。土著王和手下正在盘点赎金，见到我突然到来，惊讶之际，我迅速上前一刀刺进土著王的心脏。随从们刚刚想反抗，我随手拔出枪来。他们见土著王已死，只好乖乖地退了下去。我让他们相互之间捆绑起来，捆绑起来之后，我才迅速退出，跑向了海岸。

我登上了威廉的船，然后默默地为死去的短吻海豚进行了一番祈祷，就乘船驶向了大海的深处。

智捕大猩猩

威廉的到来使我重获新生。为了报答他的相救之恩，我答应为他做点什么，并在他的船上留了下来。

威廉上次捕获了各类动植物标本，回英国以后发表了不少震惊世界的著作和论文，其中许多填补了世界研究的空白。所以，他在世界闻名遐迩，成了著名的生物科学家。这次他来，一是为了救我，二是早有进一步采猎稀有动物的计划。

我听说威廉又要采猎稀有动物，心中有些踌躇不安，面露难色地告诉他我已经参加了动物保护组织，不能再参与猎杀了。

威廉理解我的心情，他告诉我这次不猎杀动物，只取活体标本，以供进一步科学研究。我这才答应了他一同前往。

俄菲山脉在马六甲市东 50 英里的地方，我们的船只在这里进行了补给。我准备了大米、干鱼、白兰地、黄油和咖啡，然后又乘船前往婆罗洲的沙捞越镇。

这里有独特风格的石灰石山脉、煤矿和金矿，也有极为丰富的稀有动植物资源。在植物方面，我看见了一种阿诺尔特大花，这种花又名大王花，号称世界第一大花。这种寄生性植物有着植物世界最大的花朵，花朵能够长到直径 3 英尺。阿诺尔特大花肉质多，颜色五彩斑斓，上面的斑点使其看上去如青春期孩子的长满粉刺的脸。它具有刺激性腐臭气味，幸运的是，人们仅能在印尼地区的苏门答腊岛和婆罗洲发现这种寄生植物。这种花的中间有个洞，能够承起 6 或 7 夸脱的水。它无茎、无叶、无根。

在艾儿潘拉斯的路边，我看见了一只蝴蝶，是很大很美的新品种，前所未见。它正停留在一种食肉动物的粪便上，我捉到这只蝴蝶后，威廉大为惊喜。

我还用网捕捉了许多其他的蝴蝶。布鲁克巨蝶有很长的、尖尖的翅膀，在形体上和天蛾一样。它通常是天鹅绒般的深黑色，从翅膀的一端延伸着一条弯曲的带状的、闪耀着金属般绿色的斑点，每个斑点的形状都恰似一个小的三角形的羽毛。在深深的天鹅绒般的黑色的映衬下，那效果就像墨西哥咬鹃的一排翅膀安置在了黑天鹅绒上。它还有宽宽的、鲜艳的、深红色的颈圈，后面翅膀的外边缘部分有一些纤细的白色触角，这个物种是非常稀有的。

在婆罗洲，最令人惊奇的是一种大树蛙。它的趾头非常长，脚趾下面的末端是很大的蹼，伸展开的面积比身体的面积还大。它的前肢包着一层薄膜，身体能够膨胀得相当大。大树蛙的蹼是黑色的，并带有黄色的花边。当它的脚趾末端变成圆盘状支撑在那里的时候，就成为一只真正的树蛙了。它脚趾末端巨大的蹼只是用来游泳的，但是，在树上爬行也有吸附作用，并且成了飞翔的翅膀。

我的挂网起到了极大的作用。挂网挂在两棵大树之间。一大早，我便到挂网处检查，看见网上已经挂住不少飞鸟。

鸟类中最珍奇、最美丽的一种，被马来人称为雨信鸟。雨信鸟的大小如八哥一般，黑色到深酒红色羽毛，侧翼是白色条纹；嘴巴大而阔，上为纯钴蓝色，下为橙色，而眼睛的虹膜是祖母绿色的。另一种是东方咬鹃，深红色的后背，美丽的铅笔状翅膀，深红色的胸脯和身上缤纷的色彩形成极为鲜明的对比，非常美丽可爱。还有一种热带绿巨嘴鸟，它只吃水果，长得有点像小犀鸟，它有短直而刚硬的鸟嘴，头上和脖子上斑驳地点缀着明亮的蓝色和深红色的小斑。而绿色印度阔嘴鸟，长得倒像一只小的石公鸡，有着非常明亮的绿色，鸟翼上长着优美的黑色条纹。

我还看到一种不能行走的蜂鸟，你说有意思吧！你可别误解是蜂鸟没有脚，它们虽然有脚，但不能用脚来行走，因为它们的脚发育得太差了。这是因为它们的大部分时间都用在飞行上，很少用脚来行走，因此它们的脚得不到充分的锻炼。

我每天都会网住帅气的啄木鸟和快乐的翠鸟，绿棕相间的长着天鹅绒般红脸和绿色鸟嘴的杜鹃，胸前长着红色羽毛的鸽子，金色的蜜雀。它们被我分别装入鸟笼。看见它们没有受到伤害，我一直保持着一种愉悦的心态。

我们的船到了息曼准，这里是个海与河交界的地方。我们进入了河流以后，水流一下子改变了其先前的特征。这里的水流湍急，陡峭的河岸把河水死死地限制在了河床里面，在布满卵石、沙子、石头的河床上被船荡起阵阵涟漪，间或形成很小的瀑布和急流，并把精致的彩色卵石抛到了两岸。桨在这里已经派不上用场了，我们改用竹竿一点点使船上前推进。

突然，前面的两百米处，一场大猩猩与鳄鱼的战斗意外映入我们的眼帘。就在一群大猩猩到河边饮水的时候，潜藏在水下的鳄鱼立刻向大猩猩们发起了进攻。惊惶的大猩猩顿时乱了分寸，一只母猩猩怀中的小猩猩掉在了地上。

就在鳄鱼要吃小猩猩的一刹那，一只雄壮的大猩猩毫不畏惧地冲了上来。大猩猩的直立高度为4英尺多，手臂长度在7英尺左右。它巨大身躯的出现，暂时阻止了鳄鱼的进攻。

鳄鱼不得不重新调整进攻目标，准备向眼前凶悍的大猩猩挑战。而这只大猩猩不但不逃避，而且能够沉着应战，灵巧地躲过鳄鱼的攻击，寻找厮杀的机会。

一般而言，大猩猩在森林中是不会遭到其他动物攻击的，如果大蟒攻击大猩猩，大猩猩就会用手去抓住它猛咬，一会儿就把大蟒杀死了。在丛林中没有其他动物像大猩猩那么强壮，唯一与它搏斗过的动物也许就是鳄鱼了。鳄鱼知道，当丛林中没有果子时，大猩猩们就会到河边去寻找食物，岸边有许多嫩芽和果子。这时候，鳄鱼就企图抓住大猩猩。

鳄鱼的又一次进攻开始了，但是大猩猩异常灵巧地跳到鳄鱼的背上，手脚不停地撕打着鳄鱼。鳄鱼翻转了一下身体，打算用尾巴扫荡大猩猩，大猩猩却又一次准确地站到了鳄鱼的背上。大猩猩用两只长臂和强有力的大手掰开鳄鱼的大嘴，鳄鱼拼力地合上。大猩猩再一次掰开，鳄鱼就再一次合上。它们如此反复地较量、比拼着。

鳄鱼一次次的反击，消耗了大量的体力，而大猩猩却越战越勇。领教到大猩猩的强悍与凶狠后，明显处于劣势的鳄鱼决定放弃争斗，退回水里。大猩猩却不依不饶，截断了鳄鱼的退路。鳄鱼暂时停止了进攻，它在重新调整着体力。聪明的大猩猩却不给鳄鱼休息的机会，它再一次跳到鳄鱼的背上捶打着鳄鱼。鳄鱼被迫又张开大嘴，想在转身之际咬大猩猩。而大猩猩则瞄准时机，两手又分别抓住鳄鱼的上下腭，这回绝不再让它合拢了。

它们相互僵持着，比拼着力量。鳄鱼显然再次陷入被动，它唯一能够进攻的武器——大嘴被大猩猩操控着，半点也合拢不上。强悍的大猩猩已经占据了绝对的优势。它继续用力撕拉鳄鱼的嘴巴，直到把鳄鱼的喉咙彻底撕碎，然后把鳄鱼的嘴撕为两半，最后终于杀了鳄鱼。

由于我们的意外出现，猩猩群立刻离开河边，重新回到了树林里。我在河边遇见了那只险些葬身鳄鱼口的小猩猩，它脸朝下陷在了沼泽地中。

这只小猩猩大约有一英尺长，很显然它是在妈妈遭到袭击时从妈妈怀抱里掉落下来的，幸运的是小猩猩没有受伤。

我抱着小猩猩走到树林边，只听到沙沙的声音。我向上一看，就看到那只长着红色毛发的母猩猩用前肢攀着树枝缓慢地移动。它充满敌意地看着我，然后从一棵树移动到另一棵树。接着我又遇见了一只猩猩，它咆哮着暴怒地扔下树枝袭击我。我把小猩猩放在地上，想让大猩猩们把它领回去。但是，大猩猩没有再照料小猩猩，猩猩群很快消失在丛林中。

我把小猩猩带回住处，把它身上的淤泥洗干净以后，它开始大叫起来。看起来它相当的强壮和活跃，它是在想妈妈。小猩猩紧紧地抓着我的胳膊，以至我很难把它松开。它指头最后的关节已经习惯地向内弯曲，就像挂钩一样陷在我的肉里。刚开始时小猩猩还没长出一颗完整的牙齿，但是过了一些日子后，它就长出了两颗小牙来。我找了许多雌性动物来喂养它，但都是徒劳的。于是，我就不得不用一个软木塞上有洞的瓶子来灌它米汤。

连续几次之后，这只小猩猩就能够很好地吸吮食物了。我时不时把可可或者糖放入它的食物中，让食物有些营养。有意思的是，当我把手放在它的嘴边时，它就用力地吮吸着，双颊一动一动的，徒劳地想吮吸到乳汁。这样坚持了很久之后，它就会很生气地放弃，然后就像那些吸不到乳汁的婴儿那样，发出痛苦的叫声。

小猩猩平时很乖，十分像一个婴儿。它在被我抱着或者照料的时候，就表现出很安静的样子。但是当我不理它，把它放在一边的时候，它就会不停地哭叫。在开始的几个夜晚，它总哭闹个不停。我为它做了一个小小的摇篮，里面放上柔软的垫子。

不久我就发现，我不但要换洗这些垫子，而且要经常给它洗澡。当冰凉的水流过它的头部的时候，它的脸会因为被刺激而好笑地扭曲。它很喜欢有人抚摸，当我给它梳理毛发的时候，它相当高兴，静静地、乖乖地躺在那里，四肢舒展开来。

在萨东河流域较低的地区生活着大量的大猩猩。威廉请我一定为他捉到一只活体的大猩猩。于是，我开始想捕捉大猩猩的办法。

我在森林里发现一只大猩猩正在吃一种绿色的卵形水果。果肉是纯红色的，如同包裹着豆蔻肉一样。而且那只大猩猩好像只吃果肉，它咬掉厚厚的外壳，噼噼啪啪吐了一地。大猩猩的食物有200多种，包括蚂蚁、白蚁、蛴螬、水果、花、种子、树皮、叶子，甚至一些树木的干纤维。

许多大猩猩在森林中悠然自得，看它们穿行是非常有趣的事。它们谨慎地沿着较大的枝干以半直立的姿势前进，它们的长臂短腿、四肢不成比例的分配让它们在走路的时候更多地使用指节，而不像我们人类那样使用手掌。它们总是挑选那些和邻近树枝有交叉的树枝，利用这些树枝，它延长胳膊，双手握住对面的主枝，使尽所有力气，然后从一根树枝荡到另一根树枝，接着继续前进。

大猩猩从来不跳起或者跃起，也从来不让自己显得匆忙。但是，它们能使自己达到人类在森林下奔跑的速度。它们轻而易举地爬到高高的树上，从较细的枝条上采摘果子和嫩叶儿，而不让枝条折断，还能够搜集树叶和枝条来垒窝。

我逐渐掌握了大猩猩的生活规律。大猩猩不到太阳升起、露珠晒干是不会离巢的。它们从中午开始进食，但是很少连续两天回到一棵树上。由于我们出现的次数多了，它们看起来就不那么怕人了。

大猩猩常常是盯住我看好几分钟，然后慢条斯理地攀到邻近的树上。我从来没有看过两只完全成熟的雄性猩猩在一起，但是看过两只大猩猩陪着半大的小猩猩，有时候还能碰到三四只成群的小猩猩。

它们的食物基本上只有果子，偶尔有树叶、嫩芽以及嫩枝，它们好像比较喜欢尚未长熟的果子，有的很酸，有的苦涩，尤其是那些又红又大、有着肉质假皮的、看起来味道很好的果子，有时候它们只吃一个很大的果子里面的种子，常常是破坏的远远多于吃掉的。

我原来设想在空地上或者是在河边捕捉大猩猩，但是，我的设想落了空，因为它们是从来不穿过空地去采摘果子的。它们吃榴梿的时候，居然在树上就能撕开包在果子外面很厚而且长满硬刺的外皮。它们也很少到地面来，除非迫于饥饿要到河边寻找嫩芽吃，或者由于天气干燥不得不寻找水源，它们才会下来。通常它们能够在树叶的空腹中找到足够的水分。然而，自从我们来到了之后，它们就再也不到河边饮水了。

一天，我发现一只长着白胡须的黑猩猩，蹲在一个红黏土小丘边的白蚁巢旁，聚精会神地把一根长长的茅草伸进白蚁洞里，又慢慢地就把它拉出来，舔食爬在草上的白蚁。草叶折弯了，大猩猩就把它丢到一旁，又从附近的野藤上折下另一根枝条，它用手迅速一撸，就把枝条上的叶子扯掉了，接着又用牙齿把它的一头咬断，用嘴把它舔湿，然后又把它制作的这个新工具伸进洞里去钓食白蚁。

我慢慢接近了黑猩猩，六十米，五十米……我耐心而有效地缩短着和大猩猩的距离。然而，它的耳朵太灵了，不管我怎样屏住呼吸，小心翼翼地向它靠近，大猩猩最终还是跑得无影无踪。

我终于发现了大猩猩的巢穴，晚上我就宿营在了大猩猩的巢穴旁。但是，这里的夜晚很不安全，最大的危险是夜间出动采猎的毒蛇。锯鳞蝰蛇还好些，因为它在进攻前紧缩鳞甲会发出拉锯式的声音。而圆斑蝰蛇却不发出任何声音，遇见人不但从来不退缩逃跑，而且会向你一次次地发动进攻。它可以一口置人于死地，并且还会像眼镜蛇一样科学地控制毒液的释放量。所以，我几乎是一夜未睡。

东方发白，鸟儿开始欢快地鸣唱起来，森林里充满一派恬静而清新的气氛。我知道，露水一干，大猩猩就要醒来了。于是，我站在了大猩猩巢穴的树下。大猩猩们陆续睁开了惺忪的睡眼，它们一眼就瞧见了我。

我直看着大猩猩，动也不动。此刻，大猩猩们看着我，发现我并没有敌意，就既没有扑上来，也没有逃走。

经过两个多月的接触，我和大猩猩的关系越来越融洽了。我把香蕉放在大猩猩够得着的地方，大猩猩为了得到这些香蕉，便来到我的身边。我了解到，大猩猩所吃的果实有100多种，但是因为它们需要补充蛋白质等多种营养，所以才非常喜欢吃白蚁。为了讨好大猩猩，我常常把树干上的白蚁窝掏出来送给它们吃。大猩猩不愧是与人类最接近的生物，不仅聪明，而且知道使用石块做工具。当我送给它藏有白蚁窝的木块时，它用石块将白蚁窝再次砸碎，这样白蚁就露了出来。潜藏在木缝里面的白蚁不好捉，大猩猩就用右手拿白蚁窝向左手的手心上磕打，被震动出来的白蚁就被它送进了嘴里。渐渐地，大猩猩不再警惕和防范我了。

大猩猩们喜欢群居，甚至在我的面前也彼此梳理着皮毛。大猩猩群的首领是个凶悍的大家伙，在它身边还有它的心腹和帮凶。它常常以大吼、猛扑、摇晃树枝、敲击响物等手段恫吓和征服别的大猩猩，有时还借助兄弟、帮凶的力量来达到目的。

一次，我发现大猩猩也会攻击它们的同类。它们会有组织地攻击另一群体的大猩猩，杀死对方的幼崽，并且生吞活剥这些幼崽。它们还会集体去捕捉猴子和羚羊，凶残地杀死并吃掉它们。我成功地使这批大猩猩熟悉并认同了我。我们之间逐渐有了一种和睦的关系，尤其是作为首领的大猩猩，和我的关系格外密切。

后来，我和大猩猩的首领成了莫逆之交。只要我一个口哨，大猩猩就会跑到我的面前。

我发现了一棵巨大的无花果树。我吹着口哨，将大猩猩群引至果树下，大猩猩们狂喜得好像中了大奖一样。许多大猩猩攀到树顶摇晃起来，使许多无花果果实落在地上。大猩猩首领在地上挑选着熟透的无花果，吃得无比惬意。我找到好果子递给它，它也不客气地伸出了手，用拇指和手掌夹住果子放进嘴里。

我回到住宿地时，大猩猩同样毫不客气地跟我进了屋，就像是到了自己家一样随便。

我看时机已经成熟，就与威廉谈好条件，让他一定把大猩猩顺利带回英国，并照顾好我这个朋友，绝不能亏待了它，威廉完全答应了下来。同时，我还捕获了许多珍贵的动物，有爪哇猴、黑色的天狗猴，以及长鼻猴。长鼻猴个头只有三岁小孩子那么高，尾巴很长，鼻子很有肉感而且很长。

威廉终于完成了他的预订计划。这又是一次丰硕的收获，足可以让他再次在科学界大出风头了。

当我们的船只返回到马六甲海峡的时候，我感染了疟疾，急需治疗。威廉又给我留下了一笔丰厚的金钱，才与我分手。

夜半毁尸案

我的疟疾不容轻视，身体大量脱水，高烧不退。因此，我不得不留在了马六甲的医院进行治疗。

疟疾是高危传染病，死亡率非常高，俗称“冷热病”、“打摆子”，主要是受到蚊子叮咬而引起的。我得了疟疾后浑身发冷发抖，面色苍白，口唇与指甲发紫，脉搏快而有力。发冷停止后，继而又是高热，面色潮红，全身酸痛，口渴，皮肤干热，接着就又是全身大汗，体温骤然下降至正常，然后顿觉轻松。症状如此反复性地发作。

我的邻床也是一位重型疟疾患者，反复发作后已经出现脾脏明显肿大以及严重贫血的症状，生命垂危。医院下达了病危通知书，家属也做好了后事的准备。

就在我进入病房的第二天晚上，那个病人就死了，被送进了太平间。

疟疾分为几种：间日疟隔天发作一次；三日疟三日发作一次；恶性疟不规则。我得的疟疾是间日疟，所以，其中有一天的高烧病情不发作。

第二天，我没有发烧的征兆。这时候，我看到昨天的死亡家属气急败坏地找医院投诉，称放在太平间的病人的心脏被人挖走了，于是向警方报了案。

医院也觉得蹊跷，但是既然报了案就只好靠警方破案了。就在当天晚上，太平间的另一具尸体也被挖走了心脏。警方在医院外围布置的警力却没有发现蛛丝马迹。由于医院没有安装红外线监控系统，所以没有任何凶手留下任何的痕迹。

太平间破尸案在社会上掀起了轩然大波。新闻媒体纷纷报道了这件事，住院的患者及家属都感到了极大的恐慌。病人们纷纷转到了其他医院医治，一时人走楼空，使这家医院的效益大受影响。

院长和医生们也一筹莫展，毫无办法。

我一时无处可去，又没有亲朋好友可以投靠，加上病情没有治愈，所以，只能在这个医院一直住了下来。

病人没有了，太平间也变得空空荡荡。被破尸的尸体也被转移到了警局单独保存起来。一段时间过去了，警方一直没有找到破案线索，警察也就撤走了。

可是没过多久，此地爆发了一场大规模的疟疾传染。病人越来越多，不得不又转入到这家医院，当然，死亡的病例也开始出现。

就在太平间出现了死尸的当天晚上，又发生了一起破尸事件，死尸再度被挖走了心脏。医院和警方再度紧张起来，布下了天罗地网。当地政府给警方下达了命令，规定限时破案。

由于我在这个医院接受治疗的时间比较长，所以对每个大夫都比较熟悉了。我的病情也逐渐趋于稳定，所以，我动了好奇之心，也想探探这个奇案。

就在破尸事件发生的第二天夜里，我悄悄做好了准备，想一探太平间破尸的秘密。我想，上半夜人们精力比较集中，所以凶手一般不会选择在上半夜出来作案。于是，半夜零点以后，我悄悄溜出了病房，观察起太平间周围的情况来。

这个太平间处在医院最偏僻的一角，是在楼房的地下室。这天夜里，阴云密布，凉风习习，除了急救室、重症监护室的灯光亮着以外，整个医院所有楼房的灯都已熄掉。

寂静的夜，除不时传来夜猫的几声叫声，还有风中的树叶发出的沙沙的声音，月亮不知道什么时候也躲进了浓密的云层里。我知道在医院的外围有警方的人在潜伏着。如果凶手从外面进入，很容易会被发现。如果凶手白天潜伏在医院的暗处，晚上再出来毁尸，也可能是一种有效的方法。

我来到了太平间的门前，发现太平间的门已经上了锁，这是破尸案件发生以后才加上去的。我看看没有什么异常，就回到了自己的病房。

早上五点，又一名重症监护室的患者经一夜抢救，最后不治而亡。被送进太平间以后，竟然全天平安无事。我想，难道凶手不是每日必来？或者我的活动引起了他的警觉？我反复思考：如果凶手是外面社会上的人，那么他的出入一定会被人发现；如果是医院内部的人，那么又为什么专门选择在晚上出动呢？再从尸体被破坏的程度看，只是不规则的刀割了尸体的心脏、肝脏，没有动别处。显然，这样做也不是为了倒卖人体器官。但这又是为什么呢？奇怪的是，在太平间内保存的尸体标本却一直很安全，没有遭到人为破坏，又是为什么呢？至于凶手的动机和目的，更是令人百思不得其解。

我想，我以患者的身份待在这里很方便，所以一定要探个究竟，把这个案件弄个水落石出。

下午开始，我提前睡足养好精神。晚上，我专门注意门前和通往地下室楼梯通道的动静。半夜 2 点，走廊出现了轻微的脚步声。尽管声音是那样的细微，还是被我捕捉到了。

我悄悄打开房门，发现一个身穿白大褂的大夫走进地下室，打开了太平间的门锁进入了太平间。因为是个女大夫，她的行动举止是那样的自然，不像是凶手，于是我松了一口气。大约过了一刻钟，女大夫出来了。她是两手空空走出来的，所以我更加确信她不是凶手。我也就回到病房了。

早上，死者家属又发现破尸之事，闹了起来。警方和院领导也来了。

奇怪的是，我发现昨天进入太平间的女大夫也赶来凑热闹。她脸上毫无表情，一点也没有表现出任何情绪波动，似乎此事与她毫不相干。

警方一一排查了谁去过太平间，结果没有任何人承认，也没有认定任何人。

我对这个女大夫产生了兴趣。我将她昨天晚上进入太平间的消息告诉了院长。

在院长的帮助下，我查阅了她的档案资料。她叫詹姆斯，是英国布莱顿及苏塞克斯医学院的硕士生，毕业后来到这家医院当医生。因为詹姆斯性格孤僻，不善于人际关系，所以未曾婚嫁。但是，她的医术很好，工作也非常尽职尽责，没有任何劣迹。最近，詹姆斯正忙于博士毕业论文，所以经常下班后也在医院里忙着。

我建议院长，由警方出面对当天的值班大夫都做个测谎仪测试，看看有什么反应。其结果令我大吃一惊，在测谎仪测试中，詹姆斯的心态平静如水，再正常不过了。如果说凶手就是詹姆斯的话，那么无论如何，测谎仪都会发现蛛丝马迹的。

詹姆斯的疑点被彻底排除了。我几乎被凶手高超的隐身术折服了。我决定继续蹲点，直到查出凶手。

又是连续几天扑了空，破尸现象也没有再发生。

在几天的平静之后，警方由于人力紧张，又抽回了警力。我却一如既往在蹲点，决心不破此案决不罢休。

三天后的夜里，我发现詹姆斯又去了太平间。我一直悄悄地盯着詹姆斯，发现她的眼神与白天大不相同，但行动仍像白天那样自如。我就偷偷在太平间外面看着詹姆斯的一举一动。

我看见詹姆斯走到藏尸柜面前，拉出一个储藏柜的尸体，然后从兜里掏出一把手术刀，割开尸体的胸部，挖出心脏。更加令我吃惊的是，她将心脏一块块送进自己的嘴里，木讷地吃了起来。詹姆斯吃完死者的心脏后，将装有尸体的储藏柜重新送入原位，然后把手术刀装入兜内，不慌不忙地步出太平间，锁上门锁，又返回了自己的宿舍，脱下衣服，安稳地入睡了。

我的心一惊。詹姆斯的举动会不会是梦游症？否则，怎么会眼神直勾勾的，动作如此僵硬呢？我又联想到她在测谎仪面前测出的参数，詹姆斯竟然如无事一样。这说明她对自己的梦游症一无所知。她白天的表现完全正常，到了夜里才是病态。

我把我的发现和判断与院长一说，院长马上松了一口气。他近来一直被破尸案件搅扰得寝食不安，这下子案件清楚了，不是刑事犯罪，他的院长的位置就可以保住了。

梦游症在医学上称“睡行症”。这类患者一般表现为在睡眠中眼睛突然凝视起来，但不看东西，然后下床行走，虽然周围漆黑一片，但患者一般不会碰到什么东西。梦游者眼睛是半开或全睁开的，走路姿势与平时一样，他们甚至还能进行一些复杂的活动。梦游时患者表情呆板，对他人的刺激基本上不作反应，也很难被强行唤醒。患者虽意识不清，但动作似乎是有目的的。发作后多能自如地回到床上继续睡觉。第二天早晨醒来，梦游者通常对晚间发生的事全然不知，完全遗忘。

梦游的方式五花八门，既有寻常的，也有离奇的。梦游行动的范围往往是梦游者平时最熟悉的环境以及经常反复做的动作。

詹姆斯现在还被蒙在鼓里，她不知道自己的病情。

真是“踏破铁鞋无觅处，得来全不费功夫”。闹得满城风雨、骇人听闻的事情，就这样很简单地真相大白了。

院长和我商量，詹姆斯的事情不能跟她直说。一旦说了，她就会背上沉重的思想包袱，这样只会加重她的病情，反而起不到治疗的作用。

最好的办法只有把她调离这个工作环境，并且加以及时治疗，她才能很快康复。后来，院长将她安排在一个社区防疫站工作。没有接触死者的机会，她的病也就慢慢好了。

至于警方，我和院长商量，就让他们莫名其妙地把案件拖下去算了。不然，事情一旦向社会公布，媒体必然会大做文章，一定是个头条新闻，会在全世界掀起轩然大波，这样不仅保护不了詹姆斯，也会在社会上闹得沸沸扬扬。

等我的疟疾痊愈了，我也就悄悄离开了这家医院。

马六甲海盗

古老而独特的马六甲市挤在小河的两岸，狭窄的街道两旁都是商店和民宅，其中住着葡萄牙人的后裔，此外还有华裔。

我的房东有一个胡椒和棕儿茶种植园。紧邻的是一个很大的锡厂，雇用了上千的华工。

马六甲城原来就是个小渔村，15 世纪时建立了满剌加王国。1409 年郑和受中国皇帝派遣来到了马六甲。明朝皇帝把公主嫁给了巴里米叔，带来了 500 个奴仆。所以，马六甲人数最多的民族是遍布全国的华裔。他们现在仍然保持着原有的礼节、民族传统和语言。印度人、中国人、摩鹿加群岛及周边其他岛屿，比如班达岛、爪哇岛、苏门答腊岛、孟加拉群岛、卡鲁满德上的土著都在这里进行商品交易。这里的土著无论男女都十分谦恭，并且善于朗诵，喜欢反复吟唱各种韵律诗和爱情诗。

马六甲的土地主要来自于填海。渐渐地从农村发展成了城市。本土的马来人居于第二，他们的语言是混合商业用语。接下来是葡萄牙后裔——一个混血的、衰落的、不再尊贵的种族，但是他们仍然坚持使用母语，即使语法结构已经支离破碎。

经过多年颠沛流离的生活，我已经养成了坚毅、顽强、冒险与好动的性格。我没有财产、没有亲眷、没有朋友，也没有任何牵挂。所以，任何美食、美景、美人也羁绊不住我的脚步。

我尤其习惯在船上的那种流动的感觉。世界在变而我不变，我的眼睛随时都能领略到最新的世界、最新的影像。因此，我又应聘到葡萄牙人的一艘货船上，当了一名水手。

我们的船招募了一批船员后，就开往离印尼不足三十英里的一个基地。我们上岛后才得知，这是一个海盗的基地。

这个岛面积仅二十多平方英里。岛的周围遍布珊瑚礁，不识水路的人非但踏不上此岛，而且可能会丧生海底。这是个与世隔绝的地方，岛上的居民是强健的矮种黑人，仅存一百多人。海盗之所以不杀他们，无非是迷惑那些试图接近此岛的人。事实上海盗们是不允许任何外人上岛的。

前几年，印尼政府海军曾运来物品相赠，可海盗把物品留下，硬是不许政府军上岸。现代海盗已今非昔比。过去，他们气势汹汹地抢劫满载黄金的大帆船，现在，他们连 20 米长的缆绳都抢。现代海盗惯用的伎俩就是突袭登船，把船员扔进海里，然后驾船逃之夭夭。

一次，我们遇见塞浦路斯的一艘轮船停泊在港口。我们装扮成海盗的巡逻艇快速突然驶近该船。然而，船舷被锚钩钩住，一转眼工夫，几个手持武器的海盗就出现在船上。结果，船长和船员们被殴打了一顿，抢了他们的钱财后，海盗便消失在夜幕之中。

我在痛苦中思索，才刚刚摆脱了一个厄运，结果又陷入了一个罪恶的泥潭。我想逃走已经来不及了。这是个组织严密、警备森严的地方。海盗们掌握着先进的武器装备和快艇，甚至还有直升机，凭我个人的力量逃走简直比登天还难，只能留下来当上海盗。

海盗的组织成分复杂，来自全世界许多国家。他们当中有韩国的计划人员、印尼的凶手、缅甸的码头工人和黑市商人。海盗的强化训练开始了，开始时不过是游泳、潜水、泅渡、划船、驾驶快艇、使用枪支武器、投掷小型炸弹，施以水雷攻击等常规训练。而后的重要科目，首先是劫持小船。利用夜色，由两组海盗分乘两只小船，堵住一艘商船。方法是两船之间用结实的绳索相连，商船从两只小船中间驶过，船头顶住了绳子，两只小船自然被拉到大船边上。海盗向大船甲板抛出铁爪，然后顺着绳子爬上甲板，迅速控制驾驶台和船员，水手如果反抗就会被装进袋子里乱棍打死。接着是演练攻击和劫持大船。一般在演练前都有详细的计划，包括落实熟练的驾船者、劫持后接应的基地和可靠的情报。海盗还训练如何迅速切断商船同外界的联系，如何抢劫钱财货物和贵重设备，如何向绑架者的亲属索要赎金，如何使用各种武器，如何在成功打劫后挂上事先准备好的其他国旗，得手后迅速撤离等。

除了训练外，我们还参加了被劫持船只的改造。先是将船原来的烟囱颜色进行改变、改船名、修改船尾的船籍标识，甚至修改发动机的出厂编号，然后重新装备船员，伪造整套船舶文件。

海盗船上不但有机关枪、大量的炸药、枪支弹药、化学武器和一些毒药，每艘船还都配有电脑和圆盘卫星天线，可以与世界各地的基地联系。我们训练结束后便开始了一些小规模的实战，尝试劫持了一些渔船和小商船。频频得手之后，便开始了正式的海盗行动。

马六甲海峡位于马来半岛与苏门答腊岛之间，呈东南—西北走向，全长约一千公里，是沟通太平洋与印度洋的咽喉要道，通航过往海峡的船只每年达8万多艘，是世界最繁忙的海峡之一。亚洲、非洲、澳洲、欧洲的许多国家进口的石油和战略物资都要经过这里进出。

早在公元4世纪，阿拉伯人就把中国的丝绸、瓷器、香料运往罗马等欧洲国家。海峡由新加坡、马来西亚和印度尼西亚三国共同管辖其主要深水航道，但是由于三国海军的实力有限，国际合作有些问题，这就为海盗创造了生存条件和发财的巨大空间。

海峡处于赤道无风带，全年风平浪静的日子很多，非常有利于航行。但是海峡底质平坦，多为泥沙，水流平缓，容易发生淤积。水下有浅滩与沙洲，巨轮搁浅的事故时有发生。所以说，这是海盗发动劫持的最好地方。

海盗船昼伏夜出，经常多艘船一起行动。在打劫中，海盗们还不停地变换着船上的国旗。

有一艘装有 1 000 吨燃油的“莱德”号在苏门答腊水域被我们遇上，我们洗劫了所有船员之后，劫持了船长等 3 人，得到了 10 万美元的赎金。随后，又劫持了一艘装有铝锭的货轮，我们卖掉了铝锭，等 17 名船员付了赎金后才将他们放归。货船被我们改造后，被挂上了中美洲国家伯利兹的国旗。

海盗们往往会给这些被劫持的船重新上油漆，换个新的船名，伪造证件。在东南亚，为一艘船伪造证件要花五六千美元，但这绝对是划得来的投资，因为一条“黑船”通常能卖到 30 万美元。而且在利比里亚、巴拿马和洪都拉斯等国，让这样的船披上合法的外衣是易如反掌的事。

海盗基地头目与印尼海军的高层将领关系默契，早已靠金钱打通了关系。所以，我们这些海盗船经常白天是海军，晚上就变成了海盗。

我们劫船后，可以大摇大摆地来到印尼海域，然后慢慢洗劫。我们知道马来西亚海军经常为商船护航，所以就很少去马来西亚一带。然而我们在印尼港口则可以公开登陆，完全不受惩罚，甚至我们对印尼的船有时也不放过。印尼船主协会有四条拖轮被我们劫持，印尼海军知道后，也没有采取任何行动。因此我们基地的海盗更加猖獗，更加有恃无恐。

后来，海盗发展到向过往渔民张牙舞爪，索取 1 万令吉至 4 万令吉的保护费，就连联合国包租的船只在马六甲海峡经过也未能幸免。海盗的抢劫不断在升级，胃口和胆子也越来越大。

两个月后，一艘法国豪华游轮在安达曼海被海盗们劫持了。这艘豪华游轮上的乘客大都是世界各国的名流、知名导演和明星演员。他们将要参加在法国戛纳举办的每年一度的电影节。

海盗的情报非常准确。船从新加坡起航后的第二天夜里正好经过马六甲海峡。我随海盗们登上游轮后，大部分正在酣睡的人被我们强烈的碰撞声和叫喊声吵醒了。

手持 M－16 冲锋枪的海盗们出现在各个门口，一边踢门一边大叫：“出来，跟我们走!”船上乱作一团，枪声、叫骂声、哭喊声混合着闷雷般的波涛声，惊慌失措的游轮乘客东躲西藏，狼狈不堪。

乘客很快都被赶进了舞厅，像一群肥美的羔羊一样被赶到舞厅的一角。然后我们的人上去挨个地搜身，把戒指、项链、耳环、手镯、手表等统统撸下，甚至连乘客嘴里发现的金牙都不放过。

乘客被第一轮洗劫后，第二轮洗劫又开始了。男人们统统被带走，只剩下了女人。我立即意识到将要发生什么样的事情。

海盗这次劫持的目标是女人，尤其是漂亮女人。海盗们已如狂蜂般涌上去，兴奋得发狂，冲进人群抓住女明星们就狂抱乱吻。

我眼见一名海盗几下撕掉女人的衣服，两眼就要往外喷火。尽管女明星用牙咬，用脚踹，拼命要挣脱海盗，但是一切挣扎都无济于事，怎样努力都无法脱身。女人们除了嘶哑地喊叫，没有别的办法，一切都已既成事实。女人们被这群魔鬼残暴地蹂躏着，随后又被掳掠到各自的房间，继续施暴。

各个房间里的哭喊声不时传出来。我的眼泪模糊了眼睛，因为这里还有不少是中国人。我愧疚我不是个男子汉大丈夫！这么多不幸的同胞正在饱受磨难，而我却无能为力。

这时，除了满天的星斗和无边无际的海洋，没有任何过往船只通过。游轮的周围除了前面的那艘海盗船，听不到任何马达声。

抢劫和奸淫终于收场了。游轮被海盗带到了安达曼群岛中的另一个基地。所有乘客被赶下游轮，十几个人分成一组，用长绳连在一起坐上快艇，由五名海盗押送上海岛。

不出两个小时，游轮上的人都被他们送到了岛上。游轮和海盗船掉头又向远处驶去。乘客们被押在两间硕大无比的房屋里。

屋的周围竖立着很多根柱子，墙壁和屋顶全是用棕榈叶编成，外面是一片草地，草地后面是密不透风的椰林，不远处传来海浪拍岸的闷雷般的响声。

看来这个岛并不大，充其量也就是二十平方英里。房子周围并没有出现持枪监视的海盗，他们是在几棵大树上巧妙地搭建的一个小木棚里居高临下地监视着人们。

在那几十米的高处，岛上的一切都尽收眼底。海盗之所以丝毫用不着担心，放松管理，还有个原因，就是因为岛的周围遍布珊瑚礁，不识水路的人非但踏不上此岛，反而会丧生海底。而周围沼泽里的鳄鱼更是凶猛异常，别说人靠游泳躲不过鳄鱼的袭击，即使坐小船有时候也难免遭受群鳄的攻击。

海盗一边向这些绑票乘客的家眷索要赎金，一边强迫这些乘客干活。

岛上种了大片的罂粟。红的、白的、粉红色的各种绚丽多姿的罂粟花，把这小岛装饰得如同人间仙境，然而这里却是犯罪的天堂。

这个岛中间还有一个很大的毒品加工厂，专门加工海洛因然后运走，每次都有三四吨。生产海洛因需要化学药剂的配制，要在黄砒里加入乙醚、硝酸酐、三氯甲烷等，工序比较复杂。所以，药剂师是制作海洛因的关键人物，否则就生产不出合格的产品。

海盗们不仅心狠手辣，而且不择手段地抓来一个中国台湾人。他是个美国的化学博士，天天有专人看守，他被限制了人身自由。

岛上只有一条通向岸边的安全通道，其余的地方全是沼泽，里面布满了鳄鱼。而那条安全通道恰好被那个营地卡住，逃到那里的人就会被他们逮住，然后被丢进沼泽，活活喂了鳄鱼。

这里还在周边大量收购大烟膏，加工成海洛因。有的时候，海洛因供不应求，他们就把大烟加工成黄砒出售。海盗们还有一种生产方法，是将丙酮倒入提炼的咖啡中经过搅拌混合、过滤、烧干、雪白，使其纯度在99%以上，压成白块，上面印有“999”字样，重量分别为2公斤或者3公斤一块。

第二天，因有三个乘客的家眷不同意付高额赎金，乘客被撕了票，被海盗们抓走喂了鳄鱼，其中有一名还是中国台湾人。

接下来，每天有越来越多的人被撕票，也有人交够了赎金，然后被陆续接走。我私下联系了几位中国人，让他们做好逃脱的准备。因为中国在亚洲是个大国，海盗们对中国人有所忌惮，所以暂时还未敢轻举妄动。我告诉他们一旦有了机会，就会带领他们出逃。

机会终于来了。有一天，我得知晚上又有船来装运毒品，我立刻把消息通知给了那几个中国人。

夜里，我和几个海盗负责看押毒品。轮船停在离海岸不远处，需要先把毒品装到小船上运到轮船下，然后再吊上轮船。我安排那几个中国人到轮船上负责堆放毒品。到了甲板上，我不禁欣喜若狂，心脏都要跳出来了：甲板上竟然停放着一架小型云雀直升机！

我悄悄发出信号，让他们乘海盗不注意时躲进暗影，悄悄地靠近直升机。我大摇大摆地到了机身下，假装打量着直升机，发现并没有人注意，我便飞快地钻进座舱，让四个中国人悄悄爬了上来。

我飞快地启动了发动机，操纵驾驶杆强行起飞。飞机猛地一震，随后迅速地升上了天空。

这突如其来的行动，让海盗们措手不及。等他们发现是有人逃跑时，便大喊大叫起来。轮船上的探照灯光也在追逐着直升机，机关枪随后也响了起来。但是，我们已经逃出了有效射程。

我不断调整航向朝北飞去。我知道，飞离此地几十英里，即可到达新加坡政府军驻扎的岛屿。向他们求救是最快捷的，并且暂时藏身于新加坡也会安全一些，因为那里中国人很多。中国人交易市场里有几百个小店铺，而中国人通常都是胖胖的圆脸，外国人不好辨认。

我马上调整好直升机的无线电频率，发出紧急呼救信号。按正常速度，我预计十几分钟后就可以飞抵目的地。

可是就在这时，海盗基地亮起了一束耀眼的火焰，一团火光迅速向我的直升机方向飞来，是导弹！

我猛地抬起操纵杆，可是导弹的速度更快，我急忙打左方向，意在躲过导弹的袭击。但导弹还是击中了直升机的尾翼。直升机失去了平衡，像个无头苍蝇一样摇摆着。我强力控制着操作杆，尽力向新加坡的方向飞行，又将直升机降低高度，以减少人员紧急跳海时的危险性。直升机又飞行了十几分钟后，我开始焦躁不安，因为到现在还是没有发现陆地的影子。

我的心一下子凉了，刚逃出虎口，还是不能幸免坠入大海的噩运。我命令大家准备跳海，随之打开了直升机的舱门。

随着“跳”的命令发出，四个中国人跳了下去。我驾驶着摇摇欲坠的直升机又强行飞出了一段距离，看坠机也不会伤害到下面的人们了，我才弃机跳了下去。

直升机滑出一段距离后栽到了大海里面。我拼力向北方向游去，那几个中国人是否能够保命，我已经顾不得那么多了。游着游着，前面的天空中出现了两架海上巡逻直升机。原来，接到我的紧急求救信号后，新加坡警方出动了警力直升机到海面搜寻。

除了一个不会游泳溺水死亡外，我和另外三个中国人终于都得救了，我们被吊上了直升机。

就在这时，海盗的快艇也追到了事发地，当海盗们看到新加坡的海警直升机在场后，便没敢露面。绕了一圈后，掉头走了。

夜闯鳄鱼潭

在新加坡，那三个中国人为了报答我的救命之恩，打算帮助我办理回国手续，被我婉言谢绝了。原因是我了解到了国内的一些最新情况：一年内国务院总理、人大委员长和党中央主席相继去世。中央高层在北京的几个帮派骨干，被称为“四人帮”的正在被隔离审查。唐山还发生了特大地震，死了几十万人。

国内的形势还很不稳定，我预料此刻回国还不是时机。于是，我委托他们代我打听一下舒雅的下落，又顺便让他们给舒雅带了一封信。我记下他们的联络方式和地址后，就与他们在新加坡分手了。

新加坡很多的职员和商人都是来自马六甲的葡萄牙人。而来自西印度的克林族人以及阿拉伯人都信仰伊斯兰教。一些孟加拉人主要做马夫和洗衣人，其中极少数也成了值得尊重的帕西商人。此外，还有不少说爪哇语的水手、仆人和来自西里伯斯岛、巴厘岛以及其他马来群岛的商人。

港口经常停泊着许多来自欧洲国家的战舰和商船，以及大量的马来细长快速帆船和中国帆板。城市里有许多富丽堂皇的公共建筑和教堂，有伊斯兰教的清真寺，有印度教的寺庙，有中国的庙宇，有上等的欧洲人的宅院，有大量的货栈，有古怪而又古老的克林族人和中国人的集市，而市郊则是华人和马来人的小村庄。

住了几日以后，我发现新加坡地方太小，也不是我的久留之地。因为海盗的势力无孔不入，近在咫尺的新加坡，更是距离危险最近的地方。于是，我来到了马来西亚的首都吉隆坡。

马来西亚的国土面积比较大，华人也比较多。国宝是热带雨林，棕榈树占世界的一大半。还有锡矿、橡胶等，这些都是私有财产。棕榈树的果实可以榨油吃，无胆固醇，还可以用做化妆品、肥皂。马来西亚的国语只有语言而没有文字，是借用英语，官方语言为英语。马来西亚地多人少，房地产便宜，只要买房子，地就是你的，并颁发永久地照。

我入住了吉隆坡的一个五星级酒店，因为考虑到在这里居住比较安全。但是，几天后，我发现这里的人员更杂，难以提防。于是，我又转移到了云顶赌城。

马来西亚是个禁赌的国家，唯有云顶娱乐城例外，但是这里也只许接待外国游客，禁止本国居民参赌。

到云顶就意味着赌博，这里有亚洲第二大赌场。在云顶高原，白天我游湖览胜、漫步山林，或打球、骑马、游泳，领略自然风光；夜里可以去观光一下云顶高原的赌场。

云顶高原酒店赌场，以 1 800 米的高海拔让人惊叹。这里是世界上唯一一座云中的赌场，建在高高的山上，要坐空中索道才能上去。这里的整体装饰金黄夺目，共有 450 张赌桌，最多可容纳一千多人。

赌城的云顶酒店有 3 000 个房间，这还不算多，最大的是第一大酒店，一共有 6 118 个客房。酒店与“国际厅”、“马戏宫殿”、“蒙特卡罗厅”、“好莱坞厅”等赌厅相连。“国际厅”只有银卡以上的会员才能进入，而“贵宾厅”只有金卡会员才能进入。每个赌厅都有安全门，以防带有武器的人进入。

赌场采取会员制，会员来此是免费吃住的。我在赌场住了几天，因耐不住寂寞，晚上我又到吉隆坡去消磨时光。

我在一家著名的酒吧里喝酒，观察着周围人们的动静。突然，一个熟悉的脸孔在我眼前一闪，走到了前排一名缅甸军官的面前。他躬下身来向坐在那里的人低声耳语着什么，看来十分的机密。我突然想起来了，这个人就是缅甸掸邦的司令官萨姆。他亲自来吉隆坡，一定不仅为了消遣，而是有大事情，否则他是不会亲自前来的。

为了弄清萨姆吉隆坡之行的计划，我悄悄尾随着他游览了独立广场、皇宫、回教清真寺和黑风洞。尽管这里的风光景色独具一格，但对我已经失去了吸引力，我的目的是弄清萨姆的行动计划。

几天里我发现，萨姆除了有时住在大酒店，其他时候都住在一幢别墅庄园里。他与两个马来西亚女人住在这里，显然这是他的两个老婆，因为马来西亚的回民可以娶四个老婆。他总是每天晚上 7 点以后才带他的老婆们去外面吃饭。

我趁萨姆晚上出去吃饭的机会，偷偷摸进了他的住处。我躲过了门前侍卫的监视，翻墙进去。在萨姆的办公桌上，我发现了一封信，打开一看，只见上面写道：“武器交换在明天夜里 12 点，地点鳄鱼潭。”然后我又顺原路溜出了别墅庄园。

我连夜赶到鳄鱼潭，观察与熟悉着这里的地形。

这里的地形并不复杂，只是在一个孤岛与陆地相连的地方有两排木桩。木桩上面没有铺设木板和桥，人只有踩着木桩才能进入岛里面。

我再走近水面的时候一看，吃惊不小。水道里面挤满了大大小小的鳄鱼，有的张着大嘴，有的正在寻找猎物。鳄鱼听见岸上的动静，就寻声而来。它们一个个长着绿色硬鳞甲，尖尖的鳄鱼头在水波中时隐时现。这大群鳄鱼在迅速划水，嘶嘶的水声越来越响，充满无限的杀机。再看那些木桩，顶端露出水面只有将近一米。胆子小、不熟悉这里环境的人是根本不敢从上面经过的。

我这才明白了萨姆的交易为什么选择在这里接头。

趁着月光，我观察了一阵岛里面的情况，发现确实没有动静，于是就小心翼翼地踩着木桩进入了孤岛。我发现这里的木桩呈“之”字形排设，两根木桩之间正好是一步大小的距离，一共是 78 根木桩，木桩与木桩之间用绳索连接起来。

上到岛上，有一座用柱子和棕榈叶简单搭成的茅棚。

我进到茅屋，里面并没有人。看来这里只是接头的地点，而不是成交买卖的地点。看完地形，我就回到宾馆想着下一步的对策。

第二天傍晚，我提前来到鳄鱼潭，将两根木桩从根部锯掉一截。从外面根本看不出什么破绽，但是人一旦踩上去，就会使木桩失衡，人就会掉进水里。我还带了手枪和自制的毒箭，防备万一身份暴露后会引起的厮杀。我还特意准备了一条独木舟，藏匿在孤岛的后面以备得手后顺利逃脱。

夜里 11 点 40 分，我在孤岛外面的一角隐藏起来。

这时，我发现有两个人悄悄接近了孤岛。我看清了来人就是萨姆的贴身侍卫，手里提着皮箱，还有一个人端着枪，显然是他的同伙。

拿枪的人留守在孤岛外面，萨姆的侍卫开始进入孤岛，踏上了一根根木桩。我手持弓箭拉满了弦，瞄准了那个持枪人，一箭正中持枪人的喉咙，他马上无声地倒地。我再看萨姆的侍卫，在他走进了被破坏的木桩之上时，一下失去了平衡栽进了水里，立刻被一群凶猛的鳄鱼撕咬成了碎片。

我定睛一看，那只箱子也落入了水中。那群飞驶而来的鳄鱼，迅速奔向了那只箱子。游在前面的一只鳄鱼蹿出水面，抬头张口冲上来的一刹那间，我迅速将一把匕首向鳄鱼刺去，正好刺中鳄鱼的下颚。鳄鱼的大嘴拼命咬合，匕首穿透了它的嘴巴。

已经品尝过人体血腥的鳄鱼群，又一次嗅到了血腥，来不及分辨，其他的鳄鱼就咬住了受伤的鳄鱼。为了争取时间，我将事先准备好的几块牛肉扔向远离箱子另一边的水面。鳄鱼立刻扑了过去。我计算了一下我游泳的速度与鳄鱼群的距离，认为这个空当正好可以利用。于是我跳入水中迅速游到皮箱处，抓住皮箱马上向岸上游去。

鳄鱼被我这猛地一扑惊动了，马上向我追踪而来。我估计了一下眼前的处境，如果往岸上游，在浅滩处一定会被鳄鱼追上。

我游至木桩处，蹬住木桩先将皮箱扔到岸上，然后迅速翻身爬上木桩。随即追上来的鳄鱼用头猛地朝独木桩撞去，“咚”的一声，独木桩被撞断弹出好远。幸而我借助鳄鱼撞击的冲力，身体朝前一个木桩跳跃了过去。我顺利回到了岸上，将皮箱的水迹擦干，然后又换上了一套事先准备好的西装。

12 点将至，又有四个人来到了孤岛前面。我一看他们的装束就知道他们是来自中东伊斯兰国家的人。

我向前迎合着，介绍说我就是萨姆派来接应的人。为首的头目问我：“就你一个人吗?”我回答说：“是，东西我已经放在岛上并且恭候多时了。”说完，我就引领着这个头目走上了通往孤岛的木桩。

在两处危险的木桩处，我特意提醒他下面已经遭到破坏，让他像我一样迈过危险的木桩。我们一起来到了孤岛上，我拿出皮箱，在他面前打开。满满一箱的美钞，让中东人毫不怀疑。然后，他们向我交出来一个纸条，我看见上面写着“埋藏地点：黑风洞支洞，上行 300 米的猫耳洞中”。

在交谈中我了解到，他们这桩买卖原来是笔军火交易。这个中东人原来是叙利亚人，他通过军方买到了瑞典的先进导弹，为的是赚一笔大钱，于是他联系到了缅甸掸邦的司令官萨姆这个大买家。他们今天是在这里进行交换的。

叙利亚人只有在拿到这笔定金后，才能把武器藏匿的地址告诉缅甸掸邦的司令官萨姆。结果被我这个不速之客破了局，我的目的已经达到。乘其不备，我用一把尖刀毫无声息地割破了他的喉咙。我拿起皮箱，赶到独木舟上，划着船逃离了孤岛。

我预测，等候的那三个家伙见主人久久不下来，也许会登岛去探听情况，估计十有八九也成了鳄鱼们的美味大餐了。

我当夜赶到了黑风口，这里是马来西亚的印度人过节的地方。每当他们的节日到来，都会有上百万印度人聚集于此。女人们头顶着鲜牛奶来祭祀山神。进黑风洞要先登一百多个台阶。洞口设在半山腰上，洞里面很宽阔，可同时容纳几万人。但是，平时是没有人会在夜晚来到这里的。这里洞中有洞，主洞之外还有支洞。

我按照叙利亚人说的，找到了秘密藏匿武器的地点。打开一看，我惊呆了。这是瑞典 RBS70 便携短程防空导弹系统，发射架、瞄准装置、敌我识别装备和发射管中的导弹，一应俱全。

RBS70 系统采用波束导引瞄准半自动控制，目标探测可以通过目力中央搜索雷达完成。激光导向光束在导弹发射时激活，导弹尾部的激光探测装置会搜索引导光束。导弹携带的处理装置会通过电子马达进行必要的航线或弹道修正，而且有稳定的转向系统进行目标追踪。这种方式不需要导弹头部的寻找装置，从而可以避开干扰。

我左思右想，这些东西应该怎么处理才好呢？想了好久也拿不定主意。如果卖掉换钱，一般的人买不起，何况我现在已经有了这么多钱，几百万美金我一时也没有太大用处。如果这样的武器落到贩毒集团的手里，后果更是不堪设想。而如果流落到这个敌对国家手里，对中国又是一个极大的威胁。

虽然祖国这时还在搞阶级斗争，但是我也不愿意看到自己的祖国衰败，还是希望祖国能够停止内乱，恢复安定。我更盼望祖国强大，即使我永远回不到自己的祖国，也期望祖国能成为世界强国。想到这里我不再犹豫，连夜雇人将导弹系统装运拉出。

第二天，我匿名将几个木箱寄给了中国驻马来西亚大使馆。

两天后，我给中国大使馆打了电话，询问货物是否收到。确认收到后，我悬着的一颗心总算放了下来。

我没有告诉大使馆我的真实身份，只是表示，就算一个海外游子献给自己祖国的一份礼物吧。

曼谷跆拳道

几年时间里我，辗转了几个国家，但都是因为担心不安全，怕遭到报复而不能久居一地。

随着时间的流逝，我渐渐有了一种失落的感觉。每天居无定所，四海为家，我真想放弃每天漂泊的生活，拥有个完整的家。但是，至今没有舒雅的消息，所以我还是打消了这个念头。

思来想去，我最后还是打算选择在泰国居住。因为那里比较开放，是个旅游国度，许多国际银行和金融机构在曼谷都设立了区域总部。每年有多达两三百个各种国际会议在曼谷举行。城内设有联合国亚太经社委员会总部、世界银行、世界卫生组织、国际劳工组织以及 20 多个国际机构的区域办事处。曼谷还是世界佛教联谊会总部及国际亚洲理工学院的所在地。另外，曼谷也是贵金属和宝石的交易中心。

我自幼习武，要想做一个有关安身立命的营生，但当时又想莫不如做个与武术有关的生意。如果办个跆拳道馆，也许会得心应手。

于是我来到曼谷，首先考察了几个繁华的路段。曼谷下辖 24 个县、150 个区，主要部分在湄南河以东，共有六个主要工商业区，以挽叻区的是隆路最为繁荣，以王家田广场最大，以施乐姆街最为洋气，以中国城——华人街市场最为庞大繁华。曼谷华人街由三聘街、耀华力路、石龙军路三条街组成。

我最终在最繁华的挽叻区选择了一处商业街，买下了两层大开间的楼房，开设了一家跆拳道馆。

我之所以开设跆拳道馆，是因为我在许多国家曾经惹下不少麻烦，我又是中国人，如果开设中国武馆，就太过于暴露自己，无疑是给我的敌人彰显了我的身份和地点。

我招聘了一名韩国的跆拳道黑带九段教练和一名泰国的六段教练，便开始了跆拳道馆的生意。

渐渐地，我的跆拳道馆有了一大批长期稳固的客户。我一边管理，一边也学习着跆拳道。

由于我自幼习武，有中国功夫的底子，学习跆拳道自然是得心应手，跆拳道的知识、套路、力量和技术，以及实战技能都有突飞猛进的长进。我不仅学会了简单的前踢、旋踢、后踢、转身旋踢、后旋踢和跳后旋踢，而且连较难的技术和动作，如跳过障碍、破板等，我都完成得十分出色。

随着难度的加大，品势考核从一段至六段，什么高丽、金刚、太百、平原、十进、吉跆、春拳、汉水和一如，都被我全套掌握了。特别是我的摔投技术，如锁颈背摔和击打脊柱技术也是运用得炉火纯青。我的跆拳道功夫突飞猛进，就连韩国的九段教练也已经不是我的对手了。

跆拳道的致命弱点是忽略近距离格斗。跆拳道的技巧包括肘击和膝顶，虽然很多技术都囊括在里面了，但是其本质还是腿法为主，拳法为辅；以纵深腿法进攻为主。

各国的武术流派不同，特色也不同。我们中国格斗最本质的问题就是心理防护。中国人会练习气功，抗击打能力堪称变态。如果说生死相搏，不惜代价消灭对手，那么中国功夫才是真正派得上用场的。

在多次与高手的较量中，虽然跆拳道高手的速度快，配合着华丽的腿法，但是我发挥散打的摔法优势，和对手打近战，贴近了就摔倒对手。同时，我的腿法力量特别大，我经常用低鞭腿扫对方的腿。几次交手中，对方都因为腿受不了疼痛而服输称臣。

随着我们道馆生意越来越红火，我们的名声也越来越大。各路的武术高手前来拜访的有，前来寻衅滋事的也有。散打的、拳击的、空手道的、柔道的、摔跤的、西洋拳的、自由搏击的、跆拳道的高手经常往来于我的道馆。

树大招风，我预料与担心的事情终于还是发生了。

一向自认为神秘凶悍、在世界武坛霸主之争中打遍天下无敌手的泰拳，这回也终于露面了。泰拳道协会杀气腾腾地向我们发出了挑战书，说："如果跆拳道馆接受本次挑战，泰拳必将以 5：0 完胜跆拳道。"

对方约定十天后前来拜访并切磋武艺，提出 5 局制决定胜负，每局比赛必须打满 3 分钟。素有"旋风铁腿"、"魔锥"、"铜拳"、"龙肘"和"铁肘、钢膝、千金腿"之称的泰拳"五大天王"在泰国职业泰拳协会的带领下，组团向我们发出了挑战。

一时间，挑战赛在曼谷传为新闻，街头巷尾都知道了我们比武之事。各路记者也纷纷探营，要求采访，被我一概拒绝。

回避挑战就意味着跆拳道馆将宣布倒闭。于是，我决定迎接挑战。我们一边闭门研究比武方案，一边进行着紧张的备战。

多亏平时我对泰拳有一番研究，我与我的团队分析道：泰拳堪称格斗中的极品。泰拳师的决胜条件是技艺、气力、智谋及精神力量的总结合。其最高领域为机巧圆通，变化无常，而不局限于任何拳术技法或招数。它是一门独特、精深和完整的武学。如果追根溯源，泰拳实际上诞生于亚洲神秘的寺庙中，僧侣们将禅修与护卫技巧结合，发展出行之有效的武术路数。

可以说，中国功夫要对抗具有 500 年历史并自成一体的泰拳，也不是那么轻而易举的。尤其是这五位泰拳高手，代表了当今泰拳的最高实力，加在一起，他们共有近千场的比赛经验。而我们的跆拳道馆，还没有参加过任何比赛。如果是单纯地用跆拳道和散打对阵泰拳，要想取胜极为艰难，甚至可以说是天方夜谭。

我反复观看了泰拳高手实战的录像，其腿脚、膝盖、肘部等的击打力颇有杀伤力，其搏击对抗会相当酷烈，甚至会有生命的危险。我不敢有半点的懈怠。

为了取得这次比武的胜利，我跟道馆几个参赛选手详细分析了泰拳和跆拳道的特点：泰拳怕摔，跆拳道怕肘和膝。为了防范泰拳的“膝攻”，我们想了不少办法，加强了选手近身攻击的训练，其中不免传授了中国武术的精髓。我们夜以继日地苦练，融汇了各家武术之长，更加注重了实战的战术和战法。

临近比赛之前，我还最后总结出一点武功秘籍：速度就是力量。因为武林高手的出手速度都如蛇般迅捷。在高速摄影机拍下的镜头用正常速度播放，发现他们一分钟可出手一百多招，身手快得让人眼花缭乱。动物学家发现，眼镜蛇发动攻击时，速度是每秒钟 8 米到 10 米，行动快如闪电。我分析了泛美武术大赛金牌得主的录像，发现他出拳的速度相当于在 1 秒钟内跑过整个篮球场，即 1 秒钟超过 40 米，比眼镜蛇的出击速度快 4 倍。若以速度来说，猛蛇远远逊于武术高手。

而我学过的少林拳、咏春拳，恰恰给人最大的印象就是“招法快如闪电”及“手法之防护风雨而不透”了。少林拳和咏春拳不仅影响了到美国的特种部队，也成了世界学习的拳术。

中国拳术比较讲究技巧和技术，不和对手盲目斗力气，尤其咏春拳，拳快而防守紧密，移动迅速而灵活，注重刚柔并济，整体气力消耗量非常少。通过协调左右手的互搏，达到攻守兼备及守攻同期的效果，连续打击对手，不给对手留下任何余地。

咏春拳是利用正确的力量和正确的时间来打败对手的一种武术。它以中线为依据，以攻为守，连消带打，左右兼顾，来留去送，甩手直冲，以最短的距离和时间去进攻和防守，简单直接，把拳术发挥得淋漓尽致，朝面追形和中线理论将寸劲、短距离，发挥出无穷力量。所以，我把咏春拳的精华也贯彻到了我们的比赛竞技当中去。

同时，要想在跆拳道高手比赛中料敌于先，秘诀不在出拳的速度，而是心智运作的速度反应时间上，所以胜败就在眨眼之间。

泰拳生死擂

擂台比武如期而至，地点选择在了曼谷的体育馆。

比武惊动了整个泰国武术界，许多东南亚国家武术爱好者也蜂拥而至。

泰国历来拳风鼎盛，有人说，“十个男人，九个打拳”，尚武之风古今不渝。每当有寺庙盛会或重大庆典时，拳赛不仅为必备的节目，而且常被列为大会的压轴戏。泰国人常常以打拳、观拳、赌拳为乐，此风由来已久。古时候王侯供养武士，让他们角斗为戏，这和如今泰国拳迷热爱拳赛是出于同一种追求刺激的心理。

整个泰国许多参加赌拳的将这场比赛的赔率设为一比十，就是买泰拳一方胜的庄家赔一倍，买跆拳道一方胜的庄家赔十倍。

明白泰拳的人都知道，泰拳的真义是“至上拳术”，在泰国法律上，泰拳则属于一种赌博。拳师相斗，博取彩金，与斗鸡和斗鱼同属一类。所以，拳师竭力搏斗，置生死于度外，甚至以性命作为赌注。所以说，泰拳就是赌博，实战比武时生死难料，残酷至极。因此我们把此次比武当成了生命攸关的大事，一点不敢怠慢与轻视。

比武开始了。我们几个选手身披战袍上场，走进赛台，与泰拳选手们一起举行了祈祷仪式。在音乐声中，我们先双手合十向观众致礼，随后擂台旁的乐队鼓鸣笛响奏起了“出战歌”。这是泰国的乐曲。只见泰国拳师闻乐起舞向天祈祷，有的屈膝跪地埋首不动默默祈祷，有的向观众显示各种武姿，有的双手掩面无言呆立，有的双手合十举于额际围擂台而转。他们向天祈祷，向祖师祈祷，以求成功。整个仪式非常隆重。

比赛的第一场，是泰国的纳勒对阵我方的韩国教练。

纳勒已经在拳坛积30战不败的纪录，他身高1.75米，肌肉棱栗，肤色黝黑。其过人之处是连环腿踢，不仅劲猛无比屡屈强敌，而且特别擅用左腿飞扫。常一发数腿，专攻人的腰肾部，中击者必倒，故有“旋风铁腿”的称号。所有的泰拳选手为了将双腿练成钢筋铁骨，一天要对着香蕉树踢1 000次。而我方的韩国教练也是当今跆拳道界的一代名师，所向披靡。

比武一开始，纳勒用凌厉凶猛的平勾拳直击韩国教练的头部，想使之应声倒地。不过韩国教练及时作出调整，尽量不让纳勒的平勾拳和腿功发挥作用。教练采取贴身的摔法让纳勒乱了方寸。教练连续使用抱腿摔成功，纳勒的“下盘”不断受到攻击，吃尽了苦头。韩国教练完全控制了局面，最后竟把泰国拳手纳勒腾空举起，狠狠地摔向地板，最终凭借摔法上的明显优势领先泰拳。

第二场比赛是我方的学员蓬飞对阵“龙肘”乃柯莱。被誉为20世纪最伟大的拳坛高手的乃柯莱武艺卓绝，其超凡的成就，使其在长达25年的拳斗生涯中历经350战，无一次被对手击倒，其武艺之高可见。他擅长反肘招数，被拳评家认为是拳坛史上的绝诣。

以我方学员对阵这样的高手，这是我的有意安排。以蓬飞的功力自然不是乃柯莱的对手，但是防守功夫不至于击中要害、伤及身体。乃柯莱几次下狠手，虽然都被蓬飞及时躲闪而化险为夷，但是乃柯莱的膝盖进攻速度极快，这让蓬飞很难防范。最终蓬飞未能挽回劣势，不敌对手，被扔出擂台之外。

接下来的第三场和第四场，是泰国的“魔锥”、“铜拳”分别对我方的宝轩与开平。敌我双方仍然是各胜一局，打成平手。

第三场“魔锥”在快速进攻中显示出强者的勇猛，只听“咔嚓”一声，宝轩的身体如同被一头大象撞击了一般，猛然倒飞了出去。不过倒飞之中的宝轩却强行控制住身体，硬生生地用双脚站在地面上。但是，他刚刚站稳，又是“咔嚓”一声，宝轩的身体再一次被砸飞了出去。宝轩这一次却没有控制住自己的身体，“嘭”的一声摔倒在了地面上。

第四场泰方的“铜拳”与开平的对阵也极为激烈。一般人只要挨上“铜拳”的一拳，基本都是骨碎的命运。可是开平使用出来的招式不但那么简单和实用，而且也是招招毙命的最简单的攻击手段。“铜拳”震惊不已，甚至感觉到自己这多么年的拳法是不是垃圾？而且“铜拳”还发现，开平的记忆能力无比高超，对自己使用过的招式，他都可以完全记住甚至作出合理的防御和攻击，一拳一脚的出击也让“铜拳”感觉到巨大的压力。

最后，开平以微弱优势取胜，泰拳又丢了一分。

应该说，取得这样的成绩，已经标志着我们跆拳道馆的胜利。泰拳不可一世的5：0秒杀我们跆拳道馆的叫嚣已成泡影。

最后的决胜局是由我出场，对阵泰拳高手沙曼。

这又将比赛推向了一个新的高潮。解说员刚刚宣布完对阵人员的名单，赛场马上沸腾到了极点，叫喊声、锣鼓声震天响起。

沙曼在拳坛上威名赫赫，他不独在泰式擂台上称王，还是远东国际拳击冠军，雄霸最大型的重量级王席垂六载。他天赋左拳，最具神力，无坚不摧，故又有“雷霆”之誉。所遇对手，鲜有不被其左拳击昏者。他的“铁肘、钢膝、千金腿”被誉为泰拳的“三大撒手锏”，在擂台上曾令许多的功夫高手俯首称臣。他在国内已无敌手，南下星马西征缅甸，屡战皆胜，成就堪谓前无古人，力战国际名手，纵横活跃。

我与沙曼一上场，沙曼就杀气腾腾地向我扑来。

他知道这是决胜的一局，只能胜不能败。于是，他想用秒杀迅速将我置于死地。沙曼先是在进攻当中拳、肘、膝、腿连环并用，多次将我从擂台的这一边直接打到另一边。

面对沙曼的主动进攻，我以静制动，后发制人。在我和对手之间没有一步之遥的距离前，我是绝不会发出攻击的，但是我一旦瞅准漏洞，就是一阵反攻。

沙曼运用肘拳中的“战象交齿”与“流星入云”向我袭来，继而又屡用飞膝“撒网捕鸟”，泰拳中的108招数他都运用自如。

开始时由于比赛的经验不足，面对他的猛烈攻势我有些难以招架，连中数次拳脚。但是，我以咏春拳的108招式应对，见招拆招，用密集的手法有效地防护着。这就是咏春拳“挡四门”的原理，此“四门”之标准是高不过眉、宽不过两肩、低不过腿。正可谓咏春拳“手法之防护风雨而不透”了。

我在连连躲闪之中控制着节奏。沙曼在一片叫好助威声中气势倍增，使出浑身解数，不论投摔、反关节、跌扑、地战、飞击、头触、臀撞，他都运用纯熟。而我却表现得连连败退，被打得满场飞，看上去极其狼狈。沙曼越战越勇，甚至连戳眼、撩阴等毒招也频频使用。

沙曼步法灵活，一记左拳把我击到擂台边，其后一个转身的后蹬腿又踢中我的腰部。跆拳道的后旋踢力道超过1 500磅，如果是一般人，足以被摧筋断骨。但这还算不上踢技中的王道。我虽处于弱势连连躲闪，但凭借我的功力，沙曼还不能对我形成杀伤力。沙曼更显霸气地利用凶狠的肘部又进攻我的头部，但这致命的一击被我化解掉。

与沙曼的交手，我充分利用了“柔”的方式，交手时很少使用僵硬的手，而是应用咏春拳的标记技巧“连消带打”或“同时攻击和防御”类似“海绵”的办法，用的是放松的肌肉动作来支持。

我知道，克敌制胜最好的时机是当敌方致力于他们自己的攻击时来攻击他们。通过延伸“来留”的概念，我不仅要应付沙曼迎面而来的攻击，也要在相同的时间展开自己的反击，从而达到“反击敌人在他发起了第一次攻击后”。

深知沙曼的拳击实力在我之上，我不能面对面、硬碰硬地对抗，但是，论擒拿、格斗，我不比沙曼差。我先是用实施防守反击战术，靠中国武功躲闪腾挪消耗掉沙曼的体力，使他的锐气减弱。我一边坚持稳扎稳打，告诫自己不要急躁，即使是在被动中也要注意把握局势，一边寻找战机取胜。

沙曼看我连遭攻击，立刻气势大振，连使狠招，欲用秒杀制服我。沙曼越急于取胜，我越不接招。我不与沙曼直接对打，而是抓住时机与他周旋，借机连续偷袭。

沙曼的“头三板斧”过后，虽占据上风却没有将我置于死地。沙曼万万没有想到，所向披靡的他遇到了真正的对手。他一向只知道华夏是武学的发源地，但是没有想到真正的格斗搏击之术，华夏也如此强大。

我的身法速度快如闪电，让沙曼完全没有发挥出自己的优势，反而让他感觉眼前的我就如同有三头六臂一般不可思议。

连续的险象在我们两人的身上不断出现，而我这时就好像进入到了一种兴奋的状态，完全把对手当成了练招的靶子，没有感觉到一点的疲惫。

沙曼发现我不是等闲之辈，于是便再次快速出拳向我发起新一轮的进攻，却一一被我摆脱。沙曼将我再次逼到擂台边上后，欲用“泰山压顶”式肘击置我于死地，被我用太极手化解。接着沙曼选择了他的撒手锏蹊膝盖猛击我的身体。在以往的测试中，沙曼把假人往下拉到适当的角度，用膝盖撞它的胸骨，其力道相当于汽车在时速 35 公里的撞击力道，但是，又被我化解掉了。我发现沙曼的攻势已经明显减弱，才开始逐渐发起了反击。我身体猛然一转，利用自己的肩膀瞬间撞开对手的拳头，身体贴近了沙曼，手臂快速抬起，如同手锤一般从上而下地砸向对方的胸口。沙曼微微一惊，两条粗壮的手臂猛然架起做出防御，挡向我劈下的拳头。

随之沙曼后退了一步，第一次在力量上被我击退。在沙曼还没有从惊讶中回过神时，我的身体又快速地出现在他的身前，就好像两个人的身体始终站在一起一般，如同影子一样地连在一起。我双脚微蹲，肩头却电闪一般地撞向沙曼的胸口。沙曼连反应的时间都没有，就被我的肩头狠狠地撞在的胸口上，一股如同野牛一般的冲击力，让高大强壮的沙曼倒飞了出去。

而就在沙曼倒飞的过程中，我的身体也跟着他腾飞了起来。我在半空中抬起了一条腿，如同抡起的战斧般狠狠地劈向沙曼。沙曼被这一腿之力狠狠地劈躺在地面上，砸起了一片灰尘。

虽然咏春拳法以实战为主，却强调勇悍，克敌制胜，我从中确实获益不小。

强悍的沙曼气急败坏，爬起来后转而用杀伤力极大的高位踢法向我袭来。这种踢法是格斗里的大忌，因为攻击距离长，暴露给对手的空档会很多。一旦踢空，将会留给对方足够的发起致命攻击的时间。反过来说，高位踢法一旦击中对方，往往一脚就可以杀掉对手。

沙曼这一脚正好踢在我格挡的手臂上。我看见沙曼终于门户大开露出了破绽，我使出了威力极大的“必杀技”——后摆拳，痛击沙曼的耳根部，接着一个右勾拳击中对手的后脑，紧接着又一个下勾拳将沙曼击倒在地。

泰国拳王躺倒在擂台上数秒后才爬起来，步履有些蹒跚，锐气已经消失了一大截。这出乎意料的情况使全场沸腾起来，比赛顿时火药味空前激烈。

沙曼站起后，面目狰狞显露出杀机，他用左右膝盖轮番进攻压制我腰部的位置。我趁他近身的时候，突然加快进攻节奏，打出“组合进攻”，一记重拳击中沙曼面部。

我在学传统国术的时候，师父总会警戒我出拳不可伸尽，要留肘，以防分筋错骨。但咏春却反其道而行，日字冲拳是拳拳伸尽毫不留肘。我正是用这样重重的一拳，使沙曼踉踉跄跄，差点摔倒，紧接着，我又一脚踢中沙曼胸部。

沙曼有些气急败坏，一贯被冠以“鬼妖”绰号的拳坛史上最凶暴横蛮的拳师，竟然被一个不见经传的人连连击打，这是不能容忍的耻辱。他狂怒起来，彰显出拼命三郎的本色，使出抱摔、下潜摔以及组合拳频频向我发难。不过，我再次以非常漂亮的动作把他的攻势化解。

我一见时机已到，使出了李小龙的成名招法“李三脚”：腾空而起，分别踢向沙曼的上、中、下部。沙曼出于自我保护的本能，用手臂挡住了头部的一脚，而他的腰部和小腿迎面骨却被我踢到，使沙曼领受到了中国武功的厉害。接着，我一连串的直踹、侧踹、回旋腿、高鞭腿、低鞭腿、劈挂，打得他手忙脚乱招架不过来。紧接着我的一脚又狠狠地踢断了沙曼的鼻梁骨。

这时，气急败坏的沙曼完全是孤注一掷，开始反扑了。他直接使出了一套凶猛狠烈的组合拳，犹如水银泻地般一拳接一拳持续不断地攻向我的要害部位。

我不停地挡住沙曼的拳头，抓住机会，迈开诡异灵活的步伐，身如轻燕地在沙曼面前掠过，瞅准空档一记右勾拳正中沙曼太阳穴。重击之下，沙曼的头失去了重心，向我怀中趴去。面对送上门的大礼，我左手立掌为刀，在空中划出一条优美的弧线，以迅雷不及掩耳之势在沙曼脖子的大动脉上来了一记手刀。

沙曼正在拼尽全力厮杀，突然脖间大动脉遭到重创，只感觉脖颈之处一阵麻木，眼前一黑便晕倒在地。

赛场上的观众半天才回过神来，继而马上响起了震耳欲聋的喊叫声、欢呼声，甚至叫骂声。

沙曼彻底失去了战斗力，一头栽倒在我的脚下。我拦腰将沙曼抱住，头部贴紧他的腰部，身子一纵，将他重重地摔了出去。沙曼竭力爬起，接着又仰面朝天一头栽倒在地。

泰方见状，马上跑过去将已经昏迷的沙曼搀到场边。几个人又是给他晃脑袋，又是揪头发，还有的按太阳穴，过了几分钟，沙曼才睁开眼睛。

经过裁判裁定，跆拳道馆最终以 3：2 领先于泰拳。

比分刚刚宣布，赛场上顿时欢声雷动。我们的胜利，不仅惊动了整个泰国武术界，而且震惊了整个世界。

俗话说，“人怕出名猪怕壮”。我们跆拳道馆这次比武出尽了风头，然而树大招风，平静的好日子从此与我们跆拳道馆无缘，并非我们不想过好日子，而是麻烦接踵而至。

跆拳道馆有一个黑带二段学员叫阿吉，一次带着女朋友到芭提雅海滩游玩，被当地黑社会敲诈了一把。他们两个一登岛，听说坐快艇只要 50 元，比其他快艇便宜，于是就上了这个快艇。结果下来一结账，艇主说要的是 50 美元，而不是泰铢。阿吉进行申辩说艇主不讲信誉，就不肯付钱。艇主说，那么好吧，现在涨到 500 美元，不给的话你们就别想出这个岛，因为这里是我们的天下。阿吉担心身单力薄，又怕女朋友受到伤害，所以好汉不吃眼前亏，忍痛割爱，最后交了 100 美元才算了事。

阿吉回来后和其他学员们一说，学员们立刻义愤填膺。大家一致要替他出这口气，于是大家背着我租了条船，相约到芭提雅进行复仇。

他们一起去了二十多个人，身着跆拳道馆的服装，便乘船登上了芭提雅岛。到了岛上以后，阿吉先是和一个学员又找到上次那条快艇，也不问价钱就坐了上去。坐了几圈快艇下来后，艇主又玩儿上次的把戏，开口要 100 美元。阿吉说没问题，待我们吃饭后一起算账。艇主把他们拉回自己的酒店，其他的学员也悄悄尾随而去。他们吃完海鲜大餐后，要求结账。同样是 5 000 泰铢的餐费变成了 5 000 美元。阿吉装作生气，让他们老大出来讲话。艇主没想到阿吉是有备而来，就叫出来老大，后面还跟着来了五个打手随从。

老大说：“你们快艇也坐了，饭也吃了，现在想赖账啦？你也不看看这是什么地方？5 000 美元一个子儿也不能少，如果十分钟后不交，就涨到 6 000 美元。”

阿吉说：“我只有 6 000 泰铢，你不要我就再也没有了。”

僵持了一会儿，十分钟很快过去了。

艇主说：“现在已经涨到了 6 000 美元，再过十分钟不交，就涨到 7 000 美元。”又一个十分钟过了，阿吉还是没有交钱的意思。老大知道遇见了茬子，于是发了狠话：“那就只好委屈你们了，你们两个谁也就别想走。什么时候钱凑齐了什么时候放人。”说着，让他的打手上来要带阿吉他们走。

这时候，在一旁观阵的学员们立刻围了上来，阻止他们带人。黑社会老大一看上来了这么多人，就命令打手们再出去找帮手。

阿吉一看时机已到，一声口令“打”，跆拳道馆的学员们就动起手来。跆拳道的功夫真的堪称秒杀，三下五除二把他们七个人全部打趴下来。

就在这时，闻讯赶来的二十几个杀手，手持刀枪棍棒向这里奔跑而来。一场更大规模的厮杀开始了。

黑老大想利用天时地利，将这些送上门的后生们置于死地，大喊着：“杀死他们！一个不留！”而道馆学员们更是生龙活虎，毫无惧色。他们迎着刀枪棍棒扑上去，跆拳道的风采在此得到了淋漓尽致的发挥。他们投摔、肘击、跌扑、飞击、头触、臀撞，将平时学到的108招本事随心所欲地运用到搏斗中来，顷刻间酒店一片狼藉。黑社会的人都是一帮禁吃不禁打的家伙，平时看起来狐假虎威，一遇上跆拳道就成了乌合之众，一个个被打得丢盔卸甲、伤痕累累、哭爹喊娘。

自从岛上有了这股黑社会力量，早已是怨声载道，人人敢怒不敢言。看到这里，围观的人们暗自拍手称快，无人上前解围，更是无人讲情。

阿吉领着大家砸了酒店，又去岸边砸了快艇，然后乘船大摇大摆地回了曼谷。

从此以后，道馆名声越来越大，学员也越来越多。但是，经常发生学员在外面遭遇挑战或者遭受围攻的现象，甚至发生有的学员被杀的案件。

就连四大日本主流派系空手道，即刚猛直接的松涛馆流、刚柔并济的刚柔流、讲究君子修行的东流、以柔术技法为特征的和道流也都频频发出挑战，但是我没有再应战。我并不是害怕来自各方的挑战，只是因为我们没有政府背景、社会背景，没有大财团做靠山，我担心事情一旦弄大了不好收拾。何况日本主流空手道是由五百年前的古老格斗术和中国传入日本的拳法糅合而成的，即最初的空手道参考了中国的拳法创出了独特的唐手。我们真正的中国功夫是不惧怕空手道功夫的，但是，我了解日本人的武士道性格，让他们纠缠起来就是被鬼缠身，麻烦不断。

日本武术在对敌的时候，有一种“我超度你到天堂”的杀气以及比中国的武术更讲究的残忍和实用性。日本功夫讲究的是克敌制胜，而我们中国的武术更讲究的是个人的修为。举个例子来说，同样是“抱臂擒腕”，日本的后招是直接攻击肋下，而中国武术则是控制对方的肩关节。换句话说，中国武术讲究是制敌，日本武术讲究的是伤害敌手。所以，日本人只能赢不能输，输了就会永远不放弃，非到赢你的那天不可。

为了不使更多人受到无辜牵连，我索性关闭了跆拳道馆。我为教练和馆里的每个人发放了足够多的钱物，让他们各找生路。我与大家依依惜别后，就自己到普吉岛过了一段平静的日子。

象墓遭遇战

普吉岛是泰国最大的海岛，盛产象牙、宝石、天然珍珠、毛皮、香料与龙涎香，更有迷人的风光，被称为“安达曼海上的一颗明珠”。普吉岛境内多山，有丛林遍布的山丘，还有巧夺天工的钟乳石岩穴和数不清的怪石、海洞。

我花了2 000泰铢认养了一只长臂猿，经常牵着长臂猿一起徜徉于河道上，或坐在小船上观赏红树林和小渔村。

大皮皮岛和小皮皮岛之间由一条“走廊”连接起来，这里是皮皮岛最热闹的地方，旅店、餐厅、酒吧、潜水学校、旅行代理和小摊贩密集地分布在小巷左右。

岛上每天表演精彩的节目，有歌舞、魔术、杂技以及大象表演。这里以一座古老村落的形式出现，向游客展示着泰国传统文化神秘的一面，尤其是最后十几头大象一起走到舞台上，气势十分壮观。

我停留在这里还有一个原因，每年的11月1日，疯狂热闹、充满艺术气息的帕通海滩会聚集来自世界各地的人们。他们在这里尽情狂欢，直到日落。狂欢节上有最好的爵士乐队表演、人妖表演、调酒技艺表演、魔术表演，还有丰富多彩的早上的修福、水上运动竞赛、游客选美大赛等。

夜晚，度假村、露天酒吧、舞厅、夜总会人来人往，还有迈考湾整个海滩掩映在松林的怀抱中，景色更是优美。

每年11月至次年2月，大群海龟都会爬到这里下蛋。迈考湾十分安静，依然保持着原始的特点。普吉岛更以口味奇特的海鲜产品而独具当地特色，地道的泰国大餐以鱼、蟹、鱿鱼，尤其是安达曼海盛产的新鲜味美的对虾和大龙虾而闻名于世，并保持了海鲜原汁原味的鲜美。风味独特的干咖喱和新鲜的虾米，搭配普吉岛上出产的时令蔬菜沙拉，极具异域风情，这在新鲜热辣的口味里得到了极致的体现。

晚上，我在夜总会里消磨着时光，我对看厌的性表演已经提不起任何兴趣。我只是喜欢这里的气氛，能够看到来自各国各种肤色的人群。

我慢慢品尝着白兰地，百无聊赖地打发着寂寥的时日。

这时，随着一阵窸窣声，一个年轻的土著女人赤裸着全身走上台来。她一边抖动弹性着十足的硕大的乳房，一边向人群频频发出挑逗的信息。她是在向台下的人群发出邀请，上台与她表演性交的。

这里虽然是开放的社会，妓女卖淫是合法行业，但是，在这公众场合，众目睽睽之下进行性表演，许多人还是有所顾忌的。

年轻的土著女人邀请了半天，甚至走下台来亲吻男人，煽情地往台上拉也无人响应。一次次邀请的失败引发了一阵阵刺激的呼叫声，更加挑起众男性的欲望，人群鼎沸的情绪甚至达到了狂热。土著女人走到我的面前，用淫荡的眼神和极具挑逗性的动作邀请我与她进行性表演。我对于这种性开放的女人根本没有兴趣，我更没兴致在这种大庭广众的地方进行这种性表演。所以，我礼貌地拒绝了。

这时，一位黑人自告奋勇，拉起年轻的女人走上了台。不知是预先导演的还是真的游客，他们在台上的表演可谓轻车熟路，配合默契，直到他们的表演结束，人们的情绪还是没有平息。更加刺激的一幕又接踵而来：三名身材窈窕、曲线迷人、性感十足、全裸的白种女人上场了。

顿时，全场的男人们惊呼起来。三位女性身体的整体线条起伏较大，胸部、臀部突出，肩略宽，体型相对高大。她们的躯体带有强烈的性刺激色彩，散发出来的是皮肤美、体态美、曲线美、和谐美、柔嫩美、光泽美，以及代表了对女性人体一切审美价值的发掘。修长、丰腴、洁白而光彩夺目的胴体，使得在场的人们一个个目瞪口呆，无法掩饰自己的惊讶和颤悸。任何一个人都无法不由衷地赞叹。

尤其是中间那位领衔女人，将典型的西方女性美集于一身，不仅体态丰满，圆锥形的乳房丰满而坚挺，臀部突出有弹性感，四肢圆润颀长，而且金色的长发卷曲，蓝色的眼睛大而有神，高而直的鼻子，微翘的嘴唇，整个五官精致又更具有立体感。不等主持人发出邀请，一批男人蜂拥而上。

为了把领衔女人抢到手，几个男人动起手来殴斗。几个身穿和服的日本浪人也参与进来，殴斗发展成为械斗。我不愿意被这种无聊之事搅了进去，赶紧溜了出来。

普吉岛的这一幕让我彻底倒了胃口，我决计离开这里。在准备离开的时候，我又注意到一个广告，是美国人招募探险队员去野象谷探险的。这正好合我意，充满了刺激性，于是我便报了名。

这个探险队，打着科学考察象群活动规律的招牌，实际是在寻找野象墓地。

领头的是个叫亨利的美国人，还有一个德国人、一个英国人和一个意大利人，以及我和查理、爱韦、娅德、马丁五个被雇来的人。此外，还有一条经过特殊训练的猎犬。我们此行的目的是去寻找困扰了科学界很多年的野象墓地。

关于野象墓地，一直是科考界和收藏界的一个谜。除了被人猎杀的野象以外，人们很少能够找到它们的墓地。象牙是巨大的财富，也一直是走私者、盗猎者梦寐以求的宝藏，但极少有人发现过或者找到过大象死亡的墓地。

在正式开始探险前，我和查理、爱韦、娅德、马丁几个被雇用的人已做了周密的准备。于是，探险队在中缅边界集结，开始寻找和跟踪野象群。

探险队头半个多月的寻找一无所获，我们一个个累得精疲力竭。但就在大家失望至极时，我们终于发现了一头步履蹒跚、疾病缠身的老象。我们通过跟踪这头老象，终于发现了野象群。

在尾随象群 18 天后，我们观察到老象做出了一连串的反常举动：它开始拒绝进食，彻夜地悲嗥，活动量大为减少。有时会突然奔跑，有时又会停下来东张西望，半天都不移动脚步。甚至会绕着丛林兜圈子，以致使我们多次丢失了跟踪目标。它的用意很明显，就是为了甩掉可能的尾随者。为了便于以后再次寻找，娅德边走边绘制着路线图。

艰难困苦地又跟随踪了 5 天后，那头老象终于在河谷附近的森林旁停了下来。它巨大的耳朵不停地扇动着，非常小心地聆听四周的动静。我们躲在森林里，用高倍望远镜偷偷地观察着它的举动。在经受了足足近 5 个小时的煎熬后，我们终于看到老象转身向一个隐秘的山洞走去。

洞口隐藏在河道上方，上面布满了茂密的草木和巨石。老象用长鼻子拨开洞口横卧的几根粗大的树木，然后向洞内走了进去。接着它从洞里面伸出鼻子卷起树木和巨石，再次巧妙地遮掩了洞口。根据我们的判断，这就是我们要找的野象墓地。

这个惊人的发现令我们全体人员倍受鼓舞，这意味着我们这些天的工夫没有白费，我们找到了一个价值连城的宝库。

当今世界上有很多人梦寐以求找到野象墓地，因为大象墓地里那些成堆的昂贵的象牙绝不是一般人可以得到的，而需要牺牲精神、生命的代价和巨大的财力、物力、人力作为支撑。

美国人领队亨利高兴地宣布：“今天发现了象墓，这就意味着我们探险队任务的终结。回去以后，你们每个人都会得到一大笔丰厚的赏金。”美国人担心这个秘密流散出去，用卫星定位仪对大象墓地进行了坐标的测定，然后将数据妥善地保存了起来，又让我们把所有的线路图都焚毁。我真舍不得毁掉了那些费尽千辛万苦得来的大象墓地的坐标数据，但还是听从了领队的意见。

亨利让我们撬开了堆砌在大象墓地洞口的树木和巨石，刚撬开一道能容一人进出的缝隙，一股腐臭的气息立即飘了出来。就在大家犹豫着不敢进去时，洞里面突然传来一阵骚动，那头濒死的老象踉跄着冲了出来。

亨利立刻摘下了科学考察的面具，随即拿冲锋枪对准老象一阵横扫。老象被冲锋枪吐出的猛烈火舌击倒，临死前，它发出了数声悲怆的长嗥。

冲锋枪的扫射打死了老象，同时也惊醒了我。

我相信他们一定是蓄谋已久的，所谓的科学考察不过是美国人的幌子，借以掩盖他们盗取象墓里价值连城的象牙的真实目的。现在既然已造成了无法回避的事实，我只好跟着他们进入山洞，以获取更珍贵的资料。

进入洞内，几具尚未完全腐烂的大象尸体还在散发着恶臭。里面果然如我所料，满是白森森的象骨和象牙。当美国人证实了眼前的一切都是真的后，他们欣喜若狂，随即露出了狰狞的嘴脸。

亨利指挥德国人、英国人和意大利人将冲锋枪口对准我们几个临时雇用的人，一边笑嘻嘻地说："感谢你们几位，这次合作很愉快！为了保障我和同伴的安全，也保住这个宝藏的秘密，我们不得不将你们留在这里。实在是对不起你们，希望你们来生走好运。"

亨利的话还没说完，突然听见山洞外传来一阵急促的轰鸣声。洞外负责警卫的士兵气喘吁吁、神色惊慌地进来大叫道："不好了！快跑，野象群来了！"

我虽然没有立即看见象群，但已听见了野象群践踏丛林时发出那特有的"咔嚓"声。从脚步声来判断，一定是那头临死前不断发出悲怆长嗥的老象在召唤它的同伴前来报仇的。

亨利来不及枪杀我们，转头和几个人就跑了出去。他一边跑一边向迎头赶来的象群扫射着。我意识到了处境的危险，于是吩咐大家迅速撤退，如果实在来不及，就爬上高大的树木。

一会儿工夫，大约 30 头野象出现在我们的视野中。看到它们神圣的墓地被侵犯，野象群变得狂暴无比，发出愤怒的嗥叫声，震得整个原始森林都在颤抖。

亨利拿起冲锋枪朝象群扫射，四五头野象相继倒毙在树下。野象群被激怒了，它们开始集中力量攻击亨利的四人团队。我和查理、爱韦、娅德、马丁五个被雇来的人趁机往河道一侧冲了出去。

野象群当中不时有同伴倒在血泊里，但攻击力量丝毫没有减弱。亨利握着装满了弹药的冲锋枪向我们大声呼救，我们只当不知，也不理会，仍然一路狂奔自顾逃命。

野象群犹如战场上的坦克群，顷刻间冲了过去，很快将亨利和其他三人踩成了一摊肉泥。我和查理爬上了一棵直径足足有 4 英尺的大树，爱韦、马丁的攀缘本领也比较好，他们很快就爬上了一棵较小的树；娅德体力较差，上不了树，躲在一丛茂密的草从后面，但被野象发现后一脚踩死了。

象群不停地用笨重的身躯撞击着爱韦、马丁爬上去的树干，还用强壮有力的长鼻子试图将树连根拔起。他们感到了来自内心的巨大恐惧，爱韦终于禁不住野象对树干的巨大晃动，一头从树上跌落下来，被一头野象用长鼻子高高卷起，远远地抛到了十几米开外的丛林里。爱韦发出一声凄厉的惨叫后便死去了。

马丁试图从这棵树跳跃到另一棵树上，但是他没有成功，还是跌落在地，成了象群的祭祀品。

我和查理躲在树上一筹莫展，只有等待夜幕的降临再找机会逃命了。因为大象的视力非常弱，在夜晚它们几乎无法有所作为，这正是我们逃生的好机会。

我仔细观察着象群的动静，突然一个念头在我的脑海里涌现出来。我仿佛看见了一个熟悉的身影，是不是当初我解救过的“公主”小象？虽然几年过去了，小象已经长成了大象，但是，心灵的沟通犹如神灵在暗示着我，“公主”也在我的树下踌躇着，好像在寻找什么回忆。我用试探的口气向下面大喊一声：“公主，公主！是你吗?”

接下来，奇迹发生了。树下的大象突然仰起长鼻子，发出了一声长吼，随之象群停止了攻击，它们的情绪也逐渐平稳了下来。

果然真的是“公主”出现了。“公主”发现了是我，于是又发出几声短吼，只见另一只成年大象立刻跑了过来，与“公主”的鼻子亲热地碰撞了一下，然后，两只长鼻子缠绕在一起相互亲昵了一会儿。接着，成年大象绕着我藏身的大树转了一圈。我马上想了出来，这头成年大象就是当年“公主”的妈妈。母象同时也认出了我，它们母女两个兴奋得后脚站立，面向着我又温柔地鸣叫了几声。

象群顿时明白了眼前发生的一切。它们不再把我当成敌人，而是化敌为友。一些大象开始有秩序地撤离，只有“公主”母女两个依然在树下守候着我。

对于眼前的一切，查理早已经看呆了。他简直不相信自己的眼睛，不停地揉了又揉，怕是自己的幻觉。他怎么也想不到，刚才的一场杀戮转眼间烟消云散。

我向查理打了个招呼，说是我的朋友来为我们解了围。我们现在已经安全，示意威胁已经解除，然后我和查理从树上爬了下来。我们下了树还没有站稳，“公主”母女就跪卧下来，用鼻子示意我们骑到它们的背上。

原来，它们是担心我们遭遇其他的不测，想送我们离开这里。我和查理登上了象背，在经过象墓的时候，我突然跳了下来，我让查理和我一起，捡起美国人和其他几个人的枪以及装有食品和装备的背包，又重新在大象墓地的洞口进行了一番修饰，直到外人看不出破绽。

我让查理一起，面对象墓进行了一番跪拜和祈祷。我又取出了美国人关于象墓坐标的数据，当着查理的面砸毁。我还要求查理一起对天发重誓，永远不对任何人提及象墓的秘密。一切都安排完了，我们才又登上“公主”母女的象背，离开了象墓。

误闯毒蛇阵

我和查理在象墓脱险后，坐在“公主”母女俩的象背上走了两天。它们将我们送到象群的领地边缘，就不肯往前走了。

我们告别了“公主”母女，开始寻找回归的路径。

由于带来的食品有限，我们不得不自己寻找其他食物。我利用以往的经验先抓一只林蛙做诱饵，用草编的细绳拴住林蛙一条腿，再到蛇藏身的乱石堆或草丛边。我让查理用棍子捅林蛙，使林蛙边跳边叫。蛇听到林蛙的叫唤声就爬了出来，扬起脖子朝前一窜，把林蛙吞进了肚里。这时，我拉紧绳子，蛇就乖乖被擒。

这是一条“铁树皮”，也叫蝮蛇，是山里最毒的蛇。蛇开始时并不甘心就范，尾巴左摇右晃。我拎着蛇尾抡了几圈，蛇的骨骼脱节，它摇动几下就一点力气也没有了。我们正在庆幸收获了战利品时，突然，查理看到一条碗口粗细的森蚺从洞穴钻了出来。这条蛇足足有 6 米长，瞪着圆溜溜的眼睛，随时准备冲上来和我们搏斗。

我想跑已经来不及了，近在咫尺的大森蚺立起来与我差不多高。我意识到不能再动，一动就会引发大森蚺的攻击。于是，我喊着让查理快拿枪，我的眼睛则死死盯住面前的大森蚺。我与大森蚺相互对视着、相互打量着，实际也是暗自在较量着。查理不敢怠慢，忙掏出枪悄悄向大森蚺靠近。

但是，我与森蚺靠得太近，查理也担心动作稍大就会惊动森蚺。若要开枪，一旦伤不到森蚺的要害，反而会激起大森蚺对我发起致命进攻，所以一时不敢开枪。

一场搏斗在所难免，我打算先卸下背包轻装上阵。我悄悄地、慢慢地往下卸背包。背包带刚刚褪到小臂处时，森蚺突然果断地向我发起了进攻。它张着血盆大口，先是向我一个直冲，被我躲过，继而森蚺的身躯“嗖”的一声抡起来，尾巴死死缠在了我的身上和脖子上。

我一时被背包限制了行动，两只手等于被捆绑住，毫无招架之力。查理一见也慌得没了主意，急忙死死掐住森蚺的尾巴往下拽，谁知森蚺越拉却缠得越紧。我憋得脸都青了，头上的青筋都暴了出来。

我知道，森蚺仅用三分钟就可以依靠挤压缠绕杀死猎物。这时，我被缠倒在地，情况万分危急。

我已经说不出话，只能勉强发出几个字：“攻击肛门。”

查理马上领会了我的意思，迅速找到森蚺肛门的位置，用冲锋枪管向大森蚺的肛门处插去。森蚺的肛门是它全身最脆弱处，一旦遭受攻击，便会使全身的力量便会遭到瓦解。果然，它不再用力缠绕我，我的呼吸暂时得到了缓解。但是，几百公斤重的肉体缠在我的身上，我的身子马上瘫软了。

查理一屁股坐在石头上，不住地喘大气，歇了好一会儿，才上来帮助我卸掉缠在身上的大森蚺。我对查理半开玩笑地说：“你还算是及时，要是等你再歇一会儿，歇足了再救我，我也就该咽气了。”

连续多日的奔波，没有好好吃上一顿食物。今天有了大森蚺，我和查理立刻来了兴致。于是，我们两个捡了些树枝干草，点着了篝火，把大森蚺剥了皮，将蛇肉放上去烤。不一会儿，空气中就飘满了森蚺肉的香味。

我们饱餐了森蚺的美味，惬意地休息着。突然间，我听见丛林里有异常的动静，我示意查理马上起身，拿起了冲锋枪。

渐渐地，我们看见一个女人系着一条藤蔓制成的腰带，腰前挂着一个棕榈纤维制成的大穗球，她手持弓箭慢慢地向我们这里偷袭而来。她面部涂抹着赭石色的古怪的图案，两眼圆睁，显得异常激动与兴奋。在她的后面，又有几个身影在草丛中闪动。查理的冲锋枪已经对准了面前的女人。

我马上说：“不要开枪，她们是当地的土著人，是一个母系氏族部落。”

女人发现了我们两个是青年男人，情绪激动得用土著语大喊大叫起来。不远处一大群和那个女人同样装束的女人，手持弓箭长矛，也异常兴奋地向我们围追过来。

我早就对这一带的风俗有所耳闻。这片山区里面生活着一支母系制的土著。她们这里几乎没有男人，只有定期到附近农村或者边远的城镇劫持男人，劫持回来以后进行“圈养”。被劫持来的男人，就等于失去了人身自由，每天被看管着，只有一种职能，就是性奴——供这里的女人们性消费。虽然男人被劫持到这里没有生命危险，还会特别受到食物上的优待。但是，在这样男女比例严重失调的环境里，男人要以一当十，甚至以一当百地满足一个部落全体女性的性要求。那将是一场异常艰苦、披肝沥胆的工作，甚至是以生命为代价。落在她们手上的男人大多数在几个月内便会死于非命。

眼看我们就要落入包围圈，我不忍心对这些女人们动用武力。于是，我将冲锋枪对天上放了几枪，震慑一下母系制土著女人们的激动情绪。

在对方迟疑的片刻，我示意查理马上向后撤。我们一边向后逃跑一边对空射击，一边打量周围的环境。

看出了我们要逃走的迹象，土著女人们似乎并不急于追赶。她们像是围猎般地慢慢收缩着包围圈，只是不即不离地跟在我们的身后。

我觉得其中一定有什么名堂。我告诫查理，一定要谨慎观察周围的环境，千万不可大意。在仔细的观察中我发现，在我们撤退的路上不断地涌现出大大小小、不同种类的蛇，而且数量越来越多，足有三四百种。它们纵横交织，有的密集地盘绕在一起向前滚动，如同一条巨龙。还有一群黑色和红色的棘鳞蛇，细的有筷子般粗，粗的似人的手臂，它们好像被施了魔法在统一的指挥下，有组织地在我们撤退的路上集结。

我和查理不得不将冲锋枪对准了涌在路上的蛇群，对它们进行了一番猛扫。但是被施了魔法的蛇群仍然急剧地涌现，它们组成了一条三米多宽、望不到尽头的“蛇带”。

我从来没有见过这么宏大的蛇群场面，看来，我们是在劫难逃了。查理被吓得面如土色，不断地祈求上帝。我的手也因恐惧而颤抖不止，呼吸一阵紧似一阵。我急中生智掏出了催泪弹，沿路扔了出去。随着催泪弹的爆炸声，我和查理立刻戴上防毒面具，追着烟幕冲了过去。

这一招还挺灵，蛇群被催泪弹刺激得失去了辨别力和攻击力。但是，我们的视觉传感器也受到了严重的影响。我们跌跌撞撞，慌不择路，只顾逃命。

等我逃出了危险地带，回头一看，查理不见了。我马上返回原路寻找，发现查理掉进了一个三米深的陷阱内，被陷阱内设置的竹签串透了腿部，陷阱内还有许多蛇虫在游动。如果我下去施救，不但难度非常大，短时间内救不出查理，也一定会成为追杀过来的土著们的俘虏。

根据我的推测，土著不是以杀人为目的，所以她们一定会救出查理，而且他不会有生命之忧。就在我迟疑的时候，毒蛇又陆续出现了。我的腿上也被一条拟眼镜蛇咬了一口。拟眼镜蛇不像眼镜蛇那样凶猛，但是，它的蛇毒具有5种毒素。我迅速拔出匕首，斩杀了近身的这条拟眼镜蛇。

我端起冲锋枪对周围的蛇群一阵猛扫，随后赶紧一阵猛跑。奔跑中我感到燥热、耳鸣、眼皮痛、胃剧痛，并不时伴随有一阵阵的幻觉出现。我知道自己是中蛇毒了。

我边跑边掏出抗蛇毒血清药吞了下去。我的伤口、鼻子、嘴开始出血，我感到浑身软弱无力，脑袋发胀，手也抖个不停。

突然，前面的路没有了，一道悬崖横在我的面前，下面三十多米就是一片大海。

看来别无他路，我回头看看由远及近包抄过来的土著女人，包围圈越来越小。许多赤身露体、乳房在胸前来回游荡的女人已经依稀可见，甚至她们因为兴奋而掩饰不住惊喜的面容都清晰可辨。她们手持弓箭长矛，有的拿着绳索，在阵阵吼叫声中，渐渐向我逼近。

我虽然端着冲锋枪，但是不能伤害一群土著女人。同时，我不能忍受也不堪想象和这群土著女人在一起生活将是什么后果。

我没有其他的选择，只能选择跳入大海了！

我先是用匕首割了一条衣服上的布，将腿上的伤口扎紧，一方面防止毒液顺着腿部上行，一方面用于止血，以免在海里引来鲨鱼。

然后，我整理好随身物品，一跃跳下了大海。

遭遇大虎鲨

就在我游到岸边处的海滩上时，发现有一只独木舟，我跑到那里，把独木舟推下水，跳上独木舟后，我拼命地向大海深处划去。

虽然远离了危险，我却发现自己浑身开始浮肿，并且开始发烧。我再次服了一些药物，却终因抵挡不住伤痛的折磨，而在木舟上昏死了过去。

不知过了多少时间，我才在木舟上醒来。我知道所面临的危险已经过去，所中的蛇毒也已无大碍。在独木舟里睡了一觉后，我逐渐恢复了体力，陶醉在劫后余生的喜悦之中。但是，腹中的肠子开始扭转，才觉得饥肠辘辘，我已经几天没吃东西了。

这时我才发现我犯了一个严重的错误，美国人的食品袋全部在查理的身上，而我身上没有任何可以充饥的食物和水。

我躺在木舟上极度疲倦，终于又昏沉沉地睡着了。

一觉醒来，我觉得浑身酸痛，咽干唇燥，饥肠辘辘。但是，四周只有既苦又咸的海水，一点吃的东西也没有。举目四望，海面上只有跳跃的波浪，没有半条船的影子。我知道，现在只能靠自己救自己了。周围都是海水，食品只能向大海索取，也只有靠钓鱼来维持生命了。鱼钩我是早有准备的，但没有鱼饵。茫茫大海之中，连个苍蝇也找不到。

夜幕降临了，木舟边发出啪啦啪啦的声音。我一看，原来是一群飞鱼在水面上不断地跳跃游动着。

有了！我的心头一阵狂喜。月光下海面波光闪闪，飞鱼不时朝着水中晃动的月影落下。我立刻拿出野战电筒，一亮一灭地打着闪光。

有几条飞鱼自投罗网撞到我的木舟上来。我干脆把电筒捆绑在木舟上，又准备好船桨随时将腾出水面的飞鱼往木舟里驱赶。这个方法还真灵，飞鱼陆续跌到了木舟上，大的一条几乎有一斤重。

我高兴地将最大的飞鱼用双手紧紧攥住，对准飞鱼脊背肉厚的地方狠狠地咬了一口。飞鱼在拼命挣扎着，鱼尾向我脸上狠扫了一下。我这才想起，活鱼一时是没有办法吃到嘴里的，于是我将飞鱼摔死在船板上，再拿起飞鱼咬上一口，一股海鲜味更增强了我的食欲。我用力一扯，一大块生鱼肉被我撕咬了下来，我嚼了嚼就吞了下去。接着，我又一口接一口地吃起来。当我吃饱时，才发现东方已经发白。

这时，周围的飞鱼群已消失得无影无踪。我忙把剩下的飞鱼切成细长的几段，做成了鱼饵。然后，掏出野战背包中早已备好的鱼钩，在大海里放好渔线和鱼饵，自己又倒头睡下。

不久，我醒过来了。太阳升得很高，把我晒得又热又渴。突然，我觉得手里的绳线一阵颤动，有鱼上钩了！我用劲一拉，一条足有十斤的大鱼在上下蹿

鲨顺着海浪，从海底下一跃而起，以迅雷不及掩耳之势扑向了木舟。

我下意识地将身体往旁边一躲，虎鲨锋利的巨齿啃掉一大块木舟，钻进了大海深处。

过了好一阵子，木舟又突然剧烈地摇晃起来，我被大幅度的晃动摔倒在木舟里。我牢牢地抓住木舟的边沿往下一看，只见那条大虎鲨正张开大口紧紧地咬住舟尾，头部不停地猛烈甩动着。

海水在鲨鱼的闹腾中，掀起了汹涌的浪涛。整条木舟迅速地倾斜过来，随时都有翻掉的危险。情况万分危急，我惊恐地瞪大了眼睛，等待着合适机会的降临。

我对虎鲨的肆无忌惮极度气愤，觉得不除掉这条鲨鱼是自己最大的耻辱，我脖子上粗大的青筋也暴跳了起来。

我怒吼道："来吧，你这该死的畜生，让我们来拼个死活吧！"

大虎鲨仿佛很乐于接受我的挑战。它想显示一下自己海底之王的威力，松口不再啃咬木舟尾部，却一个腾跃翻身，将木舟整个儿地托出了水面，又重重地抛落下来。然后，它箭一般地潜入海底，再次以冲刺般的速度朝着木舟直冲过来。

我一边迅速操起船桨向岸边划去，一边端起了冲锋枪瞄向了大虎鲨。虎鲨很快又从海底渐渐地靠近木舟，用它那坚实的头额撞向木舟。我一梭子子弹扫向鲨鱼，就在同时，我连人带木舟也一下子被抛入空中，然后落入了海里。

大虎鲨这次失算了，它这一辈子也未曾尝过冲锋枪的滋味，直到它被冲锋枪狠狠在头上和脊背上打了一串窟窿，这才疼得匆匆地沉入了海里。

我从海里迅速游回木舟上，我注意观察着鲨鱼在海面上翻腾，好像在作垂死的挣扎。我以为这该死的东西快要见上帝了。两个小时过去了，海面变得那么安静。

我估计大虎鲨彻底完蛋了，于是我重新划起木桨，缓缓地靠近了鲨鱼。可是我没等划到虎鲨身边，发现虎鲨的尾巴又动了几下。原来这狗杂种还没死，它似乎又缓了过来，鲨鱼拼着命从木舟底下开始顶撞木舟。

我这时要躲开已来不及了，大虎鲨已腾出海面，然后以自由落体式伴随着"轰隆"一声巨响，砸落在木舟上，顷刻把木舟砸翻。重新浮上水面的大虎鲨张大嘴巴，一副凶神恶煞的样子，张着血盆大口向我扑来。

我顿时落入海中，大虎鲨也从木舟上顺势滚落了下去。我随时准备直面大虎鲨，所以我早已抽出了匕首，准备拼命和大虎鲨搏斗一场。

可我知道，在水里与鲨鱼斗我还是厄运难逃，胜算的概率很小很小。当大虎鲨一口咬住我的时候，一定会拖着我沉到深深的海里。

然而情况并没有我想象的那么糟。我看见鲨鱼周围全是血红的海水，大虎鲨刚才凶残的劲头突然不见了，向我发起进攻的路线也总是发生偏差。

此刻，我内心的恐惧感消失了，我知道大虎鲨肯定是一只眼受了伤。所以，辨别猎物方位的功能受到严重影响。我利用这个机会，又重新爬上了木舟。

我等待着只要鲨鱼一浮上海面，我就会居高临下地射瞎它的另一只眼睛。鲨鱼终于靠近了我，我在它发起进攻的危急关头，用冲锋枪向它的另一只眼一阵猛扫。

弹花在虎鲨的眼睛周围炸开，红血白肉爆裂开来。大虎鲨终于停止了进攻。我心里不由得一阵狂喜：杀死大虎鲨的机会终于来了。

这时，大虎鲨又浮出水面。原来的它，两眼一直闪烁着阴森可怕的凶光，可是现在已变成了两个冒血的黑洞。它剧烈地摆动着大尾，张开血盆大口，却不知扑向何处。大虎鲨终因体力不支，缓缓地向海底沉了下去，渐渐地失去了踪影。

我担心鲨鱼的血会引来更多的鲨鱼，于是我借着残破的木舟的浮力，努力在海面上划行。经过与大虎鲨的一场搏斗，木舟上的食品和水已经荡然无存，全部落入海底。我失去了赖以生存的任何条件，又饥又渴，但还是要拼尽全力向前划去。

在海上漂了两天两夜之后，我实在是筋疲力尽了，大脑开始出现了幻觉，时而失忆，时而像是在做梦。

我担心自己失去意识以后会被海浪吞噬，于是将自己捆绑在了残破的木舟上，任其漂泊，听天由命。不知什么时候，我已经昏死过去。

逃亡无人岛

就在我苏醒过来的时候才发现，我已经被海浪推到了一座小岛的沙滩上。

一线陆地惊喜地出现在我的眼前。这是一座美丽的小岛，它长宽只有半公里左右。岛下一片洁白的沙滩，岛上的岩石呈深蓝色。

我跌跌撞撞地爬了起来，发现平日极为罕见的翁戎螺（龙宫贝）、冠螺（唐冠螺）和鹦鹉螺大型彩贝在这儿比比皆是。我饥不择食地将几个牡蛎和贝螺用石块砸开，贪婪地生食起它们鲜嫩的肉体。

吃完以后，我有了精神，来到岛中央耸起的一座小山上。我发现这个岛像一只放倒的芒果，尾巴指向日出的地方，礁石上布满了各种各样的海贝和已经干枯的海草。

我已经预感到，木舟已毁，我在短时间内无法从这个海岛脱身，必须想办法生存下去。我首先找到一股从附近的峡谷里流出来的泉水，这是我活下去的最重要条件。有了水，其他的事情就好办了。

我又选择了一块能遮挡狂风的大岩石，将离港湾也不算远的这处地方作为宿营的地方。选好了住址，我便去寻找造房子的材料。

岸上有一架巨大的鲸鱼骨骼，不知道这鲸鱼是何时何故死于此地，几乎成了古生物化石。我将鲸鱼一排肋骨分解开，它正好是我理想中的房脊。我把它们一根根取出来，搬到了高地上，然后又在肋骨之间缠上海草绳。海草绳一干就收缩起来，因此将房脊拉得很紧。

海岛不乏海鲜贝类，我遍尝了各种海贝、牡蛎、海参、鲍鱼、螃蟹和龙虾。海钓又是我的拿手好戏，所以各种鲳鱼、鲈鱼、蓝鲷、沙箭、鲑鱼、黑鱼、鲶鱼、虎石斑、老虎斑、老鼠斑鱼均为我钓到的常客。

我利用两块中间凹陷的石头架设起来，在石头上烧鱼，同时还可以把鲜美的鱼汁保留下来。山上的野香蕉、波罗蜜、火龙果到处都可以寻觅到。

一天早晨，我来到岸边看日出。啊，清澈的海水里游着一条巨大的章鱼，它在接近水面的地方张牙舞爪地挥动着它的手臂。

我赶紧装上镖枪头，把绳子拴在镖枪头上，然后将绳子的另一头拴在礁石上。这个章鱼睁着一对妖魔似的眼睛，一只长臂像蛇一样摸进了岩石缝隙。

我瞄准大章鱼的头部投出了镖枪。章鱼的四周立即冒出一股乌黑的浊水，章鱼被我击中了。它突然卷起身体，紧缩成一团。本来拴在礁石上的绳索跳动着，被章鱼的力量拖进水里，发出咯咯的声音。绳子被绷得紧紧的，其中一小股已经被章鱼的巨大力量崩断。为了预防绳子被拉断，我跳过礁石手持匕首向章鱼跑去。

章鱼看见我向它袭来，突然停止了挣扎，试图沿着礁石朝另一个方向逃走。这时，绳子由于礁石上青苔湿滑加上章鱼的挣扎而从礁石上脱落，章鱼跳出了礁石，顺势就要向海里逃走。我立刻飞奔上去，抓住绳子打算控制住章鱼。

如果让它游走，我就再也捉不住它了。结果，我一脚踩在滑溜溜的礁石上，身体立刻向后倾斜，滑倒在水里。我的手依然紧紧拉住绳子，不让章鱼跑掉。我听见绳子又被章鱼拉紧的声音，又有一小股绳子崩断了。我在确信绳子就要断了的一刹那放开绳子，重新站起来向章鱼扑去。

我手起刀落，砍掉了章鱼的一条手臂。章鱼马上开始进行反击，几只手臂同时上下挥舞着打算将我缠住。我用匕首左右开弓又砍掉了章鱼两只手臂。

章鱼连连受伤，放弃了对我的攻击，同时放出了更多的墨汁，染黑了一片海域，企图扰乱我的视线。但是，我紧紧抓住绳子，尽管手掌已经勒出了血，但我仍然死死地抓住绳子不放。

一场力量与智慧的较量在进行着。章鱼渐渐体力不支，流血过多瘫软了下来，我终于将大章鱼拖上了沙滩。大章鱼张开长臂，趴在那里，有半个身子还浸在海水里。

开始我以为它真的死了，章鱼的头在七扭八弯的肉体中像一根树梗，那对带有黑眶的黄眼睛还在转动着。我刚刚一靠近，章鱼仅剩下的两只没受伤的长臂又挥舞起来。其中一条长臂抽在我的腿上，顿时我感觉火辣辣的疼，于是我一刀砍断了这条长臂，另一条长臂缠住了我的腿，我没有理会。我把刀子一次次插进章鱼的身体，章鱼终于渐渐松开长臂，慢慢瘫软在地。

岛上的生活无忧，这回我又有了美味的章鱼肉可以吃。只是无奈的寂寞让人难以忍受，每天只有海鸥、鸬鹚与我相伴。

我越来越思念我的亲人们了，虽然我知道他们都已远在天国。有时候，我似乎可以在风里听到妈妈、姐姐在向我诉说的声音。

我知道如果没有大船，很难逃出这片海域。即使我能够造出独木舟，但是驾着独木舟漂洋过海，恐怕大鲨鱼这一关就很难过得去，而且我也没有造大船的工具。

为了争取时间，我将几棵大树放倒运到海边，又采集树皮藤条做成绳索，准备做成木排，希望有朝一日再回陆地。春夏秋冬，一年很快过去了。我已经养成习惯，每天都要站在高地上向大海深处瞭望。

在一个风平浪静的早晨，我又像往常一样站在高地上瞭望，惊喜地发现遥远的地平线上开来一艘帆船。为了让帆船的人发现岛上有人，我生起了一堆篝火，又用一个大贝壳光亮的内壳作为反射镜，向帆船照去。

这艘船上的人终于发现了信号，将船驶了过来，在海湾上抛了锚。我赶紧从岩石上爬下来，向海湾跑去。

鲸鱼腹脱险

这是一艘采珠船，是常年靠捕捞珍珠为生的所罗门群岛的土著渔船。

他们祖祖辈辈多为采珠人，每年都会在这一带海域采集两次珍珠。

我告诉了他们我在海上遭遇鲨鱼的事情，可是他们告诉我，他们的先祖是鲨鱼神杜·玛奥。他们在采珠时，曾经多次与凶恶的食人巨鲨群相遇，可是鲨鱼从来没有攻击过他们。而且还多次带着他们潜入布满稀奇贝壳的水底暗礁捕捞珍珠。所以，他们祖祖辈辈信奉鲨鱼，当然也从不伤害鲨鱼。他们认为鲨鱼是鲨鱼神的化身。鲨鱼不仅不会伤害他们，而且还会永远保护着他们。并且他们认为曾在水下与鲨鱼相遇的人，都将成为最受尊敬的人。

为了搭乘采珠船重回陆地，我答应了船主提出的条件，帮助他们完成这次采珠的任务。途中如果我采到了珍珠，就要与船主对半分，完成采珠任务后他们再帮助我回到陆地。当然，对于船主的条件，我除了服从外别无选择。

这艘船上的所有船员都是出色的潜水员。我随他们多次潜入海底，在每一块珊瑚中寻找贝壳。每一次我总是拎着沉甸甸的装满小贝壳的箩筐浮出水面。虽然我下潜的深度一次比一次深，但是珍珠总一无所获。

一天，我正在船上瞭望，发现一只大鲨鱼的鳍露出海面，正朝着采珠船游来。船员们又惊又喜，激动地大声喊道："我们是鲨鱼神的后代，我们恳求你快来帮助我们!"

鲨鱼越游越近，突然间身子一闪却潜到水底不见了。大家注视着蓝色的海水，鲨鱼模糊的轮廓正消失在酷似拱门的大型珊瑚檐下。船员们高兴极了，马上准备下潜。

我也随潜水员们带上渔网锤，迅速跳进大海潜入海底。我发现鲨鱼的尾部正缓缓地向下越游越深，便紧随着鲨鱼游向更深的海底。

随着压力不断增大，我的胃开始抽筋，双耳被压力压迫得疼痛难忍。采珠船上的几个潜水员已经承受不了这么大的水压，又浮上了水面。正当我犹豫不决打算放弃的时候，忽然发现鲨鱼不见了。

我四面张望，看见对面出现一个好大的珊瑚洞。山洞布满了一串串像花一样的珊瑚石。我拼命游到洞口，发现那里有 5 个大如盘子的贝壳。我借助木棍和小刀，把 5 个大如盘子的贝壳一一拾起，迅速放进背袋便开始上浮。

我刚回到自己的船上，发现我的鼻子已经开始流血，肺部完全处于失氧状态。我几乎快断气了，疲惫不堪地躺倒在船上。

由于兴奋，尽管我身体已经极度虚弱，但稍作休息后我还是迫不及待地动手打开了贝壳。就在刚刚打开一个大的彩贝，抠出软绵绵的肉体时，我发现被掀开的一扇贝壳内贴附着一颗灿烂的月光珍珠。

刹那间，所有的船员都围了过来。看着看着，大家的眼睛都直了，呼吸几乎也都停止了。

这颗珍珠如此之大、如此之美，真是百年罕见。我小心翼翼地将这颗奇异珍宝取出来捧在手中，大家兴奋地欢呼起来。

更加令人惊喜的是，我幸运地捕捞到的还不止一颗，而是三颗这样又大又稀有的珍珠。我与船主达成协议，在送我回陆地之前，珍珠暂时由我保管。等送我到了陆地之后，两颗送给船主，最大的一颗归我。于是，采珠船开始返航。

在返航途中的一片海域，采珠船又停了下来。我与潜水员又下海巡视了一番。就在我刚刚从海里潜水回到船上，还未脱下潜水衣时就听见有人大喊起来。

原来，站在桅杆半腰瞭望台上的瞭望员发出了警报："注意，注意，左前方发现一条鲸鱼!"

船长仰头看了看瞭望员，也举着长长的单筒望远镜，一边对着焦距，一边说："注意，注意，左前方发现一条食人鲸正朝我们这儿游过来!"

海面突然出现了食人鲸的踪影。这头食人鲸长约二十六七米，鲸鱼每隔一段时间上来换一次气。换气时，能看见一股巨大的水柱在水面升起。

船主让大家端起带倒钩的鱼叉。这样的鱼叉后面都系着一根长长的棕绳，一旦这鱼叉刺进鱼肉里，就会怎么也拔不出来。长长的棕绳把鲸鱼拖住，任它怎么翻滚也挣不断。待到鲸鱼游得筋疲力尽了，就可以把它拖到大船旁边。拖上船后再剖腹割肉，运往港口。他们以前都是这样捕捉鲸鱼的。

此刻，大家手里都握着一支鱼叉，紧张地观察着鲸鱼的动向，随时准备与鲸鱼搏斗。这庄严而重要的时刻，关系到伙伴们的生命安全。因为鲸鱼发起进攻，第一支鱼叉若是投掷不中或者没插进鱼肉里面，那就反而会激怒鲸鱼。它将掀起滔天巨浪把小船颠翻，说不定有人甚至会葬身鱼腹。每当想到这些，大家就紧张地咬紧了嘴唇。

食人鲸如箭一般地冲了过来。船长看准鲸鱼那厚实的背部，使出浑身力气将鱼叉掷了过去。"嚓"的一声，鲸鱼被刺中了。

船长抓住时机拾起第二支鱼叉，甩开手臂投掷出去，第二支鱼叉又刺中了。这时，鲸鱼也许已感觉到背部疼痛，猛地一扭身子，掉转头往回游去。采珠船被它拖着，"唰唰唰"地向前直驶。船员们收起桨，任船行驶着。

大鲸鱼离船越来越近了，它开始左冲右突，时而撞到船舷的铁板上击出蓝色的水浪。船员们机灵地跳开，又往大鲸鱼身上投掷了六七个鱼叉。船主还把斧子也移到身旁，随时准备着与大鲸鱼进行搏斗。大鲸鱼的鳞甲与船外壳摩擦出"叽叽嘎嘎"的声音，它的嘴里也发出"咯咯咯"的叫声。它把船拖得辗转翻腾，掀起的黑色巨浪又向采珠船压了下来。

船主大喊着，让船员尽力多投鱼叉，然后把船划开，等待着把鲸鱼在海里消耗得精疲力竭。但是，正在拼命挣扎着的鲸鱼眼看摆脱不掉采珠船，就又猛地一转身，尾巴一扫，“哗”的一声把船甩得腾空而起。海水突然炸裂开，劈头盖面地将船打翻了。

我和船员们纷纷落水，由于我距离鲸鱼最近，被鲸鱼一口吞进了肚子里。幸亏我穿着潜水衣，于是我马上戴上了潜水帽。

被吞进鲸口后，我顿时觉得眼前一黑。食人鲸嘴里尽管没有牙齿，但却长着无数根鲸须。也许食人鲸感觉到吞进的东西如鲠在喉，我身背的氧气瓶卡在哪个部位使它极不舒服。它几次想把已进入喉咙管的我给吐出来，但是我被紧紧地卡在鲸鱼喉壁上。随着鲸鱼又一次吞咽海水时，我才被带入了鲸鱼的胃中。

我原来设想的是鲸腹中一定有很大的活动空间。可事实并非如此，我不仅被挤压在鲸鱼胃中，而且就算是能从胃里脱身，又怎么钻出鲸鱼的喉咙呢?

我顿时感到自己被什么东西夹得很紧，被陷在一个极小的空间里。这里不仅伸手不见五指，而且闷热得要命。并且我只可以蜷曲和翻身，而不能前后移动。

这时落水的船员们又陆续被救上了船。他们发现我被鲸鱼吞进肚子以后，十分着急。如果鲸鱼逃脱，连同我身上的珍珠都会一起消失，那么一个多月的辛苦就等于打了水漂。所以，他们又开始拼命用鱼叉陆续向鲸鱼发起进攻，很快鲸鱼的身体又被插上了六七根鱼叉。

鲸鱼也在挣扎着，它浮上了水面，拖着沉重的采珠船在水面上缓慢地移动着。鲸鱼的伤口在不断地扩大，并在不断地流血。它伤痕累累，已经奄奄一息。鲸鱼似乎消耗掉了大部分精力，渐渐平静下来，水面上的血腥味也越来越重。

我在鲸鱼腹中焦急地想着对策。我知道，此时此刻时间就是生命，必须找到一个方法，马上从鲸腹中脱身。

这时我明显地感觉到鲸鱼的胃在急促地收缩，我在它收缩运动的胃肠中不停地翻滚。我急中生智，想起孙悟空在铁扇公主肚子里面的方法，利用拳打脚踢以造成鲸鱼胃部的不适，但是效果并不明显。

于是我就采取一个更大胆的举动，我将氧气瓶的一个开关打开，让氧气直接刺激到鲸鱼的胃膜。这一招如果再不管用，我的处境就更危险了。没有了氧气，我就会憋死在鲸鱼腹中。

鲸鱼的外伤已经让它很难忍受了，而且胃里的刺痛是它从未经历过的，这种来自内脏的强烈的刺激让它实在忍受不了。它的腹内迅速形成了一种高压，就像人的胃肠有炎症，腹内会形成高压气流然后呕吐出来一样。鲸鱼的腹部在强大的压力下迅速形成的高压气流，一下子将我和它腹中的东西一起喷射出来。

我起初是觉得身体被高压压得透不出气来，随后就感觉自己随着一股巨大的气流快速地被发射了出去。我的身体翻滚着，身不由己地向前冲去。这股力量如此之大，我就像一枚炮弹从炮口被喷射出来，随后又重重地落回了海面。

正打算杀死鲸救人的船主看到我从鲸鱼口中被喷出来，不禁又惊又喜，赶紧命令船员将我打捞上船来。

我的潜水衣上沾满了鲸鱼黏滑的胃液，那类似腐烂鸡蛋和臭鱼的气味十分难闻。船员用海水将我冲刷干净，随后给我打开潜水衣。

死里逃生的我大口大口地喘着气。在鲸鱼腹中全身被挤压，然后被高压气流抛到高空，又重重地落回海面等一连串的折磨，早已使我备受煎熬。此时我几乎是奄奄一息。

船员们赶紧为我做了人工呼吸，才使我渐渐缓过气来。我身上已被汗水浸透。看见我仍然活着，船员们顿时发出了欢呼声。在船长指挥下，船员们齐力把已奄奄一息的食人鲸拖到了甲板一侧，命令继续开航。

我获救以后，发现船的航线很接近中国的西沙群岛。于是，我又动了回国的念头，极想取道回国。随后我就让船主在临近越南的海岸上停靠。我们分了珍珠后就此别过。

海上大漩涡

我本来想先在越南停留一段时间，以便找机会回国的。但是想不到的是，中越关系突然异常紧张了起来。

越南共和国将南沙群岛的南威岛、太平岛等10多个岛屿划入它的版图，多次与中国海军发生军事冲突。接下来，中国收复了甘泉、珊瑚、金银3岛。越南共和国又侵占了南沙群岛的南子岛、敦谦沙洲、景宏岛、南威岛和安波沙洲。

事态的发展越来越严重，越南在完成南北统一后，在与中国毗连的地区推行“净化”边境方针。他们在边境地区不断挑起武装冲突，打伤边民，推倒界碑。华裔政府官员被解职，独立开业的华裔商人被迫停业，华人学校被强迫关闭的事情不时发生。

在许多战略要地，包括我所在的地区，华人要接受“忠诚测试”直至被驱逐。而且华人被迫缴纳多达数百万美元的出境税，当时被越南驱赶回国的华侨达10万余人。

华人在越南的遭遇使我不便住在人口稠密的地方。我选择靠近中国边境居民较少的小岛居住下来。在这里，我认识了一个叫阿全的采珠的渔民。他是越南的娄娄族，刚刚结婚不久。于是我就住在了他家里。

娄娄族青年男女成亲的方式颇为特别，这里还通行“初夜”、“谢恩”的婚俗。就是在女人结婚时，有一种让旧情人先占“初夜”的“谢恩”婚俗。一个新娘在婚前，往往有旧的情郎。如果确定与一个人订婚，就要同其他情人断绝关系。按当地传统习俗，新婚之夜新娘并不住在新郎的洞房里，而是去找旧情人共枕最后一夜。

阿全居住在一所破旧的茅屋里，生活十分贫苦，他除了打鱼还要靠采珍珠过活。

在采珠的时候，他把小船从沙滩上推下水，然后划到采贝场。他带着篮子，一只脚钩住一块石头上的环，沉到海底，手迅速地划地，把珠母一只只揪下来放进篮子。有些地方，珠母彼此粘在一起，阿全就把它们成堆地揪下来。由于阿全身强力壮，我与他混熟后就陪着他出海去采珍珠。阿全的本事也很大，他能一口气在水底停留两分钟以上。

一次采珠阿全有了大的收获。当他第七次潜入海底时，看见一块突出的礁岩下面有只非常大的珠母。贝壳半开着，在贝母嘴唇似的肌肉里，有一道阴森森的闪光。阿全游去用力把大珠母揪出来抱在胸前，脚一踢脱离了石环，浮上水面，举手把它放进船舱。接着，我拉着他爬上小船。他用虔诚而颤抖的手开始剖开珠母。刀身一转，闭合着的贝壳和嘴唇似的肌肉就分开了。

天哪！一颗硕大如海鸥蛋大小的珍珠。它摄取光线又反射出像月亮一样灿烂的银光，这是一颗少有的夜明珠。他简直不相信自己的眼睛，甚至怀疑眼前的一切不是真的。这时我唤醒了惊愕发呆的阿全，祝贺他得到了一颗硕大完美的珍珠。

阿全打算到中国卖掉这颗珍珠，但又担心中越关系冲突不敢交易；想到河内或者西贡去卖掉，又担心路途遥远恐遇不测。

我知道了阿全的心思后，表示愿意与他结伴前行。阿全开始对我也不放心，怕我谋财害命，抢了他的珍珠。为了打消他心中的疑虑，我拿出了我的珍珠，说明了我也要卖掉珍珠的想法，这才打消了阿全的顾虑。

我们经过筹划后，开始启程共同赶往河内。我和阿全搭乘一艘机帆渔船向大海驶去。

在一个港口期间，涉世不深的阿全目睹了这里的生活，眼界大开。

码头上，各种铺子正忙着进货；饭馆里的情形更使他目瞪口呆；酒吧间发出震耳欲聋的声音，一群醉醺醺的男女在狂欢乱舞，而大厅里当地的权贵们在欣赏艺人的表演。

在这里，阿全有生以来第一次品尝到英国杜松子酒的滋味，还碰上令他既亢奋又刺激的事：几个妓女抚摸着他那结实的身体，于是阿全立刻为妓女们的魅力所倾倒。几天里，他就被榨干了身上所有的钱。要不是遇到一位乡亲，他可能会像个流浪汉一样被关进监狱。

原本指望海珠在这里能够卖个好价钱，可是到这里后的情况却大不一样了。在这里做生意的中国人都被当地政府驱赶走了。现在留在这里收购珍珠的都是越南当地人，价钱出得极低。

一些采珠人滞留在此，一边分散在各个角落潜水捕捞海产品，一边为一些小铺老板打工，用自己的捕捞物换回少得可怜的报酬。这种生活，对阿全一个捕珠能手来说简直是一种屈辱，因为他要下潜到污秽不堪的浅海湾底去捡东西。而且这里的采珠人还经常为争夺地盘而相互间展开残酷的争斗。几周下来，阿全消瘦得不成人样。

正当我们等待买主时，一位日本商人说能帮助阿全把珍珠寄到日本去估价和出售，然后付给阿全估算后的差额。

这期间，恰逢一艘帆船停泊在本港。船上有个法国珍珠收购商，获悉了这颗大珍珠，便毫不吝惜地出高价从阿全手中收购了这颗罕见的珍珠。阿全收到钱以后就开始准备回家了。于是，我与阿全就此分手。我要随船继续前行，去寻找越南以外的一个更安稳的国度。

就在我搭乘的法国帆船离开渔港后的第二天，突然刮起了强台风。帆船上同时载有法国珍珠收购商，恰巧也碰上了这场风暴。

滔天巨浪猛击甲板，海水灌进了货舱和驾驶室，倾斜的船被大浪高高抛起，然后随着又滑入浪谷。绝望的船长只好听从天意的安排。然而，珠宝商担心失去他的珍宝，就劝船长将船驶回渔港，并且表示愿意许以重金，船长最终同意了。但是，这样就必须越过宽阔的暗礁海湾，也就是危险的珊瑚浅海湾，然而他们还是失算了。

凌晨1点，巨浪迎面扑来，船头和船尾都被大浪击打得强烈地抖动起来。白色的旗杆前面浪花飞扬，什么也看不见了。随着一声可怕的劈裂声响，帆船被夹在珊瑚礁里了。

珍珠收购商见势不妙，急忙跑上甲板。他紧紧抓住栏杆不放。突然又一个巨浪袭来，将船抛到突起的暗礁之外。我与几个船员们一起乘着小舟纷纷逃命去了。而那位收购商却不见了踪影，大概是海浪将他卷出了船舷。我们虽经强台风的袭扰，在海面上漂泊了两天，但终于躲过了一劫，回到了陆地上。

一周之后，台风过去了，海上又恢复了平静。

我租用了一艘帆船赶赴出事的海湾，潜入水中到处寻找，终于在水下的珊瑚石上发现了珍珠收购商的尸体。他被水下的珊瑚礁缠住，他的眼睫已经被小鱼啄光，啃去眼皮，有些小鱼虾甚至钻到眼珠后面，使这对眼睛显得又圆又大。尸体的耳孔和鼻孔里还露出小泥鳅和小鳗鱼的尾巴。于是，我赶紧将尸体从珊瑚丛里解出，发现死者腰带上系着的钱包里正装着那颗大珍珠。我把珠宝收购商的遗体安葬后，带上珍珠又继续南下。

我花钱买了一艘小帆船，雇用了一名叫袁文雄的越南水手，带足了面包、香肠和水便驾船离开了港湾。船在平静的大海上航行了两天。

这一天却让我碰到了一件千载难逢却想起来都后怕的事情。

我们在南太平洋的一个海域航行时，本来没有发现天气异常，海面上也没有什么特殊情况。但是，浪头却奇怪地骤然大了起来。

袁文雄紧紧地掌着舵，但愈是向前，舵似乎愈是不听使唤。船头好像被施了魔法似的，总是偏离预定的航向，竟明显地在朝着左面倾斜，船头朝西北方向拐了过去。袁文雄起初还以为碰到了暖流，但摸摸海水，并不见暖热。他又怀疑碰上了一股急流，但是马上又排除了这个可能。

船鬼使神差地从西北又调向了东南方向，顺着海流兜了个大圈子。又航行了一阵子，渐渐又转向了西北方向。

袁文雄忧心忡忡地说：“天哪，千万别碰上老人们说的大漩涡呀！”

我马上反驳说：“你尽开玩笑，海底有高山，有深沟，海面上有暖流，没听说过还有漩涡的。如果说在江河湖面上还差不多。”我回想到江河当水流浪急时，常见到大的漩涡，当中深深地凹陷下去，树枝、杂草跟着卷进那深深凹陷的部分。

袁文雄说："我真的不开玩笑，这种漩涡在这里并不稀奇。我们村里的老人在海面上也曾多次遇见过这种大漩涡。"

"那你说说这漩涡有多大？"

"没人丈量过。据见过大漩涡的人估计，那大漩涡像只大漏斗，海平面上不停旋转的面积，足足有六百多个足球场那么大。那漩涡的漏斗底部离海面有多深呢？那就谁也不知道了。"

袁文雄正说着，随着船的抖动，他的身子突然一歪，差点跌倒在船舱里。

这时，帆船明显地越驶越快，兜的圈子也越来越小了。袁文雄惊叫道："不好，我们真的碰上大漩涡了！"

我四面望望，奇怪地问："大漩涡在哪儿？"

袁文雄指着远处那一大片黑色的海水说："你看！那儿是漩涡的中心，瞧，那片黑色的海水，说不定就是个大洞！"

"什么洞？"我惊奇地盯着袁文雄问："你说海面上居然有个洞？你是不是在说疯话？"

袁文雄惊恐地盯着面前那片海水说："真的！真的是个洞。我真的没说疯话！"

于是我更加惊奇了，走近袁文雄身边问："你是说海面上有洞？很深的洞？"

袁文雄没有回答我的提问，只是用力想把帆船驶向东南方向。可是船却像被磁铁吸住似的，挣扎着船身向西北方向转过去，而且越转速度越快。袁文雄还真有航海经验。他立刻扯下风帆，免得船在侧着身子转弯时倾翻。

帆刚刚落下，船反而行驶得更快了，离那片形成漩涡的海面也更近了。我抱着桅杆看过去，不免也惊呆了。那片原本湛蓝的海水已经完全变成了黑色，那确实是个很大的圆洞，从洞里发出可怕的轰鸣声。

袁文雄惊恐地望着我说："咱们一起使劲划桨！看看能不能划出去。"袁文雄递给我一支桨，我俩一左一右划了起来。可任凭我们怎样拼力，小船仍像脱缰的野马，一个劲儿向漩涡转过去。船身渐渐向左倾斜，袁文雄觉得连身子也坐不直了，总是歪向左边。一切努力都无济于事。这时我们真的害怕极了，这回真的是大难临头了。

我们放下船桨，穿好救生衣，然后将几个塑料桶里面的水全部倒光，又分别绑到我们的身上。袁文雄真的是被吓破了胆，他紧紧地抱住桅杆，看着船被一圈一圈地旋进那个黑黑的洞口。

死神正在一步步逼近，我这时倒是冷静了下来。任凭帆船在大漩涡的边缘上旋转着，我已经感觉到船在漩涡中渐渐下沉，还不时发出“咯吱咯吱”的破裂声。船越转越快，越沉越深，就好像在一寸一寸往地狱降下去一样。刚才原本阳光灿烂的海面，现在却是越来越暗地沉往万丈深渊，头顶上方的亮光也越来越小。

袁文雄死死地闭着眼睛，什么也不敢看。他仿佛来到了另一个世界，在大漩涡的漩壁上有哗哗作响的流水声，脚底下却是轰隆隆的雷鸣声。这些可怕的声音又迫使袁文雄睁开眼睛，想看看周围究竟是什么情景。

我还算是见过世面的，很快在惊慌中镇定了下来。我借着头顶射下来的一束亮光朝脚底下一看，哇！脚底下至少有三百米深。

船正在一圈又一圈地旋转着，朝着深渊的底部降下去。此时此刻要活着逃出这大漩涡，看来比登天还难。如若是在陆地上的井底，也许能凭借臂力攀着井壁爬上去，而现在这“井壁”是海水呀！我感到一种彻底的绝望，预期再也不会有什么意外了，只好听天由命了。

我再注意观察，忽然发现，头顶的漩壁上有样白色的东西在旋转。再仔细一看，啊，那是块被撕破的白色帆布。再一看，在我们头顶上旋转的还有断裂的木桨，塑料板，它们在原地旋转着，而不像我们乘坐的这艘帆船，在渐渐下沉。我终于明白了：凡是轻的东西只会在原地旋转，而重的东西会越转越往下沉。

我抱着强烈求生的希望，让袁文雄看看旋在头顶的白帆。他似乎明白了我的意思。我与他看准机会，像攀登井壁似的，扑向了海里大漩涡的漩壁上。我们在漩涡里一圈又一圈地旋转着，用不着划动，飞速旋转的急流带着我们一圈又一圈地转着。而我们的帆船呢？早已被漩涡拖到了海底，看不见踪影了。

过了好几个时辰，我们发觉自己越转越慢，那深不见底的“井底”，这会儿也慢慢地向上移动，变成了一口“浅井”。又过了一会儿，漩涡渐渐消失，塑料桶带着我们慢慢升上了海平面。接着，一阵阵海浪涌来，将筋疲力尽的我和袁文雄推上了海面。

我和袁文雄从大漩涡里奇迹般地逃生了。我敢断言，这个世界上没有几个人会像我们一样，有幸从海上大漩涡里生还下来。真是苍天保佑啊！

我们又在海上漂浮了 3 天，被过往的一艘菲律宾货船救起。

我们把这番经历告诉了船主。船主听后告诉我们：这一点也不奇怪。这一带的地形和水流，很容易形成海上漩涡。每当涨潮落潮时，海水从东向西滚动，使漩涡逐渐扩大。只有到海水改变流向时大漩涡才会逐渐消失。因此，他们每当经过这一带的时候都会绕过去，远离那可怕的、容易产生大漩涡的地方。

澳军雇佣兵

越南的不稳定，使我断绝了在越南停留的念头。我又取道去了澳大利亚，顺便去看望一下艾丽。这么久了，也不知道她过得怎么样。

这次意外相见，艾丽异常兴奋。她忍不住将无限的思念和压抑已久的激情全部迸发出来。她紧紧地拥抱着我，两个人无声而又有力交织在一起的手臂，完全表达了这么多年失散离别的痛苦。

良久，早已手足无措的我用双手扶住艾丽的双臂，深情地望着艾丽的眼睛。艾丽看我一眼，就像初恋时那样满脸通红。

我们沉默了一会儿。艾丽好像发现了什么：“我感到这完全是命运的安排，是老天的赏赐！不然我们两人怎么会有缘再次相遇呢？”

她突然有这种情感绝不是偶然的，而是由来已久的。正是由于她对我的知遇之恩难以忘怀，所以对我爱慕已久；而一直没有遇到自己合适而且可以托付终身的男人，使她对我又有了更殷切的期盼，对生活有了更热烈的渴求。

我没有想到艾丽会对我一往情深，而且还这样一直等待着我的消息。我突然被感动了，我一把将艾丽拉近拥入怀里。艾丽半天才平静地回答：“斌斌，这么多年的离别之苦、离散之情，我还以为这一生恐怕再也不会见到你了呢。”

“这不，我们不又在一起了吗？”

“这种见面，我不知道还有几次？这会是你我最后一次见面吗？”

“不会的，既不是第一次，也绝不会是最后一次。”

艾丽不无担心地说：“你一直像一只孤狼到处流浪。今后不要再流浪了，我们在一起过幸福的生活不好吗？”

我说：“是的，我确实是一只到处流浪的孤狼。”

“我了解你的性格，你从来不向恶势力低头。但是，你知道又有多少仁人志士都被恶势力杀戮了？就算你孤狼的力量再大，也是很难改变这个世界的。”

“虽然如此，但我还是愿意选择自由的生活。我已经习惯孤狼的生活了。”

艾丽又关切地说：“这么说，你现在还是愿意去流浪？你还是忍心让我忍受这么多年的离散之苦吗？”

我说：“亲爱的艾丽，你我永远都是好朋友。但是，我一直没有隐瞒你，我的目标是回到自己的祖国，我一定要找到我唯一的亲人，她就是我的第一个恋人舒雅。尽管我不知道她现在是已结婚生子还是孤身一人。另外，就目前的情势看，我也不能把你带在身边。因为我这些年结下了很多的恩怨，你跟我在一起也许会遭遇杀身之祸。”

艾丽又伤感地说：“那么，如果你的舒雅真的不在了或者已经结婚，你能够再回来找我吗？如果你希望我在你的身边，我也就会毫不犹豫地跟你去流浪，或者我们现在就离开澳大利亚。如果有一天你想安居了，或者你愿意放弃目前的生活，我愿意和你一起过平静的日子，要不然我就和你远走高飞。”

“不！艾丽。我相信你是爱我的，为了我，你可以抛弃眼前的一切。但是，我更希望你安全地待在澳大利亚。我今天来只是看看你，看看你过得好不好。今天见到了你，我也就放心了。”

“那么好吧，斌斌。人各有志，我不强求你，我也尊重你的选择。我祝愿你永远平安，也盼望你早日回到我的身边。”

我离开艾丽不久就看到了一个征兵广告。出于好奇，于是我又报名参加了澳大利亚和英国陆军组建的一个东方特种兵部队，受训地点是尼泊尔的廓尔克。

提起特种部队那真是令人羡慕。就拿美国作为例子吧，特种部队的武器配备都是一流的。例如：美国陆军特种部队配备的是 AH－6J 轻型武装直升机、M6J 小鸟特种直升机、MH60K 黑鹰直升机、MH－47 支奴干运输机、重型（HSR）狙击步枪、M24PE4 轻机枪；美国空军特种部队配备的是 AC－130H/U 重型攻击机、MC－130 特种加油机、EC－130 心理战机、MH－53JM 低空铺路者直升机、MH－60G 铺路鹰直升机、CV－22 鱼鹰飞机；而美国海军特种部队配备的是 Mark 特种作战小艇、河道巡逻船和海岸巡逻艇等，轻武器也完全是世界上最先进的。

而这里的特种兵在待遇上也比较优厚。当时的尼泊尔人年均收入才不到 200 美元，而特种兵的年收入则为 8 000 多美元。这就是世界上最成功、最令人生畏的特种兵军团。

特种部队的任务有：绑架与暗杀敌人重要的政治、经济、军事领导人、作战指挥员；摧毁、破坏敌方的战略打击敌人力量；夺取战略性目标；破坏通信枢纽；摧毁主要战术目标；破坏灾难性的设施等。这个特种部队的武器配备应有尽有，其中最著名、最令人恐惧的是阔头后背弯刀——戈戈里弯刀。这种弯刀一刀即可以砍下一个牛头来。

特种部队对特种兵实弹射击的要求是非常严格的。要求 400 米首发命中人头靶；800 米 3 发命中胸环靶，而这仅仅算是及格。只有在 1 000 米首发命中胸环靶者，才能称为优秀。

在实弹射击考核中，我的成绩最“差”。射击 10 枪中有 9 枪都打空未击中标靶，仅有一枪正中靶心。教官很是疑惑地问：“你的那一枪也是蒙的吧？太巧合了吧？”于是，教官便让我再试一次（又打了 10 枪）。结果 10 枪均未击中标靶。

教官先是狠狠地踹了我两脚，然后，出于好奇不由自主地走近标靶。他这一看不要紧，再看就看出了门道。原来，我的第一枪正中靶心。随后的 19 枪，都是从同一弹洞穿过的，只是唯一的弹洞比正常的大了两倍。

教官傻傻地盯着标靶，眼都不眨地看了许久，最后从牙缝里挤出两个字："天才!"因此，我在训练营时就取得了专业步枪手资格，随后开始在各大知名射击比赛中大显身手。我的射击表演往往不是射中百米远的靶子，而是百米外的一个个子弹壳随着枪响被我整齐地打倒。

特种兵训练分三个阶段：第一阶段是基础训练，为期 13 周；第二阶段为 5 周，单兵训练提高班 3 周，小分队训练 2 周；第三阶段是训练提高班，为期 12 周。为了培养专业的特种兵，部队还特别开设了"侦察员"、射击武器、重型武器、工兵地雷、爆破、无线电通信和医务专家训练班。除此之外，学员们还可根据自己的愿望进行补充训练以获得相应职称，如跳伞健将和一级潜水员等。此外，特种兵还可选修以下训练班：别动队、外语班、生存班、空军瞄准和调度班、海军陆战队狙击、热带森林作战及其他国家的各种训练班。

特种兵还必须掌握两种跳伞方式：第一种是从 8 000 米高空跳伞，降至 300 米时打开伞的慢速跳伞；第二种是在同一高度跳伞，使用翼伞在方圆 10 ~ 12 公里的区域内降落。这些跳伞方式的特点均适用于在夜间条件下着陆。除此而外，特种兵还要学会掌握飞刀、十字弓、猎弓、吹箭、弩箭、刀具、绞杀、徒手格斗、白刃战、蛙人与反蛙人等。

我的军事本领使我很快崭露头角，因此被破格提拔为中尉，并开始以"孤狼"的代号带领团队单独执行任务。

此时，我的枪法已达到了出神入化的境地。我自创了一招"双龙奔月"的射法，技压群雄，天下无敌！那射法就是：左手拿一把手枪，右手拿一把步枪；第一枪由手枪击出，第二枪由步枪击出；第一颗子弹射出后，随即第二颗子弹射出，必须击中第一颗子弹的尾部，两弹前后串联，先后正中目标。于是，我也成了特种部队中狙击分队的佼佼者。

就在夏天的一个清晨，印度尼西亚首都雅加达市内交通进入繁忙时段前几个小时，我率领的一支 6 人组成的狙击分队秘密潜伏在市区的一座房子里面。这些人都是在各国特种部队里服役多年、反应快、射术精的优秀狙击手，绝对称得上是"精英中的精英"。

我们来印尼执行的任务就是剿灭这里制造自杀式爆炸的恐怖分子。几年来，印尼旅游度假胜地巴厘岛库塔的市区夜总会多次发生爆炸，造成包括 88 名澳大利亚人在内的 200 多人死亡、至少 330 人受伤。尤其是位于印尼首都雅加达市中心的澳大利亚驻印尼使馆门前发生的一起自杀式炸弹袭击事件，造成 11 人丧生、186 人受伤。在爆炸事件中伤亡的还有 20 名外国人，分别来自新西兰、澳大利亚、印度、挪威、荷兰、韩国、美国和加拿大等国家，其中尤以澳大利亚人深受其害。

这一系列恐怖袭击中使用了烈性炸药。军情分析人士认定，这一切都是活跃在东南亚的恐怖组织“伊斯兰团”策划实施的。因为这几年间，印尼境内发生的多起重大袭击事件均由“伊斯兰团”制造。从袭击目的和手法上看，“伊斯兰团”往往选择西方国家人士经常光顾的酒店或酒吧，且知名度越高就越可能成为袭击目标。

为了挖出制造“人弹”袭击的恐怖主义团伙，数月前澳方军情部门就在当地物色了一名线人，安插作为此次代号为“猎鹰行动”的卧底，并让他混进团伙内部摸清对方的行动计划和安装监听监视设备。正是依靠这名关键的线人，澳军才及时掌握了 3 名“人弹”的一举一动。由于事关重大，这一情报被列为“绝密”级情报。

我们所配备的武器包括席格—索尔 9mm 手枪、汉克勒·寇奇 MP5 冲锋枪和美国陆军全部小口径武器，以及其他特殊枪炮，如巴雷特和麦克米伦点 50 口径的狙击步枪。

印尼警方在万豪酒店 18 层的 1808 房间搜查中发现炸药和一枚未引爆的炸弹。据此判断，这个房间就是嫌疑人用以实施袭击事件的“控制中心”，袭击者假扮客人混入。

近年来，印尼方面重拳打击恐怖主义，逮捕了“伊斯兰团”多数主要成员，给这一组织以沉重打击。不过，“伊斯兰团”仍然是唯一一个有能力以西方国家人士为目标发动袭击的恐怖组织。虽然这一恐怖组织以前倾向于使用汽车发动袭击，但在多次恐怖袭击后，印尼境内的豪华酒店等目标安保措施得到显著提高，袭击者很难沿用这一伎俩，所以改用了自杀式爆炸。

上级告诉我们狙击小分队，据线人的可靠情报透露，当天上午估计三名自杀式袭击者会外出“执行任务”。狙击小分队的任务就是要在“人弹”动手之前将他们击毙。

就在我们小分队抵达目的地不久，就发现三名“人弹”已经整装待发了。“人弹”穿上了“炸弹背心”之后，打扮成平民百姓准备分头行动，准备袭击雅加达市内人群经常光顾的几个咖啡馆和餐馆。现在他们就在一家咖啡馆内。

我在就位之后观察过地形和周围的情况。这时总部建议我们破门而入，直接击毙恐怖分子。但是经过周密的考虑后，我决定放弃这个计划。因为这一方案过于冒险，发动进攻的士兵对里面的情况并不熟悉，容易被打黑枪，而且“人弹”还有足够的时间引爆自己身上的炸弹，与里面的所有人同归于尽。排除了这一计划的可能性后，我们马上汇报了 B 计划，并得到了总部的批准。于是我马上下达了命令：设法让这三名“人弹”从房间里一起走出来，在他们走到大街之前狙击手开枪命中他们的头部。我还一再强调，所有狙击手必须同时开火，在 1 秒钟之内解决战斗，不许给恐怖分子第 2 秒的反应时间。如果三名“人弹”的任何一个没有即时被击毙而启动爆炸装置的话，方圆数十米内的人就都会成为无辜的冤魂。

为了使行动方案更加周全，总部还派出了一支快速反应小分队部署在外围支援狙击小分队的行动。与快速小分队待在一起的还有一支由炸弹专家组成的排爆小组，以便在击毙“人弹”之后由这个排爆小组及时排爆。

为了配合行动，印尼两栖侦查突击队派出一个分队。警方也派出一队人马到附近区域准备维持秩序，并同时派出一架侦察机在这个城市上空 600 米处巡逻，实时向总部传送图像。

上午 9 点刚过，负责监听目标区域的阿拉伯语翻译就向指挥中心发回消息，三名“人弹”已经准备行动了。接到消息后，总部立刻命令隐藏在四周的狙击小分队“开始行动”。

当三名“人弹”进入街道之后，我命令狙击手立即开火，狙击手悉数一枪命中三名“人弹”的头部。当狙击手击中“人弹”的消息传回总部后，总部立刻命令外围接应的部队前去检查此次行动的效果。结果，他们发现三名“人弹”已经全被击毙了，而且三人都是头部一枪毙命。

在这次实际猎杀行动当中，我安排四名狙击手参加与行动。每个狙击手的分工都很明确，三个人负责找准目标开火，第四个队员作为替补，防止有队员的枪卡壳或者射偏而导致行动失败。

我们的完美表现受到了总部的嘉奖，我的军衔晋升为上尉。不仅如此，几天后总部又将我派往了 SAS 特别空勤团下属的一个秘密机构。这个挂靠在特别空勤团的机构仅仅是个招牌，实际上是在暗地里招募雇佣军。雇佣兵是一群“靠战争吃饭”的职业杀手。

雇佣军没有军人的荣誉，也不会对国家或者政府忠诚，而是为利益组合在一起的唯利是图的私人武装。只要有人肯出足够的钱，雇佣军几乎什么事情都会干。

雇佣兵也都是用自己的生命去赚取钞票的亡命之徒。雇佣兵最喜欢和独裁者或者暴君合作，尤其是正在面对内战需要大量雇佣军的独裁者。他们讲义气、付款快、不拖拉，所以雇佣兵就是拿人钱财替人消灾，受雇于进行各种暗杀、绑架、作战，甚至政变的人。

雇佣军作为一个特殊群体，以战争和冒险为职业。当雇佣兵就意味着必须吃得苦中苦。为了提高雇佣兵的素质，雇主花费了巨大的精力、财力和物力，对雇佣兵的训练方式极尽残酷、羞辱、恐怖、痛苦之能，受训人员不脱几层皮休想合格。每天早晨五点半起床后，第一天身负30公斤的沙袋跑16公里，第二天跑32公里，第三天跑48公里。每3天要进行一次5 000米的武装泅渡；5天一次铁人三项训练；7天一次越野训练；半个月进行一次高空跳伞训练；30天一次野外生存训练。

特别是进行游泳训练前，需要我们十人一队扛着合抱粗的圆木从营地走到海边，训练后再扛回来。新兵练习游泳时，老兵会用绳子把新兵绑起来，突然推到河里。待新兵憋得直呛水时，老兵才把他们拉上来。一天下来，同样的过程要重复上百次。

我们不但要熟练掌握从手枪到简式火箭筒、从摩托车到坦克车等82种武器的使用；还要完成武装泅渡、30公里越野、空中跳伞、水下排雷、执行突围、反突围、侦察敌情和攀登悬崖等高难度项目；而且还要像美国海豹突击队的队员那样，既能执行水下侦察任务和陆上特种作战任务，还能以空降形式迅速前往战区。

雇佣兵还有堪称残酷的耐力训练：队员平躺在地上，教官则站在他们的肚子上；或者扑上迎面高速冲来的汽车。在肉搏练习时，先是进行一对一，然后是一对二、一对三、一对多的搏击。

抗挨打的训练也是必不可少的。一人躺在地上双手抱头、全身蜷缩，周围多人拳脚相加。因为现实中这样的事情总是难免，挨打时还要时刻观察攻击方向，准备随时寻找空当起身反击，并且一定要一拳结束战斗。

教官对格斗术的要求是“一击必胜”。几个击打要害部位分别是：以鼻和面三角区组成的面部要害；以后脑、颈后三角区和颈侧三角区组成的颈部要害；以腹腔神经丛和紧贴于腹壁下的胃脏组成的腹前心窝要害。训练不仅总是花样翻新，而且不断加码。经常是训练时间由白天改为夜晚，休息时间全部被占用来搞训练。还要增加100个引体向上、200个俯卧撑、300个仰卧起坐、1 000次跳绳。不出几个月，原来报名的500多人此刻已经被淘汰了400多人。

一天，教官在凌晨3点吹起紧急集合号。我们第一时间冲出房间后，被教官手持高压水枪浇成了落汤鸡。集合完毕，教官宣布解散。我们回去刚刚脱下湿透的衣服，还没等睡觉，马上又响起第二次紧急集合号。我们重新打起背包集合后，教官让我们来了个5公里越野。

到达目的地的一座山上后，天色已经大亮。不知道教官是什么用意，他提前穿好了防护服，却将树上一团巨大的马蜂窝从树上捅了下来。突然轰的一声闷响，随即飞起一团“黑雾”。亚热带原始森林的马蜂个头很大，能把人蜇死。毫无准备的雇佣兵们和我一样只顾拼命地逃命。我脱下外衣准备横扫马蜂，其实这种抵挡是无用的。眼看着难逃马蜂的毒手，我和几个雇佣兵一边飞跑着一边观察地形。我发现前面有一条溪流，就迅速跳进了溪流里。我沉入水下，马蜂只能在水面上轰鸣而无可奈何。

一会儿，我将头伸出水面呼吸。马蜂一见，就又拼命俯冲下来，可一接近水面，我就又沉没于水下，不少马蜂被急流冲走。我露出水面，马蜂又来了，我又沉下去。如此反复，急于进攻的马蜂不断被急流冲走。庞大的蜂群只剩下一小撮了。它们不敢恋战，悻悻地飞走了，消失在丛林里。

此一遭遇，雇佣兵们大多数被蜇伤，还有两名士兵死于非命。这是我记忆当中最为惊险与刺激的一次。

大海、沙漠、孤岛、原始森林，各种环境都是雇佣兵进行淘汰式训练的场所。至于擒拿格斗、搜索救援、战场掩护、战地协调、气象评估等自不必说，更加残酷的还包括徒手擒大雕这样专门用于锻炼人的意志和勇气的高难度训练。

这天的天气非常晴朗，教官把我们带到一座山下，并让我们躲在几棵雪柏树后面。他自己爬到了几块巨石之上，先把一个支架立起来，又用一大块帆布罩在上面，随后在帆布中央放了不少新鲜带血的牛羊内脏，然后扯开一张破渔网盖住。准备就绪后，他就钻到了帆布下面。

不久，只见一只山鹰出现在高空中，并迅速逼近。山鹰越飞越低，在半空盘旋着。终于，它俯冲下来，叼住了一截肠子便往上扯。不料，渔网兜住了肠子。山鹰只好停在帆布上，一个劲儿地啄食着食物往肚子里吞咽。突然，帆布一弹，它被帆布牢牢夹住。它发出“嘎嘎”的尖叫，煽动着双翅想逃脱，但已经来不及了。顷刻间，山鹰便被帆布包了个严严实实。这时，教官从下面钻了出来，那山鹰早已是他的囊中之物。

徒手逮大鹰，真神！我们不知该怎么夸赞教官了。教官给我们演示完，下面就该看我们的了。教官说：“这些看着简单，其实并不那么简单。首先手指必须要有劲儿，下手要快而准。如果一下没抓牢它，它可能会向你进攻。那是非常危险的，有不少人曾被啄瞎了眼。”

我自信臂力过人，更是非先试一下不可了。教官替我设好机关，便下去了。我耐着性子等了足有半个小时。突然，我觉得一团阴影罩在了帆布上。山鹰终于来了！但不是山鹰，而是一只大雕。大雕盘旋了一阵，接着就俯冲下来，由于用力过猛，竟把帆布啄了个大洞。这只大雕实在太大了，比刚才教官捉的起码大两倍。大雕又在帆布上啄了几个洞，肆无忌惮地吞吃着肠子。

渔网下面一对粗腿和黑乎乎的利爪赫然呈现在我的头顶，真的是一个庞然大物。眼见它爪子穿洞而入，我抓住时机猝然出击，一下抓牢了大雕的脚腕，想把它拉进支架。这时大雕尖叫着急速扇动翅膀升空，我像被一架直升机拉得飘起来了。

我睁眼一看，只见瞬间已离地两三米了！我稍一犹豫，只几秒钟，我又升高了几米，我只有抓牢大雕的爪子。我低头一看，教官就在脚下嘴里大喊着，并投掷着石块。

大雕越飞越高。而帆布正包在我身上，它飞得也很吃力，双爪乱抖，极力想摆脱掉我。可我已在几十米高的空中了，任它怎么甩我也不肯撒手。它见甩不开我，便用嘴来啄我。我的肩头上结结实实地挨了一下，疼得钻心。它一低头啄我，身体失去平衡，便向下栽去。下降了十几米，大雕重新振作起来又向高处飞去。当它飞临一个狭长的山谷上空时，一阵狂风正从谷口吹出。大雕利用这股强劲的气流，一下子升高了四五十米。

在高空中，它伸展宽大的双翼越飞越轻松。看样子，它永远也不会停下来歇一会儿了。我在下面没有任何防护措施，一旦失手就会摔成肉饼。

我突然发现，那辆越野车正跟在后面。我的战友们在注视我，并且用枪瞄准着大雕。但是，他们担心伤到我，所以并没有开枪。时间久了，我的双臂酸麻起来。手腕快要累断了，但是我必须死死地抓住大雕的爪子，不敢有丝毫放松。

突然，大雕加快了速度向一道垂直的石壁冲去。大雕越飞越快，我的身子直往后飘。在即将撞上石壁时，大雕猛地停住了。而我由于巨大的惯性，像被一股不可抗拒的力量推动，直向坚硬的岩石砸了过去。

等我从昏迷中醒过来时，战友们已经把我拉回了营地。

惊心毛虫战

雇佣兵的训练一次次加码，难度也越来越大，由常规训练发展到战术的训练：渗透、狙击、搜索、攻击、跟踪与反跟踪。武装泅渡与急行军要穿越海峡或茫茫原始森林和沼泽地带，要求在鲨鱼或水蛇出没的海峡及伴有腐烂尸体、水蛇、尖桩和陷阱的泥水中前进……

雇佣兵不仅要求队员身体强壮、武艺高强，更需要他们头脑清晰、足智多谋。关键时刻能以一当十，甚至以一当百。在残酷和惊心动魄的野外生存训练中，一个人要身背36.5公斤的装备，在丛林中生存14天之久。

有一次训练，让我至今想起来都不寒而栗。

那次，教官将我们带到一片草原上，等我们安营扎寨以后他开车扬长而去。雇佣兵们要在这里接受为期一周的野外生存训练。没有食物，只是每人带有一壶水。雇佣兵们只能靠捕捉田鼠、蛇、蝗虫、野兔，采摘野菜、野果而生存，倒是没有生存的危机。但是，大自然的危险往往来自意想不到的各个方面。

夜幕降临，我们开始挂上吊床休息。虽然经过一天的劳累，但我们都只静静地躺着，睡觉也不踏实。我们倒不是担心那些夜晚新来的狩猎者，而是害怕这里的“合法狩猎者”——眼镜蛇、老虎、熊和巨蟒。白天，在丛林中像是走在一个动物王国中，听到它们的吼声，看到它们的脚印或踩上它们留下的排泄物，不过是感到惊奇和刺激而已。但是在夜晚，这些声音和动静就不仅是刺激了，而更是恐惧和担心。

就在野外训练的第三天白天，营地远处开始传来一种细小而连续不断的声音。起初声音好像蝗虫的利牙发出的嘎吱声，又像是野火燃烧大草原时噼啪作响的声音。声音越来越大，士兵们惊恐起来。被派出去的侦察兵回来报告：有一公里宽、两公里长的红毛虫群正在向我们营地袭来！站在高位岗哨上的士兵，通过高倍望远镜也发现了情况，随后发出了喊叫：“啊呀，不好了！那条黑压压的红河全是毛虫，正在迅速向我们这里袭来。”

红毛虫，我们以前虽有所耳闻，但是都没有亲身经历过。我马上登上哨位亲自察看，结果让我惊吓不小。一股一公里宽的洪流汹涌而来，洪流里的每一滴“水”都是红毛虫！受伤的动物，无论是野兔还是羚羊，只要碰上这种虫流就休想活命，洪流涌过后只会留下一副精光的白骨！

我向教官提出：我们马上撤退吧，不然后果不堪设想。教官来自英国，没有听说也并不相信我的话。没等我说完，他跺着脚生气地嚷起来：“你疯啦！我们是会战斗的战士。怎么能见到毛虫就撤退呢？传达我的命令，坚守岗位，逃脱者杀！”

我说：“你才疯了呢！你不知道吗？只要有一只红毛虫咬你一口，就够你受的啦，更别说是遇到红毛虫群了。它们每一只都是从地狱里放出来的魔鬼，你眼睛眨几下，它们就可以把一条大水牛啃得只剩一副骨架子。”

教官咧着嘴斥责我道：“不用你吓唬我。我也曾身经百战，多么凶狠的敌人都见过，你到别处去吓唬人吧！”

我叹口气说：“那好吧，我已尽了我的职责。不过，我还得提醒你，你要对我们四十名士兵负责，要对我们的生命负责！”说罢，我到别处去了。

我当然知道毛虫群的厉害，可我实际上也是天生喜欢冒险、喜欢刺激的人，所以我一心想跟这群毛虫较量一番，跟士兵们同毛虫决一死战。为了安全起见，我们转移到一座废弃已久的兵营里。

到了中午，从树林方向逃出来一群猴子、蛇虫、野兔，就连往日难得一见的小动物也一起逃生出来。它们到了河边，有的游水过河，有的沿着河岸拼命奔跑。天上的鸟儿们惊慌地叫着，拍着翅膀飞过河去。

我知道，河水是对付毛虫群的最好武器，也是我留下来的重要原因。营地四周挖有一道四米宽的壕沟，虽然挖得不太深，但是将营地包围了起来。最北面便是一条大河。河上游有个大水闸，河水由水闸引进壕沟里。若是将水闸全打开，连营地都会被淹没。我估计毛虫群快过来了，于是和雇佣兵一起打开水闸，将水灌进了壕沟。这样，营地便有了一道护城河，就可以阻挡毛虫群的进攻了。我还吩咐雇佣兵将靠近壕沟的树全部砍掉，以防毛虫从树梢跃过沟来。

我看见壕沟后面还有条收集雨水的渠道，便吩咐士兵准备了大量汽油，万一壕沟那道防线失守，就将汽油灌进渠道，点起火来，筑成第二道防线，阻挡毛虫群的进攻。

当我再次到南面去察看毛虫群的动向时，不由惊得头上冒汗了。只见远处山冈上、荒野里铺天盖地，就像盖了一张几平方公里的黑褐色的大地毯。这地毯向兵营两边伸展，从东向西滚滚而来。毛虫群所过之处，所有绿色的青草顷刻间变成了黑褐色。在一片沙沙的响声中，数不清的红毛虫正一步步逼近兵营。

突然间，只见前面树林里冲出一团黑色的东西。我定睛一看，啊，那是一只野马，它浑身上下叮满了毛虫。它疯了似的在地上蹦跳翻滚，可没到五分钟就变成了一副白晃晃的骨架子。我不由得打了个寒噤，速让大家做好战斗准备。

红毛虫如期而至，并已井井有条推进过来。世界上没有一支军队能像它们这样有纪律。它们如同火山喷出的岩浆一样扫荡着一切前进道路上的障碍。

在毛虫群大军的前面是一支先头部队。它们直奔水沟，左右两边的毛虫群也各有自己的先头部队。它们就像伸出的触角一样，迅速将情报传回指挥中心，很快毛虫群作出了决定，以钳形队伍向兵营两边包抄过来。不到一小时，水沟外已全部被黑压压的毛虫覆盖。毛虫群到达水沟的尽头以后，就开始向兵营展开了进攻式围剿。

只见沟边的毛虫陡然加厚了好几倍，刹那间成千上万只毛虫冲进水沟。水正在流着，将一堆堆毛虫冲走了。而后面的毛虫仍然前仆后继地涌下水沟。毛虫群挣扎着，前面的毛虫沉下去，后面又源源不断地冲上来，压到水面上的毛虫身上。它们显然是想以毛虫的牺牲精神来填平水沟，然后再冲进兵营。

毛虫群不知道在哪里发现一块三尺长的木板，推进水沟里后，立刻在木板上聚集成一个大毛虫团向兵营方向漂移过来。一个士兵拿起泥团扔到毛虫群的木板附近，毛虫群被水波冲击后，落水不少，但是仍然有毛虫群浮在上面，眼看着它们已伸展到水沟中央了。我立即派人骑马到水闸处去，吩咐放下更多的河水，打算把进攻的毛虫群彻底冲走。但是沟里的水流得仍然不太快，毛虫群仍然在强渡水沟，有些地段毛虫已经陆续登上岸了。

这时，一名士兵跑上前去用铁铲拍打涌上岸来的一大群毛虫，但他的动作慢了点儿，被几只毛虫爬上他的上手臂猛咬起来，疼得这士兵一阵惨叫，倒在地上。一个士兵眼尖手快，冲上去帮他脱掉衣服，把那几只毛虫掐死，救了他的命。士兵们急忙用喷火器喷了一阵汽油，这才将登上岸的毛虫赶落到水沟里。这时，水闸开得大了点儿，一阵水涌来，将大团大团的毛虫冲走了，毛虫的攻势才减弱下来。

人类可能低估了毛虫的智商。在这里的毛虫简直是不可思议的动物。我在望远镜中发现，兵营西段接近树林的地带，树林也已经被染成了黑色。每棵树全被毛虫布满了。绿色的树叶像雪片似的从树上飘落下来。原来，那些落地的树叶是被毛虫咬掉的。树上的叶子迅速被咬光，树叶像是长了腿，由地面上的毛虫群将树叶运往水沟边上。毛虫的意图很明显，它们是以树叶为船，要强渡水沟。每一片叶子上载着几只毛虫，树叶漂过沟来，毛虫便开始登陆了。

士兵们全部出动，用铁铲、树枝拍打，将毛虫们赶下沟去。接下来不久，更强大的毛虫军团开始了又一次的进攻。我命令开放水闸的人先将闸关闭，等沟里水位降低到将近沟底时，再猛地打开水闸，让河水冲进沟来将渡沟的毛虫连同树叶冲到河里。这个办法十分有效，冲走了亿万只毛虫。但毛虫军团仍是源源不断地涌向水沟。眼看着沟里水位下降，已能看到沟底了，但还不见河水冲过来。

正在这时，突然一个士兵发疯似的狂奔过来，呼喊着：“不好啦，它们过来啦！”我派出一名士兵立即向水闸奔去，只见毛虫们发起新的冲锋，已经渡过水沟将水闸包围了。开水闸的士兵们来不及打开水闸，就被毛虫群咬得哇哇直叫，自顾逃命去了。水闸失守，第一道防线崩溃。毛虫群全线进攻，立即将沟填满。毛虫群又越过水沟，占领了水泥渠外的整个地带。

我指挥士兵群撤退到水泥渠后面。这儿离水沟有500米宽，毛虫群爬过来还要一段时间。刚吩咐妥当，毛虫群已经爬上了水泥渠，但它们一闻到渠里的汽油味就立即停住了进攻的脚步。就这样，人与毛虫以水泥渠为界，一直对峙到第二天天亮。

当太阳升起时，我爬上屋顶向四处张望。只见水泥渠外几公里内，全是万头攒动的毛虫，连一点儿泥土的颜色也看不到了。到了中午，毛虫群似乎习惯于闻汽油味了。它们爬上水泥渠，涌进汽油里，没一刻就将水泥渠填满了。

眼看第二道防线失守，在士兵们的惊叫声中，我将一块石头扔进水泥渠，在毛虫群中砸开一个缺口，露出一点汽油的表面。我随即点起一个火把，扔进水渠的汽油里。“呯”的一声响，水泥渠中的汽油立即燃烧起来。顷刻间形成了一道火墙，将毛虫烧得噼啪直响。火阵使毛虫群纷纷朝后退去，士兵们一见都大声欢呼起来。

然而，毛虫的退却只是暂时的，当汽油燃烧殆尽时，它们又一团团爬了上来。我又叫士兵们将一桶桶汽油放进水泥渠中，再次点火焚烧。就这样，水渠中堆满了烧成灰的死毛虫，而活着的毛虫仍在源源不断地爬进水泥渠里。眼看汽油烧光了，而毛虫的攻势更强了。

看来与毛虫的贴身战难以避免，搏斗就在眼前。有两个士兵吓坏了，他们打算跳过水泥渠，直奔到大河边游过河去。但当他们刚跨过水泥渠，就惨叫着倒了下去，一眨眼工夫就被千万只毛虫吃掉了，成了两具白骨。其他士兵被眼前这残酷的景象吓呆了，我只有铤而走险了。我穿上高筒皮靴，戴上橡皮手套和防风眼镜，在衣服与皮靴之间塞满了布条，又用被单将头缠起来。我对大家说：“现在唯一的办法，就是冒死去打开水闸。让河水淹没兵营，这样才能把毛虫冲走！”士兵们一听都明白了，大家都为我的生命安危担心。我故意显得胸有成竹地对大家挥挥手，说：“等着吧，我一定回来！”说罢，快速向西北角跑去。

我沉住气，跳过水渠飞快地奔跑。我不去看脚下蠢动的黑褐色的大毛虫，也不理会毛虫正沿着衣衫在往身上爬，我只顾飞快地奔跑。啊，水闸就在前面，三百米、两百米……只剩一百米了……

我终于奔到水闸边上。我一把握住被毛虫盖成一团黑色的轮盘使劲转动。就在这时，毛虫立即涌上了我的手臂、肩膀和头上，我使劲去转动轮盘。轮盘转动，闸门打开，河水哗啦啦从闸门冲了出来。当水滚滚流进兵营时，我发现自己由头到脚已被毛虫盖满了。我感到毛虫在身上爬动着，用嘴咬破了我家的衣服，咬得我疼得发抖，一手拍打着把身上的毛虫拍落下来，另一只手抹着脸上的鲜血，把正在咬我的毛虫抹下来。我本该跳进河里游过河去，可一心想着水渠后面还有几十个士兵，我可不能丢下他们。想到这儿，我纵身跳进了水渠回跑去。

在水流的冲刷下，毛虫被冲走了，但是我却觉得心跳急促，耳朵里在嗡嗡地响，呼吸也越来越困难了。我知道，毛虫的毒性在发作了。我一点力气也没有了。我想到了那变成一副白骨的野马，想到了被毛虫吃得只剩下三具白骨的战友，也想到了自己的末日。于是，我拼命挣扎着爬起来，跌跌撞撞向士兵们冲过去。终于，我跳过了水泥渠，回到了伙伴们中间。

当士兵们迎上来时，我已失去了知觉。

这时河水已将兵营淹没了一半。滚滚河水冲走了庄稼，也冲走了亿万只毛虫。一场可怕的人虫大战，终于以毛虫全军覆没结束了。

黑熊伴我行

在雇佣军里，为了锻炼个人实战能力和野外生存能力，教官还将每个人单独放在野外进行强化训练。派往的地点往往是野兽毒虫险象环生的地方。每个人只许带一把野战匕首、一天的军粮、盐、香肠、硫黄粉、指北针、水壶、GPS 定位仪、开山刀、绳索和一些必备的野外生存工具。

这天，我被单独派往野外一个指定的山区。我背着露营装备，整整走了一天。

傍晚，我来到指定地点，在一个平坦区域选择好了一块空地，架起了帐篷。我采集了野果野菜正准备晚餐，猛一抬头，只见 40 米左右处有一头极大的黑熊正在朝着帐篷走来。这是一头成年大黑熊，足有 500 斤重，它的彪悍使得没有任何野兽敢轻易去攻击它。

我一看见它，马上紧张起来。我清楚地知道我闯进了黑熊的领地。这一带黑熊相当多，一般来说，只要你不招惹它，没有激烈的动作惊扰它，一时不会有太大问题。于是我沉住了气，以友好的手势面带笑容向黑熊招手。大黑熊在距离我 5 米左右的距离停下，警惕地观望着我，似乎在想下一步如何采取行动。

我从行李中掏出一根香肠，并没有向它扔过去。因为我担心大黑熊误认为是我在向它发起攻击。我只是示意大黑熊过来，我们是朋友，有好东西让它分享。也许是香肠的香气立刻引起了它的兴趣，它毫无顾忌地向我走来。看起来它并没有攻击我的意思，我也就大着胆子拿着香肠，在它到我跟前时将香肠送进了它的嘴里。

大黑熊吃了香肠，也没有要伤害我的举动。为了尽快摆脱大黑熊，脱离险境，我慢慢向另一个方向移动。但是令人惊讶的是，大黑熊却跟着我走。我向哪里，它就走向哪里。看来，我一时摆脱不了大黑熊了。我决定去钓鱼，看它跟不跟过来。当我拿出鱼竿走向河边时，谁知它竟然也跟了过来。我在河岸上选了一个地点坐下，大黑熊也摇摇摆摆地走过来。它毫不客气地在离我两米远的地方蹲下，全神贯注地注视着我的举动。

我的钓技不差，鱼钩甩出去不一会儿，一条一尺长沉甸甸的草鱼就被钓了上来。大黑熊看见了食物，贪婪地站立起来，靠近了我的身边。我怕它不顾一切扑上来抢，忙不迭地将鱼摘下鱼钩，向大黑熊抛去。它熟练地一口叼住草鱼囫囵吞了下去。

大黑熊的欲望一下子就调动起来，它挨得我更近了，甚至把它那肥胖的屁股靠着我，专心致志地等起大餐来。不一会儿，我的第二条鲶鱼又上了钩。大黑熊好像知道我一定会将鱼送给它吃似的，干脆挺文静地等在那里，大大方方地耐心等着。我从鱼钩上取下鲶鱼时，由于鲶鱼身上的黏液太滑，一下子掉在地上，大黑熊嗷的一声长吼，吓了我一大跳。再一看大黑熊，它马上向翻腾跳动的鲶鱼冲了过去，将鲶鱼一口咬住，津津有味地大嚼起来。

天完全黑了下来，我一连钓到的七条鱼都被它一一吃了下去。我知道大黑熊已经吃得很饱，吃得很得意，也很有味道。

我断定与大黑熊之间不会发生危险了，于是我便收起鱼竿，转身赶回帐篷，我招呼大黑熊："你也回家吧，我要休息了。"可是，不知趣的大黑熊仍然跟在我的后面，尽管它的态度很友善，但也不得不让我担心。我想野生动物都怕火，我生起营火看你走不走！奇怪的是，面对营火，大黑熊就是不走，稳当当坐在营火的圈外。

我做的野菜汤，大黑熊不感兴趣，我就自己吃了起来。吃完饭，这个自来熟的大黑熊还是赖着不走，我毫无办法。我想干脆睡我的觉，只要你不伤害我，你爱走不走，反正我不会再搭理你。

当我进入帐篷躺下的时候，大黑熊挨着我的帐篷也躺了下来。它的身上散发一股骚臭味，熏得我好恶心、好难受。熏就熏吧，只要没有危险就行，我渐渐进入了梦乡。

刚刚睡着，大黑熊一个喷嚏将我震醒。我睁眼一看，原来营火的烟雾向我们这个方向吹来，大黑熊哼着鼻子打了个喷嚏。我觉得好笑，于是我也学着打了一个喷嚏。心想，最好大黑熊也拿我当作它的同伙看待别认生。这时，我的担心完全解除，我要安安心心地睡了。

第二天，天还没亮，我又被一阵动静吵醒了。大黑熊开始掀起帐篷拱我的行李，把行李里面的东西扬了出来。它吃掉了我的香肠，又在一个塑料袋上舔了起来。我吃了一惊，蓦地想起一件事：熊最爱吃盐。原来它打开食物袋，就是发现我的行李里有盐。

果然，它发现盐后高高兴兴地舔起来。舔完盐后，它才站了起来打了一个又臭又有腥味儿的嗝，走到外面阴雨绵绵的黑夜里去了。见它走了，我长长地嘘了一口气，老老实实躺下又睡着了。

天亮后，我发现帐篷又开始摇晃，凭着臭味儿我就知道又是这位大黑熊回来了。看见我钻出帐篷，它低声地咆哮着，竭力想搔尾巴上方的臀部，可是够不着。我终于明白过来，它是被虫叮咬后痒得难受想要我帮忙。我把手搁在它背上，轻轻掀开它的长毛察看起来。

我发现它短短的尾巴上方果然有几只肥大的扁虱，已经深深嵌入它红肿的皮肉里。于是我慢慢地用手捉出了第一只扁虱。黑熊吼了一声，大概是表示对扁虱的气愤。接着我又捉出第二只……直到捉到最后一只时，它温柔地向我晃晃头，算是在表示谢意。

我推想不能在此久留了，野兽毕竟有野性。我担心黑熊一旦反目，我便会面临危险。于是我拆了帐篷，收拾完行李就准备出发了。使我惊奇的是，大黑熊像一条忠实的狗，依然紧紧跟在我后面。

这样，我们一道走了一整天。这一天中，我又钓鱼又摘大蜂窝笼络它。

在第二天下午，大黑熊突然走到我跟前，挡住了我的去路。然后它领我笔直走到一株中空的枯树前，用利爪拼命地摇那棵树。我这才发现，树的中间赫然有一个大蜂巢。显然，是大黑熊拿它没有办法要求我帮助。

我在行李里拿出了蚊帐罩住脑袋，扎紧衬衫袖口、裤管和手套口。我先捡来枯柴，在那棵枯树根部点起一堆烟火来，再用树枝直捅大蜂巢。蜜蜂的“嗡嗡”声大作，蜂巢落在地上。这个蜂巢里面足足有十几斤蜜和蜜蜂食料。大黑熊一点也不怕蜜蜂，马上将它们整个儿吃了下去。

然后，大黑熊看见我休息，也美美地睡在我的睡袋后面，鼾声大得像一架飞行着的飞机。

只要不睡觉，大黑熊的嘴总是不停地吃。每当我休息的时候，它就去掘草根，或者找些浆果来吃。它的鼻子非常灵，能闻到 200 米以外的好吃的果子，或者渡过河在一块岩石下找到花栗鼠储存在那里的硬果。

这天下午，我正穿越过一片矮柳，大黑熊突然后腿直立嗥了一声。我左右一看，不见什么东西，刚想再走，可它站立着挡住我不准我前进。接着它上前几步，咆哮一声，呼地一下那堆柳丛后面站立起来四头熊：一头黑的、一头棕色的、一头肉桂色的，还有一头有些白糊糊的。

它们约莫都只有两岁左右，如果是我独个儿遇上了，肯定够我受的！我吓得屏住了气，不知怎么办才好。但是大黑熊一点儿也不含糊。只见它以雷霆万钧之势首先扑向最近的一头，只一掌就打得那熊滚了两个滚；接着，它又打发掉了第二头。另外两头熊一见势头不好，转身就跑，大黑熊又去追赶它们。但才追出几步，它记起我来，急忙跑回来护住我。此时此刻，我被感动得眼睛里蓄满了泪水。

这天夜间，我们在营火堆旁坐得比平常近些，大黑熊用前掌轻轻地推我，注视了我好久，这才准许我睡下。

一周的规定时间到了，我已完成了我的训练日程——已经走完了我该走的那段路。离开了山区，一直跟随着我的大黑熊突然转过身去，大踏步地向我们刚走过的山坡跑去。我一直目送着它，我突然明白了，因为前面已再也没有山了，而大黑熊是不能离开山的。

这天夜间，我好久好久没有睡着，我知道我是再也不会看见它了。但是，我是那么珍惜与它的友情，我永远也忘不了这位可爱的熊伙伴。

雇佣兵通关

雇佣兵的最后考核，是完成雇佣兵培训的最后一道关。那是在一个海岛上进行的。

夜幕笼罩，又没有月亮。快艇航行在茫茫寂寥的太平洋海上，船舷四周像是蒙了一层黑天鹅绒，什么也看不到。驾驶员突然对我说："先生，快到了，准备下船去吧！"

我惊讶地问："怎么，就在这儿吗？"

考官说："前面不远就要到了。"

我奇怪地问："这里是茫茫大海，我怎么没有看见岛？这是个什么地方？"

考官惴惴不安地指了指前方，说道："我也说不清是什么岛。可是按规定，我只能送你到这里。你要十分小心，希望你胜利归来。"

我点了点头说："好吧。"

考官将船停了下来，倚在船舷旁，舒舒服服地用他那精美的烟斗抽着烟。

我已经完全准备好了，刚刚要跳下大海，一声突如其来的枪声把我吓了一跳。凭着我特有的听觉，立刻判断出这是手枪声，是从我的右前方传来的，接着又响了两下。我知道这是岛上的考官已经发出了准备迎战的信号。可是黑夜沉沉，我什么也看不见。为了通过这次考核，我什么也不再多想，立即跳到温热的海水里去了。

我奋力浮出水面，向右前方游去。这时，快艇已经全速行驶出去很远了，不久就消失在黑夜中。我拼命地朝那个方向游去。游了十分钟之后，我终于听到了海浪拍打岩岸的声音。我知道已经到了目的地，于是用力游了过去，使劲地爬上岸。

我在丛林边寻找着道路。走着走着，我发现了一摊血迹，一片被压倒的草，还有一个弹壳。看样子像是一头挺大的动物受了伤，被一枪结果了性命。我仔细地检查了一下地面，又发现了一双猎靴的痕迹。于是，我便沿着这双猎靴的痕迹前进，果然找到了一条小路。顺着这小路走去，我感觉周边有一种异样，仿佛有许多的看不见的眼睛在盯着我的一举一动。我立刻警觉起来，放缓了行进的脚步。雇佣兵的自我保护意识提醒我，这里有埋伏，不能再走这条小路。于是我偏离了小路，小心翼翼地寻找着其他的路径。

果然，我在路旁的一棵树上发现了一张弓箭。弓索用树皮固定，弓身两头十字绑定。弓索为双线，中心位置放置鱼网状的长方石块。如果我不小心走在这条小路上，就肯定会被石块击中，还没上岛就会使考核夭折。于是，我马上紧张了起来。

为了防止落入陷阱，我找到一根木棍，一边试探着地表的虚实，一边缓缓地前行。随后，我又陆续发现了几个陷阱。地表伪装得简直太好了，即使是在白天也很难被发现。陷阱呈桶状地被埋在地下，与地面成60度，插着竹签的陷阱签头朝上。

继而，我又发现了一个绳套陷阱。这是一棵多枝的树，树枝被弯靠在相邻的树枝小细叉上，铜线一头系着活套，套索埋在地面伪装的树叶上，另一头连接在树干上。只要我一踏上去，就会被迅速套中吊在树上。我还发现了几处侧面打击陷阱，是专门用于夜晚打击的。这是在一个个网格框架中插着利器，将藤绳或草结从框架中间穿过，绳一头固定死，另一头沿隐蔽大树绕上树干。绳的固定点到框架之间系着活草扣，可随意改变陷阱打击的方向，可以从上面打击，也可以从下面打击，方法非常灵活。

为了一一排除陷阱，我已经消耗了几个小时。半夜时分，我终于看到了一片灯光。原来那一片灯光不是来自想象的村庄，而是一栋巨大的城堡式别墅。这别墅建筑在三面临海的一个悬崖上，简直像传说中的海市蜃楼。

我来到了这栋别墅门口，轻轻敲着那高大的铁门。突然，门一下子打开了，站在我面前的是一个壮如铁塔的黑胡子大汉。他手里握着一把左轮手枪，正对着我的胸口。

我立刻立正敬礼，并回答道："长官你好！我叫韩斌，前来向你报到。"然而，我把这话说了三遍，那黑胡子大汉仍然无动于衷，枪口还是对着我。就在这时，一个身穿晚礼服的彪悍男人从大理石楼梯上下来了，这黑胡子"啪"地一个立正，立刻让到了一边。

"欢迎你，大名鼎鼎的孤狼先生，"那男人笑着说，"我早已读过你的档案，认识一下吧，我是扎罗夫将军。"将军说着，朝那黑胡子做了个手势，黑胡子马上退了下去。

提起扎罗夫将军，他在第二次世界大战时可算是出足了风头。他当时只有20来岁，曾在法国、意大利、苏联、美国和日本成功地刺杀了五个强大的对手，被誉为"职业杀手"，深得军人的赏识。

将军说："请原谅我用这种方式接待你。进来吧，孤狼。"将军引着我来到一个富丽堂皇的大厅，只见这大厅的四周堆放着各种动物标本——狮、虎、野牛、大象、熊、驼鹿的头颅标本。而将军的仆人伊凡，在他的吩咐下，很快地摆上了一桌十分丰盛的晚餐。

将军说着："你一定饿了吧，先吃饭吧。看来你对我这些猎物感到很惊讶吧？这是因为我非常喜欢打猎，我平生只有一个爱好，就是狩猎。"

我好奇地问："请问考官，我们的考核就是在这里进行吗？"

将军不紧不慢地说："正是，正因为这里险象环生、地理环境复杂，才更有实战的意义。我们雇佣兵买下了这座孤岛，建造了这座别墅。这里有大海、丛林、小山、沼泽、陷阱以及像迷宫一样的小路。我们就是要在这样的环境下通过雇佣兵最后的考核，筛选出我们雇佣兵中最好的特种兵。”

“那么我的对手是人还是动物呢?”

扎罗夫说：“不，是我找到了一种最理想的动物来作为我的猎物，因为它有胆量、机智，而且它会思考。它就是孤狼。”将军说。

我马上领会了将军的意图：“你是不是在说是我们雇佣兵?”

“是的，孤狼，我只狩猎像你一样的雇佣兵。当你爬上我这个岛的时候，我就把你作为了猎物。你刚才已经领教过了。明天我给你足够的食物和一把锋利的刀，让你先走三小时，然后我去追你。我不带武器，如果三天之内我没有找到你，就算你赢了，如果我找到了你，你就输了。不过到现在为止，我仅仅输过两次。”

“我们什么时候开始?”

“今天你很疲劳了，咱们明天见，晚安!”

说着，将军让伊凡带我到一个十分舒适的房间里去休息。

第二天早餐时，将军对我说：“要知道，你可是个经过正规训练的雇佣兵。所以只有当你赢了，我的船才会送你回大陆。”说完 ，他一挥手，那个伊凡就拿来了一套猎衣、一柄刀和一些干粮。将军说：“带上这些吧，你现在就可以出发，我到黄昏后来追你。好，再见!”

我知道，到了现在通关测试正式开始了。我别无选择，只能立刻带上这些东西，走出别墅大门。

我向山上奔跑着，想尽快拉开与将军的距离。可是跑了一阵之后，我发现这样是愚蠢的，因为这样直线逃跑最终只是跑到大海边，而到了大海边，也就没处可走了。于是，我离开了刚才的小路，走进了荒野。我像狐狸躲避猎人那样，兜了许多错综复杂的圈子，一遍又一遍地重走旧路。直到傍晚，我走上了一个树木茂密的山冈，小心翼翼地爬上了一棵大树，在一根很粗的树枝上躺下了。

天刚蒙蒙亮时，我下了树，如同一道虚影一样隐藏在一片草丛中。而这时的远处，也传来一阵阵响动。虽然声音不是很大，但是我可以明确地感觉到，这不是任何动物行走发出来的声音。果不其然。时间不长，穿着野战迷彩服的将军进入了我的视线。我看到一个黑影正向这边走来，走的正是我昨天走的那条路线，此人正是扎罗夫将军。

将军来到大树下，仔细地观察地面，他不时抬起头来，一寸一寸地顺着树干朝上搜寻。我知道他已经发现了我。我随时准备扑下去，与将军搏斗一场。可是将军在这当儿停止了。他抽了根烟，微笑着吐了个烟圈，然后就走了。

我马上就想到，将军难道真的没有发现自己吗？不，他已经发现了，他这是故意留着我以便慢慢来打猎取乐，就像猫捉到老鼠并不急着吃一样。想到这里，我马上又行动起来，走出丛林。

我看到一棵巨大的死树摇摇欲坠地靠在另一棵比它小的活树上。我灵机一动，立刻在那棵活树干上小心地砍了几刀，然后用一根树枝撑着，做了个触发器。做完了这些，我就躲到离这两棵树七八十米远的地方躲了起来。不一会儿，将军又沿着我的脚印赶来了。他走得很慢，大概他搜索得太专心了，以致还没看清是什么就撞上了那个触发器。但他的反应太快了，往后一闪。那棵死树"噼啪"一声倒下来，仅仅擦伤了他的肩膀。

将军从来是居高临下算计雇佣兵的，而很少想到自己会被算计。于是他大声地喊道："孤狼先生，我佩服你的胆识。我想你就在不远处，看来你还挺有办法的。现在我回去休息一下，不过我马上就会回来。"

我看到将军一离开，马上就飞一般地奔跑起来。跑着跑着来到了一块泥土松软的草地，我立刻又有了主意。我取出猎刀，使劲地挖了一个坑。然后削了几根尖利的木桩插在坑底，再飞快地用杂草和树枝编织着盖在坑口上。忙完这些，天已经很黑了，我躲到一个树洞里，疲惫不堪地躺下。

许久，我听到"啪嗒啪嗒"的脚步声。听那声音，这一回走得很快，我心中暗暗高兴。突然我听见了陷阱口的树枝被踩塌而发出的"噼啪"声，还听到了被尖桩刺着了的动物的惨叫声。我激动得腾地站了起来，但立刻又缩了回去，因为在离陷阱三米处站着一个人，这人正是将军。将军大声说："孤狼，你干得漂亮，你的陷阱葬送了我最好的一条猎狗，你又得了一分。不过，我家里还有几十条猎狗呢，好，祝你晚安！"说完，他又走了。

天又亮了，我躲在树洞里被嘈杂的声音惊醒，那是一大群猎狗的叫声。我立刻跳起来朝相反的方向跑去。猎狗的叫声越来越近，我连忙爬上一棵树，看到远处将军的身影。啊，在将军前面还有另一个身影在飞速前进。不用说，那是伊凡牵着一群猎狗搜索过来了。

我飞快地下了树，找到一棵很有弹性的小树。我把自己的猎刀刀尖朝着来路绑在树梢上，然后把小树扳弯，用一根野藤扣了个活扣，然后继续逃跑。不一会儿，便听到一声惨叫。我兴奋地爬上一棵树望过去，只见将军依然站立着，而伊凡已经不在了。那把猎刀到底还是杀死了伊凡。但猎狗的叫声还是越来越近了。

将军到了我的隐蔽处，似乎知道了我的确切藏身地。将军沉住气说："祝贺你孤狼，这三天中你没有让我抓到你。你赢了。"我感到将军有些烦恼，一是再也难找到伊凡这样的仆人，二是这一回的猎物又没有栽在他的手里。

这时候我出来了，抱着双拳对将军说：“不，将军。我仍是一头走投无路的孤狼，将军你准备好了吧，我们再作最后一场决斗！”

将军叹了口气，不得不握着拳头迎了上来：“好，这一回，谁输了就拖去喂楼下的那些猎狗。”

第二天，我们面对面的较量开始了。将军先发制人，只见百米开外将军的手一甩，我发现一道暗器飞来，我用匕首一挡，只听“咔嚓”一声金属的撞击声，我的手臂也被这震动之力震得脱了臼！不过我强行控制住身体，双脚硬生生地站在地面上，手中那把被削断的匕首快速地交换到左手中，再一次快速挥动起来。“咔嚓”，又是一声金属撞击声。随后“嘭”的一声，我的匕首摔到了地面上。

将军有点不能相信，一个年轻的军人竟然能用一把匕首硬接自己两枚飞镖，这简直就是不可能的事情。虽然将军对自己的飞镖很有信心，可是如今被我挡住了，这就更加激起了将军内心的杀意。

“要是连你们这样的军人都不能拿下，那么我这个将军也不用再混了！”将军露出狰狞的冷笑，一股极其凌厉的杀气浮现在他的脸上。瞬间，将军的身体快速移动，眨眼之间如同猎鹰一般飞跃而起，落到了我的身前。将军的脚下一声闷响，而他的身体快速冲向我。一只手掌带着狂暴的劲风，出现在我的胸前。

可是将军没有想到的是，我的反应也是相当迅速。只见我的身体一晃，身形就退出到十多米外。那种闪电一般的速度，让将军为之一震。随之他的两只拳头也不分前后地砸向了我的身体。我的身体突然下蹲，双眼射出两道光芒。我双手快速抬起，想要以自己的双拳来迎击将军。

将军被激怒了！没有想到他的手下不光对他不屑一顾，甚至在这一刻都没有躲避，反而想要凭借着自己的力量与他面对面角斗。这不是找死吗？

强烈的劲风暴起，就如同龙卷风一般在我们的身边爆开。将军的双眼中已经流露出惊恐的神色，看着一步步走到他自己身前的我。

将军就如同神的存在，那种强烈的优越感以及无比的自信，早就养成了他目中无人的习惯。在与我斗过几个回合以后，他就发出了由衷的感慨：“孤狼，你竟然可以挡得住我的击杀，你很不错。”接着，将军的身体顿时如同狂风一般冲向了我。我的双腿瞬间陷入地面，用双掌迎住将军袭来的双拳。一瞬间我也被他的冲力逼退，落到了三四米开外。“这不可能！孤狼。”将军惊呼道。

然而，我想的是，华夏是武学的发源地。虽然世界格斗界中也有不少的强者，但是真正的格斗搏击之术还是以华夏最为强大。

先不说我的拳头威猛无比，只说我的身法速度快如电闪，就已让将军吃惊，只感觉眼前的我就如同三头六臂一般。将军的双臂显然架住我的一击劈砍，可是也感觉到双臂好像要断裂一般疼痛。

连续的险象环生在我们两人的身上交错出现。而我这时就好像进入到了一种兴奋的状态，完全把对手当成练招的靶子一样进行攻击，没有感觉到一点疲惫。反倒是将军这一刻狂乱地喘息着，我们两人不断地爆发出身体中的巨大力量。虽然将军身为神榜强者，近身战斗的实力强悍无比，可是，他面对的是一位中西合璧的武林高手，落败是迟早的事情。

“孤狼，我承认不是你的对手，我现在宣布你通过了雇佣兵的最后考核。”经过一番激烈的搏斗，我终于击倒了这个强悍无比的将军。

就是这样，雇佣军的考核一关比一关严格，淘汰率也越来越高。经过雇佣军的反复淘汰筛选，留下来的雇佣兵个个杀气腾腾、神勇无比。

在世界的雇佣军中，最受欢迎的是平爆专家、直升机驾驶员、战地外科医生，还有就是像我这样的多面手。由于我在雇佣兵培训期间的突出表现，后来我被雇佣兵总部任命为狙击手教官，成为一个出了名的孤狼。

狙击手教官

培养一个出色的狙击手教官，绝不是简单意义上的培养神枪手，而是要塑造武装部队中的精英，即培养精英中的精英。

狙击手不仅是战术上的神枪手，也是战场上的全能性杀手，有时候更是战略上的重型杀手，他们有时甚至会改变战争的走向。

狙击手最早在特洛伊战争时就出现了。嚣张的阿喀琉斯天下无敌，杀死了特洛伊王国的王子。就在他不可一世的时候，却被冷箭射中脚踝而死。

在中国的楚汉相争时，刘邦的神射手娄烦，使项羽手下的几名大将都成了他的弓下之鸟，从而改变了形势的走向。

曾经被称为海上霸主、海战天才的海军名将纳尔逊，采取分队穿插的机动战术，把海上作战的战术发挥到了极致，可以说是所向披靡。但是他跑到甲板上指挥士兵时，让对手发现了他是独眼龙这个明显特征，于是狙击手一枪就使他毙命。所以各国的武装部队都极度重视特种部队的打造，对狙击手的培养更是不惜重金。

美国的三角洲特种部队、黑水公司和海豹突击队都是世界著名的精锐部队，多次参与国际反恐等战场的特殊战斗，其中不乏世界上最优秀的狙击手。

狙击手不仅已经逐渐成为世界上各种特种战斗中不可或缺的重要角色，而且在美国、德国、法国、苏联、澳大利亚等国家都有一批优秀的狙击手活跃在战场的各个角落。

世界著名狙击手之中，既有精准射杀过 2 500 米以外目标，享有“白羽毛”之称的美国狙击手卡洛斯·海斯科克；又有人被称为“单兵杀人机器”的美国著名狙击手查克·马威尼；还有“二战”中以击毙敌军军官，挫伤敌军锐气和挫败敌人进攻而著称的德军狙击手马蒂亚斯·海岑诺尔。英国的狙击手克里斯托葛·伊诺兹创造了 1 851 米狙杀塔利班司令官的惊人战绩。1967 年，也门亚丁—阿拉伯游击狙击手，使 40 名英国海军陆战队队员束手无策，后来靠卡尔·古斯塔夫无后坐力炮、坦克和火箭才解决战斗。

不仅如此，狙击手必须先是战场上的幽灵、深不可测的杀手、神秘水域的蛟龙、由天而降的神兵、破解疑案的侦探、盗取情报的神偷、暗杀首脑的克星以及武功高强的斗士，最后才是狙杀的神枪手。真可谓无所不用其极。说得更厉害一点，甚至几个小小的狙击手就可以阻止一支机械化纵队长达几个小时的行程。

我被任命为狙击手教官以后，除了培训的正常项目外，还要亲自率领雇佣兵参加实战，经受磨炼和考验。

一次，我们接到一个任务，雇主要求我们惩戒一伙作恶多端、抢劫杀人的私人武装。这个私人武装的城堡建在一个山顶上，坡陡壁峭，高墙森严，再加上墙下一道宽宽的深沟，一旦吊桥一收，就天兵天将也无能为力。

但是，我们还是成功地杀了进去。其实，做法很简单，天堑可以变通途。我们在黄昏时分潜入山底，经过侦查发现城堡上不仅有水泥建筑，还有几个茅草房，于是我们用挂网捕捉了几只从城堡飞出来的麻雀。

我原本打算用蜡和硫黄涂在麻雀身上，点燃后放飞麻雀，然后让麻雀飞回去的时候引燃城堡。但是一想，点燃后的麻雀飞行时很容易被哨兵发现，发现了火种后就很容易被扑灭，因此而打草惊蛇，以后就更麻烦了。

于是我决定放弃采用这个办法，而采取另外一种方法。我舀上一小勺高锰酸钾在报纸上，再加几滴防冻液。把报纸揉成一小团，拴在麻雀的身上，然后就放飞了这几只麻雀。

麻雀飞回城堡里的巢穴，30 秒后就自燃起来。茅草房的大火又引燃了水泥建筑，引发了弹药库发生爆炸。逼迫私人武装不得不打开吊桥，纷纷逃命。

我们乘此机会发起了进攻。当我们冲到高地的前沿时，突然遭到从山上打来的枪弹袭击，致使一些人伤亡。敌人凭借险要的地形和复杂的工事进行抵抗，把我们的冲锋部队压在山下。

原来，敌人这个火力点设在半山腰峭壁中间，离地面有 10 米左右，射击孔只有水桶般大小，炸药包也炸不到，手榴弹都甩不进去。正当大家焦急万分的时候，我毫不犹豫地带领几个战士，拿着火焰喷射器冲了上去。

当我们到达峭壁下的时候，遇到了困难，由于地形限制，我们找不到合适的地方实施射击，端枪喷射吧，60 多公斤的后坐力会导致操枪不稳，难以命中目标；架枪在峭壁上喷射也不行，火焰直射上去到不了洞内，不能达到消灭敌人的目的，反而会暴露我们的目标。

眼看时间一秒秒地过去了。此时，敌人疯狂的子弹像成群结队的飞蝗，没头没脑地直往我们四周乱窜。子弹掀起的小土块，撒落在我的头上、身上，我被压得抬不起头来。我急中生智，让副射手跪姿端枪，自己屈身端枪瞄准，朝敌人的暗堡里喷射了一瓶油，火龙呼叫着飞向敌人的暗堡。躲在暗堡里的敌人顿时一阵恐慌尖叫，敌人的机枪哑了，随着一阵惨叫声，一股尸体烧焦的味道随风飘进我们鼻子里。

敌人的钉子拔掉了，我们迅速进入城堡消灭了这支私人武装。到最后，这支私人武装也不知道我们是怎样把这个坡陡壁峭、高墙森严的城堡点燃的。

还有一次在太平洋上空的飞机航班上，一个神经不太正常的家伙摸出了一颗炸弹，在过道里乱叫着，要求澳洲政府立即制定一项平等对待同性恋者的政策，否则将引爆炸弹。他要以自身的毁灭来唤醒“人类平等对待同性恋问题”的意识。

我和几个下属正在这个飞机上。看到危险的降临，飞机上的所有人都显得惊慌失措。

这时，我不慌不忙地迎了上去，微笑着对手持炸弹的人说："你好，同志！我对你的观点完全赞同，并且完全支持你的行动。各国政府是该给我们同性恋者一个公正待遇的时候了。"同性恋者一听，认为找到了知音，一下子更加兴奋起来。他没有怀疑我的"真诚"，而是更加急切地要求机长马上与澳洲政府联络。

我与同性恋者并肩站到了一起，用强烈的口气逼迫机长快点联络，并且呼吁所有的同性恋者站出来，共同支持我们的行动。同性恋者完全放松了对我的警惕。我趁其不备，闪电般地飞起右膝盖，猛击打他两腿的交叉处，再在他的正下腹加一拳，顷刻间就将同性恋者撂倒了。

炸弹被我抢在手中。飞机上所有人还没有明白过来是怎么回事，问题就解决了。我对大家说："现在危险解除了，请大家放心继续旅行吧。"飞机上马上爆发出一阵持久而热烈的掌声，很多人还上来与我拥抱。随后，我的几个下属过来给同性恋者戴上了手铐。

有许多实战的经验，是不能以书本上的东西和表面的现象为依据的，而必须是出于实战。比如在一次山上狙击任务中，我们与交战方打得十分激烈。双方的轻机枪、狙击步枪、冲锋枪、火箭筒、手雷和迫击炮都用上了。战场上狼烟四起，枪声、爆炸声此起彼伏。

狙击小组观察员发出指令："狙击手注意，俯角30度射击，零速风，风力4级，目标300米。"我们狙击手在狙击敌人的时候必须掌握风力大小，以调整狙击目标。

以往将狙击风力分为6级，即轻柔、微风、中风、较强风、强风和大风。我的狙击手将狙击目标定在300米标尺位置，但是令人意外的是狙击目标竟没有击中。

狙击手使用的是AK-47狙击步枪，可靠性与机动性都比较好。他们是我亲自培养的，300米的距离绝不应该是问题，因为他们的狙击目标在800米以内都是有绝对把握的。

随后我马上找到了原因所在，由于战场上的各种火器同时使用，狙击目标表面的温度陡然增高，产生了观察目标比实际距离近的错觉。又因为是居高临下，所以应该将标尺再增加一档。于是，我命令其中一个狙击手将标尺定在350米，让另一个狙击手定在400米。我要求他们同时射击，结果是标尺定在400米的狙击手命中了目标，而标尺定在350米的狙击手仍然没有命中。

我手下的狙击手在狙击敌人的油罐车时，第一枪用穿甲弹打油罐车外壳，等油露出后，第二枪用爆炸弹引燃泄漏的油料。基本上都是两枪就解决战斗。

还有一次，我们受雇于参与伊斯兰国家之间的一场争斗。敌对方动用了武装直升机，而我们使用的是狙击步枪。我指挥狙击手直接瞄准武装直升机排气孔部位的变速齿轮和液压系统，一发命中。最后直升机立刻失去了控制，在空中盘旋几圈后坠毁。

而第二架直升机，正好面对我们的位置。我要求狙击手瞄准直升机的火箭弹仓进行射击。导致火箭内燃引起了爆炸，直升机在空中就变成了无数的碎片，吓得其他的直升机再也不敢出动了。此役我们大获全胜，没有一个狙击手伤亡。

与敌人斗智斗勇，也是对我们特种队员的考验。有一次，在与敌人的狙击手对决时，我看见敌人的观察员手持望远镜应该已经发现了我们。在这种情况下，我只要一露头，就会被对手一枪毙掉。于是，我拧开一颗子弹取出火药放在地下。用棉花做成引线，将一头引向门外后，用打火机点燃。我又用背包支起我的帽子，悄悄上好了子弹。这时候，我的房间里亮闪了一下，就像我在点烟一样。敌人发现后，我的帽子立即被敌人打飞，但同时我也击毙了敌人。

先进的武器装备，固然是狙击手必胜的一个先决条件，但是绝不是唯一的条件。比如说我们使用的有 PU 和 PEM 光学瞄准镜的莫辛—纳甘 1891－30 狙击步枪、捷克 VZ57 半自动步枪、涂卡列夫 M40 半自动步枪，还有 M4A1 自动步枪、乌兹 UZI9mm 冲锋枪、巴雷特 M99 狙击步枪、BX－91 狙击步枪等都是世界最精良的狙击步枪，卡拉什尼科夫 AK－47 步枪也很不错。在 200 米内击中人体时，首先会在正面射入点的皮肤上有一个直径不到 1 厘米的弹孔，弹头以 570 米/秒的速度穿过人体，出弹伤口直径可达 12 厘米。打在头上，能够掀开 1/3 的头盖骨；如果恰好击穿动脉，在心脏泵血 83.3 毫米/秒的强大压力下，短短几秒钟内就会造成 1 000 毫升的大出血，使人丧命。而且我们还有 AN/PVS－2星光夜视仪，可以将微光放大 7.5 万倍。但是，你可知道它严禁在昼间或者光线明亮的情况下使用，否则会烧坏荧光屏。

我们还有其他在世界先进的各种光学瞄准仪，但是它们也有局限性。夜视仪只有在夜间的微光下才有作用，没有光就无所作为。瞄准仪往往也会在战场上引起反光，从而被对手发现目标。所以，特战队员必须学会因地制宜地运用各种武器装备。

夜袭猛虎团

不久，我和一批雇佣兵被派往老挝执行一次袭击任务。

那是在五月初，我们接到上级的命令，对长期盘踞在老挝北部原始森林的一个叫“猛虎”的恐怖组织进行打击。根据情报得知，这个猛虎组织的头目叫旺扎。他手下有百来号人，一直从事走私贩毒、绑票勒索的勾当。他们得到国际 CGA 的秘密支持，除走私外，还专门从事恐怖活动，弄得政府很是恼火。虽然政府也组织了多次打击，但效果一直不是很理想。在这种情况下，政府决定动用外国雇佣军血刃猛虎部队。

当下，我带领 15 个人奉命秘密潜入老挝境内 130 多公里处，我们发现了猛虎恐怖组织的总部。

我的战斗部队由狙击手、冲锋枪手和火箭筒手组成。除了巴雷特 M99 狙击步枪、BX－91 狙击步枪等世界最精良的狙击步枪外，还配备了 M2203、SVD、战术灯、带消音器的 MP5、56 半自动和 MP5 帕拉贝鲁姆手枪弹等武器。

在战斗前，我首先进行了战斗部署。如果路上遭遇到敌人发起进攻，战斗小组就使用发烟罐迷惑敌人，再接近目标。如果抓住可疑人，首先检查有没有武器，脱掉上衣检查肩膀是否有扛火箭筒、步枪后坐力留下的痕迹，看手掌的手茧是否有拉手榴弹拉索留下的印记，绝不让敌人漏掉一个。

来到恐怖组织总部所在地后，我在制高点上通过红外线望远镜看到恐怖组织总部建在丛林中一大片空地上，有大小五六栋水泥建筑。有的上面还架设有卫星天线，这是按照标准的美军军营布局建造的。

基地外围用铁丝网圈成长方形，每个角都设有塔楼观察哨，上面各有两名士兵负责警戒。塔楼配有斯通纳通用机枪和一具探照灯。营区正面的门口架着铁丝网做成的巨马，有两名哨兵警戒。由于高地与恐怖组织总部的距离为 1 000 多米，探照灯光在营区内外来回扫动，使我们很难接近。

我命令加拿大籍狙击手比尼准备射击。他的枪导轨上安装了强光炫目灯和红点激光发射器，是夜间作战必需的。只见他用安装了消音器的狙击步枪将探照灯光操作手的脑袋击穿，第二颗子弹击碎了探照灯，竟然丝毫没有引起敌人的注意。

大门右后侧一间值班房里，大约有一个班的兵力守卫着大门。除了架有卫星天线的二楼一个房间窗户有灯光外，就只有观察哨上的探照灯光在营区内外扫动着，远处还有巡逻队的身影闪过。

我通过对讲机进行了战斗部署：先派两名狙击手和四名突击手分别秘密潜近，解决掉正面的哨兵和四角的观察哨；再换上我们的人占领观察哨，封锁住每个门口的敌人，尤其是对两座兵营，再派出两名突击手干掉大门口哨兵；其余人员分成两队，得手后快速冲进去；我再带其他人员解决有卫星天线建筑楼内的敌人，切断他们的联系；然后对其余建筑物的敌人进行逐个清除。

我同时要求一定要找到旺扎本人；各组爆破手要在所有重要设施上装上C4遥控炸药；行动中注意地雷和各种报警器。“行动开始！”随着我一声令下，处于B1位置观察哨的一个敌兵被加了消音器的手枪击毙。其余组也已经在沿着攀登绳往塔楼上爬，大门口的敌方哨兵已被解决掉并拖进了草丛。负责解决大门的突击手正在快速地摸向值班房。

一会儿工夫，我已收到四个组完成任务的消息。这时，我开始注意观察大门值班室的情况。只见我的两个突击手快速来到值班室门口，蹲下身来，戴上防毒面具：一个慢慢地把门拉开一条缝；一个在口袋里摸出一个高效麻醉弹拉开口轻轻滚了进去。十秒钟后，两个突击手拔出格斗刀，迅速拉开门闪身冲了进去。

当我们到达大门口时，两名突击手刚好从值班室出来，一边走一边把还带着血迹的格斗刀插回刀鞘。我带人快速扑向有卫星天线的那栋楼。突击手的便携式热成像仪搜索发现，在一楼门厅内有两个哨兵在打瞌睡。通报完位置后，两名突击手迅速推门而入。在两名哨兵还没睁眼的时候，格斗刀已插进了他们的喉咙。

我们进到楼里面时，发现一、二楼没有人。但是在三楼最左面的房间里有两个人坐着。我们轻轻地来到门前蹲下，摘掉了夜视镜后，一个突击手前去轻轻地敲门。一个恐怖分子来开门，突击手闪电般地掐住他的脖子，将他摁倒在地。另一个恐怖分子还在惊愕之中，我的格斗刀已划开了他的喉咙。

经过仔细搜查，队员们把需要带走的东西装在了野战背囊里，爆破手已给房间装上了炸弹。

出来后，我仔细打量了一下两座兵营。每栋大概有200平方米，相互间相距约20米，恐怖分子的鼾声时断时续地传来。我伸手拿出高效麻醉弹向队员们示意了一下，队员们也全拿出了高效麻醉弹，然后用格斗刀轻轻地挑开兵营的纱窗，在我挥手之后分几个地方拉开口扔了进去。麻醉弹掉在地上的咚咚声并没有吵醒熟睡的恐怖分子。十秒钟后，一半的队员手持格斗刀进了营房，一半的人在外持枪警戒。战斗异常顺利，几乎没有任何悬念，里面的恐怖分子就这样被解决了。

我看了看野战手表，行动已有20分钟了。我们开始对还未清理的5座建筑物继续进行清理。在左面第一栋楼里，我们抓获了旺扎。经过确认无误后，我们就将他就地正法了。

接着我带着两个小组开始搜索装备库房。我让下属准备好散弹枪，这是一种专门为破墙破门设计的特种枪。子弹能够摄入混凝土墙 30 厘米深处爆炸，机舱门也挡不住它。如果门打不开，就用散弹枪。

一个士兵用小型万用表检查出大门上伪装的报警器细线，他小心剪断，又从背包里拿出开锁工具把门顺利打开。说起开锁工具，实际就是一根细钢条，还有一根单独的钢条，一头有一个小弯钩，这是我们特种兵的万能钥匙。与一个刀片一起，贴上止痛膏在腿部，平时看不出来。

另一名士兵把红外窥视镜的软管塞进门里，确认没有危险，向大家举起了左手大拇指，我们于是一起进入了库房。我在大门墙上打开了灯的开关。放眼望去，几百平方米的大厅到处都堆满了军火！经过一一查看，里面有毒刺防空导弹、RPG 火箭筒、斯通纳通用机枪，还带了 XM148 榴弹发射器的 XM177E1 自动步枪、M4A1 自动步枪、乌兹 UZI9mm 冲锋枪、巴雷特 M99 狙击步枪、BX－91 狙击步枪、克莱默地雷、M80 预制破片手榴弹、高爆穿甲弹头。除武器外，别的单兵特种装备，从被服到单兵野战口粮，从防弹头盔到防弹背心，还有单兵电台，也一应俱全。

我正看着，就听见战士在叫我，我顺着声音走过去，在他们掀开的帆布下居然有两辆美军正版的悍马吉普车！不一会儿，几组战士们相继来到楼房前，各观察哨的战士也在安装完炸药后前来汇合，人全到齐，毫发未伤。于是我马上命令按照制定的撤退路线撤退。在撤出 500 米后，我下令引爆基地炸药，基地瞬间化为乌有。队伍很快隐没到丛林中。此次捣毁猛虎恐怖组织总部基地，共消灭包括猛虎恐怖组织头目旺扎在内的恐怖分子 68 名。

在撤退的路上，哨兵突然发现有武装人员在活动。距我现在距离 800 米，向我方迎来。我命令建立四个狙击阵地，各小组已按顺次埋伏下来，做好了战斗准备。

在我的夜视镜里，一棵高大的棕榈树下方出现了两个绿色物体。一个倚着棕榈树向前方观察，另一个半蹲着正对通讯器的麦克风说话。没过多久，后续部队相继出现了。他们一个个端着枪，猫着腰呈战斗队型搜索前进。那个脸上涂满伪装油彩的敌方尖兵已到离我 20 米的位置上。

我对通话器发出命令："各组顺次锁定目标，开火！"我手上的 95 突击步枪首先瞄准敌方尖兵响了起来，敌方尖兵应声倒下。枪声一响，对方马上释放了烟幕弹，我一时什么也看不见了。看来，对方是训练有素的武装人员。我马上指挥道："各组注意警戒，不要随便开枪，注意观察！"

很快，枪声停了下来。我知道现在谁都不敢妄动，彼此都在观察着对方。只要稍有动静，马上就会遭到枪林弹雨。

我命令："B2、B4 向敌两侧运动，把他们赶出来，B1、B3 正面出击，狙击手掩护!”我部署完，就马上向前面匍匐前进。枪声、手榴弹爆炸声又响了起来。敌人又被解决掉两个，我方有一人受了轻伤。

队伍很快向前搜索，一路上发现好几个被打死打伤的武装队员。这时，我耳边突然响起一个急切的声音：“A1！注意你的9点位置，快隐蔽!”

我急忙就地连续几个侧滚翻，隐蔽在一棵棕榈树下。就在我翻滚的同时，巴雷特狙击步枪特有的枪声响起，一颗子弹贴着我的左臂打入地下。与此同时，一支突击步枪也立即响了起来。随之一声惨叫，一个高大的黑人从我9点方向50米位置的一丛热带植物上栽了下来。他的巴雷特狙击步枪扔在离他2米远的地方，显然人已断气了。还好巴雷特狙击步枪的子弹只是把我的丛林作战服撕开一个大洞，左手臂有点灼伤，问题不大。

当下，我最需要的是把剩余的敌人尽快解决，必须速战速决！战斗还在继续，枪声不时响起，战士们拉开了一条线，对剩余的敌人进行追击。

突然，前面又传来了激烈的枪声，我发现敌方5人正向我部靠拢，我部正在进行拦阻射击。

我命令：“收紧口袋，进行火力压制。其余各组迅速跟上，包围后围歼!”一会儿，敌人被我方压制在不足500平方米的丛林里。我要求“各组自由攻击，坚决打掉他们”。

顿时，自动步枪和班用轻机枪的声音欢快地交织在一起。这次遭遇战，我们又消灭了18个猛虎武装分子。此次战斗大获全胜。

对决狙击王

菲律宾首都马尼拉市发生了一场骚乱。几十名反政府武装分子向总理府大楼发动进攻，并且占领了总理府。他们将政府的副总理等人当成人质。

军方选派了几名狙击手大显神威，令反政府武装的几个头领死在了狙击手的枪口下。正当军方决定乘胜追击，铲除盘踞在总理府大楼的这股势力时，突然，反政府武装扬言已经在政府大楼安装了自杀式爆炸装置。如果政府军发动大规模进攻，他们将引爆大楼，也会与总理府几十名人质同归于尽，所以政府军未敢轻举妄动。

接连下来的两天里，政府军派出的狙击手却连续死亡——每个都是被一枪命中。这说明，反政府武装的狙击手更凶险、更狠毒，而且也更强大。后据密报称，反政府武装聘来的杀手是被称为“绝命杀星”的世界闻名狙击手，这说明反政府武装这回是下了血本了。

菲律宾政府不敢掉以轻心，又用重金请来了美国顶级的狙击小组。这个小组曾经在阿富汗进行的“巨蟒行动”中，干掉了至少20多名塔利班的武装头目。因此，这个狙击小组也获得了美国军方最高荣誉青铜勋章，还获得了代表作战特别勇敢的V青铜勋章。美国狙击小组进入掩体以后，眼不离光学瞄准镜，不间断地监视着前方。

突然，美国观察员发现目标并将信息及时传递给了狙击手。狙击手一枪击中反政府武装狙击手的前额，子弹穿过后脑勺和头盔飞了出去。

狙击手拿起望远镜进行观察，此刻，反政府军狙击手等待已久的时机到来了。他迅速扣动了扳机，子弹击中了美国赫赫有名的常胜枪手的脑袋。这真不愧是世界高手之间的对决，往往谁开第一枪，谁就占据主动。但是，同时也暴露了自己的位置。

拥有狙击手的特殊身份，他们在战争中面对死亡时也要面不改色，即使瞄准镜中对手的脑浆飞溅，即使战友和亲人在身边倒下，也阻止不了他们杀人于无形的凶狠与强悍。

战场上他们杀人于无形，没有人敢否认他们的存在，却又不知道他们藏身何处，防不胜防。面对死亡，他们毫无惧色，常常神不知鬼不觉地隐藏在某个角落。一有机会，子弹便会从他们冰冷的枪口射出。伴随着每次枪响，一个个重要目标消失在他们的眼前。

政府军打算请求特种部队进行强攻，但是方案一提出即被否定。因为考虑到副总理及其他政府内阁人员的安全，一旦不成就会酿成大祸。

突击队提出试用一种叫“巴拿马香蕉”的新玩意儿。这个弯溜溜的东西被扔出去后，会散发出一种不浓不淡的气味，闻到它的人即刻会变得软绵绵、昏沉沉的，一个小时内绝对醒不过来。德国的反恐大队曾经用它制服过好几个凶狠彪悍的亡命之徒。但是，怎么扔进去？整个大楼如何能够同时发挥作用？这显然也不是最佳方案。

为了保护人质安全，政府军又紧急向我们进行求援，希望我们派出更强大的狙击手与对方的狙击王挑战对决。于是，由我率领的狙击小组被选中，我们乘专机到达。

我们到达的当天，政府大楼仍然枪声不断，反政府军每隔两小时便杀死一名政府官员，以要挟政府下野，答应他们的条件，立刻改组政府。

我简单了解了一下现场的情况后，深知眼前的杀手绝非平常的狙击手。我现在是要与世界顶级狙击手对决，场场是你死我活的争斗，枪枪是生命的较量。

反政府军采用狙击手对付狙击手的方法，确实不失为最有效的战术。他们派出了王牌中的王牌。据被俘的一名反政府武装人员透露，这是一名身经百战的没有受雇于任何雇佣兵组织的土耳其职业狙击手。倒在他枪口下的有俄国人、希腊人、保加利亚人和阿拉伯人。他的狙击枪被军界尊称为“死亡之神”，世界顶级狙击手给他起了个绰号，叫作“冷酷杀手”。

狙击界高手都知道，他是世界上最难对付的狙击高手，也是世界上收费最高的职业杀手。不少有关军事狙击的战例里都会提到他这个杀敌数量最多的狙击手。他在波利战役不到四个月的时间里，经证实的狙杀记录就有 150 名雇佣军官兵，连奥斯曼军队里最优秀的狙击手也死在了他的枪口下。

“死亡之神”的射杀纪录还打破了美国海军陆战队狙击手沃科克创下的 2 250 米的最远距离狙击纪录。有一次，他受雇参加巴尔干岛的战斗，由于占据了一个可以俯视的射击阵地，竟然杀死对手 300 多人，并逼着对方呼唤来了武装直升机。直升机投掷的炸弹落在他身边 10 米外，弹头深入泥土，所幸的是这枚炸弹并没有爆炸，后来才得知这是一枚哑弹。就在直升机第二次来袭的时候，“死亡之神”运用狙击步枪直接击毁了直升机的光电观测仪，使直升机找不到目标，然后击毁直升机的主旋翼，使直升机瘫痪而坠毁。

据说，每当有一个狙击手的狙杀目标被一枪爆头后，“死亡之神”就会赶往现场进行调查。他会询问旁边的士兵以了解死者中枪时所在位置，再从子弹的入口和出口来确定弹道轨迹。就这样，“死亡之神”勘察了许许多多的“案发现场”，精确掌握了狙击手的枪支型号、子弹的方向、狙击的距离、子弹的速度和狙击手的特点等，从而一眼就可以判断出狙击手的水准。

这次与世界顶级杀手的较量，我不能有丝毫的马虎。为了发现对手的狙击点，我像侦探一样寻找着“死亡之神”的蛛丝马迹。同时，我在潜伏的时候绘制着自己的狙击安全卡。

安全卡是我狙击作战中的重要工具，包括风向、风速、气温、气压等现场数据。当然还要按照比例尺绘制周围地形图，标示好各个方位物与物之间、与自己潜伏所在位置的距离。目标出现后，根据这些数据用公式计算出射击诸元，包括标尺、风偏等，以正确选准瞄准点，从而一枪击毙目标。

尽管美国511多功能狙击手战术手表问世，只要把子弹重量、枪口射速、子弹运行高度、温度、地形高度、风速、风向、射程、角度偏差和目标物距离等输入手表，就会显示出适当的瞄具调整数据，保证在1 000米内的射击精度，但是，战场上的情况瞬息万变，不容你一个个地输入数据。所以，决定的因素是人，而不是武器。

终于，在傍晚时分，观察员向我报告，发现对方的狙击点就在一个通风口上，确切位置已被发现，只是不能确认狙击手是否在狙击点上。

第二天，我和观察员早早地进入了狙击掩体。观察员瞭望不久就突然发出一声惊呼："他出来了，快来看！"我一下子警觉起来，接过望远镜按观察员示意的方向看过去。只见一张涂满泥土的脸，鹰钩鼻，两只大眼睛，还有一个黑洞洞的枪口。"死亡之神"隐蔽得那么好，但最终还是被观察员发现了。

凭借直觉，我断定这个狙击手不会是"死亡之神"。因为他的身体透出的杀气不像顶级杀手那样咄咄逼人。我吸取了上次美国狙击手被狙杀的教训，我命令第一狙击手进行首次射击，狙击第一目标；第二狙击手对付对方的狙击报复；我则作为第三狙击手，随时捕捉"死亡之神"的破绽。

随着第一狙击手枪口喷火，子弹正中了对方狙击手的眉心。我估计得没错，这个"死亡之神"故伎重演，在我方主狙击手射击的一瞬间，一颗子弹射中我方狙击手的头颅。我方第二狙击手马上抓住目标，一枪消灭了对方的第二狙击手。然而，目标的暴露使我方第二狙击手也没有逃脱死亡的命运。几乎是同时，我的狙击步枪也无情地一枪消灭了对方的第三狙击手。我们以两命换三命，但胜利的代价是惨重的。我的心情并没有丝毫轻松，反而更加沉重，因为我感到对手的杀气仍然丝毫没有减弱，反而越来越血腥。

我料想"死亡之神"在这次狙击战中并没有死，显然他没有在被狙击的范围内，他没有参与这场战斗，而是居高临下地关注着局势的发展。

我们的争斗仍然没有停止。果然不出我的所料，尽管我们射杀了那么多的目标，但是"死亡之神"却没有伤筋动骨，更没有伤到一根毫毛。整个狙击战只是一场狩猎游戏而已。

反政府武装又杀了一名人质，尸体被扔到了总理府外的广场上。上去收尸体的两名士兵立刻被击中头部毙命。

这些人都是高手，在听到枪声的第一时间，我就判断准了杀手的藏身之地，端起狙击步枪朝藏身的地方几个点射。子弹非常准确地击中目标，带出几道红白相间的液体划出弧线。

对于任何参战的官兵而言，炮火和硝烟并不可怕，真正可怕的是从狙击手的枪口中射出的长着眼睛的子弹！一旦狙击手上战场，那么上至高官下到普通士兵都要承受巨大的精神和心理压力，在极度惊恐中度日。

在几天的对峙中，我终于发现了“死亡之神”的位置。那是一个隐蔽并伪装得极其难以被发觉的狙击点，没有参加过大战的狙击手是不可能发现的。以我的战斗经验和我进入狙击点以后的忍耐力来看，我可以在狙击点保持4个小时一动不动，而“死亡之神”这样的高手也是一样。

就在我监视这个可疑地点4个小时零20分钟后，我发现狙击点后面有一点点轻微的闪动。我发现了那个阴森森的枪口正在向我的方向瞄准。我凭直觉知道对方也同时发现了我的位置，正在调整枪口方向。

千钧一发的时刻，我来不及有半点的迟疑。对方的杀气令我的汗毛孔紧张得收缩起来。这是大战前的预兆，是生死一线的较量。

这是世界顶级高手过招，只要他发现了目标，就绝不会让目标逃脱，否则就不会被称为世界顶级杀手了。世界顶级狙击手之间有个共识和默契：是发现而不是被看见，是杀而不是被杀。

狙击手之间的比拼是人类现代杀戮艺术的顶峰。这种艺术表现出来时，不过是一瞬间的精确射击，但是那一瞬间只不过是艺术家作品的最后一笔。在这之前，从狙击手的构思到心理素质，才是最全面、最激烈的较量。

我们已经同时被发现与被看见，也就是都有杀与被杀的可能性。因此，这时我唯一可以做的就是瞄准对手的枪口而不是狙击手，只有这样才能自保。

我使用的是AK-47狙击步枪，可靠性与机动性都高于M14步枪。我毫不犹豫地扣动了扳机，一道火光直奔对方的枪口而去。几乎是同时，“死亡之神”的狙击步枪也开了火，只是比我慢了0.01秒。他使用的XM107狙击步枪子弹刚刚出膛就被我的子弹对撞个正着。我们立刻都知道了对手的厉害，没有再放第二枪，便各自收手。

我敢说，这是唯一的一次世界狙击高手之间子弹碰子弹的实战对决，完全可以进入世界狙击史档案并成为浓重的一笔。

我的狙击小组的出现彻底瓦解了反政府武装的气焰。几个回合的较量，他们又失去了几个狙击高手，所以他们放缓了杀人质的速度，又重新提出了谈判条件，要求政府为他们准备一台防爆车，他们同意释放其余全部人质。

政府军答应了他们的条件，防爆车开至总理府的门前。这时反政府武装又提出，所有的人员都必须离开总理府1 000米以外，他们才肯释放人质，因为这是狙击手夜间狙击的极限距离。虽然英国皇家近卫骑兵团的克雷格·哈里森创造了白天 2 475 米的最远射杀纪录，但是在晚上，他们认为这种距离的处境是绝对安全的。

那一夜很黑，我带领狙击小组撤离到总理府大楼外 1 000 米的距离。我在一个制高点架起了 V－94 狙击步枪，专门配上 12. 7SN 型狙击子弹。这个枪是俄国生产的，有效射程达 2 000 米，性能超强。我显得极其亢奋，寻找着最后与世界狙击高手较量的战机。

在瞄准镜十字线后，我那清冷的目光如刀锋般凌厉。在战场不可有哪怕一瞬间的软弱、刹那的同情、一点的迟疑，否则都可能使对手侥幸逃脱。如果没有经历生死的对峙，任何人都没有资格责备狙击手的残酷血腥和冷血无情。狙击手在战场也是极度孤独的，一名狙击手有时候要在黎明时分便进入战位，直到日落才能休息。有时，他们会连续 2～3 天得不到任何补给，还必须学会在残酷的战场条件下生存，并承受巨大的心理压力。

或许狙击手会随着战火的平息而消失，但是只要还有战场，狙击手便依旧具备无上的威慑力。他们射出的是人类历史上最有分量的子弹，他们占据的永远是战场上最惊心动魄的天地。

紧张的对峙持续了一天。夜幕降临，反政府武装利用黑暗开始了撤退行动，我采取决定性步骤的最后时刻到了。

里面的武装分子每人押着一名人质，间隔几分钟出来一对。他们借助人质做掩护，每放一名人质就上到防爆车里面一个人。他们小心翼翼、诚惶诚恐，唯恐被狙击所狙杀。我拿起望远镜注意观察，认真分辨着“死亡之神”的身影。

这是我们对决的最后机会，我绝不能让他就此偷偷溜掉。我的唯一目标只是“死亡之神”，并且只有一次狙击的机会。如果狙击的目标不是“死亡之神”，而是其他人，就意味着狙击不成功，就等于宣告谈判破裂，就会重燃战火，剩下的人质生命则无法保障。因此，我只有一赌。

作为一名出色的狙击手，不仅需要胆量和勇气，还需要超人的毅力、敏锐的观察和快速的判断，面对死亡毫无惧色。

高超的狙击手要做到“一枪毙敌”，必须使射出的每一发子弹都具备有效性，不允许出现丝毫误差。特别是在解救人质环境中进行狙击时，对狙击手精确度的要求最高，既要做到“一枪毙敌”，又要做到“首发命中”。正因如此，狙击手被人称作“猎魂使者”。这些“猎魂使者”有着死神般的恐怖，谁也不知道在战场上狙击手是埋伏在某片残垣断壁之中，还是潜伏在某一处岩石草丛之后，更没有人能猜到那些子弹会在什么时候朝自己射来。

“二战”时平均每杀死一名士兵需要 2. 5 万发子弹，越战时平均每杀死一名士兵需 20 万发子弹，伊拉克战争则要 10 万发子弹，然而同时期的一名狙击手却平均只需 1.3 发。因为，狙击手都是靠子弹喂出来的，一般狙击手至少要靠 2 万发子弹的实射，好一些的狙击手要 4 万发子弹，而世界高手要在 5 万发子弹以上。而我这次狙击，却只能有一枪的机会。这不仅仅影响到事态的发展，有时还可能改变历史的进程。特别是在重武器无法发挥作战效能的环境中，我所担负的狙击任务还被赋予了国家安全的特殊使命。

此刻的“死亡之神”有些得意忘形，他知道这个距离是绝对安全的。尽管他承认我是个超级杀手，但是他绝不会估计到我有在夜间的 1 000 米距离，并且是在一瞬间、活动目标的情况下狙击他的能力。

他小心翼翼地把头盔从门里先探出来，想利用这个假动作蒙骗我进行一番侦查窥视。这些小儿科显然被我识破，我很清楚这个诱饵真正的用途是让我先出手。只要我一开枪，马上就会引来杀身之祸。

然而我没有开枪，因为我判定这是对手设下的一个圈套。等待已久的时机到来了，因为我经过冷静分析，反政府武装已经达成协议，显然没有必要担心被狙击。只有人命累累的“死亡之神”才真正会害怕被狙杀，才会担心我真的出手。恰恰因为心虚，他才会过早的暴露了自己。

总算发现对手露出了马脚。我足足等了十多分钟，时机终于到了！“死亡之神”的高大身躯不同于菲律宾人的瘦小。尽管“死亡之神”在一名人质的掩护下终于跨出了大门，却有意缩了一截。

我感觉到他的出现带着一股杀气，一只狙击步枪端在他的手中。他小心翼翼地一步步奔向防爆车，一边将枪口对着外面。这段路程的距离只需五秒，人就会消失在防爆车内。五秒钟内，“死亡之神”能够暴露出身体的机会也只有瞬间，或者只有一两秒。

高手的对决，胜负只在瞬间。我预计子弹的飞行时间应该是三秒。而“死亡之神”是在移动之中的。我必须准确算出他的速度，打出提前量。否则狙击就会失败或者误杀人质。

我迅速瞄准了目标，随着他左右脚移动，计算出他的头部位置会重叠在一条直线的一霎间，我毅然地扣动了扳机。这是我射出的唯一一颗子弹。

此时正逢天时地利，没有风力干扰。这颗子弹在高速旋转中，与他的移动速度和我的提前量正好吻合。我这一枪准确击中了“死亡之神”的前额，子弹穿过他的后脑勺和头盔。

土耳其的世界王牌狙击手被我打死之后，反政府武装彻底服输。将全体人质一股脑放出，一根毫毛也没伤着，同时他们也同意与政府军坐下来谈判。

不久，人们第一次知道了，澳军里竟然出现了这样一位斩首世界顶级狙击手的大英雄——孤狼。

智破古堡案

柬埔寨南部的博卡，邻近泰国湾，是一片茂盛的原始丛林，里面有许多珍稀的动植物。林间小径中可以看到新鲜的老虎粪便以及散落的猪骨头。这里还有一座古堡，白天它是令人流连忘返的旅游胜地，而夜间就变成可怕的地狱。

凡是在古堡里过夜的游客，十有八九都死于非命。于是人们把古堡叫作“死亡堡”，对它更是谈虎色变。一时在国内引起的恐慌严重影响了当地人的旅游收益。

人们纷纷要求警方尽快侦破此案，将杀人凶手捉拿归案。警方多次派出身怀绝技的警探，竟都被凶手不留任何痕迹地害死了。就连派出最有名的警探经办此案，也久久不见成效，反而连警局也死了不少人。警方破案无方，当地政府只好悬赏重金捉拿凶手，于是便告示天下，出巨资奖赏。为此，也特邀请我们雇佣军去处理此事。

我接受了任务后，特意挑选了一把瑞士 SSG2000 狙击步枪。这种步枪精度高，枪口有消焰制退器，枪托由胡桃木制成，贴腮板的高低可以调节，最适于用战略速射。我带领三个助手一起前往，配备了一挺每分钟可以射达到 6 000 发子弹的 M134 自动机枪。

我先是到了当地警局，查阅所有死者档案和法医对所有尸体的全面检查报告。遗憾的是，竟未查出任何致死的原因。接着，我亲自去古堡观察了一下这里的地形。

古堡周围几十公里内荒无人烟，寸草不生，唯有古堡四周绿树掩映，宛如一片绿叶荡漾在沙海之中。古堡的建筑构思确实十分精巧，墙上还有许多壁画。在夕阳的映照下，古堡显得格外绚丽多彩。

我首先命令二个助手把古堡的各个角落都搜查一遍，没有发现任何可疑的迹象。这天晚上我和助手就在古堡留了下来，全副武装地等待着与凶手较量。

夜色越来越重，我让三个助手分别隐蔽在不同部位，等待着无名杀手的出现。我命令大家不许点灯，也不许亮手电筒，全靠耳朵来辨别四周的异常声音。夜里，原本阴森森的古堡变得更为恐怖。我拿出夜视仪戴在头上，眼前的一切都变得绿蒙蒙的。视野清晰了不少，所有的轮廓都看得清清楚楚。

我们将手枪、冲锋枪子弹推上了膛，目不转睛地在黑暗中搜寻着可疑的迹象。突然，“轰”的一声，我的一个助手应声倒地。我们赶快跑上前去检查，发现与以前的死者一样，身上没留下任何伤痕，也没有与人搏斗的迹象。手枪和报话机没有发挥一点作用。

我命令另外两个助手利用最先进的侦破器材，对古堡进行地毯式的大搜查。每一寸墙壁、每一块地板都没有放过，但仍是一无所获。

我虽然身经百战，遇到过无数难以破解的问题，其中也不乏非常复杂的战情战况，但是今天的一幕确实令我百思不解。凶手是用什么手段杀人？他又是如何进出古堡的？这些问题一时弄得我一头雾水，无法回答。

凌晨3点多钟，眼看离天亮只有两个小时了，凶手一直没有再露面。我的一个助手等不及了，决定再冒一次险，亲自把罪犯引出来。于是，他脱下钢盔和防弹背心，放下冲锋枪，走出别人不易袭击的死角。约有十分钟，这个助手又一头倒地，气绝身亡。

他的一身好武艺仍然没有发挥作用，在他的身上也没有发现任何伤痕。第二天，我认真分析了每个人死亡的案件，仍然没有发现任何蛛丝马迹与有用的线索。于是，我便向当地警局借用了一条警犬。

晚上我又和一个助手牵着警犬一同来到了古堡。我把拴警犬的绳索绑在古堡大厅的一条桌子腿上，同时架起了一架红外线摄像机。我想再详细地观察一晚上。

夜深了，我守着专用于黑夜拍摄的红外线摄像机，我的助手戴着红外线观测镜，都在默默注视着大厅里的情况。我们一时一刻也不敢怠倦，一直看得眼睛发酸，也没有发现任何异常。

我渐渐放松了警惕，偶尔停下来休息一下，以缓解眼睛的压力。就在这时，突然又是“扑通”一声响，把我吓了一跳。我往红外线摄像机取景器上定睛一看，发现刚才还活蹦乱跳的警犬，现在已倒地死亡。我马上兴奋起来，眼睛再也不离开红外线摄像机一寸。但是，我一直守到天亮，还是一无所获。

白天我顾不上休息，连续观看红外线摄像机的录像带，终于让我找到了一个重要线索。在警犬死亡前的一段录像中，曾经有一条细微的物体在警犬头部瞬间划过。不认真仔细观察，是很不容易发现这一点的。同时，经过分析我还发现，所有遇害者死亡前都有一个共同的特征，就是每个人死亡时都没有佩戴钢盔，但是，头部并没有被枪击或者其他硬物击伤的痕迹。

破案就在今夜。于是，我和助手稍加休息，便投入到晚上的战斗准备中。

我们又租借了一条警犬，于黄昏前到达古堡，像昨天一样进行了一番布置。

夜深了，我照旧架起专用于夜间拍摄的红外线摄像机。助手戴着红外线观测镜，默默注视着大厅里的情况。我目不转睛地盯着取景器，恐怕像上一个晚上忽视了那个重要的细节。

突然，我发现有情况，压低声音告诉助手：“凶手来了。”助手顿时紧张起来。他从腰里取过冲锋枪，警惕地问道：“几个人？在哪里？”我忙着拍摄没有搭理他。助手顺着摄像机的镜头方向向前看，只见那里只有我们带来的警犬，别的什么也没有。

助手着急地捅了我一下，说道：“快告诉我呀，可别让凶手跑了。”

我不耐烦地说：“别打扰。等会儿再说。”

我还在不慌不忙地摄像，他又不敢发作，正在寻思着办法。突然又是一声响动，我和助手感到情况不妙，发现警犬又死了！

助手刚要上前去看个明白，我示意他不要动。助手看看我，我仍沉着地在摄像，好像不是身处险境，而是在观光游览，真叫他摸不着头脑。他觉得应该出击，宁可与凶手面对面拼死相搏，也不愿死得个不明不白。他甚至怀疑我会不会搞什么鬼名堂。正当他要冲出藏身之处时，我伸手打开身旁的电灯开关，大厅里立即一片光明。

助手被我的举动惊呆了。他马上指着我鼻子问：“你为什么开灯？这不是找死吗！我们现在已经全部暴露了！”

我赶紧说：“你别激动，现在我们安全了。古堡疑案已经侦破了，所以我才开灯。”

助手兴奋地说：“真的！你说吧，凶手是谁？”

我看见助手急成这样，觉得既好气又好笑。我放下摄像机说：“好吧，我把实情全告诉你吧。”

原来，这一带有一种数量极少的吸髓蝙蝠。它的身体只有蜜蜂一样大小，只是嘴尖长如钢针，专吸动物的脑髓。由于它飞行无声，粘着人体吸脑髓时，先向人脑注射麻醉液，使人无法觉察。加上这种蝙蝠从未在这古堡现身过，被害者完全没有戒备，人死后也找不到疑点，所以警方无从下手破案。

我们来到这里后，先后两个兄弟死于非命，接着又死了两只警犬。我看到警局关于死亡的警探死前曾脱下钢盔这一细节后，似有所悟。

我推测“杀人凶手”可能是吸髓蝙蝠，但这毕竟只是推测。所以我们进古堡后，我要求大家必须戴上钢盔。当发现吸髓蝙蝠果真出现在古堡大厅内并开始叮咬警犬时，我拍摄了警犬被吸髓蝙蝠叮咬直至死亡的全过程。警犬死去，而我们安然无恙，说明我的推断是正确的。

我俩就在古堡的大厅里默默地等到天亮，没有再发现其他异常。于是立即乘车前往电视台，仔细观看了我们拍摄的录像，结果与我的推测完全相同，确认了这种吸髓蝙蝠就是造成了数人和警犬死亡的真凶。

柬埔寨政府感谢我破获了这个扑朔迷离的疑案。最后，政府采取措施集中消灭这种吸髓蝙蝠，这才告知天下，使真相大白。

秃鹫的末日

这一年，在××国首都发生了一连串暗杀事件。先是法务大臣遇刺，接着前总理也在别墅里遭枪杀。事态仍在恶性地发展着。没过几天，刚刚卸任的参议长又在大街上被人从背后开了一枪，倒地身亡。

面对这些恶性大案，总统府一直严密封锁消息，害怕引起社会的动乱，并命令警察总署迅速破案。可是，一晃几个月过去了，凶手依然逍遥法外。

总统府命令特种部队围剿，可是也是大海捞针，终于纸包不住火，消息走漏，在全国上下引起了强烈不满。人们纷纷要求总理立下军令状，限期在3个月内破案，否则下台。总统府无奈，秘密找到我们雇佣兵并与我们签订了一个大单。

经过情报和秘密侦查，我们发现这是一个叫“秃鹫”的人干的。他受到FEA组织的高薪雇佣，杀人报酬是一亿美元。

秃鹫是什么人？他是东南亚的专业杀手。不但穷凶极恶、手段残忍，而且武艺高强、智慧过人，在专业杀手界可算是出尽了风头。曾在印尼、越南、老挝、柬埔寨和日本刺杀过政府要员，被誉为“致命秃鹫”。

秃鹫向来是来无踪去无影，不但化装技术高超，而且作案时不断变换脸谱和面具。所以，谁也说不清他的容貌到底是什么样，我们甚至连一点有关他特征的线索也没有。

我们小组进驻××国以后，为了不打草惊蛇，所以每个人都分散行动。几天来，我从种种迹象判断，秃鹫可能会在商业区一带出现。于是，我秘密住进了商业区的一家旅馆。

当然，秃鹫也不是好惹的。他曾几次严重警告总统府：如果还不放弃对他的搜捕，甚至继续追踪他的足迹，他将加重对政府的报复。

这天，就在我入住旅馆的下午两点多钟，我回到旅馆，向自己住的286号房间走去。到了门前我习惯地侧耳听，听房间里是否有异常，见没动静我才开了门。我又看看四周，见房间里没有任何其他的迹象，便回手关上门，挂上了安全链。我脱下衣服，取下挂在肩头上的手枪套，放在沙发上。我想躺下休息一会儿，我的头刚一接近枕边，突然发现有什么东西在枕头上，我立即跳起身来。啊，原来枕头上有颗子弹！我拿起来一看，是一颗手枪子弹。

我仔细检查了床下、浴室、写字台以及柜橱，疑心敌人会在房间里安装定时炸弹，结果我什么也没查到，这才放下心来把手枪子弹放进皮夹里。

我正闭目养神时，只听从隔壁房间传来了悄然的关门声。我正纳闷：“隔壁哪来的客人？我已经问过服务员了，隔壁房间不会安排其他客人，他们怎么又租给别人了呢？”我马上用电话问服务台，服务台回答根本没有租出去。

我一听，忙掏出手枪，决定到隔壁房间去查看，结果是房间里没人。当我刚要搜查写字台抽屉的时候，耳朵敏锐地捕捉到一阵轻微的“嗒、嗒、嗒”的响声。我一听就知道，写字台里有颗定时炸弹。这颗定时炸弹只有火柴盒那么大，却是威力无比的塑胶炸弹。显然，秃鹫是想叫我同几间客房一起飞上天。若不是我耳朵灵敏，关闭了定时装置，再迟几分钟，我可就完啦！我马上扑到窗口往外望去。只见一辆黑色奔驰小轿车停在门口，一个黑衣人马上钻进车里，一转眼便箭一般开了出去。

我返回到自己房间，不一会儿电话铃响了。我拿起听筒，里面传来一个男人的冷笑声：“微型炸弹也没能碰着你一根毫毛，到底是大名鼎鼎的孤狼呀，佩服，佩服！”

我听罢平静地说：“你的礼物我全部收下了，作为报答，我会让你死个痛快！”我放下听筒，马上给国家安全部打了个电话，要求马上锁定这个旅馆刚刚打进来的电话。另外，追踪那两辆黑色奔驰轿车的下落。

当夜幕降临的时候，安全部在一座山崖下发现一辆黑色奔驰小轿车，车身用的是硬质合金材料，即使用机枪扫射也不会射穿。车辆是径直开下山崖的。但是，车里车外没有任何人的迹象，就连打往旅馆的电话也是虚拟号码，查不到真实的拥有者，线索再次中断。

几天后，秃鹫终于再次露面了，他竟然是送上门来的。他丧心病狂地在议会大厦里，在众目睽睽之下，只身绑架了正在组织会议的众议会议长。他要求议长在限定的 2 个小时之内通过电视台向全国观众直播：解散议会，废除现有政府，重新进行大选。如果不从，就先杀了议长。

面对这个突如其来的事件，总统卫队全副武装地出现在议会大厦周围，严阵以待解救议长的命令。但是，狡猾的秃鹫将手枪顶在议长的头部。更令人不安的是，他将自己的手臂与议长的手臂用胶带固定在了一起。即使是选派最高明的狙击手狙杀秃鹫，他也会在倒地的一瞬间轻松地击毙议长。

这使得外面的特种部队也不敢贸然开火。秃鹫等不及政府方面的拖拉行动，用另一支手枪当即枪杀了一名议员。他叫嚣说：“我只要不见你们行动，每隔十分钟就杀一个人。你们为我准备好一架直升机，就停在议会的楼顶。希望你们马上按照我的话去做。”

我当时已经赶赴到了现场，看见政府官员手足无措和特种部队畏畏缩缩的样子就感到好笑。我告诉他们就按照秃鹫的条件去准备，还让他们打开闭路电视播放画面，暂时让秃鹫以为是在向全国直播，并且在为秃鹫准备的直升机的油箱里只加到 30 公里以内的油料，以防直升机飞出我们控制的范围。

一会儿，电视台到了，按照秃鹫的要求开始了现场播报，议会的大屏幕上立即出现了现场的画面。一个女播音员上前拿着话筒，递在了议长的面前。议长在枪口的威逼下，不得不宣布立即解散议会，重新进行大选，并且改组政府。

在议会的大屏幕上，秃鹫清楚地看到了这些画面，以为自己的目的已经得逞。然后，他就逼着议长往通向楼顶的楼梯方向走去。秃鹫一边走，一边威胁他人一律不得靠近。我却悄悄贴近了秃鹫必须经过的路上，伺机制服秃鹫。

当时，在这种情况下使用狙击步枪已经是不可能的了。我想到用其他冷兵器，但是都难以保证议长的安全。所以，我准备采取第二套方案。秃鹫在进入了直升机后，不得不解下和议长绑在一起的胶带，他驾驶直升机离开了议会大厦。我和我的狙击小组也进入了另外一架直升机，跟随着秃鹫的飞行方向一路追去。秃鹫上了直升机才发现，油料只能飞行几十公里，所以他一路向郊区的原始森林飞去。我们一路紧跟。秃鹫在一片沼泽地降落后，他迅速跳出驾驶舱，飞快地跑到一片茂密的树林里，不见了踪影。

我们降落以后，先是看了看议长。发现他只是受到了惊吓，身体并没有大碍。于是，我们马上分头寻找秃鹫的身影。可是，我们几个富有经验的雇佣兵，搜索了方圆一公里的面积，竟也没有发现秃鹫的半点踪影。

这时候，夜幕已经降临，我们利用红外线跟踪仪进行侦查，也不见任何蛛丝马迹。我马上要求国家安全部调来警犬，依据直升机上秃鹫的气味，让警犬进行搜索。

然而，警犬在另一块沼泽的边缘就停止不动了。我觉得问题就出在沼泽地上。我们加细了搜索，就在一块沼泽地上我发现了端倪。这块沼泽地上面有一些树叶伪装，用木棍敲击才发现有硬硬的东西。我伸手一掀开，是个隐蔽极好的洞口，里面是一条挖好的地道。

我们顺着地道追踪，在尽头发现地道通往市区马路上的一个下水道，人早已是无影无踪。此回合我的行动以失败告终，而且后果不堪设想。因为秃鹫马上就会发现，议长的直播现场是虚拟的，没有在全国直播，显然他是不会善罢甘休的。他一定还会采取新的报复。所以，我将议长从他家里秘密地转移出去。我和狙击手们隐蔽在了议长的家中。我将一名狙击手化装成议长的替身，每天由我开车接送假的议长上下班。

就这样过了几天以后，秃鹫再次出现了。假议长的施特劳斯轿车，正在林间道路上不紧不慢地行驶着。当到了三岔路口时，一辆冷藏车窜出来拦住了轿车的去路，只听“哐当”一声，车门打开了。

我刚刹车，冷藏车车厢里便发出了“嗒嗒嗒”的机枪声。我们这一辆车的车身是防弹的，即使用机枪扫射也不会射穿。我迅速抓起全自动来复枪，飞身滚出了驾驶室，开始开枪还击。随即，冷藏车里传来几声惨叫，机枪成了哑巴。我正要跑上去，不料冷藏车的驾驶室里又射出机枪子弹，我急忙卧倒，扔出微型炸弹，将车厢里的杀手全部炸死了。我已经认定这就是秃鹫所为，也肯定秃鹫并不在冷藏车上。但是令秃鹫做梦也不曾想到的是，他留在直升机上的气味，成了我们追杀他的重要线索。

几天来，我们让多条警犬分别寻找。在秃鹫经常出现的地方，终于锁定了他的位置。秃鹫的巢穴原来是设在人迹罕至的原始森林里。一条羊肠小道穿过阴森森的密林，一座狩猎人居住的小屋悬挂在陡坡上。秃鹫就是在这里藏身的。我们潜伏下来，准备狙杀秃鹫。然而，我们还是低估了秃鹫的能力。

他也是世界顶尖的反侦察专家。他在回家的路上总是处处留意，寻找着任何的风吹草动。他甚至在各个方向摆置了草棍和其他标志物，门前草的形态他都记得清清楚楚。自从我们发现他的住处后，他就再也没有在这里出现过。显然，他发现了我们已经来过此地，知道了我们发现了他的藏身地，我们唯一的希望就放在了议长的家里。正如我所预料，一个多月后，秃鹫以为议长的恐惧消除了。他也该动手了。

这天晚上，秃鹫像幽灵一般进入了议长的家。他将子弹推上膛，食指勾着扳机，目光向四周仔细搜索一遍，然后小心地向议长的卧室逼去。他也担心屋里有埋伏，随时下意识地往后退几步。屋子里安有一颗炸弹，就在秃鹫后退的时候，“轰”的一声炸弹爆炸了。一股热浪把秃鹫冲出几米远，人被掀翻倒在地上，来复枪也飞了出去。

秃鹫受伤的左臂流出血来，他忍着疼痛，从地上爬起来，找到来复枪，又踉跄地走了出去。秃鹫走出没多远，借着月光，观察前面那三十度陡坡的山顶。坡顶的右侧有片平坦的场地，场地上有一堆堆木材。为了免遭伏击，秃鹫趴在地上，匍匐着向木堆爬去。当距离木堆七八米远的时候，我忽然从木堆后面站了出来说道：“秃鹫先生，欢迎您的光临！”

秃鹫先是一怔，紧接着把枪口对准了我，同时防备着我的子弹。

我以嘲笑的口气说：“秃鹫，你单枪匹马闯到今天，我真是佩服你。”

秃鹫反唇相讥地说：“孤狼，是你吗？真的是你？”我毫不掩饰地说：“在下正是孤狼。不知有何见教。”

秃鹫听出果然是我，顿时便失去了一些杀气：“我秃鹫一生所佩服的人寥寥无几。但是，我真的很佩服你孤狼。你带人夜袭猛虎团、杀了狙击王，现在已经是世界著名的杀手了。我今天就是死在你的手下，我也不丢人了。”

“不过你不要害怕，我不是职业杀手，而是小小的雇佣兵。我是从来不愿意面对面地杀人，尤其是杀一个负了伤的人。”

秃鹫冷笑道：“难道是你假慈悲，想在我死之前还要捞取一点怜悯的好名声吗?”

我说:“不,我现在用枪杀你,或许令你认为胜之不武。我看还是按照我们中国的规矩,我们就交交手如何?”

“那我就恭敬不如从命。”说着,他扔掉了来复枪。

我说:“你的左臂好像伤得不轻嘛。你还可以寻找一件武器!”

秃鹫冷冷地说:“不用!对于你的慈悲,我根本不感兴趣!”

“你误解了。我现在是要领教一下你的绝世武功,否则带进棺材里就可惜了。”

“那么你就试试吧,我愿徒手奉陪!”秃鹫毫不示弱地回答说。

我当然明白,秃鹫不是一般角色。他既然是世界闻名的杀手,就一定具有超高的武功。我也深知,他徒手搏斗的功夫是很全面的,既有日本柔道的技法,又有中国的功夫,还有泰拳的精髓和西方拳击的凶猛。可惜他的左臂受伤,使我与他对决有些不公平,甚至感觉是乘人之危。

秃鹫站起来,和我对视着。我拍拍手,示意自己没有武器。秃鹫也是条汉子,不甘示弱,准备和我较量。突然间秃鹫凌空跃起,双脚照准我的眉间揣来。我伸掌一接,就势向后一仰,避开了一击。

秃鹫腹肌一收,倏地跳了起来,再次出脚向我侧踹过来。我的脚步飞快滑动,躲过秃鹫的脚,乘势用双勾拳直捣秃鹫的肋骨。秃鹫身子一晃,躲过我的攻击后立刻以左脚为轴,右脚旋舞着,照准我的左肩狠命地踢去。

我一连向后退了几步,收住脚。几个回合下来,我发现秃鹫并没有传说中的那么可怕。同时,我还发现秃鹫左臂的伤口在冒血,他痛得额头汗珠直滚。

我并不急于进攻,而是不断变换着防身的招数,想看看秃鹫到底有多少撒手锏。但是令我遗憾的是,也许秃鹫刚刚为炸弹所伤,从他的反应上来看已经大打折扣了。我灵活躲闪的脚步,就已经令秃鹫眼花缭乱了。

面对这个不可一世的杀手,又是武功高强的武者,我本想不失为一次切磋武艺的机会,然而与我想象的大相径庭。较量没有一点的刺激,也没有任何的高潮。我还没有展开招数,秃鹫就彻底垮了。

只见秃鹫往嘴里送了一样东西,随后说:“孤狼,我没有遗憾了。如果你不是使用了炸弹,我们之间还有一拼。但是现在,我认输了。”说着说着,秃鹫嘴里突然喷着一股血,一头仰身栽倒在地。怎么会这样呢?我扑上前一看,发现秃鹫原来吞了毒。

秃鹫在知道负了伤加上武功不是我的对手之后,宁死不屈,竟然选择了这样一种壮烈的死法。真是英雄盖世,也不枉一生的英名。

西山反劫营

越南战争平息以后，我们雇佣军就接到一个特大的订单，执行一项绝密任务。与美国黑水公司对峙，进行一次反劫营的特殊战斗。

据雇佣军总部军情部的情报：美国最近要在越南共和国策划一起劫持战俘营的“狮子座”秘密行动。这次行动由承包商美国黑水公司部队担任。

美国黑水公司是世界上最著名的雇佣兵部队。他的雇佣兵出价是每月每人2万美元。谁如果肯出价百万美元，就可以为谁组织一个特战队，在任何时间、去任何国家执行任务，从单兵武器至武装直升机，轻重武器应有尽有。

黑水公司的雇佣兵具有非凡的战斗力，大多数参加过阿富汗、伊拉克、南美反游击战和东南亚反恐战等。黑水公司还在9个国家部署了2 300名私人士兵，数据库中还储存有2.1万名前特种部队成员。

黑水公司下属有9个公司：培训公司系统、射靶公司系统、安全咨询公司、犬类训练公司、飞艇公司、装甲公司、海事公司、乌雅发展公司和空降分队，还为总统特使做私人警卫。可以说，黑水公司是美国最大的私人武装，也是国家以外最大的军事力量。

美国近年的常规部队人数虽然年年下降，由200万降到120万，但是雇佣军数量则一直在上升。有人称美国五大军种为陆、海、空、海军陆战队，另外就是黑水公司。黑水公司每年就有高达3 000亿美元的订单。

而我们秘密参与这次反劫营行动，就意味着要与世界头号强国进行一次面对面的军事较量。无疑是我们雇佣军从中获得了巨额的利润，否则，决策者绝不会作出如此疯狂而轻率大胆的决定。

从军情部提供的影视资料中我看到：美国总统尼克松正在与美国十几个妇女交谈俘虏的问题。妇女们代表美国被俘军人的家属，强烈要求总统立即采取有效措施，以求使被俘虏的军人们尽早获释。在越南的战俘营中，被关押的美国飞行员就达340多人，被分别关押在越南的6个集中营里。

但是，无论美国怎样进行外交斡旋，越共就是不同意释放战俘。所以，美国军情部才精心策划了这次“狮子座”行动。也就是要采取突袭方式，袭击位于河内西北郊的山西战俘营，抢救出那里被关押的60名美国战俘。

黑水公司的特种部队，曾经参加过无数著名的袭击行动和营救行动。最近就发生了一件震惊世界的经典战役，那是在中美洲一个军人统治的国家发生的叛变。总统被推翻并被囚禁在首都郊区的一个农场里。黑水公司组成的一支105人特种突击队，在接受了解救人质的任务后出发了。

他们乘坐大型运输直升机降落到这个岛国海岸不远的海面航空母舰上。天黑后又搭乘直升机，神不知鬼不觉地直扑那个前总统被囚的农场。

一个加强连的守军没想到美国人会来这么一手，他们只在关押前总统的房子周围安排了几个哨兵，其余的都回去睡大觉了。

几个蒙面特种兵窜了上去，嚓嚓几刀干掉哨兵，救出了前总统。同时百十条枪从兵营的窗户里伸进去一阵猛扫。兵营里顿时血肉横飞。

前后仅十五分钟，一切万事大吉。被救出的前总统在美国的扶持下，很快夺回了总统宝座。而负责这次劫营秘密行动的克林上校更是一个十恶不赦的杀手。他曾经参加过越战，对越南战场极其熟悉。他当时是战场上有名的狙击手。越战时美国就有他这样的狙击手1 200名，曾经射杀了1.3万名越南指战员和军人。

克林一生亲自杀了多少人早已经数不清了，政府的要员、镇上的恶霸、街区的流氓、印第安土人、丛林游击队员和职业杀手他都杀过，而且是大批大批地杀，不仅是用枪杀、刀杀，还用火焰喷射器杀，简直是尸骨如山、血流成河。

他杀人杀红了眼，经常带领士兵滥杀无辜。一次，他们在一个小山庄发现了越共的指挥机关。政府军出动了三个别动团，美军出动了两个装甲营。但是，他们所发现的只有妇女儿童，掘地三尺，也没找出一个人来。原来，越共指挥机关已于前一天晚上转移他乡了。当时，已经升为少校的他下令将全村123名老百姓全部枪杀，无一幸免。遭滥杀的尸体又被浇上汽油焚烧。妇女、孩子在燃烧的火焰中突然窜起、仰天痛苦地嘶吼着，手臂挥舞着，渐渐地化为乌有。

我也深知黑水公司的凶猛与强悍，但是，又觉得一向强大的美国并没有什么可怕的。在朝鲜战争和越战中美国不是也没有占到什么便宜吗？如今，如果能够与世界强大的对手较量一番，也是我一生中的快事。

雇佣兵总部选择参与这次行动，也是极其绝密和极为慎重的，甚至连参战的特种兵都是经过严格挑选的，基本选择的是与美国敌对国家的雇佣兵。总部甚至下达了死命令：宁可战死，不留活口，不做俘虏。

我知道，一名美国特战队员的武器配备精良，每人身负的40余件物品重达70千克。其中有柯尔特MOD733型5.56毫米突击步枪、M9多功能刺刀、M15白磷手榴弹2枚以及致晕手榴弹。美式特种兵的野战口粮都是非常精致的，在词语字典那么大的包装盒里有十几种独立小包装，分别有黄油面条、咖喱鸡肉、两袋花生黄油、一袋蔬菜饼干、一袋可可饮料、一袋无花果条、一个加热带、咖啡、盐、胡椒、糖，外加一次性餐具。

雇佣兵总部对我们这次行动给予了极大的物质保证。在武器装备上也让我们得到了空前的满足。在总部的武器库中，我们可以尽情地挑选，真是让我大开眼界。

这里简直是世界最先进武器的博物馆。光是突击步枪就有特别适合于远程狙击的雷明顿 M40 狙击步枪、M72 和 M118 竞赛级枪弹；有英国先进的 L96A1 狙击步枪，有精度高、300 米内 50 发子弹连发，弹着点不差 80 毫米的德国华瑟 WA2000 步枪……

经过精选，我最后选择了几种狙击步枪。有加拿大 C31A1 和麦科米兰 TAC－50战术反器材狙击步枪，这种枪安装上利奥波德光学瞄准镜，发射阿玛科斯（AMAX）0.5 口径竞赛级用弹，可以杀死 2 400 米以内的目标。有在夜间射击尤其有效的 M16A1 步枪加 MAW－A1 消音器，以及 M－14 和 XM－21 狙击步枪加 M－14SS 消音器。这种枪口的火焰在夜间几乎完全被消除，射击时的噪音在丛林中很难被听见。此外，还有雷明顿生产的 M24 狙击步枪，这种枪发射 1 万发子弹后仍然保持着射击精度。还有一种 M82 步枪，采用卡尔斯·海利亚 ZF60.6×42 光学瞄准镜，7.2 毫米子弹，400 米首发命中率达 99%，有效射程是 800 米。

更令我兴奋的是，这里还有美军特种部队配制的一种近战武器——“红狐狸”。这种东西可以套在一般的突击步枪上发射，也可以用步兵火箭筒发射。虽然只有可口可乐罐那么大，但是威力惊人。轻轻一声爆炸，能把 30 平方米内的人震得七窍流血，丧失知觉。

被誉为“世界最佳冲锋枪”的 M16A2 冲锋枪，是美国科学特轻武器公司研制的最新成果。在美国，只配备给特种部队和海军陆战队使用。三秒钟内 30 发 5.56 毫米枪弹就会发射出去。

苏军新式的 AK－74 冲锋枪，口径小、重量轻、坚固、射击方便、命中率高，是第二次世界大战以来使用效果最突出的冲锋枪。

此外，我还挑选了带有钛合金板的防弹背心和靴子、一袭紧身黑色特种服、一个头戴的微光夜视仪。另外我还选择了一把巴拉贝鲁姆 9mm 卵形铅芯穿甲式手枪弹，这种手枪子弹初速较高，枪口冲量小，所以弹道低伸，有利于提高射击精度和有效射程。而且对近距离作战有超乎寻常的效果。最后我还选择了一种能够弹射出刀片的特殊刀具，只要按下刀具的按钮，刀片就会被弹簧弹出，呼啸着射杀 20 米外的目标。

我们的军事行动不是孤立的。苏联特种部队担任了此次行动的军事顾问，其红军贝雷帽部队也参与了这次秘密行动。整个的行动也都是这些苏联人策划的。

“二战”期间，这支红军贝雷帽部队神出鬼没地活跃在敌占区，炸铁路、毁桥梁、袭击运输队和德军指挥所。在惊心动魄的库尔斯克战役开始后，一百多个特种分队和游击队通力合作，短短几天内五百多座公路桥便和一百多座铁路桥土崩瓦解，八百多列德军火车专列出轨爆炸。

在越战中，红军贝雷帽部队也选派了许多优秀的狙击手，使美军遇到了克星。美军为了对付苏军狙击手，不惜集群行动。设置各种假目标，诱使苏军狙击手开枪时，同时狙杀对方。然而苏军以守株待兔的办法，在各个树林入口进行埋伏，等待美军狙击手，使美方伤亡惨重。

红军贝雷帽部队的突击队员不仅枪法出众、武艺高强，而且熟悉主要敌对国的各种武器，能够驾驶各种战斗车辆和多种型号的直升机。每个人都通晓至少一种外语，懂得一种专业，擅长一种运动，酒量惊人，还能以不同身份潜入敌国。他们是看不见摸不着的，但是能够瞬间置人于死地的人。其中，还有护卫过克里姆林宫安全的蛙人。

我们在接到命令后，开始秘密进入了行动区域。

不久，美国情报部门在一张由“SR－71”高空侦察机拍摄的照片上，辨认出西山战俘营院子里出现一个“K”字。K字即表示营救的意思，是战俘用衣服在地上摆成的。这个情报使美国人兴奋不已。

这与美国空军侦察机和测向台测出的方位完全一致。美国人中有位极为自信的从事“H”业务的高级情报官，专门从敌方的叛逃者、敌方的俘虏以及曾经被越南游击队抓获后又逃回来的俘虏口中，或者是被俘虏后又释放的美国士兵口中挖取越方情报。当然他的情报也反复印证了战俘营的真实存在。

美国空军的“水牛猎手式”侦察机也多次传回信息，发现战俘营里面确实有人在活动，而且发现这一带有1.2万名越南正规军部队。这一切都充分表明，关于战俘营的情报是确凿无疑的。

五角大楼的决心已定，计划无懈可击。一队由C－141运输机SFJ、C－130运输机、RH－53直升机和HC－132加油机组成的机群，由西向东扑向河内。与此同时，12架海军战斗机从游弋在北部湾上的航空母舰舰群上起飞，作为掩护。

而就在这同时，越共的总参谋部里，苏联军事顾问与越南北部高级将领正在哈哈大笑。美国总统上当了，他上了美国安全局和情报部的当，也上了那些高空侦察机和侦察卫星的当。越南北部的一个正规师完成了站前动员，进入了战斗状态。油箱已加满了油、炮衣已经脱掉。

就在这时，美国的“水牛猎手式”侦察机又一次在越南北部抵近侦察飞行时，遭到越南北部防空兵的截击，一枚萨姆2地对空导弹击落了它。这下更加激怒了美国人：“开始‘狮子座’劫营行动！”

美国大兵的行动开始了。“狮子座”突击队的260人分为三个分队：袭击分队、警戒分队、支援分队。直升机把他们送到30公里外的空地上。然后，他们利用黑夜做掩护，秘密向西山方向集结，渡过眼前的这条河，战俘营就在前面了。熹微的晨光中，战俘营的房子已经映入眼帘。部队开始分三批渡河，第三批已经下水。

战俘营处在由一座低矮的山丘合成的怀抱里。正西方豁开一个大口子，是直升机降落的理想地方。袭击一旦得手，就可以马上呼叫直升机来救援，载走战俘。

一次震惊世界的劫营事件又将美国特种兵载入史册。我们的战斗部队由狙击手、冲锋枪手、火箭筒手组成。我负责的是狙击分队。战斗中，我们首先开始狙杀战地指挥员、通信兵和狙击手。兵法云：兵渡半而击之。

一场寂静的射杀开始了，我们躲藏在越战著名的蜘蛛洞里进行狙击。这是狙击手和步兵藏身的地洞，拥有良好的射界和较高的隐蔽性。再加上无烟尘和火光的6.5毫米口径步枪，敌人很难发现，这些比坦克和飞机更令人恐惧。

我狙杀的第一个目标是背着电台的士兵。我手下的狙击手们，经过改良的M70，安装10X尤纳托光学瞄准器，确保600米命中。随着我的枪响，电台兵被一枪毙命。结合我枪口初速小于330米/秒的亚音速步枪和消音器在200～300米的距离上，我们一下子就狙杀18人，而没有被对手发现我们的藏身位置。

当美国人发现中计时，他们已经全部暴露在河床中！他们的冲锋枪毫无目标地一阵乱射，枪响打破了黎明的寂静。

举世闻名的美军特战队陷入了扎扎实实的包围圈之中。虽然他们个个武艺高强，但是无奈的是天时地利都没有。敌人看得见自己，自己看不见敌人，光剩下挨打的份。他们面对着几乎来自四面八方的子弹和经过精心布下的包围圈，如今，美军已经入网，机枪、冲锋枪、步枪、手榴弹、迫击炮和火箭筒铺天盖地压过来。四面合围开始了。

一张火与死亡组成的大网收网了，越共可谓神机妙算。

可想而知，此刻的战俘营一个战俘也没有。美国的“狮子座”劫营行动成了军事史上的一个笑话。

孤岛送瘟神

一天，我们雇佣兵总部接到不明人士邮递的一个邮包。打开以后发现是地球上销声匿迹多年的炭疽菌。由炭疽菌所引起的疾病称炭疽病。这个炭疽菌芽孢纯度及浓度极高，其粉末能形成气雾悬浮在空气中并四处飘散，致命力极高，令人防不胜防，引起了总部的高度重视。

不久，在美国、欧洲等国家政府机构也陆续出现炭疽菌邮包。尽管有的恐怖组织愿意承认对这件事负责，但是，据可靠情报部门调查，这显然是国际贩毒集团在对我们实施报复。

就在这时我接到命令，让我迅速到雇佣兵总部参加一个会议。会议内容非常重要，气氛也显得格外庄重。会议内容是这样的：几年来，国际贩毒集团在金三角地区多次受到打击；由于我们雇佣兵也多次参与过缉毒行动，引起了贩毒集团的强烈不满。

这几年，贩毒集团遭到反复清剿，使他们的毒品生意严重受挫。他们虽然也雇用了国际上几家雇佣兵私人武装，但是也难抵几个国家联手的正规化部队清剿。看来，硬碰硬的动武是肯定不行了。

又有密探报告，贩毒集团为了报复，秘密将一批制造生化武器的设备运到了圣丹尼斯。一个相当规模的指挥部驻扎在森林的据点里，准备对金三角地区的多国部队实施生化武器打击。

他们既想报复，又不想把事情搞得那么张扬。所以，他们挖空心思，想出了这个非常狠毒的办法——利用生化武器。就是想以此办法使金三角的缉毒部队受到重创而大量死亡，并打算重新夺回他们在金三角的主控权。

我们雇佣兵接受的任务，就是参与捣毁贩毒集团藏匿、制造生化武器的军事行动。据可靠情报透露，操纵这个行动的是贩毒集团的二把手罗芭星，是他选择了在圣丹尼斯作为制造生物武器的大本营。

情报部部长宇非首先讲述了一些情况："居心险恶的罗芭星已经准备在三个月后动用生物武器对付金三角地区的缉毒行动。生化武器对人的生命健康构成致命威胁，最致命的瘟疫足以引起整个人类社会的恐慌和混乱。

历史上，人类与瘟疫之间残酷的斗争一刻也不曾停息，充斥着人类文明进程的每一个瞬间。

人类历史上的瘟疫，如鼠疫、霍乱、天花、炭疽病、艾滋病、流感，都可以成为制造生化武器的原料。我首先介绍的生物武器是鼠疫，也称作'黑死病'。这是一种以老鼠和跳蚤为传播媒介的传染病。鼠疫杆菌一旦进入人体，就可以使人在两三天内死亡。人类历史上曾有过数次毁灭性的鼠疫大流行。首次大流行发生在公元6世纪，疫情持续了五六十年。流行高峰期每天死亡上万人，死亡总数近一亿。

最悲惨的鼠疫发生在中世纪。西征的蒙古军队包围了黑海港口城市克法，把患鼠疫死亡的尸体用投石机投入城内。城里的热那亚人逃离此城，鼠疫也跟随他们传播到西西里，继而是意大利，继而是整个欧洲大陆……在短短5年间，欧洲的半数人命丧黄泉。在随后的300多年间，仅在欧洲就造成2 500万人死亡，占当时欧洲人口的1/4。

第三次鼠疫大流行始于1860年，波及60多个国家，死亡千万人以上，它甚至间接促使了东罗马帝国的崩溃。到20世纪中叶，抗生素的发明才使得鼠疫成了容易治愈的疾病。

现在，鼠疫并没有完全消失，它一有机会还会传播给人。特别是人类如果利用鼠疫作为生化武器，那么后果将非常可怕。”

接着，作战部部长杰西介绍说：“第二种可怕的生物武器是天花，其恐怖程度与鼠疫不相上下。为什么科尔特斯一次率领300名西班牙殖民者就能够征服有2 500万人口的阿兹台克帝国（现墨西哥）？靠的就是秘密生化武器天花。阿兹台克人俘虏了一名染上天花病的西班牙士兵。于是在10年内，阿兹台克人口锐减到650万人，生存者也丧失了斗志，一个强大的帝国就此灭亡。在古代，全世界60%的人口受到了天花的威胁，1/4的感染者死亡，大多数幸存者也会失明或留下斑痕。”

机动部长谢力接着说：“第三种生化武器，就是导致历史上死亡人数最多的流感病毒。20世纪初，一场史无前例的流行性感冒席卷了整个美国。然后，随着第一次世界大战的战火，流感病毒蔓延到欧洲和美洲。战士们还没有上战场就已经倒下，途经的城市、村庄至少有5 000万人毙命，仅美国的死者就有50万人，远远大于直接死于战争的人数。”

接下来，工程部长莱梅说：“霍乱也是制造生化武器的典型代表。霍乱共有7次大流行。死亡人数也超过数千万。”情报部长司亭说：“不过，人类新的传染病又接踵出现。艾滋病、埃博拉病毒、炭疽病、西罗尼病毒，SARS、新型H1N1型流感病毒，不断在人类社会制造大范围的恐慌和社会问题，而现代交通又为瘟疫在全球的传播提供了便利。”

机动部长谢力又说：“这些瘟疫带给人类的苦难史，不排除大部分是天灾，但是目前更重要的是人祸。罗芭星企图利用瘟疫这个生化武器，使人类走向灭绝。我们虽然还不知道贩毒集团制造的是什么生化武器，但是，他们的阴谋一旦得逞，在人群聚集区域释放小型炸弹或毒气罐，就会产生极其严重的后果。如果他们使用的是肉毒杆菌，那么只需极少的剂量就能致人死命（少到十亿分之一克）。一旦被战争狂人利用，也会毁灭人类。在现代战争中，生化武器就是利用生物或化学制剂杀人。致病微生物一旦进入人体便能大量繁殖，破坏机体功能，使人发病甚至死亡。化学武器的特点是杀伤途径多，毒剂可呈气、烟、雾、液态使用，通过呼吸道吸入、皮肤渗透、误食染毒食品等多种途径。对此，我们不得不多加防备。”

对于生化武器在战争中运用的实例我也知晓不少。在人类战争史上，利用生化武器作为攻击手段的记载很多。最早是1346年鞑靼人进攻克里米亚，在战争中利用鼠疫攻进法卡城。18世纪英国侵略军在加拿大用赠送天花患者的被子和手帕的办法在印第安人部落中散布天花，使印第安人不战而败。

1915年4月22日，德军在比利时的伊普尔战役中首次大规模使用毒气。用装满氯气的钢瓶吹向英法联军阵地。这次攻击，使英法守军共15 000人中毒，德军亦有数千人中毒。

抗日战争期间，日本军队对中国军民使用化学武器2 000余次，染毒地区遍及19个省区。后来，美国军队在朝鲜战争中也使用过生化武器。第二次世界大战期间，英国在格鲁尼亚岛试验了一颗炭疽杆菌炸弹，至今该岛仍不能住人。

1972年，联合国签订了禁止试制、生产和储存并销毁细菌（生物）和毒素武器的国际公约。但是少数发达国家从来就没有放弃生物战的准备，只不过是更加隐蔽罢了。生化武器对整个人类的威胁不仅没有消除，反而在冷战后更增大了。

目前世界上有200多个恐怖组织，分布范围广，组织严密，大多具备化学攻击能力，少数具备生物攻击能力，并尝试开发新型生化技术手段。生化武器在战争中给军队带来的威胁也客观存在。生化武器领域已成为军事争夺的新制高点。我记得在《圣经》启示录中预言了将会把人类引向毁灭的黑暗“四骑士”，紧跟着战争、饥荒、灾害的最可怕的是，最后一个骑士就是瘟疫。

一天，总部发来密电：“密切注意罗芭星的动向，尽快捣毁生化武器基地，要千方百计阻止他们制造与使用生化武器。速将清剿计划报来，以便随时采取对策。”

接到命令后，我们分队马上进行战斗部署，迅速进入了圣丹尼斯。圣丹尼斯是圣留尼旺岛的首府，是法属海外省之一，面积仅有2 500平方公里。居民主要为马达加斯加人、非洲人、欧洲人、印度人、华人和克里奥尔人。首府圣丹尼斯城市不大，人口仅有十多万人。看来，生化武器基地之所以选择在这里，就是因为这里是个孤岛，远离大陆，保密性强，不容易走漏风声。

随着现代雇佣兵的商业化，雇佣兵的性质越来越特工化，行动范围也越来越广泛化。我们不但参与局部战争、秘密剿匪、暗杀任务等，而且还担任破坏恐怖分子的生化武器设备，或将其拆毁捣毁，或从恐怖分子手中夺回原料、秘密潜入搜索证据等任务。

皎洁的月光装饰着圣丹尼斯的大地，夜空像无边无际透明的大海，安静广阔而又神秘。就在这时，我的行动小组秘密潜入了贩毒集团的生化武器基地附近。

我们潜入后首先进行了秘密侦察，发现这个基地建立在一片幽静的山林中，远离城市与居民区。

入夜，一群本该熟睡的林鸟慌乱地四处散飞，几只鸟从皎洁的月光下飞过，还带有几声惊叫。这些都说明，别墅中存在大型设备在活动的迹象，他们的活动引发的震动惊动了飞鸟。借着月光，我在夜视镜中发现一个白种人雇佣兵，他脖子上围着一条阿拉伯方巾，身着模块化战术背心，肩背 MPS 冲锋枪出现在一栋别墅前。还有一个雇佣兵手持德国 HK 公司出品的 HK416 卡宾枪。他们交互在别墅的门前巡逻。

深夜，别墅里走出一个西装革履的欧洲男人，持枪的人立即立正敬礼，然后将他送到停车场的一台奔驰轿车上。这个男人开车出了别墅。我马上用步话机联络，并命令停泊在不远处的下属对奔驰车进行跟踪。

根据传回的消息，这台奔驰车开进了市内的一个咖啡馆。我命令跟踪的人混进去，尽快搞清这个人的身份。几天后，我们的人终于摸清了这个人的底细。原来他是这个基地掌管技术合成的工程师，是贩毒集团用重金从欧洲聘请过来的。

知道了这个情况后，我们马上对其采取策反行动，先是实施了美人计。男人的共同弱点就是喜好漂亮的女人。这使西装革履的男工程师，在基地外面闯了大祸。

在他经常光顾的酒吧里，几天来经常端坐一位窈窕淑女，风姿动人。长期在外，寂寞难耐的工程师早就对她垂涎三尺。

今天，他终于鼓起勇气，眼睛直勾勾盯住美女不放。通过四目相对，眼睛定格，美女竟然也暗送秋波，勾人心魄。于是，他毫不犹豫地走过去，开始客套地敬酒。酒逢知己千杯少，他们大有异乡遇故知、相见恨晚的感觉。于是，她愉快地邀请他去她的公寓喝咖啡。她悄悄告诉他：丈夫上夜班不在家。他们正在公寓里鱼水之欢的时候，她的“丈夫”突然闯了进来，紧接着尖叫、狂闹、怒骂、抽打、申辩、哭泣、求饶……最后，工程师答应了她“丈夫”的条件，同意在基地带出生化武器样本，否则他要承担 10 年以上的徒刑。

这样，工程师在基地夹带出一块香烟盒大小的包装——肉毒杆菌菌种。同时，我们也全面掌握了生化武器基地的内部情况。

生化武器基地的原料与生产设备分别存放在两个地方，别墅所在地是生产设备与加工的最后环节。一般情况下，只有在接到批准批量生产的命令后，才能将原料运往别墅进行加工。至于原料存放在什么地方，连工程师也不知道。而生化武器的总指挥罗芭星却并没有在别墅内现身过。各种迹象表明，他目前还没有来到基地。

平时别墅由一个班的兵力守护。11 个雇佣兵分别是来自英国的 SAS、美国三角洲和德国 GS－9 特种部队退役的精英。配备有 M2203 和 SVD 步枪、德国 HK416 卡宾枪和 MPS 冲锋枪、MK40 掠夺者近程反装甲发射器和 M24PE4 轻机枪。基地只有在集中生产的时候，才会派一个特种兵分队来保护。

擒贼先擒王。根据情报部门的密报和航空公司确认的名单，在法兰克福飞往圣丹尼斯班机的乘客中有一位重要人物——贩毒集团的第二号人物、生化武器的总指挥罗芭星。他正是经过化装后以法国籍丹尼士的身份出现在这个班机上的。于是，我们一个完整的作战方案确定了。在圣丹尼斯机场的出口，没费一枪一弹就顺利抓获了罗芭星。

我率领的另外一组，在得到罗芭星被抓获的消息后，驾驶着一辆架着 M240G 型机枪的悍马敞篷越野突击车和一辆三菱越野吉普车迅速扑向了基地。车上还载有一种 MK40 掠夺者近程反装甲发射器，体积小、质量轻。既便于单兵携带，又具有低烟、低后座、低噪音、软反射能力的特点，是有效对付近目标、巷战的武器。

在距离基地的别墅 650 米的位置时，我发出了攻击命令。车上的发射器操作手将发射器保险打开，通电预热，瞄准，锁定目标，随即发射出激光制导导弹。别墅轰然起火，顷刻间变成了一堆废墟，浓烟迅速弥漫。

我们迅速抵近后，发现没有被炸死的两名雇佣兵穿越烟幕跑了出来，但立即被我们密集的冲锋枪弹击毙。

我们在废墟里查找出 12 具尸体，除了工程师提早被我们保护起来以外，所有的恐怖分子全部被击毙。由于生化武器菌种早已被我们控制，战斗中未发生任何生化武器的泄露。

醉擒飞天盗

这一年，东南亚出了个飞天大盗贼。

他武功高强，来无踪去无影，杀人抢劫，采花睡柳，无恶不作。每次作案后，他都要在墙壁上画一个“飞天鹰”。

飞天鹰因为劣迹累累，曾被判处5年监禁。在狱中，他将同室犯人杀死后毁尸灭迹，让人抓不住任何把柄。他刑满放出来的当晚，司法界就有12人惨死家中，均是一刀致命，而且都是公检法的工作人员及其家属。凶手用匕首，在死者家中的墙上，留下名号——“飞天鹰”。

这起案件的震动性可想而知，国家公共安全局迅速勘察、封锁现场，并立即向上级通报。同时，12专案组宣告正式成立，集中了100多名专家骨干以及全国各地的精英。

也就是在专案组成立的第4天，负责痕迹鉴定的两名专家在宾馆被杀，负责公共安全局的副局长及其刑警队的3个刑警也惨死家中，另外两个专案组成员在住所被杀，案发现场的墙壁上同样留下“飞天鹰”三个大字。

后来的两个月期间，先后有多人遇害，其中包括警察30人、刑警8人及其家属36人。不同的是，部分死者并非死于家中，而是在下班回家的途中被凶手从身后偷袭，一刀刺穿颈部。凶手持刀在每个死者的背部留下“飞天鹰”的名号。

一位公共安全专家曾扬言：“谁能提供凶手的线索，悬赏10万元！”结果，他当晚就惨死家中。凶手用匕首在墙上留下一行字：“你太令我失望了。这把刀，还是留给你们作纪念吧！”

从此，飞天鹰销声匿迹。经过两年多的调查、取证、研究、分析、排查、走访，专案组没有得到任何有价值的线索，案情毫无进展。此后，该案永久封存，被停止一切调查。

不料，多年后，飞天鹰竟然出现在文莱。政府张贴榜文，请武林高手捉拿飞天鹰。但终因其神出鬼没，对他的行踪一无所知，结果不了了之。

雇佣军接受了这个出价不菲的合同，要求我到文莱去参与破案。我也想一展自己的身手，探个究竟，便只身来到了文莱。

文莱首都斯里巴加湾市是文莱最大的城市。清真寺巨大的圆形金顶和镂空的乳白色尖塔很是显眼。还有坐落于博尔基亚大道旁的博尔基亚清真寺、文莱皇家陈列馆、努洛伊曼皇宫和努洛阿曼皇宫等著名建筑。

在这个君主制国家中，皇宫自然是最庄严和至高无上的地方。文莱的皇宫是世界最大的皇宫，也是文莱苏丹的住所。它们富丽堂皇、用料考究，尽显雍容华贵的气势。

这天，我来到城东的一个酒店，发现女老板始终以一袭轻纱遮面，看不清她的真实面孔。但是，举手投足之间，难掩她轻柔袅娜的美丽身姿和高雅的举止。酒店的酒是她亲手酿造的，酒的名字也挺吸引人，叫百花红，是由百花与粮食做原料秘法酿制的。

听说，老板娘酒店开张的头一天，就赢得开门红。她酿出的百花红酒，喝多少都不会醉，并且能迅速从体内散发出玫瑰花般的香气。喝过她的酒，每个人都会觉得神清气爽、超凡脱俗。她的百花红因此名声大震，天南地北的客人都以能品尝到她酿的美酒而感到荣幸。国内外的许多富豪绅士，隔三岔五地都要往她的酒店跑。

我也先后来过几次。可没过多长时间，老板娘就定下了个古怪的规矩，每两天开一次店门。不管是谁想求得她多开一天店门，她也不答应。后来，她竟半个月只开两天店门。再后来，她索性两个月才开一次店门。我几次和老板娘搭话，她都是置之不理，从不开口说话。

我从她的神秘举止中感觉到，她讳莫如深，必定有什么难言之隐。不露声色，就表明她掩藏着什么不愿为人所知的秘密。而且我猜想她的忍耐中必定有期待，是与一个谋略和计划有联系的，因为这绝不应该是一个女人的正常所为。

从举止看来，她应该是个中国人。所以，我对她便由衷地产生了一种亲近感。同时，她也为我带来了更大、更深的诱惑。我一直想在她这里有所突破，非要想知道些什么或者得到些什么。

有一天，还没到酒店规定的开门之日。当地一个大亨要做寿，让下人来买几坛百花红，酒店伙计却说老板娘不让卖。大亨却一定要买，让伙计马上转告老板娘。可是老板娘却偏是爱死理，说什么也不肯卖。大亨亲自调来了一群打手要抢要夺。最后，连警局都惊动了，她还是不卖。弄得大亨脸红一阵白一阵，摇着头悻悻而去。

也有人不是光为喝酒来的。一天，正是酒店开业的日子。两个游手好闲的年轻泼皮，从早到晚泡在酒店里不走。他们早就对老板娘的美貌垂涎三尺，也像我一样对老板娘不露声色的诡异行为感到好奇。他们的目的就是要纠缠老板娘，要打她的歪主意。为此，酒店雇的伙计一步也不敢离开他们。

时至深夜，酒店早就打烊了，他们还是赖着不肯离去。我担心他们闹事，也一直没有走开。我劝解他们离开，他们却嫌我多管闲事，后来竟和我动起手来，被我只一两个回合就打趴在地，半天才爬起来跑了出去。

我的及时解围使老板娘解除了对我的戒备。但是，我并不急于在老板娘面前邀功，我仍然我行我素，只顾一个人低头喝酒。但凡有人来闹事，我都会挺身而出为之化解。

我盼望的一天终于来了。老板娘突然走到我面前，开始主动与我搭话。她不仅对我千恩万谢，并拿出了她珍藏多年的百花红原浆酒免费请我品尝。

这些虽然是我意料之中的事，但是老板娘在我面前揭开她头上的面纱、露出了真面目时还是让我大吃一惊。终于，她被我那仪表堂堂、正义凛然的君子行为折服。

我仔细地观察，老板娘那排列整齐的皓齿是那样的完美。尤其是当她谈吐或微笑时牙齿时隐时现，其洁白的牙齿和明亮的眼睛相辅相成，绝不妄“明眸皓齿”之美。她那柔软细腻、光滑而泛绯红色的面颊，是那样的单纯可爱、天真烂漫。这一下，让我不仅惊叹于她的美貌，而且相信她绝对是闭月羞花、倾国倾城。

老板娘不仅身材修长，而且线条和举止都呈现出东方女性特有的柔软和谐的美感。后来我才知道老板娘叫梅玲，祖籍中国。交谈中，她对我的境况也进行了询问。她知道我也是一个流浪的中国人，就主动让我在她的酒店住了下来。

我们的接触多了，她对我也越来越亲近。不仅照料着酒店，还关心起我的饮食起居。我终于忍耐不住好奇心，向她询问起酒店的情况来。我问她定下这个古怪的规矩后，不但不赚钱，反而每天要倒贴上不少钱，放着这么红火的生意不做，到底是图个啥？梅玲说：“至于这个，请你不要问我为什么。这暂时还是一个秘密。将来，有机会我再跟你说。”

一天晚上，我和梅玲一起喝了不少百花红。梅玲显得异常兴奋，白皙的脸犹如桃花，更是妩媚动人。她早早让伙计们歇息了，便关闭了大门。

她知道我也是一个人长期在外漂泊又是一个非常富有正义感的人，对我早已有了敬慕之情。晚上，梅玲向我倾诉了一切。原本梅玲是中国国内著名酿酒师的女儿，她的家在广西南宁。父亲掌握一门酿酒绝技。他研制成了以百花为原料的百花红酒。这种酒分两种：一种是“醉八仙”，即便喝上几口，也会醉卧三月而不醒；另一种特殊配方叫“百花红”，喝千杯都不醉，并且全身会散发出胭脂花香，有延年益寿、滋阴壮阳等功效。

岂料，新中国成立后开展公私合营，没收了他家祖传的酒庄。文化大革命时，她父亲又被打成牛鬼蛇神被揪斗。母亲患上严重的心脏病，因为无钱医治而不幸去世。

为了逃生，父亲与梅玲逃了出来，流落到马来西亚。他们父女重操旧业，开办起了酒坊，生意一度好得不得了，但梅玲做梦也没有想到天降横祸。她不仅被飞天鹰玷污了贞洁的身体，而且父亲竟然惨死于飞天鹰的手下。

那是前年春天，梅玲和邻居家的女伴外出游玩回来。谁料她刚踏进家门，就发现父亲倒在血泊之中，一旁的墙壁上画着一个斗大的飞天鹰。正在饮酒的飞天鹰，看见梅玲进来，猛虎扑食一般扑了上来，将梅玲强奸后扬长而去。家中所有值钱的东西都被席卷一空。

警局虽然对现场进行了勘察，说会尽快抓捕案犯，但是转瞬一年仍杳无音讯。时间一天天过去，梅玲暗下决心，要亲手将飞天鹰擒获归案，为父亲报仇，替当地百姓除去一害。

梅玲知道盗贼飞天鹰嗜酒如命，他将每次偷盗来的大多财物用来换了酒。为了报仇，梅玲在报纸上得知在文莱发现了飞天鹰的踪影，便轻纱遮面来到了文莱。她将百花红酒的品牌打红，就是为了吸引飞天鹰盗贼的注意。为尽快引鱼上钩，她又故意两个月才开一次店门，好让大盗前来盗酒。原来，这是梅玲的一个计谋。

梅玲父女的悲惨遭遇，引起我对家事的联想。我们几乎是同病相怜，同样的遭遇，同样的失去亲人，同样的背井离乡、流落天涯。飞天鹰的滔天罪行，如同伤害了我的亲人一般，更是激起我的无比愤慨。我当着梅玲的面发誓，一定要血刃飞天鹰，将他绳之以法，为梅玲父女报仇雪恨，否则誓不为人。

一天夜里，我刚要睡觉，突然听见仓库有异常动静。我起来后就要往仓库里面看个究竟，被藏在一边的梅玲一把按住。她示意我不要动，一切听她的安排。

第二天早晨，我和梅玲在查看库房时发觉，酒被盗走了八坛，还有两坛是空的。原来，盗贼进入库房后竟先喝了两坛酒，又偷走八坛才离开。

在墙壁上，我们发现画有一个斗大的飞天鹰。梅玲告诉我来人正是飞天鹰。为了跟踪飞天鹰的踪迹，我立刻到警局借来一只警犬。我拿着百花酒让警犬嗅了嗅。然后牵着警犬，与梅玲及几个伙计一起出去寻找飞天鹰的蛛丝马迹。

我们牵着警犬跟着气味寻追过去，一直到城东九里外的山脚下，警犬才在一座不显眼的坟墓边突然停住了。警犬围着坟墓直转圈。天啊！梅玲和伙计们惊得目瞪口呆，难道出来行窃的竟是鬼魂吗？

我顺手在墓碑上摸索里一会儿。突然发现了一个按钮。我一按，墓碑竟突然“吱”的一声移到了一旁。在黑乎乎的洞口中，一股浓郁的雾气飘了出来。仔细一看，才发现这是一座古墓。

当我们进入这古墓时，不禁被四周那无边无际的黑暗压得喘不过气来。古墓中一片死寂，只有偶尔透进来的阵阵冷风在古墓里回荡。火炬在风中闪烁摇曳，更显得鬼影幢幢。我们随即旋亮了手电筒，又同时惊呼了起来。古墓四壁上刻满了大大小小的文字，也有许多描绘的图案。其中一幅的内容仿佛是描绘墓主人在建筑古墓时如何念咒请邪恶的幽灵来保护墓地，使它神圣不可侵犯的。我们进到漆黑一片的内层古墓，发现一个黑衣人躺在那儿一动不动，他身边正好放着八坛酒。

经过梅玲的认真辨认，确认这人就是飞天鹰盗贼。于是，我和伙计将他绑了，抬出洞外，赶紧送到警局。到了警局经过审问，此人正是人们谈之色变的飞天鹰大盗！

消息传开，众人拍手叫好。

只是外人弄不明白：梅玲的百花红酒应该是千杯不醉的，大盗怎么喝了她的酒就醉得跟死猪似的，躺在坟洞里任人捆绑呢？这酒还真是神了。

只是大盗做梦都没有想到，他在库房里偷喝的酒，是没有放置特殊配方的“千日醉”。喝了以后，会大醉不醒。以飞天鹰那天喝的酒量，不醉个十天半月恐怕是醒不了的。

他更没想到，作恶多端的他竟因为梅玲的小计谋就被轻而易举地绑到了官府。多行不义必自毙，飞天鹰真是罪有应得，寿数已尽。

氰水母疑案

这段日子里，我从梅玲的身上看到了她的聪明与睿智、端庄与温柔。梅玲那冷漠而不失温情、柔弱而不失勇敢、出淤泥而不染的形象，更像傲立风雪中的梅花，真是让我又怜爱又敬佩。我坚信，她就是我一生要找的女人，她将是我心的归宿。我也感叹上苍的冷漠与宽容，给了我这个缘分。虽然我还时常想起舒雅，但是身在他乡的我深知与舒雅的结合也只是个梦幻。

这么多年来，我也因长期漂泊、居无定所、归国无望常常感到流离失所。舒雅虽然一直是我情感的寄托，但是我经过千辛万苦，想尽所有的办法打听舒雅的下落，都从无结果。我只有默默地接受这个现实。

我劝自己再也不能永远生活在幻想之中了，也许舒雅早已经为人妇、为人母，生活得很快乐、很幸福了。我决心从此放下过去，不再单相思了。我决定要娶梅玲为妻。

梅玲也是这样。这一段时间里，她一直在对我的人品、性格进行着考察。从我们相遇、相知、相助，她一直在对我的行为修养进行着评判。

她没有在我的身上找到任何轻率与浮躁的举止，相反，找到的是责任和担当。她由此断定我是一个敢作敢为、敢于担当的人，是一个可以托付终身的人。甚至在她请我留宿在酒店的那一刻起，她就认定了这一点。

梅玲从小失去了母亲，是跟着父亲长大的，所以父亲是她的全部依靠。父亲没有了以后，她的整个天就塌了下来。从那时候起，她担起了生活的一切重任。直到今天，她是多么希望有一位兄长、一位父亲用宽厚的肩膀替她遮风挡雨啊。她多么需要一个勇于担当、可以依靠的脊梁啊。

今天，她终于找到了，找到了这样一个敢于担当的男子汉。在梅玲的心里，我不仅是位英雄，更让她深深感到找回了兄妹情、父爱与亲情。她认定我是可托付一生的男人。

他乡遇故知，梅玲遇见了我，我遇到了梅玲，这是上天的安排。于是，我大胆地向梅玲表达了我对她的感情，正式向她求婚。

看到我向她求婚，梅玲激动得泪流满面。那是我第一次看到梅玲如此悲喜交加的笑脸，令我如痴如醉，终生难忘！她毫不犹豫地答应了我。

于是，我们变卖了酒店，并且约定了结婚日期。

回到了雇佣军总部之后，我递交了辞呈。梅玲便和我一起来到了人烟稀少的科科里岛度蜜月。

自从有了梅玲的陪伴，我找到了感情的依托，终于结束了漂泊不定的流浪生涯。我们在一个美丽的小岛上过起了世外桃源般的生活。

这个岛是在太平洋上最美丽的热带群岛之一，有“天使滴落在太平洋上的眼泪”之称。海岸的白沙滩如玉带般环绕着整个岛屿，海水清澈见底，呈现出翠绿色，是最理想的潜水乐园。

我和梅玲每天要潜下海去欣赏美丽的珊瑚群和色彩斑斓的海葵，和热带鱼进行近距离的亲密接触，成群游弋着的色彩斑斓的小丑鱼更是令我们心旷神怡。月夜里，我们经常来到沙滩上，欣赏成千上万只海龟在朦胧的月光下到沙滩上产卵的奇观。

7月底，海上刮起了一场特大的台风，海水像小山似的一波接着一波地涌向海岸，一连几天也未停息。不能外出海滩，我和梅玲的心情倒是丝毫没有受到影响。我与梅玲此时有了更充裕、更闲暇的时间，因而互相欣赏着对方。

我再次仔细地打量起梅玲，她那浑圆的肩膀、饱满的乳房、纤细的腰肢、丰满的臀部构成了神奇而完美的曲线；那飞瀑的黑发、闪动的睫毛、莹白的肌肤、嫩红的樱唇，弥漫着微妙而神秘的色彩。

她更令我着迷的一点，是她体内会分泌出一种飘忽不定的馨香，是那样的勾魂摄魄，令人陶醉、痴迷与亢奋。我们百无聊赖，只有躲在屋里共同宣泄着压抑已久的情欲。外面肆虐狂吼的海风，恰好掩盖了我们毫无顾忌的喊叫声；外面歇斯底里的骤雨，恰好是我们幸福宣泄的伴奏。我们时而畅快得大汗淋漓，时而缠绵悱恻亲吻抚慰；我们的心情从来没有像现在这样放松，我们的表情从来没有像现在这样恣意放纵。

梅玲那婀娜妩媚的美妙躯体，那长期被百花酒熏陶和来自天然的体香令我不饮自醉；她那温文尔雅而不造作的体态让我着迷。我甚至愿意这样的台风永无休止地刮下去，期望永远与梅玲这样缠绵悱恻、永不分离。此时此刻，我抛掉了多年来颠沛流离的一切烦恼，忘却了战火纷、飞出生入死，我甚至相信与梅玲的相遇、相知、相爱，就是我魂萦梦绕中追寻的天堂般的生活。

梅玲这时的心情与我一样，她也是从小就失去了母爱，长大后一直是在担心与忧虑中度日。特别是父亲被杀、她被飞天鹰糟蹋身体以后，几乎没有过过一天正常人的日子，没有流露过一丝笑容，甚至没有在人们的面前露出过一次真容。

只有和我在一起以后，她才有了生命的活力，产生了对生活的热爱与向往，才体会到了爱与被爱的力量。她还从来没有像现在这样，特别是从她心仪的性爱中突然发掘出一种难以言表的激情。

那种长期被压制了的欲望，今天犹如汹涌澎湃的巨浪，一浪接过一浪，一浪更比一浪高。她几乎是贪婪地渴望与不断地乞求着，这些都毫无掩饰地表现在她动人的脸庞上。

她的激情也一直感染着我、催化着我。我发现梅玲在每次与我亲热后都泪流不止。我理解梅玲，在相亲相爱的人之间，泪水的出现往往是真正爱的标志。泪水是对过去痛苦的回忆，也是对痛苦的掩盖，可以是对继续追求的一种向往，也可以是害怕失落的一种担忧。

梅玲说："如果有一天离开了你，我简直就会活不下去的。和你在一起，我的快乐甚至超出了我的想象。你可能觉得我懦弱，有时我在你面前会表现出痛苦而流泪。但你要知道，这种看似痛苦的流泪恰恰是我内心的快乐，是难以言说体验的幸福，又是在不断获得和不断追求当中真正的快乐。"

的确，在我与梅玲在一起的日子里，实际上就是陶醉的清醒、朦胧的明朗，是一种身心共有的乐趣。这样的生活像波澜壮阔、浪花飞卷的河流一样，沿着艺术般美丽的河床奔腾不息，蜿蜒而伸。

以我的经验理解，女人在这种至高至亲的高潮之中，有一种继续保持追求的幸福欲望。而这种感情，往往是和痛苦与幸福紧密联系起来的。这种标志是心仪女人幸福和谐的标志，是她的快乐已经超出了简单的性体验能力，而表现为一种虽为痛苦而实则快乐的内心。这种乐趣，依赖于我与梅玲之间激情中的陶醉、激动、兴奋、沉湎和梦幻。这一切都是我们激情荡漾所产生的感觉在持续蔓延的结果。

几天后，肆虐的台风终于疲惫地停歇了。而我和梅玲缠绵了几天，也都筋疲力尽，意犹未尽地进入了长长的梦乡。

早上，我们是被屋外面一阵喊叫声吵醒的。我们穿好衣服后出来查看，声音来自海岸边，那里聚集了许多人。

海滨被雨水冲洗过后，清新异常。风平浪静之后，山海交接的峭壁处形成许多凹地海水湖。

一个村民被人搀扶着像喝醉了酒似的摇摇晃晃走着。只见他的眼睛失神地下陷，两颊凹得吓人。他走着走着两手一伸，侧着身就倒下去了。当他栽倒的时候，露出他赤裸的上身。大家发现他的背上像蛛网一样密布着一条条暗红色的条纹，好像是被人用极细的鞭子猛烈抽过一般。他的嘴边滴着血，这是他在极度痛苦中咬破了下唇。人们匆忙把他架了回去。

第二天早上，我和梅玲来到有礁石的海岸看日出，却又意外发现了一具死尸。我检查了一下礁石上的脚印，发现这条路上只有一个人走过。岸边的一块岩石上放着一条毛巾，地上有鞋印和赤脚印，这说明这个人是想下海去洗澡，但是还没来得及下海就死在了海岸边的。当天下午，一条小狗也死在了同一个海岸边。它被人们发现时已是尸体僵硬，两眼突出，四肢痉挛，看来临死前是非常痛苦的。

死者是当地土著人。所有岛上的居民都被惊动了，平时生活在这个岛上的人并不多，只有我和梅玲是新来暂住的游客，因此引起了当地土著人的怀疑。

人们甚至愤怒了，他们认为凶手连一只小狗都不肯放过，实在是太过凶残。因此，他们对我们的态度越来越坏，疑心也越来越重。我们因为被人怀疑为凶手，心里非常难受。

我决心要揭穿这个谜，所以第二天一早我便和梅玲又来到海滨。我脱下衣服走到海水边上，向峭壁下水较深的地方走去。这里的水清莹碧绿，水面似镜。突然，我感到浑身针扎般极度疼痛，于是跌跌撞撞地拼命爬上岸来。

我边跑边喘着气喊道："梅玲！快拿药来！我被蜇了，痛死我了！"喊完我就感觉呼吸困难，呻吟着倒在沙滩上了。

梅玲帮助我撑着身子，发现我身上到处是纵横交错的红肿网状伤痕，跟昨天死者身上的伤痕一样。她迅速把消毒液倒在我的身上，帮我进行擦洗。经过一段时间的治疗，总算将我的一条命捡了回来。

我清醒后的第一个判断就是，我遭到了巨型水母类生物的攻击。

接着，我和梅玲仔细在水下寻找。蓦地，我发现在深水里一块礁石上，漂动着一团东西，在黄色的毛束下面有许多银色的条条。它缓慢而又沉重地一翕一张运动着。我大喊一声："梅玲你看，就是这个家伙。它个头也太大了！快，杀死这个凶手！"我在岸上找到一块巨石，举起用力一推，"砰"的一声，巨石落入水中，正好压在礁石上，边上露出黄色的黏膜。一股浓浓的油质黏液从石头下面挤了出来，把水染了一片，慢慢升到了水面。

凶手终于找到了！我让梅玲把当地土著人都请来了，让他们见证凶手。于是大家终于弄明白了事情的原委，解除了对我们的误会。

我向大家解释：这团东西叫氰水母。这种水生动物能伸出一种长达十一二米的、几乎人眼看不见的丝状体，剧毒异常。其毒性绝不在眼镜蛇之下，凡是触到它的人和动物都有死亡的危险。

看来，它是被海浪带到浅海来的，以致无缘无故地害死了两个人和一条狗。

沉船探古宝

我们与当地土著人的误会解除了。于是，我和梅玲租下了一栋别墅，在这里安居了下来。别墅里面应有尽有，一切用具都十分完备，只是有一个假肢一直牢牢占据着客厅最显眼的位置。而房主反复告诫我们，什么东西都可以动，只有那个假肢不能动。为此，梅玲耿耿于怀，多次让我将它扔掉，可我问了房东几次，他就是不答应。

一天晚上，房东醉酒归来，终于向我们吐露了真言。那条假肢原来是他从一个赌鬼手里买来的。赌鬼染病离世前，说这个假肢里面隐藏了惊天秘密，但是，究竟是什么秘密，他也不得而知。葬礼过后，他翻遍了那条该死的假肢也没有发现任何秘密，所以就一直挂在那里。我在晚上和梅玲一起摘下了假肢，从里到外看了个遍，也没有发现任何秘密。这就更加勾起我一探究竟的欲望。

我到市场上买回来一个超倍的放大镜，仔细地查看着假肢的每一个细节，还是没有发现什么端倪。于是，我又马上到图书馆查看了近十年的报纸杂志，发现有这样一条拍卖信息，是在英国拍卖过一个著名海盗王查理的假肢。拍卖后不久，报纸杂志上就披露了一个惊天的秘密。在木制假肢中，惊现一张神秘地图，如果依图寻找，就会找到价值数千万英镑的海盗藏宝地点。然而，就在消息披露不久，这个参加拍卖的买主和这个假肢就此在这个世界上彻底消失了。

深夜，我又拿出假肢研究起来。却还是久久看不出破绽，这让我百思不得其解。

我突发奇想，用稀释的硫酸在木质假肢上刷了一下。突然显露出一个图形的一角。我立刻兴奋起来，让梅玲赶快过来。我细心地将硫酸不断扩大着涂抹的范围，一个完整的地图终于展现在我们的面前。我们经过分析地图的方位，得知地图上的地点恰好就是我们所在的岛屿，具体地点就是在附近的一片海域。

这是一条古航道，由于暗礁众多、珊瑚丛生，所以成为许多航船触礁的葬身之地。很明显，这里就是海盗藏宝的秘密地点。发现了这个惊天的秘密后，我和梅玲激动得一夜未眠。我们准备好了潜水衣物，计划第二天进行海底探险。

第二天，我们装作钓鱼的样子，来到了藏宝的水域。我和梅玲乘坐小船去放排钩钓鱼，以此作为掩护。经过选择位置后我放下三排钩。其中第三行的投放点就是暗礁的正下方，大鱼常在那儿出没，而一般人是放不准的。

不一会后，我从第一、二行排钩上取下三十条鲟鱼，接着划到第三个下钩点。我刚摸到系钓钩的绳子，就发现有条分量很重的大鱼在挪动。大鱼拽着绳索，稳稳地往下沉。

我沉着地一把接一把地将鱼往船边拖。绳索的排钩上还钓到不少鲟鱼，我不去理会它们，任它们从钩上挣脱逃走。我仔细观察了一会后，暗自庆幸：大鱼已经昏昏欲睡，眼看就要翻白肚皮朝天了。

突然，大鱼又竖直身子，翻个筋斗，腹部朝下，掀起尾巴，迎着水浪冲撞过去。这一冲一撞，差点把我从船舷上硬扯下来。随着“啪啪啪”几声，几个钩子顿时折断。大鱼连续拍打尾巴，虽然它身上的肉被未断的钩子一块块撕下来而身受重创，但并未被制服，它一跃而起，“轰隆”一声落进水里，随即卷起一个巨大的漩涡，就不见了踪影。

我迅速抛下了铁锚，穿上潜水衣。收拾妥当后，嘱咐梅玲在船上坐好，然后“扑通”一声跳入水中，朝着锚索方向游去。我下潜了十米光景，就早已辨认出一艘失事船只黑魆魆的轮廓来。它就像一座大教堂的荒墟那样，在海底耸立着。

我立刻向船尾游去，想找到一个入口。这艘舰船翻了个底朝天，停在 28 米深的水下。我终于摸索着游进船内。在迂回曲折的漆黑通道里，我感觉到一种阴森而又毛骨悚然的恐惧感。

古船里面装满了木箱，还有许多散落的陶瓷、珠宝。眼前的一切证实这就是海盗假肢里面隐藏的藏宝船的秘密。我简直欣喜若狂，在船里狂欢地舞蹈了一番。猛然间，船的另一边传来了一声巨响。我转身朝第一舱壁回游了十几米时，不由得惊呆了。

刚才听到的巨响，竟是由于我的震动而引起一堵舱壁倒塌下来的声音。舱壁倒塌把我进来的缺口堵死了。我向入口处游了进去，用手电筒向前廊四周照射，发现没有逃生的路线。我顿时陷入了困境，产生一种无助的绝望感。

我的心在剧烈地跳动。我知道现在的困境正是我的疏忽造成的。我没有系上指引我返回的保险绳，没有带来可以替换的氧气瓶。我太相信自己的潜水能力和经验了。我的脑海里立刻闪现出两年前的情景：我的潜水伙伴单独下水探秘古船，也是由于在船舱中的兴奋引发了震动，使船体倾覆被堵在沉船中的。当我们把他救出来的时候，他已经死了。死亡时竟发现他解下潜水装备，拼命想钻出来。他的手指因为企图扯裂船壳而扒得皮开肉绽，白骨外露。即使是这样，他还是葬身在海底了。

大难当头须冷静，我马上让自己冷静下来。我知道，这时越激动越会将氧气消耗得越快。我确信我的体质不错，氧气还足可以使用 25 分钟。

一般来说，船舱中间有一条路，如果能找到我就能脱险。但是，就在我弯弯曲曲地穿行在迷宫式狭窄的走廊里时，我还是强烈地感到自己的生命处在极端危险之中。

这是走廊的岔口，右边是乱七八糟的管子和破碎的文物，我只好选择了左边的路。但游了大约十米便到了没有出路的尽头。我退了回来，小心翼翼地绕开过道里的管子和其他破碎杂物向右边游去。才游了几米路，我的手电筒的灯光就开始暗淡下来。

在海底要是没有灯光，就如同瞎子，更别说想找到任何出路了。在另一条通道里，我突然瞥见了从船壳的一条裂缝中射进来的亮光，但裂口太小，我钻不出去。绝望中，我找到了一截钢管，先把我的一只橡皮手套套在钢管头上，然后把手套伸出裂口，在水中来回挥动。这是我在绝望中唯一可以自救的办法了。我期望恰好有一个潜水伙伴游过旁边发现它，他就至少能够通过狭窄的裂口，补充几只氧气瓶来给我。

说奇就真是奇。这个平时杳无人烟的地方，竟真的来了一个潜水员。我将一条胳膊伸出裂口，用小刀在船壳外沿刮出这么几个字：“被困……空气……绳索。”那个潜水员点点头，摘下自己的氧气瓶，塞了进来。

然后，就一个飞鹤冲天直向海面上蹿去。她的娇美身姿、她露出的飘逸的长发，立刻让我惊喜起来。我认出来了，她就是我的妻子梅玲。只有她的身形这么苗条，也只有她才有这份机灵。

果然，不一会儿，我听到了梅玲向我游近时呼出的气泡声。紧接着，梅玲把带来的一只氧气瓶推进来。一瓶氧气将给我 30 分钟的时间，让我设法去闯出这个水下迷宫。

我已感到精神好些了。梅玲还给我带来了一只手电筒和一条长长的保险绳。我急忙一手抓住手电筒，拉住保险绳的一端，又潜回到失事舰只的深处。

为了避免气息急促，我给自己规定了步速。谨慎小心地游过杂乱无章的狭窄走廊和凌乱地散布着杂物的空间。可是，我不断地冲撞管子，碰在凸出的尖物上面，并且拐错了弯。恐惧使我喘不过气来。

不久，我来到了一个类似炮塔的地点。那里有一个狭窄的洞口，如果我卸掉氧气瓶把它拖在背后，我的身体也许可以刚刚通过。我想无论如何都要在这儿碰碰运气了。

当我挤过洞口时，一不小心氧气瓶从我手里脱落了。调节器一下子从我嘴里抽出去，差点儿将我的门牙拉掉。此时我必须迅速作出抉择：要么去寻找我那失落的氧气瓶，要么沿着保险绳退回二十几米，再去取回另一只氧气瓶。

我自己也不相信，凭我肺里现在的这一口气，我能顺利找回那只失落的氧气瓶。就在这个节骨眼上，突然，我觉得被什么东西抓住了右肩。心慌意乱中，我回头一看，上帝保佑，又是梅玲！

她是通过另一个洞口下来的。我一把抢过她的口罩，猛吸了几口氧气，然后又扣在了她的嘴上。这下，我可得救了。我们共用着氧气瓶，沿着她身后拖着的保险绳，一路平安地回到了海面。

在这与死神搏斗期间，我已在水下待了 80 分钟。这是在地狱中博弈的 80 分钟。而梅玲分几次下水去寻找我，却找不着我的踪影。她原以为我遇到了鲨鱼，或者是早就没命了。

回到潜水船上，我顾不得脱下潜水衣，一下子拥抱住梅玲。她也疯狂地拥紧了我，生怕再一次失去我。我们泪如雨下，紧紧地拥抱在一起。我向她道歉，她却用双手猛烈地击打着我，用这种嗔怒的方式抱怨着我，发泄着她对我的担忧。我们拥抱了好一阵子，她才满脸泪水、泣不成声地说出一句让我感动至今的话："如果你葬身海底，我也绝不活了！答应我，不要再丢下我……"

原来梅玲坐在船上，见我久久不归，猜想我一定是遇到了大麻烦。平时梅玲经常随我潜水钓鱼，早已经学会了潜水，只是我一直把她当作弱小女子，潜水钓鱼等一切事情一概不让她操心，每次只是让她安静地坐在船上。这次古船探宝，我以为只是我这个男人做的事，却低估和忽略了梅玲的能力。梅玲不顾一切地潜水下来，竟救了我一条命。

宝藏见天日

我和梅玲找到了沉船的出入通道，进一步筹划着打捞宝藏的办法。

梅玲想起我上次的遭遇，担心我一个人下去危险性太大，说什么也要跟我一起下水打捞。我实在拗不过她，只好同意了。为了预防不测，我让梅玲紧跟在我的后面。

当我们潜水再次来到沉船边时，我示意梅玲要小心翼翼，不要动作太大。我们渐渐靠近沉船，在入口处仔细观察了一番。确认没有异常后，我打算自己先进去，让梅玲在外面接应。突然，梅玲预感到有什么不祥，马上紧急制止住我的行动。她靠近我的身边，让我再静下来观察里面的情景。

猛然间，一条亮光伴随一股暗流向出口处涌来。在我们手电筒的光柱下，一条鲨鱼顷刻翻白，被一股电流击中，昏厥了过去。有危险！

我和梅玲立刻浮上了水面，回到了船上。经过分析，我认定是一条巨型电鳗潜伏在沉船里。鲨鱼侵犯了它的领地，所以受到了电鳗的攻击。我暗自庆幸，我第一次进入沉船时没有遇到电鳗。也可能是电鳗出去觅食了，才给了我一个生还的机会。

我曾经研究过电鳗的发电能力，这种怪鱼能放出电压为六百伏的电流，能电死人和牲畜。从这条电鳗能够放电击昏鲨鱼的能量来分析，这绝不是一条普通的电鳗，而是一条巨型的大电鳗。如果我和梅玲贸然进去，肯定会遇到生命危险。然而不想办法制服电鳗，我们的打捞计划就会落空。

后来，我想了一个主意。我想把一个大乌龟送下水去使电鳗放电，然后再制服放电的电鳗。可是，这样做的危险性依然很大。乌龟一遭到电流袭击就会转身逃跑，后面的人如果拦截不住它，就随时会处在电鳗攻击的危险之中。但除此之外，我们也想不出更好的办法。

人鱼之间的大战究竟谁输谁赢？难成定论。所以，梅玲坚决不同意我轻易下水，一定要我想好万全之策。

为了确保打捞宝藏的成功，我们在岸上事先做了一场预演。

我们在市场买了一条最大的电鳗和两匹马，放在岸边，我们观察马与鱼的混战场面。马在电鳗的近前，数次受到电鳗的攻击，直到它筋疲力尽、奄奄一息，马才被允许上岸。被捉回的电鳗放在水桶里，立刻电死了身边的青蛙和乌龟，但是电流计上却显示不出电流的读数。

我好奇地把手伸进水里，马上就被电击得大叫起来。

我们坚持试验了四个小时，取得了珍贵的第一手观察资料。我的直观感觉是电鳗最初的电流攻击能力是最强的。随着它的不断攻击，电流电力也会受到损耗。所以，躲过了电鳗的第一次攻击，它的战斗力就会大大削弱。在岸上又预演了几次后，我毅然决定开始行动。

我事先准备了一个大型乌龟标本，因为活乌龟下水后无法操纵。我手拿鱼叉以防万一，梅玲断后负责救护。

我们进入了沉船之后，一边小心翼翼地前进，一边搜索着电鳗的位置。电鳗平时是非常善于伪装的，如果不非常细心地观察，绝对不会发现电鳗踪迹。我在电鳗出没的地点反复观察，终于发现了一些蛛丝马迹。

在电鳗所在位置附近出现了一些动物的残骸。我将乌龟标本一点点送上前去试探，果然一股闪电和强电流直击到乌龟壳上，我知道电鳗的进攻开始了。我一次次地刺激电鳗进行攻击性放电，渐渐使电鳗的进攻频率一点点降低，电流也越来越小。后来，电鳗几乎完全丧失了战斗力，这时我才和梅玲慢慢潜水进入沉船的内仓。

据我们在船上所发现的印记分析，这艘在蒸汽时代长 100 英尺的船只不幸遇上了罕见的飓风，沉入了这片寂静的海底。

船舱中到处散落着金银币和黄金。我们还发现了一只全金镶红宝石的火蜥蜴，还有着许多在今天也极为珍贵的宝物，包括象牙、瓷器等，也有不为人知的金银财宝以及中国古瓷器等。

我找到了一只雕花玻璃器皿和青铜水壶，并吃惊地发现一些盛有种子、杏仁和扁豆等东西的罐子，甚至找到一个盛有鸡骨的盘子。

我和梅玲打捞了一些金银币、铜钱、铜镜、锡壶，还有银锭、金戒指和瓷器，便回到了船上。我先是将一个瓷盘擦拭了一下，竟发现这个瓷盘虽经海水长期侵蚀和冲撞，但出水时依然光洁照人。

我曾经当过海盗，所以知道宋元明三代时中国的海上贸易盛极一时。当时中西方贸易的主要物品是丝绸、茶叶及瓷器等。据估计，在中国近海及中国南海海域中有 2 000 ~ 3 000 艘沉船，其中以宋元明时期的船只居多。沉船中还有一些外国船只，如英国东印度公司和瑞典的沉船等。这些沉船上的宝藏大多是中国古代的精美瓷器。专家称这些沉船构成了一个“海底瓷都”。这些瓷器具有不可估量的价值。

我看过瓷盘，又看了看梅玲。看到梅玲身着潜水衣的装束，不禁笑了出来。梅玲问我笑什么。我说：“你现在的样子让我想起了一个人。”她说：“是谁，让你笑成这样。”

于是，我就给他讲了一个女海盗的故事，这是我知道的拥有“西班牙海盗女王”之称的唐 · 埃斯坦巴 · 卡特琳娜的故事。卡特琳娜在 18 世纪中叶出生于西班牙，是当时巴塞罗那船王的千金。自幼喜武厌文的性格让她无法忍受父亲在她 18 岁时将其送到修道院的决定而离家出走。她剪掉了自己的长发，女扮男装开始了流浪生涯。为了活下去，她干过各种职业。在酒吧里当伙计，在邮局里当邮差，参加过盗贼团，也当过水手。一年后她在秘鲁报名参加了陆军，并且成功地隐瞒了自己的身份。但是后来，在一次暴乱中，她错手杀死自己的哥哥，因而走上了海盗之路。

在一次海战中，船长的战死使卡特琳娜被推选当上了新的船长。到这个时候她才恢复女儿身。在之后的岁月，中卡特琳娜用自己的行动成了海盗女王，但她也有自己的准则：她从来不袭击过西班牙船只，而且还经常救助那些落难的西班牙商船。她心中无时无刻不在思念着自己的祖国。

最后，在西班牙和英国的联合围剿下，卡特琳娜队伍被西班牙舰队击溃。她被带回马德里受审，经过一审被判处死刑，但国民一致认为她是无罪的。这件事惊动了国王菲利普三世，在他的干预下法院重新审理了案件，最终将卡特琳娜无罪释放。不仅如此，国王还亲自召见了这位西班牙的英雄，赏赐给她大笔的金钱和封地。卡特琳娜就一直住在那里，终生未嫁。

听完故事后，梅玲虽然知道我没有贬义，但是还是嗔怪地反问我："难道在你的眼中，把我当成杀人越货的女强盗不成?"我担心她误会了我的意思，马上解释说："我不是这个意思。只是你的装束引起我的联想罢了。"

接下来的几天里，我和梅玲陆续将沉船中的宝藏一件件清理出来。这里有江西景德镇窑、福建德化窑、福建瓷灶窑、福建义窑、浙江龙泉窑等中国古代名窑的陶瓷制品。其中景德镇青白釉瓷器格外引人注目，它白如玉，薄如纸，明如镜，声如磬。除了青瓷外，还有极为罕见的白瓷、黑瓷的瓷器。我们默默地把这些瓷器及一些铜器运送到澳大利亚、新西兰。通过匿名拍卖后兑换成了一批不动产和现金，还购置了一艘豪华游艇。

船上还发现一些明代粤东及闽南一带窑生产的陶器、青花瓷器、锡壶等，我们就地将它们转售出去。然后，我们就隐姓埋名去周游世界。然而，一批批中国古瓷器的拍卖问世，还是轰动了整个世界的收藏界。报纸杂志不断报道着：有一对既神秘又富贵但是从来不在公开场合显露声色的夫妇，是这批宝物的主人。

在此之后，我和梅玲又过起了平淡而逍遥的日子。

落难沉浮岛

我和梅玲驾驶的游艇驶向了太平洋一个叫“蓝星儿”的小岛，不料却在海上遇上了一场突如其来的风暴。游艇的通信设备被雷电击毁而全部失灵，于是游艇偏离了原定的航线，犹如一片孤舟，漫无目的地在海上漂泊。

白天，我就凭借太阳的位置调整航向，注意辨认浪花的种类。晚上，我凭借星座的位置辨认方向，还要不停地计算着风向与洋流对航向的影响。在黎明和黄昏的时候，我就观察鸟类的飞行路径。我还让梅玲注意海面上的漂浮物中是否有陆地垃圾出现。这些就是判断陆地与岛屿是否存在的迹象。

经过十几天的漂泊，一天夜幕降临后，我急于在阴云密布的空隙之间寻找北极星的方位，因此在甲板上不停地向天空张望。

我期待地捕捉着时机。这时，一道极亮的闪电划破黑夜。梅玲惊喜地叫着：“斌斌，前面有座岛，我们得救了！”我立刻打起了精神大声喊：“梅玲，你确定看到的是岛吗？你是不是产生幻觉所以看到了海市蜃楼？”

“没有！刚才闪电划过的一刹那，我看见前面有黑乎乎的山峰出现在海面上！”

我兴奋到了极点，大喊着：“我们要登陆了，我们有希望了，我们终于发现岛屿了。”

不到一个小时的工夫，那座黑色的岛屿已经赫然出现在我们眼前。最令我惊喜的是，小岛在苍茫的夜色中闪烁着蓝色的光，仿佛是佛祖显灵来拯救我们了！两个小时后，游艇靠近了小岛。这里竟然风平浪静，岛上没有树木或建筑，只有裸露的礁石和沙滩，安逸得出奇。我惊喜地感叹着，太平洋真是个巨大的水上平原，拥抱着无数个未知的岛屿。

我急于辨认自己的方位，寻找这个岛所在的位置。但是，由于这个岛太小，面积不足一百平方米，所以在地图上根本没有任何标记。梅玲则马上为我准备着食物，我们在游艇上由于高度紧张，一天没有吃东西，都饿坏了。我们吃过晚餐后，抵挡不住一天的疲惫，便马上入睡了。

第二天醒来，我们发现由于涨潮，小岛的面积缩小了许多。我和梅玲马上在岛上分头进行搜索。突然，梅玲站在一块大的岩石上大声地呼喊着我过去，我急忙赶到了梅玲那里。梅玲发现在岩石的夹缝中有一块塑料布，我连忙打开一看，是一个救生圈和一个密封的水瓶。

水瓶打开了，从里面取出一个纸团，上面这样写道：“亲爱的朋友，当你见到这封信时，我已随这个岛沉入海底。我想告诉你的是，这个岛屿是个沉浮不定的活动礁石，不久将会再度沉于海平面下。我就要去极乐世界了，愿上帝保佑你和你的朋友们。——你的朋友詹尼斯。”

刚刚登岛时的喜悦，转瞬即被这个纸条粉碎得一干二净。我和梅玲都知道，这个岛并不是可以久留的地方，必须迅速修好游艇的通信设备，尽早地与陆地取得联系，查明返航的航向。同时，也要准备好必要的食物和水，在适当的时机离开这个岛。

地图上虽然没有小岛的标记，但是凭着一个罗盘，我也完全有把握回到正确的航线上去。可是，我们需要准备更多的食物和足够的水，否则在海上的漂泊还会遇到更多、更大的风险。

小岛的礁石下面有许多鲍鱼和海胆，岩缝上有许多牡蛎，海滩上也有许多贝类可以食用。这些海鲜可以解决不时之需，但还是满足不了长时期的航海需求。我必须想出更多的办法。

我正在寻找可以食用的贝类的时候，梅玲在不远处大声喊叫让我过去。我看见梅玲手里拿着一个美丽无比的海螺在欣赏着。

我心里一惊，大喊一声："不能动，快扔下！"

梅玲不知所措，急忙扔掉手中的海螺。我过去一看，险些吓得晕倒。

我半天才说出话来。梅玲看见我吓成这个样子，不安地问："怎么了？你大惊小怪的，吓死人了！"

我说："你才真正吓死人了呢！你知道不？你刚才距离死亡只有一秒钟。"

梅玲说："你不要吓唬人了，一个小小的海螺能有什么危险？"

我告诉她："这种海螺看起来美丽无比，但要是拾起来就是个致命的错误。"

梅玲这下有些害怕了："是什么东西这么可怕呀？"

我说："这种海螺叫鸡心螺。它里面藏有一个毒针，可以射出剧毒化合物，只要刺你一下就可以使你丧命。"

梅玲不解地问："它这么娇小，怎么有这么大的毒性呢？"

我说："你别看它小，它的一滴毒液就可以杀死 20 个人。幸好你没有被毒刺中，否则就会无药可救。现在没有任何抗毒血清能够治疗这种毒素，中此毒的人会在极其痛苦中很快死去。所以，以后你千万要小心，永远不要再碰这种东西了。"

梅玲这才说："你放心吧，这个鸡心螺我记住了。"

我又继续寻找食物，发现沿着岩石的溪流有几条呆头呆脑的鲈鱼使劲摇着尾巴想游回海里。为了防止它们调头逃跑，我在下游溪流的狭窄处，码起了几个石块儿。水流照样可以穿过，但对那几条鲈鱼来说则是死胡同。准备好了之后，我捡起几块石头来到鲈鱼附近，对准其中最大的一条就砸下去。鲈鱼被击中了，头骨和脊背翻开了白皮。我如法炮制，又是狠打几下，这几条愚笨的鲈鱼都和第一条一样，翻着肚白漂了上来。

我拣起鲈鱼往回走。心想今晚有鲍鱼、海胆，加上在游艇的烤箱中烤鲈鱼，这么丰盛的晚餐一定是上帝安排给我们的最美的盛宴。

梅玲看见我手里的鲈鱼，高兴得像个孩子般跳跃起来。她迅速接过我手中的鲈鱼，制作加工起来。鲈鱼很快就烤出了油，在烤箱里吱吱作响，鼓起了泡。鱼肉的香味弥漫在我们周围，梅玲开始用小手捏着一小块鲈鱼送到了我的嘴里。看见我得意的吃相，她也拿烤鱼吃了起来。我们边吃边看着对方笑，像两个顽皮的孩子。

第二天，我和梅玲一起来到岩缝的溪流处。很快我们用石块儿堵起一条壁垒，使那群呆头呆脑的鲈鱼在下面乱撞。为了使鱼不再绕到上游，我们又找一个狭窄的溪口，也码上石垒，挡住它们溯源的去路。然后开始捕捉了，梅玲光着笔直白嫩的小腿站在海水里哄赶鱼群，而我将这群傻乎乎的家伙打晕或者砸死。

由于鲈鱼的表皮很滑腻，我双手捏住鱼鳃和尾巴，小心翼翼地放进袋子里，二十多条鲈鱼都被我们捕捉到了。看着丰厚的收获，梅玲比我还兴奋。我带来了小刀，将每条鲈鱼破膛后一分两半，在岩石上晾晒成鱼干，以备日后食用。

至于饮用水的储备，因为小岛上没有水源，我们只能期待再次下雨，然后把游艇截留的雨水收集起来以备使用。

我在一片浅滩处意外地发现了两只大如脸盘的鲎。我将它们捉了上来。这种鲎是海洋中的活化石，它的血是蓝色的，极富营养价值，在水源严重不足的情况下，可以解决急用。我和梅玲陆续在岸边捉到了十几只，干脆就养在了游艇上。

一晃七天过去了，我们终于等到一场大雨，储备了足够的雨水。鲈鱼干、鲍鱼干已经足够我们半个月的供给。

正好赶上一场大的涨潮来临，小岛有被吞噬的危险。我和梅玲马上把需要用的东西转移到了游艇上，重新将那个救生圈和瓶子安放在礁石上，随后弃岛启程。

开动游艇后，我编造了一番假话想安慰一下梅玲。我指着海图告诉梅玲，依照我多年航海的经验，只要我们能再坚持四到五天的航行，就可以驶上一条国际航线，届时就可能碰到来往的轮船。梅玲听了极为高兴。

我娴熟地转动着手中的仪器，校对着经纬度。梅玲站在甲板上，茫然地看着四周的水面，突然又像想起来什么似的，回头向那个无名小岛挥手致意。但是，令人惊愕的是，小岛已经不见了踪影，被大潮淹没在了海底。

结果在半个月后，已经耗尽最后一滴油的游艇失去了最后的动力，无助地漂泊在海面上。这时候如果再遇到台风，我们就会葬身太平洋。就在我们绝望的时刻，一艘澳大利亚的海监船发现了我们的游艇。在船长的指挥下，我们被救上了海监船。

船长听了我们巧遇岛屿的故事后，道出了一个震撼的秘密：那是一座罕见的“幽灵岛”。经过有关专家对该岛的考察发现，这原来是一座受磁力影响而悬浮的小岛。

每当海底岩浆流动而产生电磁现象时，这座小岛便因磁力而被悬浮出海面；当岩流停止活动时，小岛将会重新沉入海底。三年前，就有位叫詹尼斯的船员曾滞留在小岛上，后来随小岛一起沉没了。

邂逅美洲虎

由于我平时经常和梅玲念叨起在澳大利亚、印度尼西亚采集动植物标本的经历，所以梅玲也产生了浓厚的兴趣，由此产生了游历探险的念头。

南极那遥远而神秘的冰雪大陆，那无与伦比的自然风光和奇妙独特的刺激感受，强烈地吸引着我和梅玲。所以，我们就一路南下。先是从澳大利亚乘飞机来到阿根廷最南端的海港——乌斯怀亚。

乌斯怀亚是阿根廷南部火地岛地区的首府与行政中心。它的辖区除了火地岛外，还包括阿根廷南部领土和南大西洋几个群岛。乌斯怀亚是个自由港。这里离南极半岛只有 800 公里，各国多数赴南极科学考察队的船都是从这里出发，以它为后方基地和通往南极考察点的中转站。这里不仅有很多天然奇景，还有味道独特的美味海鲜，如蟹、蚌、磷虾、蜘蛛蟹、海豹肉、沙丁鱼、鳕鱼和海蜇等特产。除了到比格尔海峡中参观海豹岛和鸟岛，还可以去见识充满着奇妙色彩的火地岛国家公园，雪峰、湖泊和原始森林。这里的风速强劲，使得树木东倒西歪、形状怪异，因而也被称作“醉汉林”。

乌斯怀亚三面环山，一面傍水，原为南极捕鲸基地及各探险队出发前的基地。于是，我们乘独木舟在玻利维亚布兰科河上航行了一个月。越过了玻利维亚和巴西交界的瓜波累以后，我们便进入了巴西境内的布兰科河。这段路程是很艰苦的，因为我们是逆风而行。

河流是森林的血管，在河流的两岸生命是最活跃的。丛林在河两岸格外繁茂，随时都能发现罕见的花木。所有的动物都到河边来饮水。

有一次，在河流的拐弯处，在与小船相隔不到十米远处突然出现了一头美洲豹，把船上的人吓了一大跳。听见梅玲尖叫一声，我马上安慰她不要害怕，因为这头美洲豹不会扑到水里来攻击人。此刻，它只是好奇地看着我们。这倒使我们得到了一个近距离观赏它的好机会。这可是观赏动物园铁笼之内的美洲豹所不能比拟的啊。

接着，呈现在我们面前的奇观是飘浮在河湾水面的一大片维克多利亚·利吉亚花。这也许是世界上最大的花，跟卷心菜一样大，有红的也有白的。花间飘浮着直径两米的大叶子，比大圆桌面还大不少呢！

在这里，我们还发现了正在寻找花蜜的食蜜鸟和太阳鸟。这里的景色非常奇特，真是旅游者的天堂，但同样是旅游者的地狱，因为这里到处充满危险，甚至来自陆海空各个方面的杀手，也会令你防不胜防，大到狼虫虎豹，小到蝎蚊毒蛙，都会令你应接不暇。

要说大的危险吧，就有犀牛、河马、鳄鱼、狮子。我们在船上亲眼看见一个偷猎者打算用毒箭猎杀犀牛，却被犀牛追赶上。这头犀牛有 4.2 米长，1.8 米高，重达 3 吨多，奔跑起来的速度每小时达 48 公里，远远超过人类奔跑的速度。猎杀者进入它的领地后，靠奔跑是不能侥幸逃脱的，结果被犀牛角活活穿透了身体，又被重重地踩踏成了肉饼。

没到这里以前，我们认为河马是比较温顺的动物，实际上是大错特错的。河马一般潜伏在河水中，只露出眼睛、鼻子和嘴。如果有人进入它的领地，它会向你发出警告。如果你不能领会，它会在水底以每小时 8 公里地速度猛的发起攻击，它张开的大嘴就有 1.5 米。被河马攻击的人几乎没有能够幸免于难的。

至于狮子的危险就更不必说了。

再来说说来自小的动物的危险。著名的黑寡妇蜘蛛，尤其以雌性最为危险。它可以在任何地方结网，并且能够提前感知猎物的动态。一旦被它叮咬，神经毒素会立即进入血液，使猎物血压迅速升高并伴随水肿。如果在 4 ~ 6 个小时内得不到治疗，就会丧命。还有一种到处游走却不结网的棕色隐遁蛛，以它致命的毒素，可以在 48 小时内破坏人的细胞，使受伤的人体起黑水泡，引起综合败血症而死亡。

最丑陋的一种有毒蜘蛛是狼蛛。和普通蜘蛛一样，狼蛛拥有 8 只眼睛，但中间的一对眼睛要远大于其他 6 只。加上其露出带有两只獠牙的毛茸茸脸颊，更使其显得恐怖。成年狼蛛的体宽可以长到 1 英寸（约合 3 厘米）。雌性狼蛛对小狼蛛的照顾可谓无微不至。雌性狼蛛在产卵前先用蛛丝铺设产褥，将卵产上后又用蛛丝覆盖，做成一个外包“厚丝缎”，内铺“软丝被”的卵囊，以防风避雨。为了防止意外，狼蛛干脆把卵囊带在腹部下面，用长长的步足夹着它随身携带。小狼蛛出世后，雌蛛更是对其爱护备至。幼儿纷纷爬上母亲的背部或腹壁，由母亲背着到处巡游、狩猎。这样，要持续到幼蛛第二次蜕皮后，雌蛛才肯放心地让它们离开自己去谋生。

如果是在热带雨林中，遇到一种小小的箭毒蛙就更是厉害了。如果它喷出来的毒液正好遇到你的伤口，就会在几秒钟内进入心脏，没有可以治疗的办法，只有面对死亡。

又如巴西黄蝎、射毒眼镜蛇、树蛇和杀人蜂等都是一等一的杀手，令你不得不时时提防。虎蛇，名字来自于它老虎斑的花纹。人被虎蛇咬后，它释放出的神经毒素会使身体大出血。但是抗毒血清并不能马上用，而只有在麻痹症出现后才能用。

一条剧毒的眼镜王蛇体内有 200 ~ 1 000 毫升毒液，但只要 12 克就可以杀死人。还有更毒的太攀蛇，只要一滴毒液就可以杀死 1 000 只老鼠。我们亲眼见到，一只岩蟒咬死了一只羚羊，并吞下了羚羊头。听说它要一天时间才能把整个羚羊吞下，然后一年就不用再吃东西了。

夜幕降临了，因为岸边的丛林复杂难测，我们便决定在船上过夜。我们把船固定在一棵倒向河面的大树下，然后站在船上，把吊床吊在树枝上，再把一块防雨布覆盖在吊床之上。

半夜时分，我听到吊床下的水里传来一种号叫声。我打开手电筒一照，却发现一只鳄鱼就在枕边！因为吊床和水面只相距四十公分了！原来我的重力把树枝压弯了下来。短鼻鳄已经准备向我扑过来。我赶忙拿起鱼叉狠狠地迎头击去。这一击击空了，由于用力过猛，我险些摔出了吊床落到水里去，幸亏另一只手攀住了吊床。这时鳄鱼受了惊，一摇尾巴逃跑了。

我们辗转到达了委内瑞拉的库马纳小镇。我决定沿奥里诺科河而上，追溯其源头。这里的气候炎热得令人难耐，各种蚊虫也不断地骚扰我们。小独木船航行起来十分艰难，使人窒息的闷热没有一点缓解的时候，我们几乎要憋死在自己的汗味中。

更没法躲避的是成群结队的蚊子。这里的蚊子长着又长又硬的尖嘴，能够刺透最厚的衣服。有时我又不得不跳进水里，随着独木舟在布满水草的河道中前进，偶尔上河滩喘一口气，再把身子埋进河里，才能躲过蚊子的叮咬。有时候，这里白天气温高达 41 摄氏度，实在受不了时，我们只好在夜里赶路。

在我们身后的丛林里，猿猴在欢闹，美洲虎在怒吼，鹦鹉和其他动物在阵阵尖叫着。更有意思的是，我们看见了一条变色龙在捕食。变色龙的舌头竟然是身体的 2 倍，一瞬间就将几尺开外的蝗虫卷入嘴里。这里的雌性变色龙真的如几个日本美女说的那样，不需要雄性的陪伴。

在树林中，我们认识了一种长颈卷叶橡皮虫。有意思的是，它在产卵后，把树叶卷起来，咬掉树叶掉在地上，等待着卵的孵化。

入夜后，这里更是甲壳动物活跃的世界。

有一天，我们走在丛林中，立即为这里的壮美景色所吸引。满眼原始森林，地上长着片片淡绿色的兰花，散发出一股奇特的芳香。

在一座高峰脚下，一股飞瀑直泻而下。我正准备用密封桶灌上水，梅玲忽然觉察到有什么东西在注视着她，那个东西被大树下层的杂草和树荫遮掩着。梅玲一声惊呼：“老虎！”

果然，在二十英尺外的一块岩石边，一只庞大凶猛的美洲虎正在那儿注视着我们。我们连忙伏在草丛中，大气也不敢出。美洲虎和我们相距如此之近，甚至都能看得清它头部和身体两侧赤褐色的皮毛和黑色的斑纹。

我一时紧张起来，端起鱼叉准备冲上去，我是在担心梅玲的安全。梅玲倒是沉稳得惊人，她竭力稳住自己，示意我不要轻举妄动。突然，梅玲简直是疯了，她不但不躲开老虎，反而慢慢地向前移动着去接近老虎。我的心绷得紧紧的，想喊又不敢喊。

我被梅玲这时的举动搞得手足无措。我仔细观察着老虎的反应，奇怪的是老虎一直没有任何异常，也没有表现出任何敌意。我真想马上拉起梅玲拔腿就跑，然而理智告诉我，我们绝跑不过美洲虎！我又想狭路相逢勇者胜，也许梅玲的做法是对的，这个时候越是胆怯越会输得惨。

只见梅玲很慢很慢地往前走，脸上却流露出动人的微笑。她的动作像木偶一样，一点一点地移动。一步、两步、三步。我甚至屏住了呼吸，担心着事态的变化。梅玲终于走到老虎的跟前。

我越来越感到毛骨悚然，整个脊梁都麻了。担心那东西随时会扑上来，把梅玲扑倒在地，咬断她的咽喉。然而，事态正朝着更令人匪夷所思的方向发展。

老虎非但没有表现出一丝一毫的紧张感，而像是迎接它的亲密朋友一样，温柔而又礼让。老虎在梅玲的面前，伸过头来在她的身体上嗅着，好像是什么气味引起了它的好奇与兴趣。梅玲更是出奇地大胆，她竟然伸出纤细秀美的手在老虎的背部抚摸起来。我的眼睛简直都看直了，如果这件事发生在马戏团的驯兽师身上不足为奇，但是这发生在原始的南美洲大森林里则令我不得不称奇了。

梅玲的冷静大胆，此时完全颠覆了我眼中那个小女子的形象，她完全成了一位神话传说中的降妖除魔的女神。究竟是什么力量使她能够与那个百兽之王平安相处呢？我百思不得其解。

梅玲也彻底解除了对老虎的恐惧，好像遇到了自己久别重逢的知己一样，竟然搂着老虎的头亲昵起来。老虎被梅玲的爱抚感染，顺从而乖巧地接受着梅玲所做的一切。

我借机掏出了背包中的烤鸡，送到了老虎的嘴前。没想到的是老虎只是嗅了嗅，就不再理睬，继续围着梅玲的身体上下嗅着，好像对梅玲的气味情有独钟甚至陶醉。

这时，我嗅到老虎身上散发出的一股恶臊恶臭的味道，那几于令我窒息，熏得我几乎要呕吐出来。我突然警醒并明白过来，梅玲的体香是世界上罕见的寻常人所没有的。她从小在百花的熏染下，加上长期服用百花红酒，这种香气早已侵入她的五脏六腑，使体香常常自然散出体外。

今天，就连百兽之王的老虎也被她的香味吸引，完全失去了野性和攻击性，把她当成了百花神一样顶礼膜拜。我担心老虎一旦恢复了野性不好收拾，就催促梅玲马上撤退。

梅玲也意识到不能久留，就安慰了一番老虎，接过我手里的烤鸡送到老虎的嘴边。老虎也是看人下菜碟，没有辜负梅玲的好意，吃下了烤鸡。梅玲对老虎说："我们还要赶路，就此一别。希望以后还能见到你，虎兄弟。"老虎知道了梅玲有要走的意思，却是恋恋不舍。

梅玲缓慢地离开老虎，眼睛却一直看着老虎。梅玲刚刚走出几步，谁知老虎由卧坐式站立了起来，没等梅玲走远，就紧跟在了梅玲的身边。梅玲走几步，它也跟几步。梅玲停下来，它也停下来。

我立刻劝梅玲一直不停地走，千万不要停下来，好随时寻找脱身的机会。我们渐渐走出了树林。这时，美洲虎突然停了下来。我们一时不知道老虎是什么意思，也停了下来，向老虎所张望着的地方看去。原来，老虎发现不远处有一个猎物，是一只花猎豹在窥视着我们。老虎立刻发出了低鸣般的吼声，但是猎豹也没有离开的意思。老虎随即发起了进攻，迅速向猎豹冲去。

我示意梅玲利用这个机会马上离开，于是我们终于忍不住疾跑起来。跑了十几分钟，我预料离开美洲虎已经很远了。我们早已跑得汗流浃背，回过头望的时候，老虎已经不见了。

我们经历了和森林之王面对面的相遇，极其侥幸地活了下来。我问梅玲："你为什么敢于面向老虎大胆地靠近它？"

梅玲却说："世界上的一切生灵都是相通的，它们和人类一样都有善的一面也有恶的一面，并非所有的老虎都吃人。只有它们认为自己是处在危险的时候，或者它们处在饥饿的时候，才会露出它们令人觉得危险的一面。我从见到它的第一眼，就觉得它对我们没有敌意，甚至表现出来友好与好奇。也许是心灵感应，我认为它会接受我这个朋友的，即使是个不速之客。"

我说："梅玲，你知道吗？你是一个天使，在你身上掩藏着一个惊人的秘密，这就是百兽之王的老虎也不伤害你的根本原因。"

梅玲说："你说的是什么？我不知道。我只知道心存善念，百邪不侵。"

"你知道吗？为什么在雨林里，在蚊虫成群的地方，你不会受到蚊虫的叮咬？我却被叮得满身是包？"

"不知道。"

"那是你的体香，你身体自然散发出来的一种体香。不但会驱赶蚊虫，还会吸引动物的嗅觉。美洲虎就是嗅到你身体的体香，一见如故和你结成了朋友。所以，它才不会伤害我们。"

"那真得感谢我的爸爸，他不但养育了我，甚至还用他的百花香草保护着我。"

海上大杀戮

我和梅玲完成了先期的预定目标，但是我们的冒险计划还远没有结束，而且才刚刚是开始。

这里距离南极洲很近，到南极探险才是我们的唯一目的地。南极洲是人类最后到达的“第七大陆”，位于地球最南端，四周濒太平洋、印度洋和大西洋，总面积占世界陆地总面积的9.4%。南极大陆95%以上的面积为厚度极高的冰雪所覆盖，素有“白色大陆”之称。南极大陆和澳大利亚大陆是世界上仅有的被海洋包围的两块大陆。它还是一块远离其他大陆、与文明世界完全隔绝的大陆，至今仍然没有常住居民，只有少量的科学考察人员轮流在为数不多的考察站临时居住和工作。因此，南极大陆一直是探险者的乐园。

为了探险的顺利进行，我对南极作了细致的调查和了解。由于海拔高、空气稀薄，再加上冰雪表面对太阳辐射的反射等，使得南极大陆成为世界上最为寒冷的地区。南极大陆的年平均气温为－25℃。南极沿海地区的年平均温度为－17℃～－20℃；而内陆地区的年平均温度则为－40℃～－50℃；东南极高原地区最为寒冷，年平均气温低至－57℃，最低气温为－89.6℃。在这样的低温下，普通的钢铁会变得像玻璃一般脆；如果把一杯水泼向空中，落下来的会是一片冰晶。

南极的寒冷首先与它所处的高纬度有关，高纬度地理位置导致了它在一年中漫长的极夜期间没有太阳光。再者，南极大陆地表95%被白色的冰雪覆盖，冰雪对日照的反射率为80%～84%，只剩下不足20%到达地面，而这所剩的极少热量又大部分被反射回太空。南极的高海拔和相对稀薄的空气又使得热量不容易保存，所以南极异常寒冷。

人类第一个南极探险的斯科特是英国海军军官。1901年，斯科特受命率领探险队乘“发现”号船出发远航，深入到南极圈内的罗斯海，并在麦克默多海峡中罗斯岛的一个山谷里越冬，为他后来正式向南极点进军打下了基础。

我们确定了航程，改乘一艘名叫“勇敢者号”的游轮，向最靠近南美洲大陆的南极半岛进发。这艘具有破冰功能的三千多吨的游轮，穿越了壮丽的毕哥水道，在茫茫海天中渐入南极。

游轮通过南美洲大陆及南极半岛间的著名水道——德雷克海峡。往南航行约600海里，逐渐发现了浮冰、冰山、海鸟及鲸鱼，包括南极奇特的鸟类、海洋生物等。

接近南极辐合带附近时，冷热水在此交汇形成一片水雾。空气中也逐渐透出一股南极特有的清新冷空气的味道。此时，梦幻般的南极景色映入眼底。无数大大小小的浮冰、千姿百态的冰山如玲珑雕塑般从船旁款款而过，大的如狰狞怪兽状向船舷迎面扑来。

就在南太平洋快要进入南极领域的时候，我和梅玲有幸观赏到了一次壮观的海上大杀戮。这是一场壮观的海洋生物的兵团大战。由于洋流的作用，数以万计的沙丁鱼在洋面上形成了洄游。富含矿物质的海水在阳光的照耀下，使浮游生物迅速成长，达到了鼎盛期。浮游生物产生的能量把海洋染成了绿色。浮游生物不仅为大量生物提供了生存的机会，而且为以浮游生物为生的沙丁鱼提供了充足的食物。因此，沙丁鱼以其不可抗拒的繁殖力，迅速地集结在一起。

沙丁鱼的体积虽小，但是它们以军团出现的时候就会在天际形成一道方圆几公里直径的鱼团。由此，海面已经被改变了颜色。游动的沙丁鱼似乎是海上大漩涡一样，不停地转动。

沙丁鱼的喧闹，立即引来了各路海洋生物大军的围剿。天上的、海上的，它们各自发出了不同的信号，召集更多的同类奔向这里。它们异常迅速地向沙丁鱼军团的方向聚集着。

面对危险，沙丁鱼群迅速形成了一个巨大的密致球团，在海里上下不停地翻涌着。

首轮进攻首先是由海豚群发起的，它们由海底将沙丁鱼驱赶到了海面进行围剿。这样，就更有利于其他生物的参与与掠杀。瞬时间，鲨鱼群也趁机围追堵杀，大快朵颐地吞噬着沙丁鱼群。硕大无比的大虎鲨更是趁机单独出击，一口即可吞进上万条沙丁鱼。沙丁鱼的出现，使饥饿并且等候已久的几千只毛皮海狮更是显得异常兴奋。它们的好日子终于开始了。海狮们在沙丁鱼群中开始了水中芭蕾式的攻击，吞噬时还不时地腾越出了水面。空中成群的海鸟以每小时 100 公里的速度俯冲下来猎杀沙丁鱼。就连黄鳍金枪鱼也参加了猎杀的行列。这片水域立即成了沙丁鱼的葬身地。

原本平静的海面，顿时成了沙丁鱼的猎杀带，由此上演了一场海洋生物的大战。早就虎视眈眈等待这场大餐的鲸鱼、鲨鱼、海狮、海豹、海豚和企鹅等开始各尽所能对沙丁鱼进行着围剿。杀戮进行了两个多小时，等到猎杀者们心满意足地填饱了肚子，其他的沙丁鱼才侥幸逃脱。可是，等待它们的还有下一个海洋生物群的杀戮和人类的围猎。

人类的杀戮是人世间最残忍的杀戮。就在海洋生物的杀戮之后，生存下来的沙丁鱼被迫游到了海边浅滩避难。这时候，除了不能进入浅海的鲸鱼、大白鲨、海狮以外，海鸟们更是得心应手，成群结队地扎向海水里面，捉拿着它们的猎物。但是，人类的一张大网无情地包围了沙丁鱼军团，它们极少有机会在致密的渔网下逃生，很轻松地成了人类餐桌上的美味。

看了这场海上大杀戮，我们的心情很是沉重。不久，我们下了游轮，在一个叫奇幻岛的小岛上驻扎了下来。

这个岛的形状酷似马蹄，过去曾经是主要捕鲸基地，这里遗留了当时捕鲸工厂的许多设备。最新奇的是这里有个地热温泉，吸引了许多在南极冰泳的爱好者。这个岛还是一座活火山岛屿。几年前还发生过一次火山爆发，迫使英国及智利科研站关闭了。

接着，我们又前往了天堂湾。这是一处美丽的峡湾，三面被巨型冰山环绕，冰河一直由山顶延伸到海边，气势雄伟。

我们搭乘小艇登陆，此处有一个阿根廷研究站。研究站后有长年被冰雪覆盖的冰河，可攀登到上面，然后由上溜滑下来，特别新鲜、刺激、有趣。此一峡湾也是隆背鲸经常出没之处。

我们的船继续南行，经过著名壮观的利马水道，两岸狭窄得几乎紧靠着船身滑过。除美丽壮观的景色之外，我们还可在附近看到许多海狗栖息于冰上。

附近有一浮冰广场。在宽阔的水面上，因风向和洋流的关系，常聚集着数百座浮冰，大小形状各异，十分壮观。气候严寒的南极洲，海兽主要有海豹、海狮和海豚等。南极附近的海洋中还有极多营养丰富的小磷虾，所以这里经常鲸鱼成群。

我和梅玲登上了岛群中一个被称为“半月岛”的岛。岛上有数不清的企鹅在这里筑巢群栖。此外，还有巨海燕、蓝眼海鸭、海鸥等在海空中盘悬飞翔。它们多在悬崖峭壁上筑巢。

南极洲约有 850 多种植物，多数为低等植物。只有 3 种开花植物属于高等植物，它们都是草本植物，其中有种是垫状草，另两种是发草属植物，其形态近似于禾本科植物，叶狭长，小穗状花序。南极独有的两种植物——苔藓、地衣类，在岛上只有利用短暂的夏季期间茂盛地成长着。

南极大陆处在一个自然、生态、企鹅一体化的独立大陆中。看到企鹅和谐的家园时，我们更开心了。也许是梅玲善良与忠厚的缘故，她有一种与动物自然亲近的天赋。

在岛上的一个悬壁间，我们看到有数以千计的企鹅在栖息，还有雪白的南极燕鸥、大海燕和蓝眼鸭等。梅玲和我的到来，使这些动物天使如逢盛大节日般快乐。

我们将事先准备好的食物散发给它们，它们成群结队地围绕着梅玲和我。许多燕鸥就站在我们的肩上和手臂上，像久别重逢的亲人一样团团围绕，做出许多亲近而友好的举动。

这对于喜爱大自然的人而言，实在是置身于欢乐的动物天堂了。

南极乳白日

对于刚刚进入南极的人来说，皑皑的冰川、极度的寒冷、食物的缺乏无疑都是最大的挑战。但是，由于我们采用风筝拖拉雪橇的办法，雪橇上准备了充足的衣服与食物，严寒与饥饿对我们构不成生存的最大威胁。

除了严寒之外，南极又被称为“风极”，狂风则是南极的又一大天险。每小时100公里以上的大风在南极是经常可以遇到的。南极大陆沿海地带的风力最大，平均风速为每秒17～18米，而东南极大陆沿海一带风力最强，风速可达每秒40～50米。在法国南极观测站曾测到每秒100米的大风。这是迄今为止世界上记录到的最大的风。

狂风很快会带走人体的热量，使人冻伤甚至冻死。极夜的风暴，其速度有时超过每秒40米（13级风）。此时人若身置户外，便会有生命危险。1960年10月10日下午，在日本昭和站进行科学考察的福岛博士，走出基地食堂去喂狗，突遇每秒35米的暴风雪，从此再也没有回来。直到1967年2月9日，他的保存完好的尸体，才在距站区4.2公里处被发现。

然而，随着时间的推移，我们发现严寒与狂风还构不成对人的最大威胁，南极的极昼现象渐渐成了对我们的最大威胁。每当南极极昼来临，将几个月内没有了黑暗，也没有了日期。而我们每天都将生活在阳光下，人体的生物钟彻底紊乱。

对于我来说，早已习惯了南征北战，因而能够很快适应各种复杂环境。但是对于梅玲这个一生都是习惯于在黑暗中睡觉的人来说，就是生存的一个最大考验。梅玲努力去适应，但是无论她怎么疲劳困倦、昏昏欲睡，也还是睡不着。那四周白雪皑皑、灿烂耀眼的光线交织折射的亮度让她很难闭上眼睛，即使闭上了眼睛睡着几分钟，也犹如在煎熬之中，不久便会醒来。

后来我们才知道，在南极，被雪崩和意外伤害的人数远远没有被极昼伤害的人数多。极昼让人筋疲力尽、精神憔悴、神经紊乱，让人烦躁而疯狂。我告诉梅玲，极昼往往需要几个月时间，如果你实在坚持不住，我们就马上撤退。但是，梅玲坚决不同意，表示一定要坚持到底。

真是不到南极，体会不到黑夜对一个人的重要性。特别是习惯于在黑暗中睡觉的人，如果长期在阳光下曝光，那么盼望黑夜就像他对生命的渴求。

为了让梅玲休息好，我想方设法加厚帐篷，增加帐篷内的遮光度。甚至我尝试过在冰川和积雪下挖穴居住等，但是效果都不理想。梅玲明显地日渐消瘦，没有食欲，萎靡不振。后来我干脆让梅玲强迫休息，不许出外参加一切活动。我将黑色布带扎住她的眼睛，令她强迫入睡。几天下来，才让梅玲渐渐适应了南极的环境。

企鹅是南极的土著居民，是南极的象征。世界有20多种企鹅分布在南半球，栖息在这些大陆的沿岸和岛屿上。所以，我们就想在此探寻企鹅与海豹的行踪。

为了观察企鹅的生活习性，我和梅玲准备了帐篷和食物，干脆和企鹅多相处些日子。于是，有一天我们登上了企鹅岛。这里的企鹅有帝企鹅、阿德利企鹅、金图企鹅、帽带企鹅、王企鹅、巴布亚企鹅、喜石企鹅和浮华企鹅八种。种类虽不多，但数量却占世界企鹅总数的绝大部分，不愧为企鹅的王国。

我们与企鹅欢乐地一起合影，一起嬉戏。梅玲不断地取出食物喂企鹅。企鹅那憨态可掬的样子让我和梅玲常常开怀大笑。我们忘却了世间的一切，只陶醉于和企鹅的亲密交流中。

一天，天气格外晴朗，本来没有任何异常。可是，企鹅们突然炸开了群，纷纷撤退到山崖的巢穴中，有的竟然躲到了海里，像是在有意躲避什么天敌或大灾难。我们正在惊讶的时候，天空发生了奇迹般的变化。一种令人眼花缭乱的乳白色光线在天地之间由慢到快，开始不断地变幻。然后由点到面不断地交织错落。

来自不同方位的折射光线如同满天星斗，突然间同时亮了起来，而且是那样的夺目而耀眼，令人睁不开眼睛。开始时我和梅玲还觉得很有趣，兴奋地欣赏着这一大自然的奇观。然而，随着不断闪烁着阳光的光点和升腾而起的雾气，渐渐形成了一片白蒙蒙、雾漫漫的乳白天空。这时，我们才感觉到事态的严重性，预感到危险的降临。

这种顷刻间的变化，就像我们正在参加一场盛大的文艺晚会，而舞台上突然就转换了布景和灯光。在完全没有精神准备和提前预料的前提下，一切发生得那么突然，那么不可思议。

我和梅玲的视线随之产生了一种错觉，顷刻间分不清近景和远景，也分不清景物的大小。我喊着梅玲的名字，却一时看不见她的身影。梅玲也急促地呼喊着我的名字。

我凭着梅玲的声音，摸索到了梅玲。我紧紧牵着梅玲的手，再也不敢离开一步。我担心一失手就会失去她。梅玲也从来没有经历过这样瞬息万变的天气。她紧张地拉住我的胳膊，我甚至明显感觉到她的手在颤抖，连声音也有些哽咽，她在美洲虎的面前也没有出现过这种恐惧。

我安慰着梅玲，有我在，不要害怕。但这突如其来的变化确实也让我产生了一种莫名的恐惧。梅玲突然间大声喊叫起来，她感到头昏目眩和有些恶心。其实，我也产生了这种异样的感觉。只是为了不让梅玲更加恐慌，我坚持没有说出来。

大事不好！我迅速拉起梅玲的手，朝着我们帐篷的方位一边摸索着、一边跌跌撞撞地行进。帐篷实际上离我们并不远，也就是30米左右。但是，我们的眼睛几乎不再管用。到处是耀眼夺目的光旋，晃得眼睛欲睁不能，也闭不得。

我们如同在高山上得了雪盲，顿时成了睁眼瞎。要准确地进入帐篷，还真是需要一番智慧和勇气。我拉着梅玲在眩晕中摸索，几度在冰面上滑倒。我们搀扶着爬起来，再向前摸索。

我最担心的是迷失方向后，再也找不到我们的帐篷。如果这样的天气持续下去几天或者更长时间，我们将无法保证给养和生存。

最可怕的事情还是发生了。我们摸索前进了将近40米，却还是没有找到帐篷。我惊吓得满头大汗，梅玲更是紧张得说不出话来。这说明我们没有找到帐篷的准确方位，或者是与帐篷失之交臂了。

我让梅玲立即停了下来。我分析了一下目前的处境，觉得我们不能这么盲目地摸索，否则偏离帐篷会越来越远。我确信我们的大方向是对的，偏离也不会太多。我决定把随身带来的绳索拿出来，定点一下我们目前的位置。然后，拉着绳子的另一端做划圆式的寻找。如果在这个直径区域内没有找到的话，再一次查找下一个直径圆。这样的话，我们就不会偏离，一定会找到帐篷。就这样，我们在冰面上划圈寻找。在第二个直径圈内终于找到了帐篷。原来，我们对方向并没有错判，但是人类的两条腿并不是一样的长短，何况由于一般的人都是右腿的力量比左腿大。所以在没有眼睛的帮助下寻找目标，任何人走不出30米的直线，必然会发生倾斜。这就是我们偏离帐篷的真正原因。

终于，我们进入了自己的帐篷。我们躺在地铺上，被刚才的事情吓得半天说不出话来。这种天气来得如此突然，瞬间就能造成人的眩晕和幻觉，后果真是非常可怕。

我们放下帐篷的每一个窗口，将帐篷挡得严严实实。为了不让这种光线进入而令人产生眩晕，我与梅玲紧紧地拥抱在一起。我们既为及时脱离险情感到欣慰，又为在南极遇到这种极端的天气表示担忧。我不放心地几次检查着帐篷外面的变化，盼望这种奇异的天气早点过去，但是情况依旧。

寂静的南极本来就是一个无声的世界。这时，企鹅的散去更加使这个世界寂寥无声，我们的听觉也变得异常灵敏了。

突然间我想起一件事。就是在我们进入南极之前，我曾经看过一个资料，介绍了南极的一种奇观，叫“乳白天空”。说是由于极地的低温与冷空气相互作用，当阳光射到镜面似的冰层上时，会立即反射到低空的云层里。而云层中的雪粒又像千万个小镜子一样将光线散射开来，再反射到地面的冰层上。如此来回反射的结果，使天地之间浑然成为一片。人、车辆、飞机和海域仿佛都融入浓稠的乳白色牛奶里。一切方向难以辨别，甚至会使人失去知觉或者丧命。

我恍然大悟，把这个情况说给了梅玲听。经过我们分析，可以断定我们目前的处境正是遇到了“乳白天空”。

资料中还介绍：1958 年，在埃尔斯沃恩基地，一名直升机驾驶员就是因遇到这种天气，失去控制而坠机的。1971 年，一名驾驶大力神飞机的美国人也遇到了乳白天空，结果失去联系，一直下落不明。

“乳白天空”虽然对人类在南极的活动构成危险，但只要事先进行有针对性的训练，有安全防范措施，也是可以避免的。一旦遇到它，应随即绕道躲开；正在野外活动的人和车辆则应待在原地不动，注意保暖，耐心等待“乳白天空”的消失，或等待救援人员前来营救。

只怪我进入南极后，忙于投入对应接不暇的冰山、冰川和动物的考察，把这件事搁置于脑后。幸亏我们进入南极后，携带了帐篷和用具，才及时化解了这一风险。

三天之后，南极的“乳白天空”终于结束。冰雪皑皑的南极又恢复了往日的平静。

冰块上遇险

我们的南极之行，一路上有160公斤重的装备，我们一直采用风筝拖拉雪橇的办法，坚持在－35℃的南极冰原上艰难地跋涉。亲身经历了这次“乳白天空”遭遇后，我们不敢过久地停留，每天都迫使自己在冰天雪地里狂走10小时，有时只能靠吃面包和干果充饥。

这时，我们沿着南极圈边缘出发，总共走了1 100公里。南极辐合带是盛产海豹的地区。全世界共有海豹34种，这里虽然只有锯齿海豹、威德尔海豹、罗斯海豹、象海豹、豹海豹和海狮6种，但数量已占世界海豹总数的90%。它们组成南极的海豹家族。

我和梅玲发现了一种南象海豹因其体型巨大及猎食范围广泛而获得“海岸线巨兽”的绰号。南象海豹主要生活在阿根廷、南非、新西兰、南极洲及南大洋附近区域。它拥有很好的潜水技能，可以从海面下潜近2 000米。这种下潜技能使得南象海豹的捕食能力极强。它以鱿鱼、章鱼、鳐鱼及鳗鱼为主食，在食物短缺时也捕捉企鹅和幼小鲨鱼。

人类发现的最大的南象海豹体重近5吨，体长合6.9米。这种特性使得南象海豹成为地球上最大的食肉动物。另外，南象海豹也是地球上最丑陋的动物之一：不断抖动的长鼻、充满鲸脂的腰围及单调的灰色皮肤，更不用提它那张不能恭维的脸了。

让我和梅玲意想不到的是，我们在冰山上看见了一只毛皮母海豹连续袭击5条大青鲨并吃掉它们内脏的场景。那只毛皮海豹体长超过3米，体重达300公斤。它们本来是以鱿鱼、鳕鱼、虾蟹等为食的，但是，由于担心鲨鱼攻击它们的小海豹，所以对水中的大青鲨展开了攻击。

这只海豹在水中大开杀戒，一共杀死了5条1米多长的大青鲨。而这只海豹在杀死猎物后，只吃大青鲨的胃和肝脏。因为鲨鱼的胃里还有尚未消化的食物，肝脏则是最有营养的部分。这场战斗结束后，这只巨大的母海豹就慢悠悠地爬上冰面，自顾自地转到冰山背后去了。

我还发现，凡是有大群海豹生活的地方，大都是海域冰山交汇的地方。大批海豹停留在岸边冰山下的冰岸上。这里陆地和冰山几乎连成了一体，我们这时也走下了冰山，在冰岸边远距离观察着海豹群的活动。

就在这时，突然发生了惊人的一幕。我们前面的冰山发出“咯咯”的轰鸣声。开始时只是一些小冰块发生滑落，继而大块大块的冰块开始从冰山上滚落下来。

不好！我急忙抓住梅玲往后退。还没有走出多远，冰山的一侧发生了坍塌。冰山坍塌一时还造不成对我们的直接伤害，因为位置还稍远，但是坍塌带来的震动对我们所处的位置威胁就很大。

我们开始发觉脚下的冰面发生了变化，一场新的考验又出现在我们的面前。春融即将来临，冰山随时可能崩塌。在极昼阳光的强烈照耀下，冰山实际上早已经开始迅速融化，只是我们不知情罢了。冰山的坍塌也不是令人奇怪的事情，而是每年都会自然发生的正常事情，只不过这些事情不为人类所熟悉。

我和梅玲立刻决定远离冰山与大海的交界处。最终越过了冰山后，一片平坦开阔的地带展现在我们的面前。转眼两个星期已经过去，前面的路还很长很长，但我们的身体已感到极度疲劳，我的脸也被冻坏了。我的两颊、鼻子和下颚长满了冻疮，看起来就像戴着假面具。然而，困难和挫折并没有吓退我们，我们的意志经受着极大的磨炼和考验。

一天晚上，可怕的冰裂声在帐篷四周响个不停，我们久久不能入睡。第二天清晨，我走出帐篷察看，不由倒吸一口凉气。四周冰块突起，紧靠帐篷旁边的冰层已裂开一条30厘米宽的裂缝。

我们赶快卷好帐篷，离开了这个危险地带。大约前进了两百米，一片连绵不断的浮冰带呈现在我们眼前。浮冰在缓缓蠕动，犹如河流一样。只听见冰块底下响声阵阵，从浮冰带传来的声音更是千奇百怪。我计算了一下这座冰岛行进的速度，冰块正以每小时300米的速度移动，缓缓流淌而去。

我们在冰岛的中央驾起帐篷。刚想进去暖和一下身体，只听见“咔嚓”一声，在不到二十米远的地方发生了冰裂。几分钟后，我们陷入了险境。眼前的浮冰带在不断流动，浸水面在不断扩大。时有六七米高的冰山随着巨响掉进大海，过一会儿又冒出头来。

我们陷在这个仅百十米宽的浮冰上，进退两难。随时都有掉进汪洋大海的危险。我只好一边收卷帐篷，一边思量对策。此时，我和梅玲觉得脚下已经有些异样。定睛一看，天哪，我们脚下的冰块已离开了陆地，缓缓地向大海中漂去。

快，快跑！我想拉起梅玲，趁冰块与陆地之间的距离还不大，或许还跳得过去。我们深知：这里是命运的十字路口，机会稍纵即逝，生死在此一举。

我和梅玲朝岸边尽力跑去，谁知，梅玲脚下一滑，“啪”的一声摔了个四仰八叉，我也哧溜一下滑倒在冰面上。等我和梅玲起来时，巨大冰块已经开始破裂，沿着斜坡马上就要滑进大海里。我们一起拉着行李，奋力跳上了对面那座冰岛。

几经周折，我们终于登上了对岸的旧冰山，脱离了险境。当我们回头寻找方才的那块浮冰时，那里已是汪洋一片。好险啊！我们又一次奇迹般地战胜了死神。

虽然逃过了眼前的危险，但是我们还没有完全脱离险境。要回到冰原陆地上去已不可能，我们所处的冰原随时有破裂的可能。眼看着我们离开冰原陆地越来越远。我和梅玲对望着，一时束手无策。

一旦所在的冰块破裂，我们将随时有被大海吞没的危险。目前我们能够做的就是找到最坚实的冰层。即使冰块破碎，我们也要坚持到最后。

又是一个风和日丽的日子，这是南极难得的好天气。阳光照在冰山上，冰山就像一朵朵白色的牡丹，盛开在蔚蓝色的大海上。举目远眺，满目是晶莹剔透的冰山，一块块洁白如玉的浮冰。

海豹时而探头喘息，海鸥时而俯冲入水。要是在平时，一切都会显得那么美好，南极也是那么温顺。但是，在我们没有救援船只和飞机的情况下，越是好天气，冰原融化得就越快，我们的处境就越危险。

然而没过多久，云层越积越厚，越压越低，几乎紧贴着海面了。湛蓝色的天空变成了灰白色。15 分钟左右，一条灰白色的云带突然像一条凶残的巨龙紧贴冰原，快速地向我们扑了过来！

白色的天空瞬间也黑云滚滚。狂风呼啸着，恶浪翻滚着，能见度陡然降到零点，气温一下子由 -2℃ 下降到 -15℃。天气骤变，无疑对我们是件好事，这样就会延缓冰原融化的速度，但短暂的极端天气没有持续几天，我们的危险状况还是没有任何改善。

我们所在的冰原终于被温暖的天气渐渐融化。我们所在的冰块尽管是最大的，但是它已经脱离了冰原陆地，开始向大洋漂移。

我们抬头仰望，茫茫的南极海，只有我们孤零零两个人！浮动着的冰山越走越快。半个小时后，我们已被孤零零地抛弃在大海上。幸好我们的行李也在这个冰块上，一直没有脱手。如果没有了这些行李，我们必死无疑。至于现在的处境，在短时期内还不至于被冻死、饿死。

一天来，冰块一直在大洋中漂移着，距离冰山和大陆越来越远。在南极地区活动的船只本来就很少，我们想依靠路过船只搭救的可能性也就极小。何况，船只在这里的活动都是有固定航线的，我们的冰块顺着洋流漂浮，远远超出了船只的航线。所以，依靠船只搭救就只能成为泡影。

我们唯一获救的希望，只有寄托在路过的飞机上。尤其是寄托在南极考察的飞机和极少的旅游客机上。但是，即使是旅游客机发现了我们，也不会有搭救的机会。

经这么一分析，我们存活下来的概率已经是微乎其微。如果再遇上异常天气影响飞机的飞行，那么我们的希望将更加渺茫了。此时此刻，真是叫天不应，叫地不灵。我和梅玲只好听天由命了。

我与梅玲不得不做出最坏的打算。我们将食物和水分成了十份，以每天的最低生活标准进行了重新配置。假如我们不能在大海里重新获得食物的话，这将是我们最后的食物。

这时，我将随身携带的自动步枪拿了出来。这本来不是为了狩猎，而是作为防身用的。我们原来计划，到了南极是不使用武器杀生的，只是为了安全起见，以防在南极遇到危险或者不测时自卫用的。但是，现在为了生存的需要，也不得不使用。

我把渔具也掏了出来，开始在冰块的边缘进行垂钓。没想到的是，两天下来，竟然没有钓到一条鱼。这让我一下紧张起来，如果这样持续下去，等待我们的只有死亡。

四天过去了，我还是一无所获。我几乎要崩溃了，再这样下去我和梅玲的食物只能持续六天，生命进入了倒计时。

就在第五天，奇迹出现了。冰块经过的一片海域出现了鲸鱼群。鲸鱼追赶的海豹走投无路，纷纷跳上了我们漂移的冰块。我马上用自动步枪对海豹进行了点射，立即杀死了两只海豹。本来可以杀死更多的海豹，但是我不忍再猎杀下去。我感到非常内疚，因为我已经违背了我到南极只考察不杀生的原则。

这些无辜的海豹没有死在鲸鱼的腹中，却死于我的枪口下。但是，由于生命的需要，即使被迫选择了杀戮，我也一定要有尺度。我预计，两只海豹已经足够我与梅玲生存几个月了。再多就是滥杀无辜，就更是罪不可恕了。

我将死去的海豹拖到我们的帐篷背后，以避免仍然躲避在冰块上的其他海豹看见。我在走过去的时候，又吓得几只海豹跳下海去。只有几只更害怕被鲸鱼猎杀的海豹，虽然害怕我的出现也还是在冰块上留了下来。

我凭借娴熟的技术，迅速将海豹解体分割。我将血液、皮毛、肉骨逐一分解，进行了分别存放。如今有了充足的食物，如果不再出其他意外的话，两个月内我们一定会寻找到获救的机会。

虽然我们依然在冰块上漂浮着，但是一颗悬着的心就此放下。我们暂且不再忧虑生存之事。

奇迹大营救

就在我们的冰块继续漂浮了七天之后，天气又发生了骤变。一股巨大的狂风把冰块抛向了突然涌起的浪尖峰谷上。蔚蓝的海水突然间变成了恐怖的魔鬼。

就在这个时候，我们发现又遇到了冰山。如果我们马上跳下海泅水到岸上去，体力上是没有问题的。但是由于海水温度在0℃左右，一旦游不到岸上就非冻死不可。所以，我们不得不打消这个念头。

紧接着，冰块无奈地听凭狂涛扭打，并且向另一座冰山飞去。刹那间，凶猛的风浪毫不留情地把我们两人吞噬了。冰凉的海水刺激着我们的皮肤，咸涩的苦汁灌入了我的嘴里。

入水30秒钟后，我迅速恢复了理智。我意识到这是一场灭顶之灾！冰块已撞得粉碎。我自己也快要被巨浪扔进死神的怀抱。我被巨浪抛掷着、猛击着。我一次次地浮出水面，挣脱着死神的魔爪。这时我只有一个念头，就是要活下去！

随着一次次被浪峰抛起，我睁大眼睛搜寻着海面。梅玲在哪里？忽然，我模模糊糊看见几十米外有个身影，啊，梅玲还活着！于是，我拼命挥动着双手，竭力想喊叫，可是气温太低，我被冻得发不出声来，牙齿格格地打战。此刻的水温是0℃，寒风带来的气流是－15℃。这样的水温和气温转眼就能吞噬我和梅玲的生命。

怎么办呀？此刻我拼命地游到梅玲的身边。梅玲已经筋疲力尽了。我将她推向岸边，鼓励她竭尽全力爬上岸。正在这时，狂涛巨浪狞笑着把我重新卷入海里，似乎不把我葬身大海决不罢休。我也没有因此绝望，不停地划动着双臂，想再次爬上冰原陆地。尽管这是徒劳的，但我还是奋力游着。

海浪又把我冲到了离岸边50多米的海面上。我向岸边猛游，可这是在南极，0℃的海水使四肢不听使唤，我的身体逐渐僵直，双手一阵阵痉挛，紧握的手指也松开了。我那微弱的体力已经开始枯竭，然而离岸还有20多米。我望着近在眼前又远在天边的海岸，痛苦地预感到自己无法游到岸边了……

突然，有一块巨大的浮冰向我靠近。像一艘洁白的救命之舟一样，浮冰在风暴的推动下缓缓地漂向快要冻得昏死过去的我。这是命运之神在向我招手，我又恢复了力气，又有了信心，不顾一切地扑向了浮冰。

我几次碰着了这巨大的冰块边缘，被割破了手、脚和小腿，但仍然没抓住冰块。我感到生命的燃料快要耗尽，即便抓住了浮冰，也绝无气力爬上去了。

正在这时，一个大浪把我掀得很高。我从浪尖上又被往下抛，在下跌的时候，我发现那块浮冰被浪冲得向我这边倾斜着。我抓住机会，随着下落的海浪，猛地爬上了那洁白的冰块。我一动不动地趴在冰块上，过了好一会儿才想起应该赶快活动活动四肢，可这时我的四肢已被冻僵了。

我试图站起来，但怎么也爬不起来。我的手套和长筒靴早就没有了。碎冰划破了手脚，一阵阵钻心地疼。在这绝境中，我没有办法，只能咬紧牙关，光着脚，趴在那雪白的冰块上，任凭那一道道冰凌继续像刀子一样撕破我的衣服，割裂我的皮肤，任凭鲜血汩汩地向外流淌。唯一使我感到欣慰的是，这巨大的冰块正随着浪潮朝岸边移动，载着我缓慢地向生命之岸漂去。

我眼巴巴盯着海岸，忽然看见了已经爬上岸的梅玲在向我招手。梅玲被冻得龇牙咧嘴，正在不停地搓着身体。我喊不出来，于是举起一只手使劲地挥动。我用尽最后的力量，声嘶力竭地喊出了一声，可还没等我喊出“梅玲”二字，一个大浪把我从冰块上打落下来，我又被海浪吞没了。

梅玲还活着，就给了我力量。我拼尽全力又游到了岸边。梅玲乘机抛给我一条围巾，我抓住后，她将我拖上岸来。

看见我爬上了岸，梅玲与我两人紧紧拥抱在一起。我全身颤抖着，被冻得无法说话。正当我们沉浸在生存的喜悦之中时，我的头脑“嗡”的一下：啊！这儿没有取暖栖身的帐篷，没有食物，什么都没有。这对于冻僵的我们来说，真是雪上加霜啊。我发现梅玲一阵眩晕，失去了知觉。我想站起来，可是下肢简直就像是棍子，几乎不能动弹。

我拼命地摇晃着梅玲的身体，揉搓她的手、脚和躯体，连声喊着：“梅玲，你醒醒。”不知过了多久，梅玲苏醒过来说：“斌斌，我们不能躺在这里，我们得离开这儿，在这儿就是飞机来了也发现不了我们。”

我说：“爬，爬也要爬到最高处的那块冰岩上去！”

我们互相鼓励着，爬向远处的山坡。我们被冰割开的伤口在尖硬的岩石上摩擦着。我们那已经冻得发黑的双脚，又渗出了鲜红的血。两个人身后，留下了长长血迹，在洁白的雪地上红得刺眼。爬着爬着，梅玲快支持不住了，但是她仍然闭上眼睛，咬紧牙关，一点一点地挪着。我想，不管怎样，我和梅玲至少要有一人爬上高处的冰岩上。但没过多久，我也昏了过去。

强烈的求生意识使我睁开了双眼，同时我也感到体温越来越低了。我瞧见梅玲留下的血迹，看见她在我前面不远处。可是，眼下自己已经快要不行了，一步也挪不动了。我明白，死亡已经向我逼近，等不到有人前来救援了。

我痛苦地闭上了眼睛，想了很多。我知道寒冷是绝对能够把人杀死的！人体在没有防护措施的情况下，遇到极冷的气温，四肢的血液就会流向体腔，聚集在心脏周围，使人感到四肢麻木，继而颤抖不已。当人的体温降到30℃以下便会死亡，但我实在不甘心就这么死去，我在脑海里尽力搜寻着，看能不能想出什么办法来使自己脱离险境。

终于，我想起来了，气功或许能多维持一下生命！我默默运气，意守丹田，用气来增加热量，维持生命。我排除了脑子里的一切杂念，把生与死的问题也置之度外。就这样，我不停地运着气，让血液继续循环着，让微弱的生命之火不熄灭。这一下还真灵，我抵御了外部的寒冷，血液开始流动。

我真的爬到了高处，与梅玲会合了。

处在危险中我的头脑依然很清醒。我突然想起了我的口袋里还有两颗中国生产的中药安宫牛黄丸。我知道那是颗救命丸，是中医用于治疗各种急症的必备良药。对于脑外伤、重症肝炎、中毒等导致意识障碍或昏迷均有十分显著的疗效。不仅用于镇静、抗惊厥、降低机体耗氧量等，对脑损害也有保护作用，我拿出来让梅玲先吞了一颗，然后我也吃下了一颗。祖国的灵丹妙药在南极大显神通，救了我和梅玲的命。我和梅玲马上感觉寒冷驱散了许多。

坚持了一个小时以后，奇迹终于出现了。一架直升机出现在北边的天际。飞机是南极戴维斯站的，驾驶员俯视着下面，他看到了漂移着的冰山，发现了在冰原上挣扎的我们。驾驶员降低了高度，选择准备降落的冰块。飞机的出现让我们大难不死。原来，南极戴维斯站上午出来两个人正在考察爱丽斯海峡。刚才出现的一场罕见的风暴，引起了站内人们的担忧。所以，他们派直升机在海面上追寻目标。

飞机到达了约定地点，既没见到人，也没发现任何船只。站长布雷兹命令："飞机下降高度，仔细搜索爱丽斯海峡沿岸地区，发现情况立即报告！"但他心里明白，这场罕见的风暴，可能会吞没一切生命，要想逃脱厄运，除非出现奇迹。

一会儿，无线电报话机里传出直升机驾驶员的声音："戴维斯站，戴维斯站，在爱丽斯海峡西岸岩石上发现目标！"

布雷兹站长马上冲到报务员跟前，抓起话筒，大声命令："立即降落，迅速救人！请把详细情况告诉我……"

驾驶员答道："好像只有一个人，躺在岩石上，穿着橘红色的救生衣……"

布雷兹站长急呼呼地问："一个人？是谁？"

驾驶员说："伯克……是伯克！看来他还有知觉……"

布雷兹站长又问："那家伦呢？救起伯克后继续寻找家伦，一定要找到他！"

不知过了多久，布雷兹站长又听到报告声："戴维斯站，戴维斯站，发现家伦，他昏迷不醒，手脚已经变黑……"

布雷兹站长果断地说："马上救人，迅速返航！"

很快，伯克与家伦被救起。直升机起飞后，就在救援地点不远处，驾驶员也发现了我和梅玲。直升机在我们头上盘旋了一会儿，直到确认我们的冰块没有坍塌的危险，才慢慢降了下来。

飞行员小伙子跳下飞机后，马上朝我们跑过来，将奄奄一息的我和梅玲分别抱上了飞机。直升机一直向南极点进发，一个小时后，终于抵达南极点。然后，我们也被送进了戴维斯站医务所。

医务所是用两层铁皮夹着保温海绵建造的，这里的一切都是红色的：红色的墙，红色的屋顶，红色的药箱，红色的药瓶。我们几个人身上结冰的衣服已被撕去，身体被泡在盛满温水的浴缸里。

由于我和梅玲被冰冷海水浸泡的时间比较长，所以一直昏迷不醒，体温只有30℃。但经过及时的抢救，我们终于脱险了。

我们战胜了冻伤，也避免了截肢。我们在南极考察站受到了热烈的欢迎，享受到了久违的热茶、巧克力和热菜热饭，这是我和梅玲这辈子受到的最棒的款待之一。我们艰辛的南极探险之行终于结束了。

在我们准备返回大陆的时间里，我和梅玲逐渐恢复了元气。我们还是利用时间做了一些短途考察。在冰雪风冻的极地雪原，我们意外地发现一具来观测极光的越冬队员的尸体。尸体旁留着一块好像玻璃熔化了的奇怪石头。就是这块石头打中了死者的头部并使其死亡的，我们亲眼看见死者带着防寒帽的脑袋被砸开了花。

然而，现场四周只留着被害人的足迹，却没有凶手的足迹。更令人奇怪的是，这个石头明显是个凶器。但是，这里是被逾千米的厚厚万年冰覆盖的南极大陆，从来就不曾露出过地面，连个石头渣都没有，这个石头到底是哪里来的呢？这至今还是一个谜团。

我们在距澳大利亚南极凯西站附近的“蓝冰”跑道上，搭乘了暴风雪季节到来之前的最后一班离开南极的航班，返回了澳大利亚。

伊甸山探奇

在澳大利亚，我和梅玲听到了一则消息：巴布亚新几内亚被称为“最后的伊甸园”。如果上帝拟在地球上创造一个伊甸园，他会选择哪里呢？人类推荐的热点地区竟是巴布亚新几内亚——这个被称为地球上最后一块至今尚未被现代文明和工业污染的净土。

受好奇心的驱使，我和梅玲辗转来到了巴布亚新几内亚。其实，在这个神秘的国度上还有一个更吸引人的地方，就是这个国家最接近于原始状态，这也是巴布亚新几内亚最让我们神往的地方。

孤悬海外之地，保持着最原始的物种、最古老的原汁原味的地方民俗，当然是既神秘，又新奇。虽然神秘、新奇，它们却又的确在阳光下存在着。亚洲人种包括马来人，都起源于大陆；而巴布亚人种的诸民族，包括蔓延到马来人范围以东直至斐济群岛的各民族，不是起源于任何现存的大陆，而是起源于太平洋现存的或者最近还存在的岛屿。

巴布亚新几内亚的土著人生活在密林里，用木料和茅草搭建房子。有的房子搭建在悬崖上，有的则搭建在树上，像很大的鸟窝，但大多离地不高。偶尔有离地较高的，还要利用树枝做成攀登的步梯，便于上下。

以前，我曾经听说过夏洛特皇后湾的人是食人族。同样，许多人在说到巴布亚新几内亚的时候，常常提到了这里不仅是个荒蛮之地，而且专门提到了食人族是科罗威人。

科罗威人居住在巴布亚新几内亚的西部，这个部落是荷兰人发现的。但直到近些年来人们才知道他们是食人族。科罗威人一般是几个家庭住在一起的，他们崇尚食人肉。如果有人被指控使用巫术，这个人就会被拷打和处死，并被其他人吃掉。传说科罗威人吃人肉就像吃野猪肉一样，把人肉放在香蕉叶子上，再用火烤。人头则挂在树上，用以警告敌人。

梅玲在大量阅读关于食人族的书籍时发现，巴布亚新几内亚地区存在许多谜团。河流到这儿似乎看不出流向和分支，很大一块土地却没标出一个村庄。仔细一查，原来这里就是最可怕的食人部落聚居的地方。西方传教士一听说这个地方就会不寒而栗，一听说吃人肉的科罗威人就毛骨悚然。

但是，梅玲从小就最喜欢听惊险故事，越是危险的地方她就越是想去。如果不是知道那里有吃人肉的部落，她还不急于动身呢！

还有一个部落是阿斯玛人。他们世世代代生活在西南部海滨的红树林中。长期的与世隔绝以及恶劣的生活环境，锻造了阿斯玛人吃苦耐劳和骁勇善战的品性。一代代阿斯玛武人唯一崇尚的是大森林的神灵和祖先的安宁。他们曾经绑架了亿万富翁米歇尔·洛克菲勒，并将其杀害分食。时至今日，人们对阿斯玛人的具体情况依然不甚了解。

住在伊里安岛密林里的土著人也很聪明。他们生活中缺少盐，但又不便去海边取得盐。于是他们会利用一种含盐的野草，堆放在一起把它烧成灰。然后把这种含盐的草灰泡在水里，让盐分溶解到水中。再将含盐的水灌入竹筒里，用火加热使水分蒸发，珍贵的盐就会结晶出来。这种制盐的方法，自古以来就在当地土著人中一直流传着。另外，伊里安岛的土著人还会钻木取火。

我们到达巴布亚新几内亚的时间是八月。因为每年八月，这里总要举办馈赠节。凡到过这一神奇国度的人，无不对当地土著部落独特奇异、荒蛮而极富个性的传统文化赞叹不已。

这种部落节日也称为“欣辛日”，是这个国家文化艺术的盛会。野外探险、休闲度假、与鲨鱼共舞、随当地土著狩猎、在人迹罕至的地点冲浪、风筝冲浪或是在珊瑚岛附近巡航都是人们所向往的旅游项目！

我们首先进入了首都莫尔兹比港，虽然这里只有十几万人口，却已经是全国第一大城市了。令人想不到的是，这个国家是由许多海岛组成的。无论到哪儿都得坐飞机，而且都得飞到首都莫尔兹比港后再转机。

莫尔兹比港与其他城市和地区之间竟然没有陆路交通，而且水路交通只局限于莫尔兹比港与一些外岛和珊瑚礁之间。因此我们进入山区只能靠小飞机、小船、直升机或步行，而且坐飞机的成本比坐汽车还低。

巴布亚新几内亚有几十家私营小航空公司在运营。大部分小机场其实就只是一片草草平整过的草坪。我和梅玲来到了机场。停机坪靠着停车场一侧，沿着铁丝网搭了一个草棚。L 型拐进停机坪后，有铁丝网门拦着。外边有木条凳，里边是木条桌。

我们候机坐在草棚的条凳上。铁丝网门打开了，门口有穿制服的黑人在验票，用圆珠笔在机票上划一个座号就算检票了。进门后，我们把行李箱放在条桌上打开，穿制服的黑人伸手随便翻翻，就挥挥手让我们进去了。

机场只有我们几个人和一架小飞机，穿制服的黑人要对我们的行李称重量，称完后把行李放进小飞机机舱的后部。

这是一架单引擎飞机，机长来了后招呼我们上了飞机。飞机滑向了跑道，飞机前部的几十个仪表中有一半以上都贴了张小条，说此表不能用。

我一直提心吊胆地看着这些仪表，里边的指针和数字确实不动。我没敢跟梅玲说什么，但是一路上背心直发凉。幸好飞机终于安全降落了，我和梅玲下了飞机。

我们降落的地方是一个三角洲，这里有许多支流可以灌溉土地，并且到处都是竹丛环抱的开阔地，一座白色的建筑是个糖厂。

在一个村寨，一棵华丽无花果树的阴影下，有一些人正在此做交易，也有许多居民在此乘凉，悠闲地打发着时光。

我和梅玲又马不停蹄地坐船，准备赶往咯咯阿塔小岛。河边两三艘独木舟泊在水草里，一条窄窄的水路于茂密的水草中通向河心，这就是码头。我们要乘这种有推进器的独木舟，去往丛林深处的土著荒蛮的部落，还需要沿河开两小时。

我第一个跨上独木舟，先检查一下这独木舟是否安全。然后我装上行李，再拉梅玲上船坐稳。独木舟长十二三米，宽六十几厘米，是一棵直径一米多的红木做成的，木质非常好。独木舟又窄又长。在两个土著人的操纵下，独木舟穿行于茂密的热带雨林和宽阔的苇草小径里。时而水天无际，时而小巷深幽。狭窄的河岸，林木葱郁，风景秀丽。一路遇见岸边热切的原住土著人嗷嗷地叫喊，直向我们挥着手甚至追赶上几步。

在独木舟拐入一个回水湾时，土著人告诉我们，早两个月的鱼儿繁殖期时，这里的鱼密密麻麻的，多得连独木舟都过不去。独木舟在烈日下行驶了近两小时，靠上一个叫坎波特的部落。部落夹河而建，绵延数里，是河两岸最大的部落，居民有一千多人。

我们登岸时，向导领我们爬上架得高高的部落议事大厅。我们拿出自带的三明治和矿泉水，草草地吃了午餐后离开，又顺流而下驶往河下游的奇梦多部落。

奇梦多有百来户人，竹楼散在棕榈树和椰子树中。这个部落一些土著女人裸着身体，看见我们要上岸，忙跑回竹楼去穿衣服，然后再跑回来围着我们观看。她们的衣服是大号的T恤衫，长至膝盖，又像贴身的大袍。一个女人还抱着一只小狗，正在用自己的奶水喂小狗，原来她的孩子刚刚死去，有时候她也用自己的奶水喂小猪。

奇梦多土著男人的出现令梅玲不禁脸红心跳。只见他们将几张树皮挂在腰间，阳具上戴着个阳具套儿。套儿就像个笼头，向上峭立着。

由此看来，巴布亚新几内亚土著男人平时是赤身裸体的，就戴一个套儿护住阳具。奇梦多人的身高，男的一般是一米六，女的一般在一米五以下。这里的土著人没有耕作和饲养的习惯，食物主要是番薯、香蕉和椰子。尽管河里的鱼又多又好捉，但土著人捉鱼或者吃肉只是打牙祭。

土著部落的酋长知道了我们的到来，在部落中心的大寮棚热情接待了我们。这位携有三位妻子在其身后的酋长用动物油脂涂在身上，身佩弓箭，手执梭镖和盾牌，显示出剽悍英武的气派。他用动物的牙齿、骨骼或贝壳等串成的项链佩挂在胸前，还用兽皮和天堂鸟、鹦鹉鸟的羽毛做成了很美丽的帽子戴在头上。

我们给土著酋长献上了带来的盐巴、首饰和衣服等礼物，这使酋长非常高兴。酋长和向导说要以土著最盛大的宴会和舞蹈来欢迎我们。等了约一个小时，宴会的食物终于上来了。盛情的土著居民抬来一个用芭蕉叶层层包裹着的热气腾腾的大包裹。当被烤得焦黄的芭蕉叶层层打开之后，我看见里面摆放着烤熟的芋头、鱼、虾、鸡以及一些叫不出名字的香料和树叶。原来，这是一种只有到访的贵宾才有幸享用的被土著人称为“穆穆”的食物。

面对这种独特的、颇具远古风味的“美味佳肴”，我先是选择了一点送给梅玲品尝，然后我也开始不客气地享用起来。其实，那滋味实在是不敢恭维。

我们送给酋长妻子的礼物中有珠子、瓷器，还有几双袜子。令我和梅玲惊奇的是，酋长竟然把袜子套在了他的阳具上，而且把一串珠子也套在了阳具上面。在他的想象中，只要把令他高贵、引以为傲的阳具打扮好就行了。这让梅玲看见更不免脸红。

酋长的妻子送给梅玲一种莫洛莉花油，这让梅玲非常高兴。这是用摩尼椰子果提炼出来再将王冠花浸泡其中而制成的。不仅香气袭人，还是很好的护肤品。

晚宴以后，酋长与向导领着我和梅玲来到山坡的树林里。在一棵独木成林的大树下，我看见正中间有个树枝搭起的屏障。我正猜想是个什么仪式的时候，哪知道那树枝上的屏障突然被人拉了下来，鼓乐声顿时响起。篝火也立刻升腾起来，整个村子的人载歌载舞。原来是欢迎晚会开场了。

土著篝火舞的前奏是村民的草裙舞，接下来是身着传统服饰的妇女们跳起篝火圆舞。压轴的是戴大嘴鸟面具的男人，赤脚在火堆上旋转地舞蹈。音乐则是靠竹筒和木块的击打。

舞会进入了高潮以后，土著人开始邀请我和梅玲加入了跳舞的行列。直至凌晨，我们不堪连续的颠簸和劳累，才向酋长申请告退。我为所有在场的人发了巴币，然后和梅玲回去休息了。

我们随着向导来到村中广场，这里新搭建了一个竹棚作为接待我们的“贵宾房”。这不过是我们刚刚进入巴布亚新几内亚初次接触土著文化的一场预演，就已经让我和梅玲兴奋不已了。我们预料后面的节目一定会更精彩，因此，我们打算在这里多住些日子。

这里还是珊瑚礁的天堂，珊瑚种类有450种，简直让人大开眼界。确实，这里茂盛的热带雨林和多样的原始珊瑚礁实在是太诱人了。任何一处礁石丛中生长的珊瑚种类都相当于加勒比海所有珊瑚种类的总和。于是，我和梅玲决定采集珊瑚做首饰生意。为此，我们在首都莫尔兹比港和第二大城市莱市设立了珊瑚首饰店。正好有一家珠宝店要低价转让，我们就毫不犹豫地买了下来。

我们选择的地段确实不错，人流量很大，而且周围多是服装店、饭店等，酒吧等娱乐场所也很多。然后，我们又在一个海岛的水上部落开设了珊瑚的采集基地。

为了生意，我和梅玲经常出入于神奇的水上部落。那里水边连着天边，在一望无际的浅水里杵着成百上千幢竹楼。楼与楼间隔仅两三米，一般不相连，纵横交错地像一条商业街。

水上部落聚居处到处是蓝蓝的天空和碧蓝的水，远离陆地，住着好几千黝黑的土著人。在黄昏的晚霞里，这些真是美极了。

铲除鳄鱼帮

莫尔兹比港的珠宝店生意很红火。但是，不久就招来了麻烦。

最大的黑帮组织鳄鱼帮为了收取保护费，雇佣的打手三天两头到店里骚扰，并扬言不交保护费的话，半个月内让这里关门。

我一打听，以前的珠宝店老板就是因为受不了鳄鱼帮的敲诈才关门转让的。这个鳄鱼帮的黑老大邦迪48岁，手下小弟有好几百人，主要靠收保护费和看场赚钱。他还有大小娱乐城、酒吧无数，但光是收保护费一个月就有好几十万。

有一个生意人因为没有交保护费，后来被人在一个废弃的工厂里发现了尸体。如果没那份实力还敢于与鳄鱼帮争斗的话，那么自己就得随时准备倒在黑帮的刀下。运气好的，在尸体腐烂之前能被人发现送回家里；运气不好的，死了都没个全尸。

一个黑帮小头目贪污了保护费，被老大邦迪抓来。在审讯中，他一直不说出钱藏匿的地点。邦迪把他的哥哥抓来，他还是不说。邦迪当着他的面把他哥哥杀掉。然后把他妹妹抓来，他还不说，又杀掉了妹妹。最后，邦迪一怒之下，杀了他的妈妈和妻子，最后将小头目也杀掉了。所以，邦迪的残忍足以令人闻声色变。

邦迪的对手都知道，邦迪对付对手，是严刑拷打、电刑、鞭刑、割舌头、挖眼睛、砍手脚、额头刺黑十字等，手段无所不用其极。甚至有的砍了手脚，还要收取50美元的手术费。

为了摸清邦迪的踪迹，晚上我来到了鸵鸟娱乐城。这里是首都几个老牌娱乐城之一。老板花了不少的钱来进行装修，当然这里也成了小混混们的乐园。别小看这些小混混，他们的消息可是最灵通的，我在这里比较方便打探消息。

我走进娱乐城，在一个桌台上要了杯红酒坐了下来。这里迷幻的灯光，朦胧的烟雾，再加上轻柔的音乐，一切的一切都显得那么荒淫，确实是年轻人消遣的好地方。没一会儿，突然大厅里响起抽嘴巴的声音，紧接着一个粗犷的男人喊道：“你找死？老子摸你两下都不乐意？还装纯情？”

这时，一声稚嫩的声音哭喊着哀求：“老板，求求你放过我吧，我，我还是个学生，只是来挣钱打工的，您，您行行好，放过我吧。”

那个男人恶狠狠地说：“听着，我们鳄鱼帮要的就是没破身的雏。你不做，今天我就废了你！”男人说着就要扒少女的衣服。

而周围的人却是一副看热闹的样子，这样的事情他们见得太多了。这时，一个年轻人走过去，笑着道：“平哥，几天没见，您可来了。您千万别让小弟难做啊，这个妞确实不错，但是我们老大说过，不能让她做皮肉生意。如果你愿意，我去给您叫个好货色，就当是我赔罪了？”

“别拿你们那个老大吓唬老子，你们老大自己都自身难保呢。老实告诉你，用不了几天，这里就会是我们兄弟的地盘了。”平哥讥笑着说道。

年轻人问道：“难道平哥今天是来故意找麻烦的？”

“你算说对，是又怎么样？实话告诉你，我们老大如果不发话我还确实不敢来找你们麻烦。不过，嘿嘿，再怎么说这个小妞我要定了。”平哥狠狠地说。

年轻人知道这鳄鱼帮摆明了就是故意来找麻烦的。他也在道上混了一些日子，心里虽然发虚却也假装强硬，擦了擦渗出的冷汗，说道：“平哥，您别和我计较，以后这娱乐城就是您的了，行了吧？”

平哥哈哈大笑两声道：“你小子行！这小妞不错，等我爽完后把她送到老大那去。嘿嘿，估计能卖不少钱。”听了平哥的话，那个姑娘只是颤抖着身子，嘴里直喊着不要。

平哥吩咐手下说：“带走。”就在他们走到我跟前时，我一手拦住道：“哼，谁让你们走了？”

平哥突然一愣：“你是谁？胆子不小哇。竟然敢在鳄鱼帮面前要威风？”

“叫我孤狼吧。你们鳄鱼帮抢地盘还得讲个先来后到？这个鸵鸟娱乐城现在归我了。你如果不服，和我对过三招不倒的话，我就让你走人。”我冷哼一声道。

平哥一脚踢来，我只是微微一侧身，右手一挡便阻止了平哥的脚踢。一招不中，平哥又上身前倾一拳朝我的面门轰来。我在他拳头快到面前时，突然出手将他的拳头死死捏住，平哥用尽全力也没能将拳头拔出。

平哥凭着自己的人多，高喊道：“兄弟们一起上，杀了他！”他的话音刚落，几个杀手一窝蜂地拥了上来。可是，他们还没弄清怎么回事，一眨眼就被我撂倒了。

平哥一看我身手不凡，知道我这个人他惹不起，咬着牙道：“哼，你等着，你会后悔的。”撂下狠话后，他就想带着小弟们离开。

我回敬道：“小子，去告诉你们老大，我在这等着他。”说完一脚朝平哥阴部踢去，踢得他滚出去好几米远。

顷刻间，大厅内只剩下我、那个年轻人和那个女孩子。

年轻人大惊失色地对我说：“大哥你可惹大祸了。这鳄鱼帮有上千号打手，是我们岛国的第一大黑帮。你得罪了他们，就等于是死无葬身之地呀！你还是快跑吧！”

我说：“你放心，这个夜总会明天还会是你的，我会完好无缺地交给你的。”

半个小时后，鳄鱼帮的几百人围住了夜总会。几十个持枪的人冲了进来。

平哥和一伙人围着一个壮汉，指着我说："老大，就是他!"

说完，他们一起将我团团围住，枪口对准了我。老大邦迪看我只身一人，丝毫没有把我放在眼里，只是说了两个字："拿下!"

我不等他们众兄弟拥过来，闪电般一个横踢将最近一人手中的枪踢飞，又一个腾空翻趁机将枪接住，在他们开枪之前顶住了邦迪的脑袋。一连串的动作一气呵成不过三秒。

"叫他们把枪都放下。"我淡淡地道。

邦迪被枪顶着头，额头上直冒冷汗。也不知是疼的还是被吓到，听到我的话后连忙咧着嘴对小弟们吼道："孤狼哥的话你们没听到吗?都他妈给老子把枪放下。"

见众人老老实实地将枪放下，我嘴中还不断骂道："从来只有老子用枪指别人的脑袋，你们还敢用枪吓唬我。"

然后我将手中的枪往吧台上一放，对邦迪说："我说老大，你看这事咱们怎么解决?"

"孤狼哥，今日有所冒犯。对不起，您说怎么解决就怎么解决。不过，不过请您饶我一命。"邦迪颤抖着声音道。

我说："听说你收保护费还能赚不少钱，让我猜猜你老大这条命能值多少钱呢?"

"孤狼大哥，我，我给钱，我愿意出一千万，只求你能放过我。"

我点了点头道："那好吧。拿一千万我就放了你。"

邦迪告诉心腹："你们马上带一千万现金，送到这来。"

我说："不，量你今天栽在我手里也许不服气。这样吧，明天你把钱抬到城郊原始森林外。你们出 100 人，可以携带武器，跟我孤狼再比试一番。记住，我要是被杀死了钱还是你的。如果我赢了，钱就归我。我一定让你输得心服口服。"

"好，咱们一言为定。"

我连夜准备好了一把射程远、精度高、威力大的巴雷特 M82A1 狙击步枪，一把 M90 狙击步枪，一把 XM107 远程狙击步枪，还有一把轻机枪。我还准备了一把 7.62mm×51mm 美制雷明顿 M40A3 狙击步枪，与其他反器材步枪相比，它身型较小，更适合在原始森林里作战。

我把扳机力由原来的 4LB 调整到最小，使枪只要手指轻轻碰触，就会立刻将目标送入地狱。加厚的腮托十分柔软，无丝毫不适。我把它们分别藏到了几个山包和狙击点上。还有，我把地雷弹药分别藏在战区的各个角落。我随身携带了一把匕首，在背部也插上了一把在近距离可以提供压制性火力的微型冲锋枪。

第二天，我们如期而至。随着“砰！砰！”两声枪响，战斗开始了。

我一眨眼便淹没在原始森林里，快速进入了第一狙击点。我右手托起狙击步枪，左手打开瞄准镜上面的防尘盖。

两名动作稍慢、落在后面的鳄鱼帮成员进入了我的视线，随后便立刻倒在我的枪口下。枪声过后的一瞬间，所有黑帮成员都隐藏了起来，让这片树林根本看不出有一丝人影。而我换弹夹的速度更是快得惊人，换弹夹全套动作仅用0.7秒。

过了一会儿，黑帮成员又聚集起来。他们像一条条蟒蛇一样慢慢地前行，渐渐靠近了我的藏身位置。他们每走一步，都小心翼翼地探查地面，察看四周。按照三角洲特种部队的信条来说：枪一响就会有人丧命，先敌开枪才有活命的希望；击中敌人才是安全的保证。这已经成为所有狙击手的行为准则。

我对每个狙击目标可以在0.5秒钟内锁定，2秒钟之内完成狙杀。眼看他们进入我布置的雷区，我“嘭”的一声枪响，一名黑帮栽倒在地。周围的黑帮马上胆战心惊地向四周防范着。

沉默几分钟后，十几个人的小队才小心翼翼地靠近了那名倒在地面上的黑帮。正当一人翻动一下死尸时，“轰”的一声强大的爆炸声，地雷被引爆了。瞬间这十多人被炸得腾飞而起，就连身体都被炸得四分五裂！

他们怎么也没想到，对手在奔跑中竟然还会有布置地雷的时间。随着惨叫声响起，所有人想要向后退避的那一刻，一连串轻机枪的怒吼声也随之而来。只用了几秒钟，一具具失去生命迹象的尸体倒地。这一刻再也没有一个人敢动一下，全部都躲在临时找到的躲避点。

无情的杀戮抓住了所有人的心，让他们不知道是该进攻还是该躲避。可想而知，他们的对手是多么让人恐惧，实在太可怕了。那种强大的杀戮手段，那种看透一切的心理，早已把他们的信心摧残得支离破碎。他们就如同小鸡被一只凶狠的饿狼在黑暗中猎杀一般，没有一丝反抗之力！

我随后将狙击枪往背上一背，爬上一棵巨大的榕树。那里是我选择的第二狙击点。在20米高度处居高临下，我从腰间抽出消音器装在枪口。随时捕捉所有进入瞄准器的目标。我躲在树上，发现有9个人从11点方向和1点方向朝我包围而来。

我首先射杀的目标是团队边缘或者跟在后面的人。因为这样不容易惊动更多的人。“扑！扑……”连续九声沉闷的枪声响起，胸口被轰击出巨大血洞的九个黑帮成员分别倒在地面上。

然后我又转向大树的6点方向。发现30多人进入了我的连环雷区。这些连环雷，是那种二连环、三连环甚至是四连环的地雷，就连探测器都无法发现。

一声狙击枪的轰鸣穿透了大树，穿透了山包，穿透了岩石，我瞄准了起爆点就是一枪。轰！轰！轰！连续几声爆炸响起，黑帮们怎么也没有想到对抗竟然那么惨烈。

然后就是64式反步兵跳雷引爆。这种地雷是在地面上爆破的杀伤性跳雷，以其1.5米半径的范围240块破片，呈扇形爆速飞行。后面的地雷分别成米字型，从45度、135度、225度、295度爆射出上千枚钢珠。成片的黑帮倒在血泊中。

突然，一个人的颈部爆出一股鲜红的血雨。那血雨带着碎肉瞬间飞溅在周遭人的脸上和身上。看着倒下去的同伴不断痉挛的身体，他们大喊大叫，恐惧使他们的脸不断地扭曲。我设计的诡雷由手雷和反步兵跳雷组成，绊发线拴在树上，一个士兵绊响了，又倒下了几具尸体。

我的手用力压在66反步兵定向雷的手持脉冲引爆器上。一朵光彩夺目的礼花立刻绽放。几百片预置破片飞冲而出，无情地狩猎着生命。到处弥漫着浓重的血腥和呛人的火药味。燃烧的树木炙烤着人体，发出吱吱的声音。

我躲在大树的后面，注视着几百米外地雷爆炸的地方。一瞬间，追击的黑帮起码损失了20多人。这连环雷的威力很大，是我就地取材随便布置出来的。

看到伙伴顷刻间被无情的爆炸撕成碎片，那种无法压制的愤恨让不少黑帮成员把手中的轻机枪对着四周疯狂地扫射。一片碗口粗的树被拦腰打断。整个丛林陷入一片混乱。

领头的黑帮头目没有像士兵那样愤怒，反而冷静地呵斥着身边的兄弟，让那些暴怒的黑帮成员冷静了不少。不过这群黑帮成员还是带着无比的怒火看着丛林四周，想要找到我这个刽子手算账！此时，我偷偷溜到树下，将微型冲锋枪拿在手中，等待着他们的接近。我要赶在包围圈形成之前，将这几个人解决掉！就在他们进入我攻击的范围后，我猛然开火，让十几人连死带伤，一个也没有漏网。

巨大的爆炸声和枪击声，引来了其他的黑帮成员。我紧接着奋力朝第三个狙击点冲去。

背后传来密集的枪声以及一声狙击声，使我心里一震。因为我知道，这种武器绝不是黑帮成员所有的，难道是他们请来了雇佣兵？因为只有雇佣兵才会拥有这样的武器装备。

当我安排好后，站起来倚在树上，通过瞄准镜看到左边的5个敌人。我冷笑一声，眯起眼睛瞄准后扣动了扳机。

枪声过后，那边一人倒在地上。接着又是3发3中，其中一人命中头部，两人身上中弹，而另一人则是迅速趴倒在地朝我还击。我来不及喘气，就地一滚，一枪点射，子弹准确地射入了他的头颅。

我的动作从蹲身、侧身、隐蔽、据枪、瞄准，全部在不到3秒钟内完成。JS9mm冲锋枪的声音微乎其微，尽管隔着几十米也没有被敌人发现。

一批批的兵力被我消灭。但是，反扑仍然在顽强地进行着。

我狙杀了一个敌人后，快速闪避到另一棵粗大的大树后面。接着“轰”的一声！一枚火箭弹瞬间轰击到了我刚才所在的地方。我借着这一瞬间的机会，身体翻滚而出，躲到了十多米开外。

剩下的战斗用不上笨拙的狙击步枪了。我的伯莱塔M92F式手枪有效射程只有50米，但威力很大，一次可以装备16发子弹。我相信16发子弹已足够灭了对方剩余的人，另外，我还有匕首。

现在我需要做的就是等待。等待对方到达自己射程以内或者通过交手搏斗即可以解决问题。

在我后面500米的地方有一个小山包，高度10米左右，我端着手枪跑了过去，躲在树后。我发现了对方的身影，有6个人朝自己这个方向奔来。我顺势将一颗手雷扔了过去。在树林里扔手雷我不敢扔高，否则树枝会把手雷弹回来，只能从空地上平着扔出去。冲上来的人被炸死三个。

随后我一阵点射。当场两人立刻倒地毙命，其中一人眉心有一个小孔正往外冒着血水。最后一人在听到枪声后就判断出我的藏身之地，他端起微型冲锋枪朝我藏身的地方一阵扫射。我飞快地隐藏到灌木丛中，又偷偷跑到了那个人的后面。在他们出其不意的时候，我一枪将他杀死。

经过五个小时的战斗，黑帮成员死伤过大半，剩下的十几个人退出了战斗，提前举起了白旗。

我一个人用武力征服了鳄鱼帮。我用他们的一千万元作为保证金，保证了我们的珠宝店永远不会再受到骚扰。

华人自卫队

终于盼到了馈赠节的来临，我和梅玲进入了馈赠节举办地。在路过一个竹楼露台的时候，几个土著妇女正脱去贴身袍，用一种像泥的涂料相互往身上抹。

这里的习俗是妇女都要文身，并且每个部落都有自己独特的文身图案。这种神秘的文身图案绝不仅是一些艺术化了的花纹，而是记载着该部落的历史。从这些妇女的脸上就可看出该部落的祖先打赢过什么战争，什么时候建立了新的功业。

我们来到一个部落。酋长索拉接待了我们，并给我们安排好了活动的日程。我们送给酋长几件礼物，有咖啡壶、陶瓷杯、刀具等。在土著人的馈赠节，亦即“欣辛日”里，每个部落都要聚集在一起唱歌。演唱形式大多是一人领众人和。他们各自在叙述着本部落的历史、英雄人物，一边唱一边用鼓击节伴奏。孩子们大多是通过“欣辛日”的活动，学会了本部落的歌曲和历史的。千百人跳起不同的舞蹈，竞技场上一片欢腾。歌声、笑声、乐器声、拍手声交相混杂，汇成一片欢乐的海洋。

与其说这是祈福欢庆的呐喊，不如说是土著人求偶繁衍的呼唤。男人们头顶天堂鸟羽毛，鼻子、耳朵、脖子和手腕上挂着野猪牙和鸟兽骨做的首饰。赤裸的身子，腰上系着前后两片碾磨得像兽皮一样的树皮，撅起屁股猫着腰，手擎竹标，用脚后跟蹬着鼓点，低沉地呜咽，看起来威风得很。

女人们头戴花环，脖子、手腕和脚踝上挂着野果和彩色石头做的首饰。赤裸的身子，腰上围着染色的棕榈草短裙，撅起屁股挺着胸。手里拿着椰壳做的打击乐器，一边敲打着，一边扬着脖子嗷唔地叫唱。脚尖颠着节奏，两个奶子在胸前跳跃着，一副要飘起来的煽情姿态。

特别是在美丽温暖的傍晚，一群年龄为十六七岁的少女在沙滩上的传统舞蹈极具诱惑力。她们穿着极短的草编裙，裸露的上身涂着油和黄色的椰子粉，闪闪发光。胳膊上缠着手织的丝带，摇来舞去。

男子们则排成队列，由村子里最强壮的汉子打头，队伍最后是六七岁的男孩子。除了腰带和几片干枯的棕榈叶遮住羞处外，他们几乎什么也没穿。身上涂着油和椰子粉，双脚用力跺着，踢得沙土飞扬。

土著人借助这种原始的聚会庆典，等待那些划着独木舟，翻山越岭的友邻部落年轻人到来。

在这荒蛮和闭塞的地区，土著人还没有达到一定文明程度。但是，这样的节日，就是为了吸引各个部落联姻，以达到避免近亲通婚的目的。然而，令我和梅玲担忧的是这里的治安环境并不好。

不久，令我们担心的事情还真的发生了。

就在我们参加馈赠节的时候，莱市发生了暴动。暴民抢掠了当地所有华人的店铺，包括我的珊瑚店。这次暴动不但造成整座城市陷于停滞，甚至连执勤的警察也被暴徒抓走了不少。

我和梅玲回到莱市的时候，我们的珊瑚店已经被洗劫一空。我担心洗劫之风蔓延到首都莫尔兹比港，于是，我和梅玲马上返回到了莫尔兹比港。幸好，莫尔兹比港的店铺暂时还安全。

没多久，莫尔兹比港的骚乱也开始了。骚乱是由瑞木镍钴矿一名土著工人受伤引起的。几十名土著工人及村民情绪失控，到中冶公司的矿上打砸抢，造成公司逾 33 人受伤，其中 5 人重伤。其中有 35 架车、100 多台设备被砸毁偷走。

接着，全国第二大城市芒特哈根多间华人商铺及仓库被纵火，许多店铺成为抢劫和破坏的目标。一个男子在从华人商店偷东西的时候被警察开枪打中了腿部，另一个年轻男子在试图闯进一家华人店铺的时候被砍死，还有一人受伤住院。

此后，连续数日不断发生华人商铺遭洗劫事件。尽管警方向多个地区增派警力，加强对华人商铺的保护，但还是无法避免这些店铺再遭抢劫。暴徒纵火焚烧华埠，直接扰乱了华人的生活。

为了遏制事态的发展，我马上组织了华人自卫队，实行联合防范。哪里出现排华骚乱，我们就立刻赶到哪里，保护华人的财产，阻止恶性事件发生。

不久，骚乱演绎成为排华暴动。数千人在城内的主要商业区肆意袭击华人商铺。多家华人商店和饭店的货物、冰箱、电视、洗衣机和现金尽遭洗劫。抢劫者有男有女，甚至还有小孩。我虽然率领自卫队抓到了几个领头的歹徒交付警方，但是疯狂的暴动已令全城陷入瘫痪。警方被弄得措手不及，动用催泪瓦斯也无济于事。

中国政府也开始撤侨行动。我指挥着华人自卫队，千方百计保护华人的人身安全。为了抑制愈演愈烈的排华行动，我找到几个曾经参加过雇佣兵的华人，成立了一个名叫“袋鼬”的除黑行动组。

我们对于领头闹事，执意在排华中强奸、制造命案的头面人物进行斩首，及时化解了几起大型的暴力活动。

一次，4 个暴徒聚集了几百个人，准备对华人进行大规模的洗劫、强奸和烧店。我发现后带领狙击小组出动。就在他们一声号令准备行动的时候，4 个狙击手的枪同时响起，4 个暴徒当场毙命，均是一枪爆头。

随后，群龙无首，一片大乱。一台卡车抢劫了华人的商店后开车就跑。眼看跑出了 500 多米，我不慌不忙地将 V－94 狙击步枪慢慢举起，一枪击中了暴徒汽车的左轮胎。汽车一下失去控制，左转后横在了路面上。我的第二枪就将驾驶员爆了头。此时众歹徒越来越疯狂，胡乱开枪乱杀无辜。一个歹徒驾车专找华人的门店，见人就开枪。

我抢过一台摩托车跟了上去。歹徒发现我跟踪后耍滑，将车撞到树上，弃车逃命。这种小角色，我连看都没看，仅凭直觉，手枪一甩就将其击毙。而后，我命令狙击手对所有持枪者进行狙杀。单发、精确点射，在节省子弹的情况下，造成了歹徒的重大伤亡。确切地说，没有伤，只有亡。

由于案发地在商业区，所以造成交通拥堵。这恰好发挥了狙击手的巷战特长。地形适合、弹药充足、活靶子乱窜，这对我们而言，可以说是如鱼得水、如虎添翼。

就在战斗即将结束的时候，一位华人慌忙跑到我的面前，报告了一个紧急情况。原来一个劫匪被我们的狙击手困在一家华人商行里面。当时，懵懂无知的六岁小女孩玛丽娅离那个劫匪最近。劫匪一看不能马上脱身，马上上前像抓小鸡一样把她拎到胸前，当作人质。

我赶到了现场，征求了一下大家的意见。多数人认为，即使当场击毙了劫匪，孩子得救，但是那惊心动魄的爆头一幕，也会在孩子幼小心灵留下挥之不去的阴影，对其健康成长会产生不可估量的负面影响。情况万分危急。劫匪的手掐住孩子的喉咙，已经开始用力。孩子憋得脸色通红，眼白直翻。

我已经没有了考虑的时间，“砰”的一声，子弹精准地击中了劫匪的头部。和我预想的一样，他还没有来得及做出反应就倒在了猩红色的地毯上。我迅速跑了过去，把玛丽娅高高地抱了起来，高声喊了一句：“演习结束！”

“真的是演习吗？”噩梦初醒的玛丽娅半信半疑地盯着我问。

“当然，就因为事先没有告诉你，所以你才能表现得如此逼真。现在我宣布，我们的演习圆满结束。”

孩子的父母马上领会了我的意图，也上前赞扬了玛丽娅，说她表现得非常勇敢，应该获得勇敢奖章。

当时，一个加拿大记者将我们这次枪战的部分现场实况转播回国。其中，我拿手的双枪齐射、单手换弹夹、凌空飞枪等绝技，让电视机前的老外目瞪口呆。至今，国外的特种部队仍在学习和效仿这等绝技。

枪战持续近两个小时。暴徒队遭到重创，伤亡惨重，骨干几乎全军覆没，当然也就无法再进行骚乱暴动了。

化解杀婴案

直到 40 万华侨基本撤离完成，梅玲仍然没有离开这里的意思。

梅玲参加了世界和平组织的一项“和平与和解”运动。她了解到在巴布亚新几内亚偏远地区，为了阻止男人持续进行长期部落战争，十年来连续出现了妇女杀害男婴的事件。她要参加这起解救妇女、停止杀婴的运动。

梅玲因为长期随她爸爸制作百花红酒，与百花异草打交道，所以对医学知识倒是掌握不少。巴布亚新几内亚有许多可怕的疾病，掌握了对付这些疾病的知识，就等于掌握了人生斗争的一种武器。因此，她在出发前特地下苦功学了几个月医药知识，向张药师学习采中药，直到教她的大夫满意为止。

我有一段做僧侣的经历，会诵经，懂草药，也帮了我们的大忙。对于这个信教的国家，我这样一个会持咒、诵经与祈祷的人具有不可思议的作用，虽然并不是包治百病，但是，当我们遇到患严重疾病的人又缺医少药时，这些佛事活动是相当有效的，甚至受到当地老百姓的顶礼膜拜。

因为疾病是由多方面因素造成，所以治疗还需对症下“药”。

信仰佛教的人们都相信：善咒可以使人坚强、无畏，增强持诵者和受众的心理免疫力，有益于增强其生理的免疫力。因此，诵经和持咒语能够治疗许多种病也就不足为奇了。

在我诵经的经典中，《四分律》卷二十七、《十诵律》卷四十六等，都是用咒语治疗腹内虫、宿食不消、中毒和齿痛等疾病的。还有专门以治病为主要内容的《陀罗尼经》、《佛说咒时气病经》、《佛说咒目经》、《佛说咒齿经》、《佛说咒小儿经》、《佛说疗痔病经》、《除一切疾病陀罗尼经》、《能净一切眼疾陀罗尼经》和《佛说护诸童子陀罗尼咒经》等，都是用咒法治疗时气病、眼病、齿病、小儿病和痔病的。

我还会用一些专用于治病的咒语。如《法苑珠林》卷六十杂咒部第七汇集的咒语，可治疗妇产科病、热病、头痛、耳聋、牙痛、腹痛、宿食不消、中毒、癫病疮病、腋臭、疟疾和业报病等。还有佛说止女人患血之因陀罗尼咒、佛说妇人产难陀罗尼咒、佛说除灾患诸邪恼毒咒、蛇蝎毒陀罗尼咒、疗百病诸毒陀罗尼咒、观世音菩萨说灭罪得愿陀罗尼咒、观世音菩萨说除卒得腹痛陀罗尼咒、观世音菩萨说除中毒乃至已死陀罗尼咒、观世音菩萨说除种种癫病乃至伤破陀罗尼咒、疗腋臭鬼咒、疗疟病鬼咒和疗不得下食鬼咒等。

这些咒语治病的具体方法非常丰富，不但可以直接作用于人的身体，也可以通过被咒语加持过的物品发生治疗作用。如经过加持的丝线类，或挂在脖颈上，或系于腰间，或缠于手臂；再如经过加持的护身符。这些内容，早已成为许多地方的一种习俗，并被视为平常之事。

我坚持按照《佛说神水咒疗一切病经》中的说法，对各地的水井、池塘、江河、泉眼，持诵佛说的神水咒三遍，以保证饮者百姓百病皆除。我所做的佛事，深受老百姓欢迎。这些例子不胜枚举。

一时间，我和梅玲的善行，名声大噪。许多地方还特意邀请我们前往。

我曾经劝梅玲带上一支左轮手枪以自卫，她却说："不，我不想带枪。有你就够了。"

我说："万一我不在你身边的时候，好以防万一。"

梅玲说："一把手枪能打多少子弹？还有，当你一开火，你就成了对方的敌人。你在敌人的层层包围之中，能逃出来吗？"

我还真有些为梅玲的安全担心。这里很多人拿着武器在大街上抢劫财物。还有许多地方的部族之间也经常发生争斗，战事不断。所以这儿的土著人寿命一般都很短，仅三四十岁，是疾病与争斗使他们短寿。

巴布亚新几内亚总共有500多万人口，出生率相当高，死亡率也达7.5%，其中婴儿死亡率更高达53.15%。

东部高地欧卡巴几米区部落间的世仇已经持续了20多年。有几名母亲在10年战争中失去不止一个儿子。西部的雅利部落也非常好战，经常与邻居达尼斯人械斗。械斗就仿佛是他们的民族体育运动。械斗前要举行隆重的仪式，还当众展示人的骨头。

于是，当地许多妇女决定停止养育男孩，因为她们已受够了男人陷入部落冲突所带来的悲惨生活，她们也希望男性数量降到一个限度，让男人无法打仗。她们被迫这么做，也必须这么做，因为这是她们结束部落战争的唯一手段。所以，她们同意共同杀死所有出生的男婴，甚至谁也无法说出在部落战争期间究竟有多少男婴被杀。许多部落甚至将杀婴的妇女处死，被归咎为施行巫术。梅玲说这是令人无法忍受的兽行，她要阻止这环环相扣的杀戮。

梅玲听说杀婴事件比较集中在特罗布里恩群岛和基里维纳群岛一带。于是，她要求我与她一起赶到那里。前往杀婴部落只能乘坐当地的独木舟。我们雇用了当地土著工人，乘上了独木舟，顺着一条说不出名称的河，向这个部落进发。

这条河的河床很宽，水流由湍急变得平缓。河岸两旁都是富有热带特色的丛林，角嚎鸟和红蓝色的鱼狗不时掠过独木舟。兀鹰上下回旋，有一只还拖曳着它的猎物白乌鸦。

水浅的地方，好几种鹤用长嘴在河泥里翻寻着食物，毫不把这条载人的独木舟放在心上。一种嘴像海鸭的黑白色小鸟甚至落到独木舟上，像好奇的孩子一样瞅着这些陌生客人。岸边盛开着一些美丽的花朵，食蜜鸟和太阳鸟在花朵上寻找着可口的花蜜。几只翡翠鸟在岸边寻食着小蟹。

浓雾冉冉升起，忽散忽现。雾中闪烁着奇怪的亮光，使我们觉得又兴奋又紧张。

我们的身旁是一大堆行李。中间有几麻袋火药和用豹皮、猩猩皮做的装火石和其他货物的箱子，还有一张渔网和别的零星东西。

不久，独木舟驶进了一个浩渺的大湖，湖的景色更美。在一座长满树木和爬藤的悬崖顶上，有些竹子盖的房屋。

这时，一阵鼓声传来，竹棚中立即冲出不少土著人。他们带着枪和铲形的刀子，怒视着刚踏上岸的我们，局势紧张得一触即发。梅玲轻声地对我和随同的向导哥塔说："笑，尽量露出笑容来！"

向导勉强挤出一点笑容来，但笑得比哭还难看。这时，土著人瞪起眼，露出他们尖尖的牙齿，把武器高高举起。突然，人群中出现一个赤身裸体的男子。他浅古铜色皮肤，身材均匀，约有六英尺高。肩上光光地斜挂一条旧豹皮，伸出双手跑到向导哥塔身边，像要拥抱他，但又不碰到他身子。

哥塔愣了一下，马上轻声对梅玲说："咱们交上好运了，我和这人打过交道，他叫达卡。"

梅玲走上前把手伸给达卡。达卡捏着梅玲雪白的手，放到眼前贪婪地看着，像是看一盆久已未尝的佳肴。他舔了舔舌头，正想说什么，梅玲抢在他前面说："求你帮助我们一下，找一个向导带我们去基里维纳，前面的道路只能靠你们了。"

达卡明白后，就回去和族人商量。

这时，许多土著人都喊叫起来，挥舞着双臂，两脚还不停地踏出有节奏的舞步。梅玲突然想起有人介绍过：原始巴布亚新几内亚土著人就是这样商量事情的。但这种场面有时候要进行几天才能达成协议。

梅玲马上大声说："你们必须在一小时内达成协议，否则我们就回去了！"边跳舞边商量的土著人愣住了。梅玲马上从货箱里拿出来一些食盐、首饰、布料、烟叶、小刀和花手绢送给土著。

他们马上高兴地同意了梅玲的要求，并决定派达卡和另外一个人做我们的向导。梅玲站在岩石上高兴地笑了，她看见许多土著人也笑了，他们的笑里有一种善意的宽容。

天黑之前，我们进入了第二个村落，并在这里土著的酋长家里用了晚餐。因为有了我们贵重的礼物，土著村民们都喜笑颜开。村民们招待我们吃的是蜗牛和蛇，还有甲虫和胖胖的蛹。他们的主粮是木薯，这是一种有毒的植物，但他们把块根浸在水里去掉毒素，风干后磨碎食用，就一点毒也没有了。

他们采集橡胶的方法也很有趣：先把整个橡胶藤蔓割下来，切成几英尺长的几段放在金属盘里，留一小节在盘外，然后生起篝火。等烤热盘外的藤，液状的橡胶就冒着气泡流进了盘里。

第二天，我们动身继续上路。路上走过一片淤泥地，向导达卡一不小心掉进了淤泥里，顷刻间泥水就没到他的颈脖上。大家用灌木藤把他救出来，又用成捆的树枝加固路面，这样才能顺利通过这段泥泞可怕的路。

基里维纳坐落在一个山坳里。整个镇上不见一个人，静得有些令人害怕。到了镇中央时，街上突然出现了一个穿黑色外衣的男子。他身材不高，但是五官端正，显得强壮有力。达卡悄悄说："这个人就是镇上的酋长。"

酋长皱着眉头，不知如何对付我们这些突然从森林里闯进来的家伙。我忙让向导解释说，我们是来给得病的妇女和孩子们看病的。酋长一听，顿时愣住了。

这时，梅玲说："不管你相不相信，你还是带我们看看再说，直到你看清了这一切相信了为止。"酋长点点头。这一着真妙，梅玲在自己和酋长之间初步建立起相互尊重的关系。梅玲在酋长家，发现他的母亲胳膊上长满脓包，就拿出药品为她治疗。酋长看了十分感激，叫人拿来了许多水果让我们吃。镇上的人听说这个黄种肤色的妇女会治病，也纷纷前来求医。

我们终于在基里维纳群岛上安顿下来。它坐落于巴布亚新几内亚东南的所罗门海。这些海岛上的人们每年最开心的是收获甘薯的季节。每年这时岛上的人们都要举办"甘薯节"，用唱歌跳舞的方式来表示庆祝。

当地有一个特别的习俗远近驰名：甘薯节时妇女可在光天化日之下集体劫持男性，甚至于众目睽睽之下强暴他们。

这段时期，一个男子甚至几个男子外出走路都极有可能陷入女人的埋伏。通常几十个或更多的妇女结成一伙等候着。当男子经过时，她们就一拥而上。无论男人同意与否，都会被迫与她们亲热或者性交。最让男子不能忍受的是亲热过后，女人还要咬掉他的眉毛和眼睫毛。所以，每到甘薯节，岛上的男人便惶惶不可终日。

岛上的外族男人，个个都在妇女的攻击之列，丑的、俊的、老的、少的，只要还保持着男性的机能，就有被劫持和强暴的危险。说邪乎点儿，"上到九十九，下到刚会走"，只要给女人们惦记上，大多难逃"公道"。

那是一片蓝波中的弹丸之地，都是由珊瑚石灰岩构成，环礁密布，地势低洼。这里的土著民叫卡图马族，人口不算多，只有两万左右。他们住在茅草搭的高脚棚里，处于沿海地带，椰林婆娑。那些大块儿的干旱地带，铺满白沙，非常适合甘薯生长。基里维纳群岛的甘薯极负盛名。人们的餐桌上，总少不了这种特色土产。收获甘薯的季节到了，基里维纳群岛遍布的村民便莫名其妙地兴奋起来。

所有的女人都憋足了劲儿，准备调戏那些呆头呆脑的外族男人。年景越好，女人们就越放肆。部落酋长允许她们“为所欲为”。

卡图马族妇女的私人生活极为开放，在她们很小的时候，家长便明确表示可以多交些男朋友。因此，往往女儿才长到十二三岁便初尝禁果了。玩得如此放肆，当地的早育、堕胎现象却很少。

恣肆妄为的甘薯节当天，卡图马族妇女格外放浪，她们浑身涂满了亮汪汪的椰子油，脖子上戴上奇形怪状的贝壳项链，胳膊上也套上了细藤织成的“臂环”。女人们多穿七彩草裙，或者赤脚、裸胸。打扮妥当之后，她们便嘻嘻哈哈地上路了。

女人们会事先设置路障，理直气壮地拦截过往男子。只要截住，倒霉男人就如羊入狼群了。女人们把男子剥得赤身裸体，然后一把推倒在地，挨个儿跟他发生关系。男人哪里经得住妇女们的集体强暴？长相漂亮还好，倘若是群丑八怪，就得把男人恶心死。

据说，甘薯节总能让卡图马族妇女满足而归，也总有男人自投罗网。不过，她们绝对不吃窝边草，只戏耍其他部落、其他民族的男子。这里自然是内外有别，卡图马族内部也有“集体约会”，这种活动也叫“预约”。比如，这个村的男孩向那个村的女孩发出邀请，随后集体约会，彼此看对眼了，随即手拉手，找个“闲人免进”的地方“堕入爱河”；如果双方没意愿，扭脸一走就算完了。没有任何经验的小女孩也跑来看热闹，姐姐们小心翼翼地呵护她们，毕竟总有为人妇、为人母那一天，先通一点“人道”，也好预演爱情、遴选婚姻。

到底是什么原因让她们如此疯狂呢？原来，岛上的甘薯中含有一种物质，会激发妇女的性欲，但对男性影响则不大。

海岛上有许多洞穴，里面布满紫色、绿色的珊瑚，还有柔软的沙子。这些洞穴通常是男女们亲热的地方。洞壁上画满歪歪扭扭、表达性意愿的图画。

岛上的婚姻非常随意，出生率高达30%以上。结婚也很直截了当。

如果一个女人在黎明时依然躺在男子床上，那他就必须娶她为妻。当然，男子也会反“诱捕”。最常用的法子就是上闹钟，可这也不是万无一失。有时男子醒不来，或者女子把表给调了，更有甚者会偷偷给身边的男子吃安眠药。如果遇到这种情况，男子也只好认命了。

梅玲和我到了这里以后，很快和土著部落首领打通了关系。对所有怀孕与有孩子的妇女进行了统计，特别是对男孩子逐一进行了调查。对于具有杀婴倾向的妇女，我们就主动做工作，甚至不惜花钱收养男婴，然后转送到巴布亚新几内亚东南部树屋人那里保护起来。

所谓的树屋人，是住在原始森林里的一群与世隔绝的人。他们是世界上唯一居住在树屋里的部落。他们的房屋建在西米棕榈树上。通常距离地面 6 到 25 米，有的甚至离地 50 米左右。他们依靠西米棕榈树干做成的梯子爬上爬下。因此，这个部落的人被称为“树屋人”。

树屋人在树上居住，一来能够看得清周围，便于向邻居们传递信号，二来还可以躲避危险。树屋女人在家照看孩子，男人则外出寻找食物。

因为没有机器做辅助劳动，所以树屋人的生活用品都是纯手工制作。他们和外界没有什么联系，终年生活在原始森林艰苦的环境中，过着物质匮乏的生活。我和梅玲给树屋人村落留下一笔可观的财富，让他们接收了这批男婴，并且陆续将不同地区的男婴转送到这里。我们的行动不仅改变了许多男婴的命运，也平息了盛极一时的杀婴事件。

梅玲不仅受到了巴布亚新几内亚国家政府的重视，而且也受到了联合国人权组织的高度评价。

袋鼠也疯狂

巴布亚新几内亚有许多荒无人烟的地带。上帝好像刻意把各种物种都聚集在了这里，人类反倒是“少数民族”了。这里有南太平洋最全的陆栖生态物种，有5种低地雨林、13种山区雨林、5种棕榈林和沼泽林、3种红树林。梅玲为了探求新品种的花草，为她祖传的百花红酒技艺增添新元素，一定要我陪她一同前往。

我和梅玲受好奇心的驱使，便来到这里探险。不远处的一片空地上，梅玲发现了几只袋鼠，便轻轻对我惊叫道：“快看，袋鼠！这么大的袋鼠！”

我看见后也不禁目瞪口呆。这里的几只袋鼠竟然比澳大利亚的大很多。我取下微型摄像机，准备摄下这一极其珍贵的镜头。

正在这时，突然一声枪响，一只大袋鼠应声倒下。另外几只袋鼠正在惊惶迟疑之际，枪声再次连续响起，又有三只袋鼠中枪倒地。其他袋鼠立刻奔跑了起来。

据枪声，我判断是BX－91狙击步枪的声音。以我的经验分析，这不是一般的偷猎者，而是经过严格训练的职业狙击手，因为只有职业狙击手才会拥有这样精良的武器。

不一会儿，一个身着迷彩服的高大身影出现在袋鼠的尸体旁。令我和梅玲吃惊的是，正在这时，两只小袋鼠从倒地身亡的大袋鼠身体中跳了出来，围在它们妈妈的尸体旁哀鸣着。

猎杀者简直就是个冷血杀手，见了小袋鼠围着妈妈的身体哀鸣，竟冷酷无情地拔出腿上的匕首，准备向小袋鼠下杀手。梅玲见此情景，急忙大声呼喊起来：“住手！不许伤害小袋鼠！”说着不顾一切地向现场冲过去。

我担心梅玲的安危也紧跟了过去。可是，凶狠的杀手并没有因为梅玲的呼喊而停止刺向小袋鼠的匕首。小袋鼠被划伤臀部，步履蹒跚地躲避着追杀。

梅玲边跑边喊，杀手只是向梅玲和我这里蔑视地望了一眼，依旧在追杀着小袋鼠。与此同时，从3点的方向同时又冲出来两个身着迷彩服手持冲锋枪的凶悍家伙。由于我们与出事地点的距离较近，所以我们捷足先登。

到达出事地点后，我挡在那个人的面前阻止他的猎杀行动。而梅玲则慢慢靠近了小袋鼠，以她的善意赢得了小袋鼠的信任。小袋鼠顺从地让梅玲抱在怀里，梅玲马上为它进行止血并包扎好伤口。

猎杀者看到我们妨碍了他的猎杀行动，甚为恼火，怒吼着用脚向我的裆部狠狠地踢来，不料被我用手臂挡住。恼羞成怒的他又改用匕首向我刺来，梅玲在一旁看见着急地大喊：“斌斌小心！”其实我早已有所防备，对于我这样不仅受过中国武术、韩国跆拳道熏陶，而且受过雇佣兵强悍训练的人来说，这些不过是雕虫小技。我只是用左手顺势一把抓住他的手腕，右手发力向他的手臂砍去，一下子便将他的匕首打落在地。正当他被砍了手臂而疼痛难忍的时候，我抓住他的右臂往前一拽，一个绊子将他摔了个狗啃屎。

恰好这时，那两个汉子也赶到，看见我摔倒了他们的人，便扔掉他们手中的冲锋枪，拔出匕首一拥而上向我发起了围攻。一个人好对付，三个我也不畏惧。但是，有梅玲在这里，我不免有些担心。

我马上大喊："梅玲你快走，这里你放心，我不会有事。"可是，梅玲坚决不离开我半步。她仍然大喊："斌斌不要管我，你要多加小心！"

他们三个人手持匕首对我已经形成包围圈，紧紧把我围在中间。我不能等待他们一起动手，我在寻找，哪个是我的突破口我就先解决哪个，然后采取各个击破。我一面捕捉战机，一面再次催促梅玲赶快离开。一个离我最近的杀手首先发起进攻，一刀向我刺来。我趁他身体前倾的一刹那就势蹲下，一个扫堂腿将他踢倒在地，而另两个人却趁机扑了上来。我在地上一个跳跃，腾起身体分开双脚分别向他们两人平踹出去，正踹在他们两人的胸口上。他们借势滚翻然后再次起立，准备向我发动第二次进攻。

我虽然一个人赤手空拳面对三个手持匕首、受过格斗训练的敌人，但并没有任何胆怯，只是担心我的一点闪失也许就会让梅玲遭受伤害。所以，我必须尽快解决战斗。

我借助袋鼠的尸体腾挪跳跃，躲闪着他们一次次的进攻。为了不让我分心，梅玲也停止了喊叫。她紧张地抱着小袋鼠，目不转睛地盯着我们。

开始，我只当是一场较量，没想把这当成你死我活的杀戮，所以没有下狠手。但是，从他们"打死他、打死他"的喊叫声中我发现，他们招招狠毒，非要将我置之死地而后快，因此我不得不选择致命撒手锏。

他们见我不打近身战，就知道我怕他们一起同时动手防不胜防。于是，他们想尽办法尽力缩小包围圈，逼迫我打近身战。而我的快速移动，往往让他们形不成包围之势，倒是每个人都挨了我不少拳脚。这时，他们其中一个人喊："快去拿枪。"其中的一个人马上往放枪的地方跑去。

我担心他们持枪伤害到梅玲，就向那个拣枪的人背后追了过去。我的速度极快，在那人的后面赶上去。一个飞脚踢在那个人悬空的脚上，将他绊倒。接着一个跳跃，用全身力气狠狠地向他的胸部砸去。只听"咯"的一声，那个人的胸椎骨被我砸断。污秽的血从他的嘴角流出，当即毙命。后两个人追了上来，看见他们的同伙死了，便急红了眼，兽性大发，要对我下死手。一个人掏出一颗烟幕弹扔在我面前，并趁着烟雾偷偷向我袭来，另一个人则迅速向放枪的位置奔跑过去。

我只觉得烟雾中有呼呼的风声作响，判断出是一种钢鞭武器在挥舞时发出的声音。我便快步脱离出烟雾区，但是背部还是被钢鞭抽中一下。烟雾淡去，只见手持钢鞭的人再次向我逼近，而另一个人已经将冲锋枪拿在手中，返身向我冲了过来。他一边跑一边向我的方向扫射了一梭子弹，地上马上掀起了一股尘土。

我不免一惊。这个人的冲锋枪不是一般的冲锋枪，而是德国产的 MP5 微型冲锋枪。它自诞生以来，其优良的性能已经博得 20 多个国家特种部队的青睐，是公认的世界名枪。MP5 冲锋枪性能优越，不仅半自动、全自动射击精度高，而且体积小、精度高、重量轻、弹匣容量大，是当代使用最广泛的冲锋枪之一。我和梅玲已经处于非常危险的境地。

如果我一个人脱险还容易些，但是梅玲无论如何也逃不出这两个杀手的威胁。我必须想办法尽快脱离险境。就在冲锋枪手第二次扫射的时候，我一跃腾起，让自己的身体在空中平直地摔在地上，佯装中弹躺倒在地上。手持匕首的家伙以为我中弹，马上扑了上来，将锋利的匕首直冲我的胸口扎来。就在匕首马上刺向我的一刹那，我一个左滚翻躲过匕首，来了个鹞子翻身。杀手原本以为给一个中弹受伤的人补上一刀即可了结了我，所以尽管小心谨慎，却没想到正中了我的计。

这时，我一个泰山压顶、肘膝并用砸在对方身上。凭借我的深厚武功和强大的爆发力，我断定那人必定内脏受伤，肋骨骨折。但是，凭着他的强悍体力，他还是爬了起来，继续与我对峙着。后面的冲锋枪手此时已经不敢再开枪，他担心会伤及他的同伙。

我的第一步已经得手。暂时躲过来自冲锋枪的危险，我就有把握控制住对手。我找准机会，一个左旋腿踢掉他的匕首，又一个黑虎掏心猛击他的胸部，将对方打倒在地后，几招便将他制服了。我正想了结了他，但是惊险的一幕发生了。冲锋枪手已经到了梅玲的面前，用枪对准了梅玲。他大喊着让我住手，否则就杀了梅玲。

我抓住他们一个人，他们也抓住了我的梅玲。我们双方各持一名人质，于是形成了一种新的对峙。为了梅玲的安全，我提出来要求互相交换人质。正在我们互相谈判条件的时候，又一幕惊心动魄的事情发生了。

伴随一阵惊天动地的轰鸣声，不远处尘土飞扬的一支队伍向我们的方向滚滚而来。那气势异常壮观，就像千军万马的骑兵由远而近杀了过来。我发现这些跳跃行进的队伍并不是人类，根据其行进方式判断这无疑只能是袋鼠。可是这么多的袋鼠集结成军，杀气腾腾地快速奔袭，真是闻所未闻、见所未见。

冲锋枪手早已吓得脸色煞白，他知道袋鼠大军是为了复仇而来，于是顾不上他的同伙拔腿就跑。我意识到目前的险境，也不顾手中的俘虏，直奔梅玲而去。我拉起梅玲的手，大喊着：“快走！这里危险。”我们就携手向树林的方向跑去。

近似疯狂的袋鼠大军像黑云压城般压过来，离我们越来越近。冲锋枪手凭借手中的冲锋枪做保护，向离他最近的袋鼠发起了扫射。冲锋枪手扣动扳机，子弹如雨，满眼血肉横飞，但袋鼠仍然蜂拥而上。

这群势如破竹的袋鼠大军如潮水般卷来。尽管冲锋枪手边跑边射击，但还是无济于事。冲锋枪手转身用冲锋枪猛烈扫射，但袋鼠实在太多了，他最终还是被袋鼠群淹没了。

袋鼠踩踏撕咬着冲锋枪手，顷刻间便将他化为一团肉泥。

另一个受伤的杀手也拣起了他的狙击步枪，开始向冲锋在前的袋鼠进行射杀。虽然他弹无虚发，但是袋鼠大军前赴后继，不断涌上前来，见此惨景，爬上半山坡的狙击手既心惊又悲愤。他失去了理智，端起枪又是一阵点射。袋鼠大军听到枪声，仿佛听到召唤，“哗”地朝山坡上卷来，狙击手只好再往山上跑去。

情况十分危急，眼看同伴的命运也要降临到他身上，狡猾的狙击手陡然又掏出一颗烟幕弹掷了出去。袋鼠大军在烟雾面前戛然而止，它们一时迷失了目标，被烟雾熏得不知所措，而狙击手趁机向树林中跑去。

烟雾散去，袋鼠大军又重新发现了目标，跟随着狙击手逃跑的方向追去。我和梅玲在危机中还算比较冷静，我们边往山上跑边选择合适的路线。突然我的眼前一亮，在山顶上发现一大片水面。我高兴得几乎要发狂了，大声喊道：“如果袋鼠追来，我们就进入水里！这里绝对安全。”

随后我们转过身来观察着下面的形势。黑乎乎的袋鼠群如涌浪般攒动着，尖叫声、奔跑声汇成一股巨大的声浪，一路尾随狙击手而去。

我突然发现，在树林前面有一座木房。看来是那伙猎杀者的宿营地。狙击手很快隐身在木屋里。顷刻间，鼠群围住木屋，又叫又跳。眼下除了乘直升机逃走外，狙击手真是插翅难飞了。

袋鼠的进攻开始了，它们用身子撞，用牙齿咬，甚至咬断了窗户的木柱，有只袋鼠把头伸进窗户，便被狙击手开枪打爆了头。狙击手开始往窗外扔火把，用柴油点燃木棍和乱草往外扔去。最后可能是燃烧的东西扔光了，鼠群却仍是有增无减，狙击手慌乱之中脱下衣服作火把也扔了出去。熊熊烈火中，袋鼠有的乱逃，有的被烧伤。浓烟及热浪终于使鼠群后退了十几米。

狙击手估计火一烧完，袋鼠还要进攻，更加残酷的战斗还在后面。果然，火势一弱，窗口又出现一群袋鼠。它们从被烧焦的窗口直往屋里钻。我估计狰狞的狙击手应该只有束手待毙了。就在这时，我看见木屋的房顶出现一个窟窿，窟窿越来越大。就在木屋窗栅栏眼看就要被袋鼠全部冲垮的关头，狙击手突然从屋里爬上了房顶。

这下狙击手完全占据了主动。他手持几支冲锋枪，站在房顶向袋鼠群实施着疯狂的扫射。不到几分钟，七英尺高的窗口竟被鼠尸堵得严严实实。可是，木屋并没有给狙击手带来生的希望，形势仍然十分严峻。

他发现越来越多的袋鼠涌上来。木屋传来一阵“嚓嚓啦啦”的声响。狙击手举起冲锋枪又一番猛射，一批袋鼠消失了，更多的袋鼠又爬了过来，又扒又啃。照这样，用不了几分钟，整个屋顶就会被掀开，死神也会随即降临。狙击手已做好同袋鼠同归于尽的准备了。

狙击手几乎绝望了，有限的子弹似乎消灭不掉无尽的袋鼠。他在屋顶上看到四周已成了袋鼠的“海洋”，木屋如同一座孤岛一样。猛然，他看到木屋旁边那棵巨杉，他眼睛一亮，有了主意。

啊，他发现屋顶出现了豁口，袋鼠群又要爬上屋顶了！他猛扫一阵冲锋枪，消灭了屋顶上的袋鼠后，用尼龙绳吊上了巨杉的一个树干。然后迅速攀上巨杉，如猿猴一般飞快往上爬，不一会儿便淹没在树顶浓密的枝叶里。接着，他换了支冲锋枪，又开始了新一轮的扫射。灼热的枪管烫得他手上起了泡，他又换上一支冲锋枪，继续扫射。地下的袋鼠已经尸体如山，他还是不停地射杀，但袋鼠群却没有停止进攻的意思。

突然，狙击手的枪声戛然而止。这时，他才发现自己的子弹全部射光。刚才还是喧闹不已的世界，一下子恢复得像以往那样寂静。

一只如黑熊般强壮的袋鼠开始拼命啃咬起树干来，其他袋鼠也效仿起来同时行动。只听见一阵一阵令人心悸的啃咬声。

照这样子，要不了几小时，两人合抱不拢的树干就会被轮番进攻的袋鼠们啃断。狙击手真正地绝望了，他面如死灰，一动不动，准备向世界作最后的告别。

我和梅玲奇怪的是，袋鼠们并没有找我们麻烦。没有一只是为了追逐和讨伐我们而来的。莫非这些袋鼠们也是懂得人间善恶的？它们之所以疯狂地前来，是为了报复杀戮它们同类的几个杀手，而把我和梅玲当成了它们的朋友。

想到此我和梅玲都异常高兴。我们下山来，渐渐接近袋鼠大军。袋鼠大军看见了我们，没有流露出任何暴躁与敌对的情绪。小袋鼠见到了自己的亲人，兴奋得直晃动脑袋，立刻向袋鼠大军奔去。

就在此时，奇迹发生了。巨杉被袋鼠咬断了根部，随着“吱吱嘎嘎”的声音开始倾斜，慢慢地向地面倒下。

狙击手知道自己的命已到限，大喊着“上帝救我”，随之与巨杉一起躺倒。袋鼠大军一拥而上，一瞬间将狙击手撕成了碎片。

告别活火山

就在我和梅玲无拘无束地享受大自然赐予的快乐时，一件事彻底改变了我们的生活。

梅玲近几天来呕吐不已、食欲不振。我担心她是病了，慌忙催促要她去医院看医生。可是，梅玲就是不肯去。看着我关切又着急的样子，她才悄悄告诉我：她正常的月经已经停止了，我就要做爸爸了。

这无疑是一个令我欣喜若狂的好消息，一直漂泊在外的我也要有后了。这是我一生中最开心的大事，只是消息来得这么突然，让我没有丝毫的心理准备。几天来，我一直处于高度亢奋中。为了梅玲母子的健康，我强烈要求梅玲离开生活艰苦的山区。于是，我领梅玲来到了拉包尔。

这里不仅风景秀丽，而且这里的火山泥可以健身，有助于人们疗养与养生。这里的商品流通要多一些，不仅有小超市，而且有日本和中国台湾出产的方便面。拉包尔海滩边是火山灰堙起来的平原，大部分的城市已经被掩埋在火山灰底下。海湾里冒着硫黄气泡，对面的火山锥喷着浓烟，四周弥漫着浓浓的硫黄味。

经过打听我才知道，19 世纪 90 年代的一次火山喷发，将风景秀丽的巴布亚新几内亚第三大城市拉包尔顷刻夷为平地。不但在海滩边喷出了一座壮丽的火山锥，还把拉包尔给弄到了海湾对面的叫科可波的小村庄一带。当地人不认为那是拉包尔，于是还是叫它科可波。至今，这里还有数座活火山常年在喷发白色的烟雾。

当我和梅玲如痴如醉地欣赏活火山的壮观景象时，当地土著居民看到我们那少见多怪的样子，全都哈哈大笑起来。

我们住在一座终年喷云吐雾的活火山脚下的小教堂里。当晚，伴随着火山运动引发的频频地震，我们几乎彻夜未眠。半夜里的一次地震差一点将桌上的水杯震落在地。由于当地民居住的大部分是由支架支撑的高于地面的轻结构房，因此受地震的影响不大。

这座火山虽然常年在喷云吐雾，但已有几十年未发生大规模的喷发了。周围居民与其共处了几十年，一直相安无事。

这里的火山泥名声很大，因此也有世界各地的人们来洗火山泥浴。

我和梅玲漫步到一个山村。这个村寨只有十几户人家，在丛林的山梁上，椰子树又细又直，挺拔钻天。草地的远端是大片竹林，很深很茂密。一线阳光洒过去，景色好美。突然，竹林里冒出两支竹枪，悄声无息地对准我们。竹枪后面露出两个赤裸的雪白身体，是戴着面具的泥人！

我和梅玲并没有惊惶。我将梅玲拉至身后，伸手掏出香烟，递根烟上去。土著人立刻高兴地放下竹枪凑了上来，接过香烟，我为他们点燃后他们高兴地吸了起来。

我仔细地观察他们，两个男人肌肉发达，而且全身抹满白泥，脸上还画有十分像我们中国京剧中的脸谱。他们的胯部兜了块土白布，头上的盔式面具设计得很有创意。这里的土著人还会说皮金英语，信基督教。我和他们说明了来意，土著人便很友好地将我们请到了部落酋长家。

酋长告诉我，他父亲是村里的老酋长，去年过世了。他在父亲的教导鼓励下，每天坚持步行 12 公里去上学。学成后努力奋斗，当上了东新英格兰省长的第一秘书。他不久就要去上任了，也将会成为家乡年轻人的学习榜样。

交谈时，我们得知酋长早就在新闻媒介中听说了我和梅玲的慈善之举，因此对我们更是关爱有加。酋长把我们当成了贵宾，特意挑选了两个土著人陪着我们看土著人用弓箭打猎。

我和梅玲惊奇地发现，土著们的狩猎本领很特别，所有动物一中箭后就会死去。我立刻精神焕发，要求了解他们的铸箭技术。于是，他们找到了一个被称为“毒剂师”的土著人。毒剂师告诉我们，制造箭毒的秘密是父子相传地延续下来的，它比任何毒物都毒得多。他认为它比黑火药有用，因为它十分有效，又绝对不发出不必要的声响。

箭毒的制作方法看起来极其简单，只要把一种叫马钱子的藤本植物捣成黑色的糊状就成。马钱子的树皮里含有毒素，它的汁液进入血液后能很快地把动物毒死。奇怪的是，它也可以用来给人治肚子疼。只要嘴唇和牙床上没有伤口，吃一点箭毒没有丝毫危险。毒剂师还特意请我们尝一尝这种毒剂。

我不敢相信这个巫师般的老人，但还是冒险品尝了这种毒剂，结果真的毫无中毒之状。

黄昏的时候，天空又是一番奇异的景象。翼展比大乌鸦还大的蝙蝠成群盘旋着。它们遮天蔽日，挂在树上，多得几乎让人恐惧。据说，“蝙蝠蔽日”是这里独具特色的奇观。

晚上，酋长特意准备了一个盛大的欢迎仪式，甚至组织有一支排箫仪仗乐队。乐器由尺寸不一的竹子做成，大竹子吹低音，小竹子吹高音，加上树叶伴奏，汇成了一支动听朴实的交响乐。

当村里的男女老少齐心协力吹出一曲曲和谐的大自然之乐时，我和梅玲不免深感震撼！酋长先向村民介绍了我和梅玲为巴布亚新几内亚慈善作出的贡献，接下来他鼓励村里孩子好好学习，将来走出丛林，报效家乡。

轮到梅玲讲话时，全场鸦雀无声。听着梅玲的讲话，围坐四周的村民感动不已，向我们竖起了大拇指。

土著们对我和梅玲表示出极大的热情，每天安排我们洗火山泥浴、参加狩猎、采集百花异草，并且天天有人为我们采摘野生的榴梿、山竹、波罗蜜、番石榴、人参果、鸡蛋果、杨桃等各种水果。

作为对土著人的回报，梅玲更是不失时机地施展着她的医术，为当地土著看病。

这里的人经常患一种中风病。发病时人不住地抽搐，有的咬断自己的舌头，有的还抽搐不止，送了性命。每当遇到这样的病人，梅玲就会用针在火上烧一烧，然后为病人在十个手指上依次扎针，每个指头上再挤出一滴血。就用这么简单的办法，让中风抽搐的人转危为安。这个办法很快就被土著人学会了，而且还救了不少人的性命。土著人甚至奉我们为“上帝的天使”。所以，我们与土著人的关系也越来越融洽。

一天，街上传来了闹哄哄的喧哗声。本部落的土著抓住了一个外部落的土著。我们一问才清楚，是因为外部落的土著曾经捡走了本部落射猎的猎物。这次他被抓，大家把他捆了起来，要剁掉他的双手。梅玲通过翻译对大家说，她愿意为外部落土著担保，赔给本部落一切经济损失。但是大家不答应，坚持要按照这里世代沿袭的旧习俗，剁掉他的双手。

最后我们找到酋长，酋长也摇头表示没法干涉他们的私事。因为，这里约定俗成的世俗习惯就相当于法律，具有至高无上的权威性。酋长对此也不能作出让步。

这时，村寨的全部村民都聚集在了街口，要亲自见证这个部落法律的实施。土著们将该人的双手捆住，令其跪在一个树桩前等着行刑。

梅玲让我马上把行李搬到街口，从自己的箱子里拿出了所有的衣物，表示要用它们换取被抓土著的双手。土著村民们被梅玲拿出的这些漂亮的外衣、帽子、鞋子、披肩、首饰、百花精油等吸引住了，他们高兴地接纳了这些东西。

但是，由于人多物少，还是不能人手一份。梅玲答应说，如果放了他，我还会将三倍于这些衣物的东西送给大家。这个经年未改的世俗法律终于被梅玲修改了。

我解开了被抓土著手上的绳索。他一下子跪在梅玲面前，表示要报答她的救命之恩。

梅玲说：“我不需要什么报答。我希望你改掉占小便宜的坏习惯，并劝你们都废除这个剁手的陋习。”

事后，我和梅玲向村民分赠了三大箱衣服和鞋子，还买来三口大猪。全村人欢欣鼓舞，一场香飘万里的“睦睦大餐”拉开了帷幕，从而也废除了当地土著砍手的陋习。

喋血燕窝楼

在印尼的人都知道燕窝的食用价值。我到处打听后才知道，孕妇在怀孕期间最需要营养的补充，东南亚国家就有许多孕妇在食用燕窝。燕窝含有丰富的活性蛋白、神经氨酸等。孕妇产前服食燕窝，可增加母体及胎儿的营养，并增强胎儿的体质，促进大脑和骨骼发育，使新生婴儿聪明、抵抗力强、不易生病。产妇服食燕窝可迅速恢复元气，减少妊娠纹，再度恢复窈窕身材，散发青春活力。于是，我毅然带着梅玲来到了盛产燕窝的印尼三宝垄。

当然，我们来到印尼三宝垄还有一个原因，就是这里保存着许多与郑和下西洋有关的文物。其中一个岩洞位于北郊 5 公里的狮头山上。洞前古木参天，立有“圣山圣洞”的牌楼。洞旁有一水井，相传是郑和为供士兵饮用所凿，故名“三宝井”。井水极清澈，被视为圣水。洞中石壁上供奉有郑和神像，洞前建有三宝公庙，为三座中国式的殿宇。中殿供有郑和雕像，左殿供有一大铁锚，据称是郑和船队的遗物，右殿是副使王景弘及其随从之墓。每逢中国阴历的初一和十五，当地不少华侨华人都要前往三宝公庙烧祭拜，印尼人也按爪哇历前往礼拜，世代相传，经久不衰。

三宝垄附近沿海有一个叫“惹惹”的地方，海里面有一个很大的山洞，涨潮时洞口离水面也只有几十厘米。每年夏秋时节，海燕成群结队从洞口潜水而入，在洞内的悬崖陡壁上做窝。海燕做窝吐尽了唾液，而且把血也吐出来了。最后燕窝就做成像一只燕子的模型，但是这只海燕也就累死了。当地人把这种燕子叫血燕。

我和梅玲来到时已经是四月份，错过了燕窝的采摘季节。

我听说，当地部落首领一年才组织一次采集燕窝。这个燕窝洞是当地部落首领的，而且代代相传。每到采摘季节，首领都会在采燕窝前杀牛，用牛头摆在洞口祭祀。一祭死去的海燕；二祭采的燕窝好又多，一般一次都可以采几千公斤；三祭采燕窝的人平安归来。因为采燕窝的人也很危险，要从洞口潜水进去，而且要像蜘蛛人一样爬上百米高的洞顶采下燕窝，一旦失足落水就非常危险。我通过部落首领的关系，采买了一批最上等的血燕。

之后，我们在北苏门答腊省一个风景秀丽的海岛上修建了一座别墅并住了下来。我还在周围种植了卷心菜、洋葱、青蒜、欧芹、土豆等蔬菜，并且长势很好。别墅建好后，经常会有金丝燕飞来别墅。

梅玲惊喜地发现，不少金丝燕还在屋内做了窝。难道燕窝也可以“养”吗？我向当地朋友打听，据介绍，印度尼西亚有不少地方盖起楼房，专门为了吸引燕子筑巢，并收集燕窝。知道此事后，我不禁大为惊讶。

在我的印象中，燕窝都是人们冒着生命危险在悬崖上采来的，没想到印尼人竟能独辟蹊径，变采燕窝为“养”燕窝。那么我为何不建造一个燕窝楼呢？

我特意到三宝垄做了一次考察，发现这里的人真的会造燕窝。一种厝燕专门会飞到当地海边老百姓家里去筑巢。一旦燕子飞进百姓家，这家人就举家迁出，窗门大开，让燕子自由进出做燕窝，收获后这家人就发大财了。

这种燕窝是厝燕用唾液做成的，颜色比较白，而且杂质和燕毛比较少。每当它要产卵孵小燕的时候，便会吐出唾液做窝。唾液固化后状如一条条缠绕着的晶莹透明的白丝线。于是，我兴致勃勃又专门建造了两座燕窝楼。几千只金丝燕在里面做了窝。金丝燕有个习性，就是成年燕子很恋家，一旦住进了某户人家，一般很少搬走。我还用 CD 机播放着金丝燕的叫声，用这种放音乐的方法吸引路过的幼小燕子进来入住。

在墙壁上，我安装了小水管，隔几米就开个孔，每隔五分钟喷一次水汽，又降温又加湿。搞了这个发明后，来筑巢的燕子更多了。楼房内安上摄像头，这样梅玲在自己住的家里就可以看到燕子的居住情况了。

眼看梅玲的肚子越来越大，身体越来越笨拙。我掩饰不住内心的喜悦，天天除了守候在她们母子身边，还专门外出为她采购最适于孕妇补养的食材和补品。

梅玲在此期间显得特别温顺。她每天除了听音乐，在海边散步，对着未来的孩子说话唠家常外，就是经常到燕窝楼观察金丝燕的生活情况。金丝燕一年产三次卵，产卵前花一个月筑巢。

金丝燕第一次筑巢的质量最佳，在古代为贡品，故称“官燕”。第二次筑巢离产卵期较近，情急之下比较粗糙，故称“毛燕”。第三次筑巢产卵期已到，筑巢迫在眉睫，再吐唾液已是鲜血之状，这次筑巢可谓是呕心沥血，等母燕带乳燕飞离之后再采，就是“血燕”了。

我们每月摘采一次燕窝，所有燕窝各个盏形饱满，色泽天然，毛如金丝，坚洁而白，杂质稀少。梅玲更是喜欢得不得了。

有一天，梅玲照例来到燕窝楼看燕子，却发现一只猫在燕窝筑巢的房梁上，把燕窝里的小燕子吃掉了。然后又在寻找下一个燕窝，它刚刚咬住了一只小燕，被我发现了。我急忙大喝一声，猫慌忙丢掉小燕子逃跑了。小燕子摔落在地上，伤势严重，已经奄奄一息。梅玲把小燕子捧回家里，为它敷药疗伤，救活了小燕子。梅玲又让我为燕子楼安装上了防护罩。防止大的飞禽和野生动物再进入燕子楼。

小燕子康复后，梅玲又把它送回了燕子窝。从此以后，梅玲天天去看望这只小燕子。陪伴它长成了成燕，直至繁殖后代。

梅玲和这个燕子家族结下了深厚的友谊。只要梅玲去燕子楼，这个燕子家族的成员就会围着梅玲盘旋，甚至会落在梅玲的肩上与她亲昵。

梅玲的临产期越来越近，我要做爸爸的心情也越来越迫切。据推算，预产期就在圣诞节之后年末的几日内。我已经预定了吉隆坡最好的医院、最好的医生，只等待孩子的幸福降临。

平安夜的晚上，我做了个噩梦。我又梦见了小燕子，它站在我的肩上说："再见了，我们就要飞回中国大陆的神农架了，那里是我们的第二故乡。"接着，边飞边唱着歌谣："地无常，海浪狂；花仙陨，孩无娘。"我当时不懂它说的是什么意思，但是这些肯定不是好兆头。我还梦见了我的爸爸妈妈，我喊着他们，他们却不跟我说话，只是向我招手。

圣诞节的下午，梅玲又像往常一样约我去看望金丝燕。这次燕子家族的接待非常反常，它们围着梅玲焦躁不安地上下翻飞，也不再亲热地落在梅玲的肩上，甚至叫声中充满了令人焦虑与恐惧的情绪。地面上还有一些散落在地上摔坏了的燕子蛋。

我发现一些大燕子叼着不会飞的小燕子往外面飞，还有一只老燕就像发了疯般地将一只小燕从巢里抛出。我将小燕捡起送回，随即又被老燕扔了出来，以往这个时候本应该是金丝燕回巢的时候，但是今天的情况恰恰相反，回巢的燕子却越来越少，大部分燕子已经飞走了。

海面上一大群蜻蜓如蝗虫般飞来，飞行队伍宽 100 多米，持续约 15 分钟之久。蜻蜓飞过时，一片嗡嗡的声响，气势之大，足以使人目瞪口呆。

随后，是一大群五彩缤纷的蝴蝶落在院落里，密匝匝一片一动不动。还有土色的蝗虫、黑色的蝉，以及许许多多蝼蛄和不知名的小鸟也飞来了。仿佛是不期而遇的一次避难的团聚。

成群的老鼠在仓皇奔窜，大老鼠带着小老鼠跑，小老鼠则互相咬着尾巴，连成一串。更令人吃惊的是，我们看见一百多只袋鼬，大的袋着小的或是叼着小的向山上奔去。有的则不停地哀号，如面临死期一般恐慌，一片惊惧气氛。

梅玲预料会发生什么不祥的事情。她告诉我她的预感，这里可能会发生一件大事情，但到底是什么她也说不清楚。

我也预感到了，也许是昨天小燕子托梦给我的，但是我没说出来。

担心的事情终于还是发生了。就在此时，梅玲不慎被地面上跌落的燕蛋滑倒。跌倒后，梅玲的肚子急剧地疼痛了起来。随后，一股鲜血从腿部流了下来。

梅玲立刻脸色煞白，喊道："快去医院，快！一定要保住我们的孩子，你我的孩子！"

我心急如焚，情急之下，立即抱起梅玲就往外跑。我担心梅玲母子的安全，我不能失去梅玲和我的孩子，他们就是我生活的全部，我必须以最快的速度送梅玲到医院。我迅速将梅玲抱上游艇，立即开往市内的医院。

我驾驶着游艇，以最快的航速甚至可以说几近疯狂。但是，我还是嫌游艇的速度太慢。我祈求苍天：“一定要保住梅玲，保住我们的孩子。”我大声喊叫着：“梅玲，我亲爱的梅玲，你一定要坚持，一定要挺住啊！”可是，梅玲的血越流越多，她美丽的面孔已经没有了一点血色。她用微弱的声音说：“不要管我，但是求求你，一定要保住我的孩子。”听了这话，我的心都快要碎了。我说：“梅玲，你不要多说了，我一定要让你和孩子平平安安的，不会有事的。”

游艇终于靠岸，我抱起梅玲找到一辆出租车，急速开往医院。车内，梅玲躺在我的怀里呼吸微弱，我呼唤着梅玲的名字，她已经没有力气说话了。眼看梅玲已经奄奄一息，我哭喊着：“梅玲，你说话呀，我求求你了，为了孩子，为了我们的幸福，你一定要坚持住。”

梅玲勉强睁开了眼睛，强装着笑脸地说：“斌斌，我爱你，也爱我们的孩子。但是，如果我真有什么三长两短，你一定要好好保重。如果孩子能够保住的话，也算你我的爱有了延续。我就是死了也心甘情愿了。”

我忙堵住了梅玲的嘴：“梅玲，你不会有事的，孩子也不会有事的。医院马上就会到了。”这是我最不愿意听到也最不敢想到的事情，被梅玲说出来之后，我心如刀割，痛苦到了极点。

我哭着对梅玲说：“你不要胡说。我们会永远地在一起，一生一世永不分离。你如果死了，我也不会活着。”

梅玲说：“我已经预感到了，我已经不行了。这恐怕是天意。我最后恳求你一定要坚强地活下去，不然我会死不瞑目的。”

我说：“为了我，为了我们的孩子，你不能走。你是我身边最亲的亲人，如果你走了，这个家也就不存在了。”

梅玲说：“斌斌，我最后有个请求，如果你同意的话。”

我说：“梅玲，你尽管说，你现在说什么我都会答应。”

“如果我们的孩子能够保住的话，如果他是儿子就叫燕飞吧。不管他到了哪里，有机会就飞过来看看我，有机会也飞回我们中国，代我看看自己的家乡。如果她是个女儿，就叫燕鸣吧。有机会她就飞过来，经常给我唱唱歌。”

“梅玲，你放心，我一定按你说的做。”

“我还有最后一个愿望，就是我死了以后，如果你有机会回到中国，就把我安葬在中国。你我已经在异国他乡漂泊了一辈子，死后不要让我一直做孤魂野鬼，好吗？”

我说：“梅玲，你尽管放心，我们这么多年来一直在异国他乡漂流奋斗，唯一的心愿就是能够回到养育我们的祖国。如果我们不能实现这个心愿，我也要让我们的后代来实现。”

这时梅玲的身体越来越差，话也越来越少，声音也越来越低。她断断续续地对我说：“我又能听见小燕子在唱歌了。小燕子唱着说，她先回中国去了，她要在那边等着我。”

我预感到梅玲的生命可能已经走到了尽头，我就一直在寻找着话题。我说：“梅玲，你那么喜欢燕子，你可别睡过去了。听我给你唱首小燕子的歌吧。小燕子穿花衣，年年春天来这里……”

我的歌还没有唱完，梅玲就一头垂下昏厥过去了。此时我心如刀绞，痛不欲生。我不停地大声呼喊着梅玲的名字，不让索命鬼招走她的魂魄。

医院终于到了，梅玲立刻被送进急救室。紧张的抢救开始了，我守候在门外，坐立不安，来回走动着等待着梅玲母子平安的消息，同时也作出了最坏的打算。如果梅玲母子的性命不保，我失去了这个世界上最亲爱的人，我也不会苟活于世，也会在此了结自己的一生。

一个小时左右，急救室里突然传出来一阵婴儿的啼哭声。我的心一阵激动，但是更有一份对梅玲的担忧。护士出来告诉我，梅玲生了一个健康的男孩。孩子是保住了，但是大人正在抢救之中。由于失血过多，暂时还没有脱离危险。

医院正在市内往这里大量组织调运血浆。如果输血及时，保住生命还是有希望的。几个小时过去了，医院的血浆已经用完了，运输的车辆还没有到。我是O型血，经过检查我已经坐到了输血台上，准备给梅玲输血。正在这时，突然间天摇地晃，隆隆的轰鸣声骤然响起。医院的灯光瞬间熄灭，医疗器械被晃动得满地都是。巨大的震动将我颠簸得坐不住、站不稳，楼体也发出“咯咯”的怪叫声。

不好！是大地震！

这里是地震之国。火山运动经常引发大地震，这已经不是什么稀奇的事情了。但是，今天的地震很特别。轰天般的巨响，大楼剧烈地摇摆着，周边剧烈的爆炸声和建筑物的坍塌声不绝于耳，这说明这是多年来从未有过的特大地震，应该不低于八级，甚至九级。

我首先想到的是孩子。我不顾一切连滚带爬地摸到了婴儿室，抱起孩子躲进了卫生间。我紧紧地把孩子护在了身体之下。持续十分钟之久的地震终于平静了下来。我抱着孩子急忙跑进了急救室去看梅玲。

这里到处是玻璃碎片，显得一片狼藉。梅玲的身体已经被颠至地上。尽管医生还在抢救中，但是梅玲的身体已经僵直，生命体征已经消失。看见我抱着孩子进来，医生护士们流露出无奈与愧疚的表情。

我瞬间就明白了这眼前的一切，我的爱情世界终于就此坍塌了，我的幸福生活也终止了。我所喜爱的梅玲已经走到了生命的尽头，她离开了我们提早去往了天国。

这个令人恐惧的大地震来得太不是时候，它在顷刻间使印尼20多万生命惨死在倒塌的瓦砾之间，它所引发的巨大海啸几乎摧残了所有的东南亚国家。是它，导致了印尼所有城市电力停止运转；是它，造成了所有城市的瘫痪；是它，阻止了抢救梅玲的宝贵血液的按时到达；是它，破灭了我最后救活梅玲的唯一希望；是它，使我和梅玲从此阴阳相隔。

儿子的降生并没有给我带来更多的喜悦，因为他来到人间的代价实在太大了，他是用我最心爱的梅玲的生命换来的。如果不是为了我们的儿子，我一定会追随梅玲而去。

大地震和大海啸已将我家的别墅彻底摧垮，几乎成了一片废墟。如果不是金丝燕及时传递危险的信息，我们一家肯定也都会随着这场大地震、大海啸葬身在这个海岛上的。

这时，我突然回想起昨天晚上梦见的小燕子，它站在我的肩上唱的歌谣："地无常，海浪狂；花仙陨，孩无娘。"原来，金丝燕真是预感到了这场大灾难，它是在给我们报信。"地无常，海浪狂"，这不就是警示着将有大地震、大海啸吗？"花仙陨"，不就是指百花仙主梅玲有难吗？"孩无娘"更是说明了孩子尽管无恙，但是梅玲的阳寿已到。看来这一切都是天意的安排，只是我们不懂得金丝燕的话语罢了。难怪梅玲给儿子起名都有个"燕"字，真是燕飞与燕子前世有缘。所以，是金丝燕救了燕飞一命。

我知道梅玲喜欢这些金丝燕，因此，我把梅玲的坟墓就修建在这个海岛的别墅旁。我又重建了燕子楼，让可爱的金丝燕永远陪伴着我心爱的梅玲。

从此以后，我就抛却了一切事情，决心在此陪伴着我的梅玲，直至天荒地老。我发誓，今后永远不再食用燕窝。

斩首黑老大

夜空寂寂，大地茫茫。从南太平洋刮来的风咽咽呜呜，如泣如诉。

自从梅玲去世之后，我茶饭不思，像个失去灵魂的皮囊。我一度想去天国与梅玲作伴，无奈儿子燕飞太小需要照顾，我不得不打掉轻生的念头。我为梅玲守坟三年，这样度日如年地活着，我真觉得生不如死。

一天，以往和我进行贸易的台湾珠宝商给我打来一个电话，说我的一批上等红珊瑚被当地黑社会抢了去。一听到这个消息，我马上带着燕飞赶到了台湾。珠宝商告诉我，最近这里的黑社会十分猖狂，一个叫“光哥”的黑社会老大，谁只要被他盯上就会横祸加身。

中国改革开放以后经济发展得很快。这个珠宝商的珠宝店在北京、上海都开了分店，生意红火得不得了，所以被黑社会盯上了，被他们抢去了一大批珍贵的红珊瑚和其他珠宝。尽管已经报了案，但是光哥的黑势力已经控制了政府及警界，恐怕这次的亏是要吃定了。

珠宝商还告诉我，中国人现在似乎很有钱，中国已经成为世界的奢侈品消费大国。他还说，最近一批中国订货商会来他这里考察订货。但是，归期未到他们就匆忙返回中国，原因是其中一个老主顾跟我透露，在这里遇见了号称“光哥”的黑社会老大，这个人就是当年中国通缉的在案凶犯彪哥。

珠宝商提醒我，出门在外一定要注意安全。接着，他给我讲了这个黑社会的来由。要说到这个黑社会的老大彪哥，还得要首先说说老四这个人。老四是中国东北人，靠着自己一双手和胆魄，烧杀抢掠，从一个打杂的工地瓦匠成为一方霸主，震惊了全中国。他跺一跺脚，整个东三省都要抖三抖。

老四原名陆佳。他年轻的时候，因为够狠够仗义，且排行老四，被人称“老四”。老四在当地可谓横行一时，这拆迁的活不好干，他干。眼看工程要开工，老四把住户招到一起，一菜刀下去把自己的小指头给剁了下来。他当众说：“谁要能照着做一遍，就可以不搬了。”结果没人应声，拆迁任务很快圆满完成。

他事情干得干脆利索，老四也就此红了起来，结交了不少包括副市长在内的大员，从此有了保护伞。同时，他养了一批打手，专门替他收保护费。当时所有的工程项目都必须经他的手往外包，因为他和省高层关系很密切，同时，也没有人敢和他抢生意。

黑社会中能和老四相提并论的是开舞厅的李瘸子和袁馒头。老四和李瘸子最后因生意问题翻了脸。李瘸子被老四手下的炮手用猎枪打断了双腿，落下残疾。从此老四一人独大，称霸一方。

老四不仅拥有最豪华的别墅，有中国最早的奔驰600和别克车队。他控制着全市最大的公开赌场，有媲美拉斯维加斯繁荣的大赌场。

老四夜夜做新郎。看谁不顺就打谁杀谁，看上哪个女人就抢。一个歌舞团的女军官被老四看上，第二天就被喊去陪睡觉，而夫妻俩只有以泪洗面。谁与他们作对，不是死就是残废。

当时的风气就把这些流氓打手叫“刀枪炮”。他们把枪管去掉一半，枪托去掉一半，长枪就变成短枪了。东北冬天冷，人都穿大衣。枪就挂在大衣里面，话不投机一上来就开枪。

他已经有亿万身价，一千多名保镖，二十多个分舵，数万小弟。他跟警察火拼无数次，最后警方动用大批警力才把他抓获。当地黑社会的 25 个总舵主中顷刻间 19 个落入法网，唯独老四集团号称“一号杀手”的他——彪哥神秘地消失了。

彪哥成了中国警方的一号通缉犯，是老四手下的二号人物。老四手下的五个黑帮头目谁都不是吃素的，但除了老四，只有彪哥说话他们肯听。彪哥手下的一个很底层的小打手失了势，被一伙“刀枪炮”抓走，彪哥连枪也没拿就一个人去了。他说：“你们要是砍我兄弟，我来替他挨。我自己把手剁下去。”在他手起刀落的一刹被拦住了，小打手随后也被放了。

不管是黑吃黑，还是争霸逞强，每次恶斗都是彪哥砍出第一刀，打出第一枪，冲在最前面。他是纯粹的职业杀手，动作麻利，弹无虚发，刀刀致命。最让彪哥声名大震的是与小飞的那场恶斗。小飞是与袁馒头齐名的黑道人物，靠上百次的冲杀打斗，在道上混出了名堂。

有一次，彪哥与小飞火拼，枪、刀等武器都派上了用场。在激战中，彪哥用猎枪将小飞的右腿踝部击成粉碎性骨折，又用刀片将小飞的左脚跟腱割断。小飞双脚被废掉，从此成了残废。彪哥每次打斗、射杀都是速战速决，对头也不禁感叹他的“活”漂亮。

彪哥潜逃到了台湾以后，改名换姓叫了“光哥”。开始在酒楼当跑堂，挨不住酒楼工辛苦，他开始结党营私，干起炒卖黄牛戏票的生意。当时黄牛党属于偏门生意，因为争地盘与其他小帮会曾发生不少冲突。由于他心狠手辣，因此被推举为党内的小大哥。即使是这样的生活，也让光哥十分不爽。他开始盯上了另一盘生意——高利贷。

这样的“好生意”，自然是各大黑帮争抢的肥肉。光哥没想过，自己刚一出手便认识了赌场大亨方标，当然也成了他多年合作的幕后老板。

方标原本是香港的通缉犯，因潜逃至菲律宾搞赌城有声有色，后又转至台湾，属于呼风唤雨的人物。两人起初合作无间，但之后开始闹不和，双方多次火拼。再后来方标因被指证为七彩饭店老板被斩凶案的幕后黑手，从此流亡外地，再不敢踏足台湾。

自此，光哥被扶植上位成为老大。随后，光哥又开辟了泰国、里斯本等地的贩毒线路，并垄断了台湾的娱乐业，从此踏入黑社会，称霸娱乐行业。他控制着歌厅、酒吧、餐馆等娱乐消费场所，霸占洋酒市场，收取保护费，持刀杀人，绑架勒索，非法买卖和私藏军火。对于当地人来说，“光哥”这两个字就会让人闻之色变。听了珠宝商的话，我曾经平淡了多年的心又骚动了起来。我以前素来不跟黑社会打交道，但是黑社会既然抢了我的货，我就不能再袖手旁观了。

我没有在珠宝商面前表露什么。珠宝商只是一味劝我放心，承认我的损失由他负责，他一定替我补回来，只是要求我宽限一些时日。从此，我开始注意观察光哥的动向、起居习惯、居住与活动地点等，并且到光哥有可能出现的场所侦查了多次。我悄悄做着准备，好有朝一日除掉他。

我发现光哥的黑社会组织严密、行踪诡异，不易发现蛛丝马迹。于是，我把儿子燕飞寄托在珠宝商家，去了光哥最大、最豪华的一家酒店，当上了一名保安。

也许正应了“上帝要人灭亡，必先令其疯狂”的老话，光哥的黑势力引起了台湾当局的重视。警方出动了重警力进行了一番抓捕，使一些黑社会的小头目落入法网。遭到政府的打击后，光哥便开始多次对政府公务员实施骇人听闻的暴力凶杀报复行为。

第一个被枪杀的政府官员是政府监察暨协调司属下的厅长牛迟。他与手下一位处长步行前往一家酒店吃午饭，被光哥手下用手枪在极近距离内且几乎是贴着头部向其后脑开了一枪，当场脑浆迸裂而亡。继而，头等警员杨立在驾车送女儿返校时，被黑社会枪杀。紧接着，保安政务司司长的司机陆明在自己家附近被来历不明的暴徒枪杀。一时间，治安跌至谷底，人心惶惶。

一日，一辆停在路边的摩托车又突然爆炸，接着警方的一辆警车又突然爆炸。大约 20 分钟后，记者和警方赶到现场。人头涌动中，黑社会遥控引爆了安置在现场的第二枚炸弹，5 名记者和警察血溅当场。警方万万没想到，对黑势力的镇压竟引发了一场有组织、有章法的疯狂反扑。

光哥似乎觉得“成也风云，败也风云”。他仿佛是希望通过这种方式，以使大佬多一些向法律讨价还价的筹码。随着许多黑帮头面人物纷纷落网，警方开始在全境彻查在逃的黑帮人物。光哥也神秘地隐藏起来，不轻易在公开场合露面了，使警方一个时期内再无任何进展。

就在我值班的一个晚上，我在监视器上发现，黑帮上层的一些重要人物在总统套房进进出出，一个个十分诡异。我知道一定是有很重要的人物出现了。我仔细数了数进出的人数，又对照他们的特征，发现了一些疑点。在三个保镖的拥护下出来了一位老态龙钟的老者，步履蹒跚，这不由得使我一惊。因为进去的人中没有这样一个人，显然是经过精心化装的。我将监视器定格后放大观察，判断这个人就是光哥。

如果不是在这个特定条件下，这番化装技术平常人是绝对认不出来的。我眼看他们走出了大酒店，上车飞驰而去。因为我在工作时间，没有办法脱身，并且知道他一时半会儿不会离开，于是我暗暗做好准备，寻找下手的时机。

三天之后，我发现光哥终于忍耐不住躲躲藏藏的日子。黄昏时分，他在两个保镖的护卫下偷偷溜到了海边散心。他仍然是化装成老人的模样，上了一辆奔驰车。我带着狙击步枪，骑着辆公路赛车型摩托紧紧尾随到了海边。

海滨码头在清爽的海风中显得一派祥和。天光尚未散尽，沿海的那排华美的路灯已早早地闪亮起来，薄暮中的大海困倦地晃动着那片醉人的波光。

海滨码头的人不算太多，我找到一个隐蔽的位置，掏出了背包，将狙击步枪组装上。为了避免枪身的反光，我将枪身缠上了麻布。天渐渐黑了，更加有利于我的隐蔽。我的步枪上安装了消音器，电子瞄准镜对准了目标。在确认没有任何东西遮挡视线的情况下，我将子弹推上了膛。

我憋住一口气，将光哥的脑袋锁定在十字线中央。我的狙击历史上最远距离曾经达到 1 500 米，而目前这区区 400 米的距离，是我绝杀的距离。此时的风速是每小时 5 公里，半速风，不会产生大的误差。消灭目标，这一切已经没有任何悬念。

我食指稳稳地扣在扳机上，看看时机已经成熟，食指加压，一颗子弹立即奔出枪膛，急速旋转地奔向目标，光哥的脑袋瞬间被炸去一半，一枪毙命。

我飞身骑上了摩托车，紧急启动、转向，摩托车带着刺耳的刹车声，原地旋转了半圈后一下子冲上公路扬长而去。

游子归来兮

除掉了黑帮头目光哥以后，我就没有再回大酒店上班。这样一来必定会招起黑帮的怀疑引来杀身之祸。于是，我马上告别了珠宝商，带着燕飞离开了台湾，前往澳大利亚。

我知道，光哥虽然死了，但百足之虫死而不僵，他的势力一定会寻找杀了光哥的人报仇。我想了又想，为了燕飞，我还是回到中国比较安全。我在艾丽的帮助下，为燕飞办理了澳大利亚国籍。

我在台湾时，对中国大陆的国情已经有所了解，知道国内近年来比较稳定，中国也已经成为世界经济增长最快的国家。国内正在致力于发展经济，对于利用外资出台了许多优惠政策。于是，我又通过台湾的珠宝商联系了国内的几家企业，打算以投资商的名义到中国大陆进行考察。签证手续完成后，我一边等待回国的日期，一边去了一趟印尼，取回了梅玲的骨灰。

金秋十月，我带着燕飞，捧着梅玲的骨灰，踏上了久别三十多年的海外游子归国路。

飞机到北京后，我们又转乘飞机飞到了沈阳桃仙机场，转而回到阔别已久的家乡。安排好宾馆后，我带着燕飞去参观我的故居。可是，原来的家已经面目全非，找不到半点过去生活的遗迹。我所生活过的家、幼儿园和小学校，已经消失得无影无踪。以往一片片的平房已经被高耸入云的大楼替代，原来泥泞的小路变成了沥青路面。虽然家家户户冒着炊烟的现象不见了，但是空气中依然浑浊充斥着粉尘与烟雾。煤矿的鼎盛时期已经过去，大批的煤矿工人也下岗了。

企业转产后，没有办法消化过剩的劳动力。年富力强的人们多数只靠社会保险金生活。

我终于经历千辛万苦回到了祖国、回到了家乡。我急于找到爸爸留下的遗物，解开爸爸妈妈四十年来的死亡之谜。

我根据当年爸爸手套里面密藏在纸条上的地址，找到了烈士陵园那棵大松树。在树洞里面我找到一个油纸包。里面只是几张旧报纸，上面刊登着爸爸在日伪时期发表的抗日文章，还有新中国成立后爸爸受到国家领导人接见的报道。这就是爸爸的遗书中所说的："有一样能够证明爸爸妈妈政治生命的东西……如果将来不搞阶级斗争了，你也长大了，你再把它打开交给共产党组织。只有那时候才能完全洗刷爸爸妈妈身上的冤屈，也才能让你重见天日，纠正对你的一切不良的政治影响。这就是爸爸留给你的最后的礼物。我们期盼你成长为一个文武双全，对国家、对社会有用的人。"

这近四十年我一直苦争苦斗，冒着无数次生命危险一心要回国，拼了命要取回爸爸的遗物。现在遗物取到了，竟然是几张旧报纸。这一切代价只是为了要证明爸爸妈妈的无辜，证明爸爸妈妈的政治身份不是坏人。同时，也是为我今后不再受到政治歧视。这是多么荒谬和令人不解的事情呀！

我领着燕飞，在我爸爸、妈妈、姐姐曾经生活、工作、挨批斗、受活罪的地方一一进行了祭祀凭吊。然后，我到公安局打听爸爸妈妈有没有留下骨灰或者什么遗物。到这时我才知道，我爸爸妈妈的政治问题早已经被平反昭雪。由煤矿党委作出了纠正决定，同时，也给予了一点经济补偿，并且按照公亡对待给了一笔少得可怜的抚恤金。

爸爸的遗书已经失去了今天在政治上甄别的意义了，但是爸爸在弥留之际，冒着极大危险为我传递信息，尽最后的微薄之力保护年幼的孩子，担心我和姐姐再次受到政治迫害的一片苦心，让我感动得再次号啕大哭。

我决定将这个带有时代印记、带有爸爸妈妈最后生命体温的遗物留作最最珍贵的收藏。幸好爸爸妈妈的骨灰还一直被保留在殡仪馆里，我在家乡找了一个依山傍水、风景秀丽的墓地，为爸爸妈妈举行了厚葬。同时，也将姐姐、梅玲安葬在我爸妈的旁边。

我终于了却了自己最大的心愿，也完成了梅玲的遗愿。“少小离家老大回，乡音无改鬓毛衰”，四十年前的一场政治运动使我家破人亡，背井离乡，漂泊南洋；四十年后虽然骨肉相见，却是阴阳两隔了。物是人非，少不了一番百感交集，肝肠寸断。对这样的伤心之地，我已经没有半点留恋。

我仅有的一丝念头，就是继续打听舒雅的下落。她是这个城市留给我的唯一温暖、唯一怀念。但打听的结果是，舒雅举家全迁远赴南国以后，音信皆无。

此时，我已再无任何牵挂。加之东北秋冬之交，严寒的天气早晚温差太大，我这个一直生活在亚热带和热带的人极不适应。燕飞也抵挡不住阵阵袭来的寒风而患了感冒。于是，我带着燕飞再度离开了家乡。

我在台湾珠宝商联系的几个企业中，开始了投资考察的行程。

在上海的一家珠宝城，我与珠宝商刘宝善达成了一笔合作，共同投资经营起了红珊瑚首饰。为了慎重起见，我在网上查阅了工商局关于刘宝善企业的注册资料，还特意到他的家里拜访过。

我了解到，刘宝善已在此经营多年，无任何不良记录和投诉行为，就连他的客户也没有任何负面的反映。在他的珠宝店的墙面上，悬挂着政府及各种协会颁发的“重合同、守信誉”、“珠宝行业协会副理事长单位”、“质量信得过单位”等众多的牌匾。于是，我放下心来跟他合作。由我负责在海外组织货源，刘宝善负责营销。一年下来，我们的经营状况异常地好，不仅收回所有的投资，而且还有很丰厚的盈利。

第二年，盈利又颇丰。刘宝善非常诚信，将分红一分不差地汇到我的账号上，我对刘宝善的经营能力很是佩服，由他经营我也百分之百放心。

我每次到上海，刘宝善不仅主动安排好酒店住宿，而且经常请我到家里吃饭，并主动给我提供一部奔驰轿车当交通工具。这期间，我还请他到澳大利亚、新加坡、马来西亚、中国台湾进行过考察。

我们的关系越来越亲密，他也由此越来越取得我的信任，并且他主动将每年一次的分红转为每半年一次。我深深地为刘宝善的真诚所打动。我也感谢台湾珠宝商给我介绍了一个这么好的投资伙伴。为此我还用一笔可观的佣金答谢了台湾珠宝商。

在国内的这段时间，我惊讶地发现，中国已经是今非昔比，比起20世纪六七十年代简直是天壤之别，不可同日而语了。中国人不仅丰衣足食、安居乐业，而且国内市场的购买力大得惊人，对于奢侈品的需求直线冲刺到世界的前列。我满心喜悦，感到回国内投资是我一生作出的最好最成功的决策。我决定将所有的海外资产转移到国内，不断扩大投资领域与投资规模。

我回到澳大利亚以后，毫不犹豫地将价值1 000多万美元的所有红珊瑚囤货、500多万美元的新加坡祖母绿宝石首饰、400多万美元的澳大利亚钻石全部发出给刘宝善。我只管放心地让他来经营，我则在东南亚组织下一批货源。

不出三个月，第一笔分红又如期地打到了我的账户上。由于我有金融界的朋友，也有对国际黄金价格把握的优势，于是我又组织了一批两千万美元的黄金首饰，由香港海关转至上海发给了刘宝善。正赶上国际黄金价格走高，我预料又是一笔天文数字的回报在等着我。

正当我陶醉在成功的喜悦与躁动中，我突然发现，一连数日，刘宝善不仅没有与我联系，而且他的电话总是处于关机的状态，就连固定电话也处于停机状态。但是，我当时还没有怀疑会发生什么不好的事情。由于是台湾珠宝商朋友介绍的，加之以往刘宝善留给我的那副真诚守信的面孔，令我不忍心怀疑他。

我带着燕飞赶回上海的珠宝城。可是得知，刘宝善的珠宝店几天前就出兑易人了。刘宝善突然在世间蒸发掉了，人也不知去向，我这才惊出一头冷汗。

我马上向警方报了警。侦查结果是刘宝善是假名、假姓、假身份证。我再到浦东工商局检查他的注册资本，才发现他的企业注册资本虽是100万元，但事实上实缴只20%。而这样的企业竟然可以堂而皇之地做国际业务，动辄签订亿万元的合同。他的存款账户也早已是提空了所有现金。刘宝善卷款潜逃，经济诈骗已成事实。

公安局立刻发出了通缉令，通缉在逃的刘宝善。同时，新闻媒介报道了我被骗的事，我一时成了国内街头巷尾谈论的话题。初次回国投资，我就为社会留下了笑柄和被愚弄的话题。但是，我在上海的失败，并没有使我伤筋动骨，相对于我一生的积蓄还不至于使我倾家荡产，我不愿意就这样落荒而逃，我的性格就是百折不挠。我一边等候警方对刘宝善的追捕，一边再次寻找其他的投资机会。

国人的失信虽然让我失望，但是我并没有心灰意冷。我知道，自从那次史无前例的无产阶级文化大革命后，国人已经彻底打破了诚信底线和道德底线。政治上虽然不再大折腾了，但是地方政府为了追求高指标和 GDP，竟然不惜以牺牲资源和环境为代价，不惜放低工商企业的门槛，为公平交易无形中设置了一个巨大的陷阱，出现这样的结局也并不奇怪。错就错在我不懂中国的国情，盲目相信自己的眼力和判断力。

我随后发现，在上海这个中国改革先行的地方，早就是鱼龙混杂、沉渣泛起，正义与邪恶、善良与罪恶交织在一起，地方保护主义也明显可见。外地人投资稍有不慎，就会人财两空，上当受骗的人比比皆是，甚至倾家荡产、死于非命之事也绝非偶然。

就在我报案的派出所里，我亲眼看见一位东北老人，手拿一张假支票痛不欲生地哭诉：上海一个与他合作多年的老客户，头几年合作非常诚信。而且头几次购买红参，早早就将全款打入账户，毫不拖欠，所以双方建立了良好的合作关系。这次，老汉把十吨上好的红参千里迢迢拉到上海。前天周五的晚上，客商一手将支票交他手里，一手把十吨红参拉过海关。老汉等到银行周一上班后满心喜悦地去兑现支票时，才发现支票是假的。

客商就是利用了老汉这种信任，打了个时间差，从容地骗走了两千万的红参。此时客商的电话早已经关机，恐怕是永远不会再用了。老汉是联合了村里十几户人参种植户，将这两千万的红参送到客商手里的，结果被骗得连路费都没有。

老汉气得当时就昏了过去，这两千万等于要了他的命，十几户村民的这些钱他可怎么还呢？老汉苏醒过来后，又一头往墙上撞去，结果又昏死过去。

舒雅的惊现

刚刚回国，国人就为我上了一堂生动的“教育课”。我暗下决心，今后绝不轻信任何人，不再与任何人合作，尤其是不与不熟悉或不托底的人合作。我离开了上海这个令人伤心的地方。

我听说中国已经与马来西亚、泰国、缅甸、文莱、印度尼西亚、越南、新加坡、菲律宾、柬埔寨和老挝这些东南亚国家在广西南宁建立了东盟自由贸易区。于是，我便带着燕飞径直来到了南宁。

南宁这座美丽的南国城市是红豆的故乡，也是历史悠久的边陲古城，又称绿城、凤凰城、五象，古称邕州，是一个以壮族为主的多民族居住的城市，居住着壮、汉、苗、瑶等 36 个少数民族。东盟自由贸易区就建在南宁。

自 1996 年中国成为东盟全面对话伙伴国之后，中国是第一个与东盟建立战略伙伴关系的国家，而今已成为东盟最大的贸易伙伴，东盟也因此成为中国第三大贸易伙伴。

南宁的山、河、湖、溪与绿树、鲜花交相辉映，南亚热带自然风光与园林风貌融为一体。清冽恒温的灵水、神秘的花山壁画、雄伟的德天瀑布、宁静的杨美古镇与壮族人娓娓动听的山歌，构成了南宁古朴的山水人情画卷。

南宁处处绿叶婆娑，满目青翠，可谓是“半城绿树半城楼”。我正赶上每年一度的东盟博览会，地点在南宁国际会展中心。这里是中国—东盟博览会的永久会址，依山而建，气势恢宏。

正当我在各个珠宝商的展位前徜徉观看着，一个非常眼熟的字眼突然映入我的眼帘——“舒之雅”珠宝行。我眼前一亮，怎么与我的梦中情人舒雅的名字这么吻合，只是中间多了一个“之”字。

我忙打探起这个珠宝商的产品及主人的来历。看见我对这个珠宝行显得十分有兴趣，负责接待的小姐忙迎上前来，热情地向我介绍着产品。

通过打听我知道了，这个珠宝商女老板姓李，而不是姓舒，也是个东北人，以前曾经是在昆明做珠宝生意的，现在在南宁也开了家珠宝行，每年东盟博览会时都会来这里参会展销。我问起这个老板现在在哪里时，小姐说老板现在有急事去了上海。听说是去找一个人，为了一个案子。

我告诉这个小姐我要订一大批货，请她马上联系到她的老板。小姐马上给她的老板打了电话，说有人要订购一大批珠宝，要直接跟老板取得联系。电话那边却说，客人要是订货，可以给予最优惠的价格，如果没有更重要的事情，老板还要在上海待上一段时间，并且对我致以歉意。

我是出于对老板的好奇才提出订货的，既然老板不回来，我便放弃了订货的念头。小姐遗憾地留给我一张名片，上面有她们昆明和南宁珠宝行的地址，希望我以后与她们联系，更希望今后与她们达成交易。

我带着遗憾离开了这个珠宝行，随后又参观了几个珠宝店。就在一个印度尼西亚珠宝商的展柜前，我被一批红珊瑚首饰吸引了。我驻足在这里，仔细观看这些红珊瑚的成色，怎么看都觉得这些红珊瑚不应该是印尼的产品。也许是心灵感应，我认为这些红珊瑚同我的红珊瑚如出一辙，无论是成色、质地、纹理、色泽都是那么相像，但是，表面的处理却与我们的工艺略有差别。

我与珠宝商攀谈起来，追寻这批红珊瑚的产地与厂家。老板说这些上好的红珊瑚是他从菲律宾、所罗门、贝劳和文莱收来的，而收来时这批货都有一定程度上的打磨和瑕疵，后来又经过了他的加工，才成为了现在这样的精品。他们的加工工艺是几代祖传的，货真价实，价格优惠。

我当时就觉得这件事蹊跷，这批红珊瑚的出现绝非偶然。于是我提出订购一千万美元的货，并且交给珠宝商两百万美元作为定金。但是，我提出一定要到他们的厂家提货验货。珠宝商高兴地答应了，并与我约好了在印尼见面的日期。

如果当时珠宝商不是马上答应下来，我也就不以为然了。因为一下子订购一千万美元的红珊瑚绝非小数目，无论在哪里它都是一笔大生意。红珊瑚的数量有限，世界上很少有像我这样能够进出一千万美元红珊瑚的生意。所以，这不能不引起我的怀疑与注意。

我如期到达了印尼的珠宝商那里。珠宝商果然守信，凑足了我要求的红珊瑚首饰的数量。我付齐了货款，生意成交后，我自然成了珠宝商的座上宾。我说我初来印尼，能不能领我游玩游玩？珠宝商当然不会放弃与我拉近关系的机会。我提出要与他建立永久性的贸易关系，要长期订货，并请他安排我到各个供货商那里转转。

刚开始我发现珠宝商有些迟疑，于是马上又提出下一笔订货。他看见我又拿出一百万美元做定金，于是完全放松了对我的戒备。他分别和菲律宾、文莱、所罗门、贝劳的几个供货商联系好，但没有说出与我同去。他嘱咐我到了他们那里后，只介绍说我是他的一个亲戚，陪同他一起游玩。

我此去可是吃惊不小。原来这几个供货商都是从一个神秘的客商手中拿货。货真价实不说，而且价格非常便宜。至于这个神秘客商是谁，他们也都没见过面。他们均是接到货以后，才将钱款打到一个在香港开的瑞士银行账户上，便算生意达成。至于这个客商是哪国人、姓什么、叫什么一概不清楚，甚至客商连联系电话也没留下。只是留了个电子邮箱，供他们之间联络。

我由此推断，这批货肯定是刘宝善私吞了我的那批货。他为了便于销赃，就把货偷偷运出国外，而且为了避免有人认出，甚至破坏了它们原有的工艺表面，以极低廉的价格在菲律宾、文莱、所罗门、贝劳这样不起眼的小国家买卖，被印尼的珠宝商收购以后，又进行了再加工。他以为这样做就天衣无缝了。但是，还是麒麟皮下露马脚，被我抓住了把柄。

回去以后，我偷偷给那几个供货商每人十万美元，取得了他们与刘宝善联系的电子邮箱地址。回国以后，我与上海警方取得联系，报告了我的调查情况，并将刘宝善的电子邮箱交给了上海警方。南宁之行，让我珠宝被骗的案件有了实质性的进展。于是，我喜欢上了南宁这个地方。

当我带着燕飞再次到南宁的时候，博览会已经结束。我闲来无事，就找到了“舒之雅”珠宝行的地址。在博览会上的小姐认出了我，马上热情地与我打招呼，忙给我和燕飞让座倒茶。

当我问起李老板时，小姐说：“我们老板回来后，听我说起你，她好像很遗憾没见到你，抱怨错过了这次机会。她向我仔细打听了我们所说过的每一句话，还问过了您的容貌、装束、气质、口音，甚至是年龄。好像对您非常感兴趣。”

我调侃地说：“你们老板是不是为丢掉了一笔大生意而后悔呀？否则，她对我怎么会这么感兴趣？”

小姐忙说：“真的不是！我们老板好像并不在乎做不做成这笔生意，她好像在乎的是寻找一个失散多年的老朋友。”

我的心突然一紧，小姐的话让我不禁深思起来。

原本我以为这个珠宝行的名字“舒之雅”不过是个巧合。虽然老板不姓舒而姓李，但是她放弃生意而去上海，去关心一个案件，去寻找一个人，那么肯定这个案件、这个人与她不是一般的关系。

我突发奇想地问小姐：“你们老板是不是辽西人？”

小姐惊讶地反问：“哎！你怎么知道，原来你认识我们老板？”

我激动得一下子失去了理智，抓住小姐的双臂，急忙问道：“快说，你们老板在哪？”

小姐吓了一跳，忙说：“我们老板在家休息，每天十点才会来这里。”

“你马上给她打电话，让她马上赶到这里，就说有一个非常非常重要的客人要见他。”

小姐看我异常激动，就不再迟疑，马上拿起电话拨了过去。

电话通了，小姐说：“李姨，上次我跟您说的那个客人又来了，他说出了您的老家是辽西的，他要我马上打电话给您，说非要马上见到您。”

小姐放下电话，让我喝茶耐心等待，不要着急，老板马上就赶过来。

我此时的心却久久不能平静下来。我的直觉告诉我，我的猜测没有错，她就是我魂绕梦萦、日夜思念的舒雅。我端着水杯的手在颤抖。燕飞也好像看出了什么似的说："爸爸，你这是怎么啦?"

我用手抚摸着燕飞的头说："燕飞，爸爸没什么？只是在想一位朋友，一位久别的亲人。"

不一会儿，外面传来一阵急促的刹车声。

车刚刚停下，从车里急匆匆下来一位贵妇打扮的妇女。

小姐说一声："我们老板来了。"

我立刻迎了出去。四十多年光景过去了，我的梦中情人已经人到中年，却依然光彩照人，难掩当年窈窕的身姿和秀美的面容，只是鱼尾纹无情地出现在了眼角处。

我们双手紧握，对望无语，一下子都哽咽得说不出话来，眼泪顿时模糊了我们的双眼。

邕州大团圆

我和舒雅的跨世纪奇遇，是我一生的最大理想，是我一生的梦寐追求。

舒雅在我去了南方以后，就再没有了我的消息。

她后来的生活也很不幸，中学毕业以后念了卫校，在医院当了护士。违心地嫁给了一个靠造反起家的处级干部后不久，丈夫又因为在“文革”的人命案，在清理“打砸抢”三种人中被罢官革职。他们一直没有孩子，也便离了婚。离婚后，舒雅对婚姻已近绝望，发誓终身不嫁。

几十年来，她一直在打听我的消息，却是杳无音信。后来，在新加坡被我解救的几个中国人，虽然传递了我的一些消息，但是由于我居无定所，她一直也无法查到我的下落。

她高兴的是我还活着。对于我爸爸妈妈的死，舒雅一直关心着，以至骨灰放在殡仪馆里的费用，都是她一直在偷偷地支付。这是我以前所不知道的。

中国改革开放一开始，她便辞去工作到西双版纳去找我。她找遍了每一个寺庙、每一个村寨和机关，但依然没有任何结果。于是她又到了昆明，找了一个护士岗位。她打听了云南的每一个市县后，又去贵州、广东、海南打听过。每个地方都待上三五载。虽然岁月磨掉了她的青春，却磨不掉她的意志。

国内公安机关已经注销了我的户籍。她曾经向国家公安部写了无数次的信函，甚至给各地的收容所、殡仪馆去函调查有没有我的名字，但始终无果。

她之所以开始做珠宝生意，就是为了通过外贸关系以便更多地打探我的消息。就在新闻媒介报道了我在上海被骗的消息以后，因为报道是化名的，她曾敏感而大胆地联想到这个人会不会是我。所以，她才丢掉了博览会的生意去上海探一探虚实。结果我们是南辕北辙，错失了一次相见机会。

但是，世界之大无奇不有。老天爷虽然跟我们开了一个大大的玩笑，但还是让天下有情人终成眷属，终于让我和舒雅又相见了，圆了我一生的梦。

我和燕飞到了舒雅的家住了下来。几天里，我们各自倾诉着几十年的离别之苦、思念之情。我在南洋漂泊流浪的惊险经历，更是听得舒雅一阵惊愕、一阵泪雨、一阵惶恐、一阵兴奋。

到了后来，舒雅干脆支起了录音机，把我的故事全部录了下来。她说一定要将我漂泊流浪、腥风血雨的故事写成一部书出版出来，告诉我们的后代和世人，告诉他们我们的爱情、我们的生活、我们的历史是怎么写成的。

至于我在漂流生活中邂逅的妙香、艾丽两个女人，我毫无保留地告诉了舒雅。令我感动的是，舒雅不但没有丝毫的妒忌，而且大度地关心起她们目前的处境来。

舒雅说：“我们姐妹们都是苦命连着苦命，是命运之神把我们联系在了一起。我们尽管不能摆脱命运，却能够改变命运。尽管我们各自的国度、语言、肤色、信仰、经历、遭遇不同，但是相同的是由于你的遭遇和出现，让我们每个人与你共同经历了生死的考验、荣辱的考验、合与离的考验、爱与舍的考验。是你的一生把我们联系在一起了，是特别的时代和不同的命运把我们联系在一起了，是遭遇和磨难把我们联系在一起了。我们虽然不是亲姐妹，但是这个残酷的世界、艰苦的生活、痛苦的遭遇，让我们成为一根藤上的苦瓜。因此说，我们不是亲姐妹却胜似亲姐妹。我们今后是不是能够见面，是不是生活在一起并不重要，重要的是我们今后就要如同亲姐妹一样相处，我的心会与她们紧紧地联系在一起。斌斌，你虽然今天落叶归根回到了中国，但是在你最需要家、最需要爱的时候，是她们曾经给你温馨的家和纯真的爱。所以说，我们的家也就是她们的家，她们的爱也是对你最真挚的爱。”

舒雅说完这番感人的肺腑之言，我感动得半天说不出话来。

我深知妙香和艾丽是我在落难时的故友，是和我互相搀扶、互相关爱才走到一起的。舒雅能够为我们荣辱与共、同渡难关深表同情与敬意，那种大度与宽容让我很是感动。

我和舒雅终于在晚年找到了自己的归宿。我们感谢苍天，在我们经历了几十年的漂泊磨砺，经历了九九八十一难之后，终于将幸福赐予我们，虽然这幸福来得晚了一些，但我期待着，我们的幸福日子就这么平静地过下去。

这时候，上海警方传来令人高兴的消息，他们破获了刘宝善的诈骗案件，追回了被刘宝善骗走的所有资金。

第二年，在南宁召开的东盟博览会上，舒雅说她请来了两个非常重要的客户，而且已经在南宁的五星级红林大酒店预订了豪华包间。她神秘兮兮地说，到时候会给我一个惊喜。

我几次想得知是什么重要客户，舒雅就像是在玩弄魔术，说什么也不告诉我答案。博览会如期召开，我们在红林大酒店会见舒雅所说的重要客户。我虽然有足够的思想准备，但是根本没想到是什么重要的客户。

准备好的会客厅大门打开了，我简直不敢相信我的眼睛。

妙香和艾丽意外地出现在我的面前，让我手足无措，顿时堕入云里雾里，不知道如何应对。

妙香、艾丽这时同时拥了上来，将舒雅紧紧抱在了一起，泪洒在了一起，心更是紧紧地贴在了一起。

此时此刻，我更是泪如泉涌。

这么多年来，我简直就是一匹流浪的孤狼，在南洋漂泊流浪、喋血拼杀了一辈子。没想到暮年还偶遇自己的亲人，甚至见到了这两位荣辱与共的女友。

惊喜之下，我又喜极而泣。

（终）

后记

《南洋漂流记》是写给年轻朋友的一本书，旨在让读者在阅读中享受一种快乐，在休闲与轻松中享受一种阅读的快感。

2013年夏的广州第一届南国书香节给了我们一种创造的欲望和冲动。原本搁置下来的半部书稿，每天触动着我们的神经，让我们欲放不能、欲罢不忍。特别是在暨南大学出版社杜小陆、潘雅琴、胡艳晴几位老师的鼓励和支持下，终于有了我们今天这部《南洋漂流记》。

《南洋漂流记》充满了东南亚地域风情。书中描写了大量悬疑、侦破、猎奇、历险的场面，介绍了妙趣横生的不同的地理与动植物奥秘，展现了在海难、沉船、无人岛、大漩涡、大地震等自然灾难后的种种劫后余生。尤其是超脱凡俗的离奇故事情节、跌宕起伏的战斗场面、卓越高超的特战技能、血雨腥风的喋血生涯，使人读来处处惊心。其中也不乏铭心刻骨的异国爱情生活，以及与情人生死离别的动人经历，扣人心弦。

在此书出版之际，谨向给予我们直接帮助和建议的杜小陆、潘雅琴、胡艳晴、陈建新、刘璐、王宇星、李名浩、韩湘梓、王连秀等人表示由衷的感谢。同时，也感谢广州盛荟影视文化投资有限公司和北京盛品国际影视传媒有限公司的策划与支持。

作　者

2014年6月1日